OETINGER TASCHENBUCH

C.J. Daugherty arbeitete zunächst als Gerichtsreporterin, bevor sie Autorin wurde. Ihre NIGHT SCHOOL-Serie war ein internationaler Bestseller und wurde in 22 Sprachen übersetzt.

Carina Rozenfeld fing schon mit neun Jahren an, zu schreiben und ist vor allem in Frankreich für ihre Fantasybücher bekannt. „Secret Fire“ ist ihr erstes gemeinsames Projekt.

C.J. Daugherty

Carina Rozenfeld

SECRET FIRE

DIE ENTFLAMMTEN

Deutsch von
Jutta Wurm und Peter Klöss

Oetinger Taschenbuch

MIX
Papier aus verantwortungsvollen Quellen
FSC® C083411
www.fsc.org

1. Auflage 2018

Deutsch von Jutta Wurm und Peter Klöss
Einbandgestaltung: Alexander Kopainski
Umschlagmotiv: Shutterstock
Druck: CPI books GmbH, Birkstraße 10,
25917 Leck, Deutschland
ISBN 978-3-8415-0509-5

www.oetinger-taschenbuch.de
www.cjdaugherty.de
www.secretfire.de

1

»Los, spring!«

Die Stimme war kalt wie die Nacht.

Sacha drehte sich um.

»Muss ich wirklich?«, fragte er, eher belustigt als verängstigt, schlang die Arme um den Oberkörper und tat, als würde er vor Angst zittern. »Könnte aber wehtun.«

»Klappe!« Antoine kam drohend einen Schritt näher. Die Knarre in seiner Hand glänzte im Mondlicht. »Versuch dich jetzt nicht rauszureden, Kleiner. Du hast die Wette verloren, und das war dein Einsatz. Und darum«, er zuckte ungerührt die Schultern, »wirst du jetzt springen. Also los, bringen wir's hinter uns.«

Sacha hob beschwichtigend die Hände. »Okay, okay. Reg dich ab.«

Er war groß und schlank, trug Jeans und ein verwaschenes schwarzes T-Shirt. Sein breites Grinsen ließ ihn jünger aussehen als siebzehn. Furchtlos trat er an den Rand des Daches, wischte die braune Strähne weg, die der Wind ihm ins Gesicht wehte, und blickte hinaus in die Nacht.

Antoine wusste, dass er den Boden nicht sehen konnte, dafür

war es zu dunkel und es ging zu tief hinunter. Das Lagerhaus hatte fünf Stockwerke.
Einen Sturz aus dieser Höhe überlebte keiner.
Sacha ging in die Hocke und machte sich bereit für den Sprung ins Nichts.
Antoine hielt den Atem an. Er bewunderte den Mut des Jungen und hätte ihn lieber nicht sterben sehen. Aber Wette ist Wette, und außerdem war der Kerl diesmal wirklich zu weit gegangen. Hatte ihn angepumpt und dann nicht zurückgezahlt. Ihn richtig verarscht. Wenn er so was durchgehen ließ, wäre er bei den anderen untendurch. Er musste ein Exempel statuieren, und wenn man morgen die Leiche des Jungen fand, würden alle wissen, auf wessen Konto das ging.
Alle würden ihn respektieren.
Einige Meter entfernt machte Sacha sich mit ausgestreckten Armen zum Sprung bereit. Dann hielt er plötzlich inne und drehte sich noch einmal um, ein amüsiertes Blitzen in den Augen.
»Ich hab 'ne Idee. Wie wär's, wenn wir noch mal wetten?«
Antoines Finger schlossen sich fester um den Pistolengriff. Langsam kam er nicht mehr mit. Warum hatte der Kerl keine Angst? Machte es ihm nichts aus, dass er gleich sterben würde? Das ergab doch keinen Sinn.
Und Dinge, die keinen Sinn ergaben, konnte Antoine nicht ausstehen.
»Was? Jetzt?« Seine Stimme überschlug sich fast, und er zwang sich, tiefer und cooler zu sprechen. »Du wirst gleich voll auf den Asphalt knallen und willst jetzt noch zocken?«
»Ja«, erwiderte der Junge unbeirrt.
Antoine stieß eine Reihe hässlicher Flüche aus, ließ aber die

Waffe sinken und knipste mit der anderen Hand eine Taschenlampe an.

Ihr heller Schein erleuchtete das mit Schutt und Dreck übersäte Fabrikdach. In der Ferne sah man undeutlich die massigen Silhouetten der umliegenden Lagerhallen, davor parkten LKWs, und überall standen Mülltonnen herum – typisch für diesen unansehnlichen Vorort von Paris.

Tagsüber wimmelte es hier von Arbeitern, doch um diese nachtschlafende Zeit ließ sich hier niemand blicken außer den Ratten, die vom Hafen heraufkrochen, und den Tauben, die irgendwo unter ihnen auf den Simsen hockten und klagend in die Nacht gurrten.

»Wozu willst du so kurz vorm Abkratzen noch wetten?«, knurrte Antoine.

Sacha griff in die Hosentasche und zog sein Handy heraus. »Warte, kannst du das mal kurz für mich halten? Meine Mutter hat's mir gerade erst gekauft, die bringt mich um, wenn's kaputtgeht.«

»Es interessiert mich einen Scheiß, was deine …«

»Na, na, keine hässlichen Worte, bitte.« Sacha legte mahnend den Finger an die Lippen. »Ich bin doch noch nicht fertig. Also: Du nimmst das Telefon als Teil meines Einsatzes. Und weil du so verdammt scharf darauf bist, springe ich da runter. Aber ich wette, dass ich nicht sterben werde, sondern aufstehe und nach Hause gehe. Und wenn ich recht behalte, wirst du mir mein Handy zurückgeben, mir alle Schulden erlassen und mir zusätzlich 500 Euro Schmerzensgeld zahlen.« Er wippte von den Ballen auf die Fersen und blickte Antoine herausfordernd an. »Abgemacht?«

Antoine lachte rau, auch wenn er das Ganze eigentlich gar nicht komisch fand. Die Hand, die die Waffe hielt, zuckte nervös.

»Das Handy brauchst du eh nicht mehr. Schon mal 'ne Leiche telefonieren sehen?«

Sacha setzte eine gelangweilte Miene auf und wischte sich die Hände an der abgewetzten Jeans ab.

»Sag schon, ja oder nein?«

Antoine war das Lachen vergangen.

Aus Erfahrung wusste er, dass Sacha auf einfach alles Wetten abschloss. Und dass es ihn überhaupt nicht juckte, wenn er verlor – was auch der Grund dafür war, dass sie jetzt auf diesem gottverlassenen Dach standen. Seinetwegen hatte Antoine Geld verloren, und zwar eine Menge Geld, denn der Junge hatte sich mit der Sorte von Kerlen angelegt, die absolut keinen Spaß verstehen.

Er hatte keine Ahnung, was der Typ für ein Problem hatte, aber wenn er das Leben so sehr hasste, würde Antoine ihm den Gefallen tun und ihn davon erlösen. Inzwischen war er sowieso mehr lästig als nützlich.

Und vielleicht würde das ja die Typen besänftigen, die wegen Sachas Spielchen jetzt hinter ihm her waren.

»Wieso nicht.« Antoine zuckte die Schultern. »Du bist so gut wie tot, also habe ich nichts zu verlieren. Die Wette gilt. Ich komme mit dem Handy und dem Geld nach unten. Alles, was du tun musst, ist springen, von den Toten auferstehen und es dir holen.«

Sacha wirkte sichtlich zufrieden. »Alles klar, so machen wir's.«

Er hielt Antoine das Handy entgegen. Der zögerte einen Moment. War das ein Trick? Wollte Sacha ihn vielleicht am Arm packen und über die Brüstung stoßen?

Doch er kannte den Jungen jetzt seit über einem Jahr, eigentlich war er keiner von der hinterhältigen Sorte. Im Grunde ein echt guter Typ. Es war ihm eben nur völlig egal, wen er verärgerte.
Er steckte die Taschenlampe ein und ging auf Sacha zu.
Der wedelte ungeduldig mit dem Handy. »Komm schon, ich hab nicht die ganze Nacht Zeit.«
Antoine streckte vorsichtig die Hand aus, schnappte sich das Handy und trat schnell wieder ein paar Schritte zurück.
Sacha warf ihm einen wissenden Blick zu. Keine Frage, wer hier mehr Schiss hatte.
Antoines Miene verfinsterte sich. Wieder richtete er die Waffe auf Sacha.
»Genug gequatscht. Jetzt spring endlich, kleiner Klugscheißer.«
»Okay«, erwiderte Sacha nur.
Dann sprang er.
Ohne jedes Zögern, ohne eine Spur von Angst. Kein Schrei, nicht das leiseste Geräusch. Nur eisige Stille. Das Letzte, was Antoine sah, war der hellbraune Haarschopf, der kurz im Wind flatterte.
Verblüfft taumelte er zurück. »*Merde.* Er hat's tatsächlich durchgezogen.«
Er starrte auf die Stelle, wo Sacha eben noch gestanden hatte, und verspürte tatsächlich so etwas wie Bedauern. Der Junge hatte Mumm, das musste man ihm lassen.
Idiotische Aktion, aber echt mutig.
Antoine drehte sich um, rannte, vor lauter Schreck hysterisch vor sich hin kichernd, quer über das Dach zum Treppenhaus und stürzte die breiten Betonstufen hinunter.
Er hatte Sacha alle möglichen Angebote gemacht. Abstottern. Einen Deal. Für ihn arbeiten.

Doch der Junge hatte lieber sterben wollen. Antoine hatte sich mehr aus Neugier darauf eingelassen, weil er sehen wollte, was passierte, wenn es wirklich darauf ankam. Eigentlich war er die ganze Zeit davon überzeugt gewesen, dass der Junge ihn nur hinhielt und verarschte. Dass er am Ende klein beigeben würde. Doch jetzt hatte er es durchgezogen. Hatte er vielleicht tatsächlich geglaubt, er könnte fliegen?

Völlig außer Atem erreichte Antoine das Erdgeschoss und rannte durch die dunkle, leere Halle, um draußen zu sein, ehe jemand die Leiche entdeckte. Seine Hand lag schon auf der Klinke der Lagertür, als diese plötzlich von außen geöffnet wurde.

Im Gegenlicht einer fernen Straßenlaterne sah Antoine direkt vor sich eine Silhouette: groß und schlank, Kleidung und Haare ein wenig ramponiert, aber quietschlebendig.

Und rotzfrech wie immer.

»Könnte ich bitte mein Handy wiederhaben?«, fragte Sacha und hielt die Hand auf.

Antoine schnappte nach Luft, taumelte zurück und wäre fast über ein rostiges Maschinenteil gestolpert, das vergessen auf dem staubigen Betonboden lag. Er starrte Sacha ungläubig an und wich vorsichtig Schritt für Schritt zurück.

»*Non!* Das kann nicht sein … Du kannst doch nicht …«

Sacha wurde ungeduldig. »Hast du mein Handy mitgebracht oder nicht? Du hast es versprochen. Außerdem würde ich jetzt gern nach Hause gehen, es ist schon spät.«

Antoine starrte ihn mit offenem Mund an.

Er konnte den Sturz nicht überlebt haben. Unmöglich. Und doch sah er bis auf ein paar blutige Kratzer im Gesicht und an den Händen völlig okay aus.

Antoine stürzte an ihm vorbei und rannte zu der Stelle, wo Sacha jetzt eigentlich zerschmettert in einer riesigen Blutlache hätte liegen sollen.
Blut war da, Sacha nicht.
Antoine drehte sich wieder um. Der Junge stand im Türrahmen und grinste ihn unverhohlen an.
»Aber … wie …«, stammelte er entgeistert.
Sacha rollte die Augen. »Komm schon, Antoine, gib mir jetzt endlich das Handy und mein Geld. So war's abgemacht.«
Mit zitternden Händen kramte Antoine erst das Telefon aus der Jackentasche und zählte dann die Scheine ab, vermied es aber tunlichst, den Jungen zu berühren, als er ihm beides übergab.
Denn irgendwas stimmte mit dem ganz und gar nicht.

2

»Was ziehst du morgen Abend an?«

»Keine Ahnung, hab noch nicht drüber nachgedacht«, entgegnete Taylor abwesend, während sie im Spiegel der Mädchentoilette auf ihre blonde Mähne starrte, in der sich mal wieder die Haarbürste verfangen hatte. Verzweifelt versuchte sie, die Bürste zu befreien, ohne sich dabei gleich ein Büschel Haare auszureißen.

Das passierte ihr ständig.

Wäre nicht das erste Mal, dass sie die Schere zu Hilfe nehmen und dann wochenlang mit ramponierter Frisur herumlaufen musste. Und darauf konnte sie im Augenblick wirklich gut verzichten.

Im Spiegel begegnete ihr Georgies verdutzter Gesichtsausdruck.

»Wie kannst du bloß so relaxed sein? Mein Outfit steht seit Tagen fest, samt Nagellack. Ocean pink, wenn du's unbedingt wissen willst.«

»Ocean pink?«, kicherte Taylor. »Wie bescheuert ist das denn? Wer denkt sich bloß solche Namen aus?«

Mit einem letzten Ruck löste sich die Bürste endlich. Frustriert starrte Taylor auf das widerspenstige Lockengewirr. Es war zum Verzweifeln. Anstatt glatt und seidig zu sein, wie es sich für hübsche blonde Haare gehörte, machten ihre einfach immer, was sie wollten.

Mit einem Seufzer verstaute sie die Bürste in ihrer Tasche. »Außerdem ist ja nur Tom da, und der weiß sowieso, wie ich aussehe.«

»Jedes Mädchen will ihrem Freund gefallen«, belehrte Georgie sie, »das gehört sich so.«

Dazu sagte Taylor nichts. Sie musste für die Abiturprüfungen pauken, Nachhilfe geben, sich um ihre Ehrenämter kümmern … *Als hätte ich da noch Zeit, mir über Klamotten Gedanken zu machen.* Diesem schwachsinnigen Doppeldate hatte sie überhaupt nur Georgie zuliebe zugestimmt.

»Mach dir keinen Kopf, irgendwas werd ich schon finden«, sagte sie.

»Oder du kommst nackt«, schlug Georgie vor, während sie im Spiegel ihren makellosen Teint überprüfte, »dann wird es auf jeden Fall ein unvergesslicher Abend.«

Taylor drehte sich um und ging Richtung Tür. »Super Vorschlag. Also, falls ich mal ein richtiges Problem haben sollte, frage ich dich lieber nicht um Rat.«

»Hey, jetzt bin ich aber echt beleidigt.« Georgie trabte ihr nach. »Bleibt's eigentlich dabei, dass wir heute Abend zusammen lernen? Da wäre noch dieser Aufsatz für Geschichte …«

»… und es wäre furchtbar nett, wenn ich ihn für dich schreibe«, beendete Taylor den Satz für sie.

Georgie schenkte ihr ein breites Lächeln samt Grübchen. »Nur wenn du nicht zu beschäftigt bist.«

Sie traten hinaus auf den Gang, wo die Schüler von der Mensa in Richtung der Klassenräume strömten.
Zwei Jungs lieferten sich ein Scheingefecht, um Georgies Aufmerksamkeit zu erregen, doch die würdigte sie keines Blickes.
»Wichser«, blökte der eine.
»Verpiss dich«, maulte der andere, und sie liefen gemeinsam weiter.
Taylor warf einen verstohlenen Seitenblick auf ihre Freundin und dachte einmal mehr, was für ein ungleiches Paar sie abgaben. Georgies dunkler, seidig glänzender Pferdeschwanz wippte bei jedem Schritt. In ihrem selbst kreierten Outfit sah sie einfach perfekt aus, wie immer. Die weiße, taillierte und tief ausgeschnittene Bluse betonte ihre schlanke Figur und ihre espressofarbene Haut. Den Faltenrock hatte sie gekürzt, damit ihre langen Beine besser zur Geltung kamen.
Dagegen wirkten Taylors Klamotten … gar nicht. Der glatte Rock reichte bis unter die Knie und ließ ihre Beine noch kürzer aussehen, als sie eh schon waren, und auch das schlabbrige Oberteil machte alles Mögliche mit ihrer Figur, nur nicht sie betonen.
Im Gegensatz zu Georgie verstand sie nichts von Mode. Sie zog einfach immer irgendwas an – und fand das Resultat jedes Mal furchtbar.
Georgie wollte nach der Schule in der Modebranche arbeiten, Taylor wollte Archäologin werden. Oberflächlich betrachtet, hatten sie eigentlich keine Gemeinsamkeiten, trotzdem hatten sie sich, als Georgie zu Beginn der neunten Klasse in die Stadt gezogen war, auf Anhieb gut verstanden, warum auch immer.
Seither passte Georgie auf, dass Taylor sich nicht ausschließlich

in ihre Bücher vergrub, und Taylor sorgte dafür, dass Georgie nicht in allen Fächern durchrasselte. Sie waren einfach ein gutes Team.

»Klar sehen wir uns heute Abend zum Lernen«, antwortete sie grinsend.

»Miss Montclair, könnte ich Sie wohl einen Augenblick sprechen?«, ertönte plötzlich hinter ihnen Mr Finlays näselnde Stimme. Taylor drehte sich um und sah den Französischlehrer heranhasten. Die Krawatte hing schief, sein drahtiges graues Haar stand wie üblich wild vom Kopf ab, er machte einen zerstreuten Eindruck.

Heimlich schnitt Taylor eine Grimasse in Richtung Georgie. Die erwiderte sie und machte sich eilig davon, um bloß nicht in eine von Mr Finlays fahrigen Konversationen verstrickt zu werden.

Taylor setzte ein ernsthaftes Gesicht auf. »Ja, Mr Finlay?«

»Miss Montclair, ich weiß sehr wohl, dass Sie derzeit hinreichend ausgelastet sind, und zwar nicht nur mit Ihren eigenen Studien, sondern auch mit Ihren anderweitigen lobenswerten Tätigkeiten.« Abwesend befingerte er die zerknitterten Blätter in seiner Hand. »Doch soeben wurde ein neuer Nachhilfebedarf an mich herangetragen.«

Taylor unterdrückte ein Seufzen. Sie steckte eh schon bis zum Hals in Arbeit, und ständig bürdeten die Lehrer ihr noch mehr auf – die reinste Pädagogen-Verschwörung. Doch sie ließ sich nichts anmerken. Schließlich war Französisch eines ihrer besten Fächer.

»Geht es um einen neuen Schüler?«

»Nicht direkt.« Mit der Hand, die die Blätter hielt, schob der

Lehrer die Nickelbrille zurecht. Was ihm anscheinend die Existenz dieser Papiere in Erinnerung rief, denn er begann, sie zu durchwühlen. »Irgendwo hatte ich ihn doch. Wo ist er denn bloß? Ach, da haben wir's.« Stolz schwenkte er einen gefalteten Zettel. »Es geht um einen französischen Jungen.«

Taylor sah ihn verwirrt an. »Ich soll einem französischen Jungen Nachhilfe in Französisch geben?«

»Selbstverständlich nicht.« Finlay kniff die Augen zusammen. »Das wäre ja Unsinn. Vielmehr benötigt er Unterstützung in Englisch.« Er entfaltete den Zettel. »Hier steht alles drauf. Der Unterricht soll via Internet erfolgen. Man muss ja mit der Zeit gehen.« So, wie er das Wort aussprach, hatte Taylor das unbestimmte Gefühl, dass er keinen Schimmer hatte, was das Internet war. »Eins sollten Sie noch wissen, Miss Montclair.« Der Lehrer senkte die Stimme. »Diese Aufgabe wird Ihrerseits ein gewisses Feingefühl verlangen. Man sagte mir, dass der Junge gerade eine schwierige Phase durchlebt – es hat wohl mit seinem Vater zu tun.« Schnell räusperte er sich, als wäre es ihm unangenehm, auch nur andeutungsweise etwas zu erwähnen, das mit Gefühlen zu tun hatte. »Wie dem auch sei. Er hat Schwierigkeiten und benötigt Ihre Unterstützung. Ich bin sicher, Sie werden das wie gewohnt souverän meistern.«

Und damit reichte er ihr den Zettel.

Taylor hatte ganz bestimmt Besseres zu tun, als einem verkorksten französischen Teenie Englisch beizubringen, doch sie hatte keine Wahl. Sie brauchte die guten Noten in Französisch, und dazu brauchte sie Finlay.

Widerstrebend nahm sie ihm das zerknitterte Blatt ab.

»Ich möchte Sie bitten, ihn gleich heute Abend zu kontaktieren.

Sollte er mit Ihrer Hilfe seine Leistungen verbessern, wird das sicher nicht zu Ihrem Nachteil sein. In Oxford legt man sehr viel Wert auf diese Art von Einsatz …«

Alle Lehrer wussten, dass es Taylors größter Wunsch war, einen Studienplatz in Oxford zu ergattern. Ihr Großvater war dort Professor, von Kindesbeinen an hatte sie davon geträumt, eines Tages bei ihm zu studieren.

Die Schulglocke läutete. Taylor schaute Mr Finlay nach, der seinen leicht desorientierten Gang durch den sich leerenden Schulkorridor fortsetzte und hinter einer Ecke verschwand.

Dann sah sie auf den Zettel in ihrer Hand.

Eine E-Mail-Adresse und darüber ein Name: *Sacha.*

***

Kaum hatte Taylor die Haustür aufgeschlossen, stürzte sich eine weißgraue Terrierhündin auf sie. Wild mit dem Schwanz wedelnd, rieb sie sich an Taylors Beinen. Ihr lockiges Fell war warm und weich.

»Hey, Fizz, Fizzylein.« Taylor ließ die Tasche fallen und strich der Hündin liebevoll über den Rücken. Die sprang an ihr hoch und schleckte ihr über die Wange. Taylor hob sie auf den Arm und ging mit ihr hinüber in die helle Küche.

Ihre Mutter war um diese Zeit noch auf der Arbeit und ihre jüngere Schwester Emily nach der Schule meist unterwegs. Sturmfreie Bude also.

Taylor öffnete die Hintertür und sah lächelnd zu, als Fizz wie ein Plüschtorpedo über den Rasen flitzte.

Da es ein warmer Tag war, ließ sie die Tür offen. Sie holte sich ein Glas Orangensaft und kippte dann ihre Schultasche auf dem

alten Kiefernholztisch aus. Das zerknitterte Blatt fiel als Letztes heraus, genau auf ihr Mathebuch.
Taylor strich es glatt und betrachte stirnrunzelnd Mr Finlays krakelige Handschrift. Viel Information stand da ja nicht. Was hatte er gesagt? Der Junge machte eine harte Zeit durch – *es hat wohl mit seinem Vater zu tun …*
Sie wusste auch nicht, warum, aber plötzlich überkam sie Mitgefühl mit diesem Jungen aus Frankreich. Bestimmt hatte er etwas sehr Schlimmes erlebt.
Fizz kam hechelnd zurück in die Küche gerannt und strich ihr noch einmal um die Beine, ehe sie sich zufrieden in ihr Körbchen bei der Heizung zurückzog.
Taylor klappte ihren Laptop auf und trommelte ungeduldig mit den Fingern, während er summend hochfuhr. Endlich erschien auf dem Bildschirm das Foto eines Leuchtturms.
Sie öffnete eine neue E-Mail und gab die Adresse ein, die auf dem Zettel stand. Einen Augenblick lang starrte sie auf die leere Maske, dann begann sie zu tippen.

Hallo Sacha,
mein Name ist Taylor Montclair. Mein Französischlehrer hat mir Deine E-Mail-Adresse gegeben, weil ich Dir Nachhilfe in Englisch geben soll. Wir könnten am Sonntag beginnen, wenn Dir das recht ist.
Ich denke, es wäre eine gute Idee, gemeinsam ein englisches Buch zu lesen. Wenn Du ein geeignetes weißt, kannst Du es gerne vorschlagen.
Es grüßt dich,
Taylor Montclair

Nachdenklich strich sie sich mit dem Finger über die Lippen, während sie das Geschriebene noch einmal durchlas. Dann zuckte sie die Schultern und schickte die E-Mail ab.

***

»Am Freitag habe ich ein Date mit Georgie und zwei Jungs. Ist das okay?« Taylor musste etwas lauter sprechen, um das Brutzeln aus der Pfanne zu übertönen.

Sie saß mit ihrer Schwester am Küchentisch, ihre Mutter stand in Rock und Bluse am Herd und bereitete das Essen zu. Sie hatte sich nach der Arbeit noch nicht umgezogen, lediglich den Blazer über einen Stuhl gehängt und die Schuhe mit den hohen Absätzen irgendwo abgestreift.

»Wie nett«, sagte sie und probierte den Reis. »Tom ist sicherlich dabei, nehme ich an. Und wer noch?«

»Sein Freund Paul. Sie kennen sich vom Rugby«, erwiderte Taylor mit leichtem Naserümpfen. Sie selbst fand Paul langweilig, aber Georgie war total beeindruckt von seinen Muskeln.

»Ich will auch ein Doppeldate«, warf Emily ein und stützte seufzend den Kopf in die Hand.

Sie war dreizehn und wollte Taylor immer alles nachmachen.

»Kannst du haben. Aber erst in drei Jahren.«

»Das dauert noch viel zu lang«, murrte Emily. Das lange blonde Haar fiel ihr über die Schulter. Im Gegensatz zu Taylors widerspenstigen Locken war es seidig und glatt, wie flüssiges Gold. Verdammt ungerecht, wie die Gene in ihrer Familie verteilt waren, fand Taylor.

An die Anrichte gelehnt, nippte ihre Mutter an ihrem Weißwein. »Hiermit erlaube ich dir, schon mit fünfzehn dein erstes Doppeldate zu haben«, verkündete sie. »Dann brauchst du nur noch zwei Jahre zu warten.«

Ihre Mutter war ebenfalls blond, trug das Haar jedoch recht kurz, sodass man die Locken nur ansatzweise erkennen konnte. »Und das mit Freitagabend geht in Ordnung«, sagte sie zu Taylor. »Wie geht's Tom überhaupt? Er war ja lange nicht mehr zum Lernen hier.«

Taylor zuckte desinteressiert die Schultern. »Gut, glaube ich. Ich hab im Moment zu viel zu tun, um mit ihm zu lernen. Er ist zu langsam.«

Ihre Mutter musterte sie mit einem fragenden Blick. »Ist zwischen euch alles in Ordnung?«

»Klar«, gab Taylor ein wenig trotzig zurück. »Zurzeit ist einfach viel los. Die Prüfungen und alles.«

»Verstehe.« Ihre Mutter verteilte das Essen auf drei Teller. »Also, natürlich kannst du ausgehen. Aber sei bitte um Mitternacht zurück.«

Taylors Handy summte. Ein Blick verriet ihr, dass sie eine neue E-Mail hatte. Von diesem französischen Jungen, Sacha.

»Keine Handys am Esstisch«, mahnte ihre Mutter und stellte ihr den Teller hin. Das dampfende Essen roch scharf nach Sojasoße.

Taylor blickte nicht auf, sondern starrte auf die Nachricht.

Yo. Danke für die E-Mail. Hab leider keine Zeit für so was, außerdem ist mein Englisch voll okay Bis dann, S.

***

»Voll unverschämt«, kommentierte Georgie entrüstet. »Hat der keine Manieren? Ich dachte immer, Franzosen wären so … charmant.«

Sie waren in Taylors Zimmer und machten Hausaufgaben, doch eigentlich arbeitete nur Taylor. Georgie lag ausgestreckt auf dem Bett und schaute sich irgendwas auf ihrem iPad an, während Taylor am Schreibtisch saß und für Georgie den Geschichtsaufsatz schrieb.

»Das kannst du laut sagen!«, schnaubte Taylor. »So ein Idiot. Warum tut Finlay mir so was bloß an?«

Die Worte auf dem Bildschirm verschwammen vor ihren Augen. Sie wusste nicht, warum, aber Sachas arrogante Antwort hatte sie tief getroffen. Und in eine total dumme Lage gebracht.

»Und was willst du jetzt machen?«

»Keine Ahnung. Wenn ich's Finlay erzähle, sagt der bloß, ich hätte mir nicht genug Mühe gegeben«, seufzte sie. »Also werde ich dem Typ wohl noch mal schreiben und ihn anflehen, dass ich ihm Nachhilfe geben darf. Ich kann mir in Französisch einfach keine Minuspunkte leisten.« Sie presste die Fingerspitzen an die Schläfen. »Wie ich den hasse. Er bringt alles durcheinander.«

»Gib mir mal dein Handy.« Georgie streckte eine Hand mit glitzernd magentarot lackierten Nägeln aus.

Taylor warf ihr einen zweifelnden Blick zu. »Was willst du damit?«

Georgie winkte mit dem Finger. »Komm schon, Tay, vertrau mir.«

Widerstrebend reichte Taylor ihr das Handy.

»Sehr schön.« Mit geübten Fingern scrollte Georgie sich durch die E-Mails. »Ist es die hier?« Sie hielt Taylor das Handy entgegen. »Wie heißt er, Sacha?«

Taylor nickte skeptisch. »Was hast du vor? Ich glaube nicht …«

»Ich werde ihm«, Georgie begann konzentriert zu tippen, »eine passende Antwort schicken.«
»Aber …« Taylor biss sich auf die Unterlippe. Sie wusste, dass Georgie selten ein Blatt vor den Mund nahm. »Sei nicht zu gemein, okay?«
Georgie drückte auf »Senden« und gab Taylor das Handy zurück. Ihre braunen Augen funkelten kampflustig. »Wenn hier einer gemein war, dann ja wohl er … Keiner redet so mit meiner Freundin.«
Taylor rief die Nachricht noch mal auf – und musste trotz allem lachen, als sie sie las.
Hi Sacha. Überhaupt kein Problem. Wenn Du unbedingt dumm bleiben willst, bitte schön. Bis dann, T
»Jetzt will er bestimmt keine Nachhilfe mehr von mir«, grinste sie und ließ das Handy auf den Schreibtisch fallen.
»Umso besser«, entgegnete Georgie zufrieden.
Taylor wandte sich wieder dem Laptop zu. Es fühlte sich irgendwie gut an, dass sie diesem Franzosen die Meinung gegeigt hatte. Also, Georgie. Doch als sie sich wieder auf den Geschichtsaufsatz zu konzentrieren versuchte, nagte die Frage an ihr, wie er so eine eiskalte Abfuhr wohl verkraften würde. Und ob er sich bei Finlay über sie beschweren würde.

3

Ein paar Schrammen und Kratzer im Gesicht und an den Händen, mehr war einen Tag später von dem Sprung nicht mehr zu sehen. Sachas Handgelenk tat noch weh, aber die gebrochenen Knochen waren inzwischen wieder verheilt, und die Schmerzen waren auch fast verschwunden, was letzte Nacht noch ganz anders ausgesehen hatte.

Er hatte durchgehalten, bis Antoine, der wie eine verschreckte Ratte davongehuscht war, nicht mehr zu sehen gewesen war. Dann erst hatte Sacha sich gegen die Wand des Lagerhauses sinken lassen, seinen gebrochenen Arm fest umklammert und tief Luft geholt.

Das Sterben brachte ihn vielleicht nicht um, aber es tat höllisch weh.

Wenn seine Mutter die Schnitte im Gesicht gesehen hätte …

Mit Mühe hatte er sich hochgerappelt und sich humpelnd auf den Nachhauseweg gemacht. Auf halber Strecke hatte sein Handy gesummt.

»Jetzt nicht, Antoine«, hatte er gebrummt.

Doch es war gar nicht Antoine gewesen, sondern eine E-Mail von diesem englischen Mädchen.

Im ersten Moment hatte er wütend das Gesicht verzogen, doch dann hatte er unwillkürlich lachen müssen, was ihm einen stechenden Schmerz durch den Brustkorb gejagt hatte – bestimmt waren auch ein paar Rippen gebrochen. Er hatte sich die Seite gehalten, das Handy wieder in die Tasche geschoben und war weitergehumpelt.

Diese Taylor hatte Rückgrat.

Spontan hatte er beschlossen, doch auf ihren Vorschlag einzugehen und sich von ihr Nachhilfe geben zu lassen.

Aber erst musste er ein bisschen mehr über das Ganze wissen. Wie war sie ausgerechnet auf ihn gekommen? Und von wem hatte sie seine E-Mail-Adresse?

Er konnte sich eigentlich denken, von wem, allerdings gab es nur einen Ort, wo er eine Antwort auf seine Fragen bekommen konnte – die Schule.

Zum Glück hatte seine Mutter in dieser Woche Nachtschicht und würde schon im Bett sein, wenn er aufstand. Von den verräterischen Spuren in seinem Gesicht bekäme sie also gar nichts mit.

Unter der Dusche lehnte er sich gegen die weiß geflieste Wand und ließ das heiße Wasser auf seinen Körper prasseln. Als er sich einseifte, um das getrocknete Blut abzuwaschen, fuhren seine Finger über diverse Hubbel und Knubbel. Verblasste Andenken an frühere Heldentaten. Andere Tode.

Die lange, schmale Narbe auf seinem linken Arm stammte von damals, als er wegen einer Wette mit voller Absicht ein gestohlenes Auto gegen einen Laternenmast gesetzt hatte. 150 Euro hatte er damit verdient.

Eine etwas tiefere Narbe auf seinem Oberschenkel war das Souvenir einer Pokerpartie, bei der er so lange gewonnen hatte, bis

seine Mitspieler das gar nicht mehr lustig gefunden und ihn ziemlich übel zugerichtet hatten.
Er drehte den Wasserhahn zu und stand tropfend einen Moment lang nur so da.
Die Herausforderung, die jetzt auf ihn wartete, war weit schlimmer, als ein Auto zu Schrott zu fahren.
Kurze Zeit später verließ er in Jeans und einem verwaschenen schwarzen T-Shirt die Wohnung und machte sich zum ersten Mal seit Wochen auf den Weg zur Schule.
Auf den Straßen herrschte alltägliches Durcheinander, überall geschäftige Leute, die von A nach B eilten. Die Morgensonne schien, und die Bäume tanzten im Wind.
Er war in letzter Zeit meistens nur nachts unterwegs gewesen und hatte ganz vergessen, wie wunderschön so ein Morgen sein konnte.
Als er an einer Bäckerei vorbeikam, ließ ihm der Duft von frischem Brot das Wasser im Munde zusammenlaufen. Obwohl er spät dran war, zog er einen Schein von Antoines Geld aus der Tasche, kaufte sich ein Croissant und aß es im Weitergehen. Das buttrige Gebäck zerschmolz in seinem Mund – in vier Bissen hatte er es verschlungen.
Als er kurz darauf die Schule betrat, wimmelte es in dem großen Backsteingebäude nur so von Schülern, die in die Klassenräume eilten. Sacha hatte alle Zeit der Welt – die Sonnenbrille auf der Nase, schlenderte er durch die Menge.
Er schaute nicht nach rechts noch links. Hier gab es eh kaum mehr einen, den er kannte, und Freunde schon gar nicht. Wozu brauchte man Freunde, wenn man bald nicht mehr da wäre, um mit ihnen abzuhängen?

Selbst die Gespräche seiner Mitschüler kamen ihm mittlerweile kindisch vor.
»Hast du gestern Abend Justines Kleid gesehen?« – »Lanton bringt dich um, wenn du nicht bald den Aufsatz ablieferst.« – »Du musst kommen! Alle gehen hin.« Einfach nur lächerlich, worüber die sich Gedanken machten.
Seine Anwesenheit blieb nicht unbemerkt. Die Sonnenbrille, die Schrammen in seinem Gesicht fielen auf. Er spürte, wie er angestarrt wurde, hörte Getuschel, wenn er vorbeiging.
Aber keiner blieb stehen und fragte ihn, was passiert war.
Sachas Lehrer waren dermaßen von seinem Erscheinen überrascht, dass sie sich keine Mühe gaben, den Schock zu verbergen. In der ersten Stunde sah der Lehrer hektisch in der Klassenliste nach. »Eigenartig, ich dachte, du hättest vergangenen Monat die Schule gewechselt …«
Sein Mathelehrer hob nur süffisant die Braue. »Und welchem Umstand verdanken wir die Ehre deiner Anwesenheit, Sacha? Ist heute ein besonderer Feiertag?«
Sacha störte das nicht weiter, er ließ die Worte einfach an sich abprallen.
Wozu sollte er noch in die Schule gehen? Wozu sollte er Dinge lernen, die er nie brauchen würde?
Er konnte die Reaktionen der Lehrer durchaus verstehen, schließlich hatte er im letzten Schuljahr fast den kompletten Unterricht geschwänzt. Dass er jetzt wieder da war, lag ja auch nur an seiner Neugier und seinem Ärger. Er konnte es nämlich nicht ausstehen, wenn jemand seine E-Mail-Adresse weitergab, und er hatte so ein Gefühl, wer das gemacht haben könnte.
Als er in die Englischstunde von Monsieur Deide kam, hatte die

Nachricht, dass er wieder aufgetaucht war, im Lehrerzimmer offensichtlich bereits die Runde gemacht. Deide kommentierte das jedoch nicht, sondern zeigte lediglich auf einen leeren Platz im hinteren Teil des Klassenzimmers.

Als die Stunde vorbei war und die anderen Schüler den Raum verließen, blieb Sacha sitzen. Deide schien nicht überrascht.

»Du hast dich ein wenig rargemacht in letzter Zeit«, sagte er nur, während er die Tür schloss. Seinem scharfen Blick schien nichts zu entgehen.

Sacha zuckte die Schultern. Er fläzte sich auf seinem Stuhl und hatte die Beine lang ausgestreckt, aber immerhin die Sonnenbrille abgenommen.

Deide war der einzige Lehrer, den er wenigstens ein bisschen schätzte. Egal, was passierte oder wie lange er sich nicht blicken ließ – Deide hieß ihn immer wieder willkommen, fragte nach seiner Familie, versuchte, ihm zu helfen. Im Gegensatz zu den anderen Lehrern schien ihm wirklich etwas daran zu liegen. Und deshalb war sich Sacha auch ganz sicher, dass nur er hinter dieser Nachhilfegeschichte stecken konnte.

Die Frage war nur, wann der Lehrer damit rausrücken würde.

»War ziemlich beschäftigt«, antwortete Sacha vage.

»Das ist nicht zu übersehen.« Monsieur Deide deutete auf die Schrammen in seinem Gesicht. »Was ist passiert? Hast du mit Boxen angefangen?«

Deide war kleiner als Sacha, dafür aber sehr muskulös. Sacha hatte sich immer gefragt, welchen Sport er wohl machte. Sein dichtes schwarzes Haar war ordentlich gebürstet, sein markanter Kiefer glatt rasiert, die schmale Brille überraschend trendy.

»Könnte man so sagen. Und Basejumping mach ich jetzt auch.«

Sacha musste über seinen eigenen Scherz grinsen.
»Interessant.« Deides Tonfall verriet, dass er das keineswegs interessant fand.
Danach herrschte erst mal Stille. Sacha wartete darauf, dass Deide ihm verriet, worum es ging. Irgendwann müsste er die Karten offen legen.
Der Lehrer lehnte sich an einen benachbarten Tisch und betrachtete ihn ernst.
»Hör zu, mir ist schon klar, dass Schule nicht dein ... Ding ist, wie ihr das nennt. Was ich wirklich jammerschade finde, denn ich glaube, dass du viel klüger bist, als du uns zeigst. In meinem Unterricht müsstest du eigentlich die besten Noten erzielen, was du bis letztes Jahr ja auch getan hast. Aber dann«, er hob die Hände, »bist du einfach ... ausgestiegen.«
Sacha senkte den Blick und fummelte am Riemen seiner Umhängetasche herum.
»Du hast den Unterricht geschwänzt. Dich nicht mehr um deine Freunde gekümmert. Bist vollkommen abgetaucht. Als wärst du nicht nur aus der Schule ausgestiegen, sondern aus dem ganzen Leben.« Deide beugte sich zu ihm vor. »Und ich mag nicht mit ansehen, wie ein Siebzehnjähriger einfach aus dem Leben aussteigt.«
Das traf es ziemlich genau, musste Sacha zugeben, aber die wahren Gründe dafür konnte er dem Lehrer natürlich nicht verraten.
»Vermutlich haben Sie recht. Ich müsste mich mehr anstrengen«, sagte er pro forma. »Ich verspreche hiermit, dass ich meine Hausaufga...«
»Damit ist es nicht getan«, unterbrach ihn Deide. »Du warst immer gut in Englisch, der Unterricht hat dir Spaß gemacht. Ich

weiß nicht, warum du dich nicht mehr anstrengst, aber so kann es nicht weitergehen. Du musst nacharbeiten. Wieder in die Spur kommen.«

»Wie denn?«, höhnte Sacha. »Dafür ist es zu spät. Ich hänge viel zu weit hinterher.« Er ließ sich noch tiefer in den Stuhl sinken. »Und wozu überhaupt?«

»Unsinn.« Der Lehrer blätterte in seinen Unterlagen. »Es ist nicht zu spät. Außerdem hätte ich da jemanden, der dir helfen kann.«

Wusst ich's doch, dachte Sacha.

Deide fand, wonach er gesucht hatte, und blickte ihn streng an. »Natürlich bedeutet es Mehrarbeit.«

Sacha, der schon lange überhaupt keine Schularbeiten mehr machte, musste unwillkürlich lächeln.

»Das kann nicht Ihr Ernst sein.«

»Und ob das mein Ernst ist«, erwiderte der Lehrer. »Du bist immer noch mein Schüler, und ich werde nicht zulassen, dass du gar nichts mehr für die Schule tust. Abgesehen davon … war dein Vater nicht Engländer?«

Sachas Lächeln erstarb. Über seinen Vater sprach er mit niemandem.

»Schon möglich«, sagte er achselzuckend und zog sich in seine coole, harte Schale zurück.

Sein Vater war gebürtiger Engländer, das war sicherlich in Sachas Schulakte vermerkt. Ebenso wie das Datum, an dem er gestorben war.

»Dann solltest du sein Andenken ehren, indem du seine Sprache erlernst«, fuhr Deide fort. »Und nicht, indem du dich aufgibst.« Er reichte ihm einen Zettel.

Kurz überlegte Sacha, ihm zu sagen, wohin er sich den Zettel stecken könne. Aber das wäre nicht fair gewesen. Immerhin war Deide der einzige Lehrer, dem er nicht völlig egal war.
Mit übertriebenem Seufzen streckte er die Hand aus und nahm das Papier entgegen. Es stand nicht viel drauf. Eine Mailadresse. Und ein Name, den er schon kannte: »Taylor Montclair«.
Er hatte also recht mit seinem Verdacht, dass Deide hinter allem steckte.
»Das ist die E-Mail-Adresse deiner Nachhilfelehrerin.« Der Lehrer klang zufrieden mit sich. »Sie ist eine Schülerin aus England und in deinem Alter. Du kannst online Kontakt aufnehmen, ihr auf Englisch E-Mails schreiben und mit ihr chatten. Sie wird dir bei der Grammatik helfen. Damit du den Anschluss findest.« Er stapelte seine Bücher. »Das ist doch mal eine nette Art von Unterricht, *non*? Weit und breit kein Lehrer, der dir Vorhaltungen macht.«
»Sie hat schon Kontakt mit mir aufgenommen«, sagte Sacha.
»Tatsächlich?« Deide blickte auf.
»Ich hab ihr aber gesagt, dass sie abschwirren soll. Und übrigens kann ich's nicht leiden, wenn man einfach meine Mailadresse weitergibt.«
Der Lehrer seufzte und lehnte sich wieder an die Tischkante. »Weißt du was, Sacha? Hin und wieder könntest du ruhig versuchen, ein wenig netter zu sein.«
»Ich? Ich bin immer nett.« Sacha warf ihm einen herausfordernden Blick zu.
»Lass die Spielchen!«, fauchte der Lehrer. Er war jetzt richtig wütend, und Sacha setzte sich unwillkürlich kerzengerade hin – so die Fassung zu verlieren sah Deide überhaupt nicht ähnlich.

»Ich bitte dich ja nur, ihr eine Chance zu geben. Mit ihr zu sprechen. Ist das vielleicht zu viel verlangt? Ich glaube wirklich, sie könnte dir helfen … wenn du sie nur lässt.«
Irritiert starrte Sacha auf den Zettel in seiner Hand.
Anscheinend hatte Deide es sich auf die Fahnen geschrieben, ihn zu retten. Auch wenn das Ganze aus Gründen, die er nie erfahren würde, sinnlos war, bedeutete es Sacha etwas, dass er sich so für ihn einsetzte.
Vielleicht sollte er wenigstens so tun, als würde er es versuchen. Um dem Lehrer etwas zurückzugeben.
Einfach wollte er es ihm aber nicht machen.
»Mal sehen«, sagte er deshalb nur.
Deide seufzte und raffte seine Papiere zusammen. »Dir ist einfach nicht zu helfen.«
Du weißt ja gar nicht, wie recht du hast.
Als er kurz darauf allein in der Masse der Schüler den Flur entlangging, wünschte er sich insgeheim, er könnte dem Englischlehrer die Wahrheit sagen. Damit er verstand, dass Sacha nicht einfach nur schwierig war. Dass es einen Grund dafür gab. Deide konnte ihm nicht helfen. Niemand konnte das.

***

Bei Schulschluss war Sacha wieder ganz der Alte, nur die schlimmsten Schrammen waren noch zu sehen, die brauchten einfach länger. Warum seine Knochen schneller als die Wunden verheilten, wusste er nicht. Jedenfalls war es bisher immer so gewesen.
Mit seinem gewohnt schlaksigen Gang, schwarzer, abschreckender Sonnenbrille, die Kapuze trotz des warmen Sonnentags über

den Kopf gezogen, machte er sich auf den Nachhauseweg. Er redete mit keinem, und keiner sprach ihn an.

Genau wie er es haben wollte.

Das Haus, in dem er mit Mutter und Schwester lebte, war typisch für Paris – cremefarben wie eine Hochzeitstorte und fünf Stockwerke hoch. Alles hier war ihm so vertraut, dass er die langen Schatten, die die Sonne auf dem Linoleumboden im Hausflur warf, oder den leichten Geruch nach Staub und Putzmittel gar nicht mehr wahrnahm.

Er betrat den kleinen, mit Plastikholzfurnier verkleideten Lift und drückte auf die Drei. Mit einem dumpfen Rums schlossen sich die Türen. Einen Augenblick lang geschah nichts, dann setzte sich der Aufzug knarrend in Bewegung.

Wie immer, wenn seine Mutter Nachtschicht im Krankenhaus hatte, wirkte die Wohnung ein bisschen unordentlich. In der Spüle stand noch Geschirr, die Post war nicht weggeräumt worden, und der blau-weiß gestreifte Überwurf lag zerwühlt auf dem Sofa und war nicht wie sonst fein säuberlich zusammengefaltet.

Alles war still. Durch die offen stehende Tür zum Schlafzimmer seiner Mutter fiel das Sonnenlicht auf den Holzboden im Flur. Sie musste einkaufen gegangen sein. Und seine kleine Schwester Laura hatte nachmittags häufig lange Schule oder irgendwelche Termine.

Er hatte die Wohnung ganz für sich allein.

In der Küche machte er sich ein Brot und ging dann in sein Zimmer.

In gegenseitigem Einverständnis machte seine Mutter dort nie sauber, weshalb sich der Zustand des Raums in einem Wort zusammenfassen ließ: postapokalyptisch. Klamotten lagen auf dem Boden verstreut, das Bett war ungemacht, überall flogen Bücher und Papiere herum, dazwischen DVDs, Computerspiele und ein Fußball.

Sacha bahnte sich einen Weg durch das Chaos zu seinem Schreibtisch, der am Fenster stand. Nachdem er mit einem Wisch den halb vergrabenen Rechner befreit hatte, schaltete er ihn ein und wartete.

Sobald der Computer zum Leben erwacht war, öffnete Sacha die Mail der kleinen Engländerin und las sie noch einmal.

Er zögerte einen Augenblick, dann drückte er auf »Antworten« und tippte mit schnellen Fingern die Worte: »Lass uns reden.«

Er fügte seinen Chat-Namen hinzu und beschrieb ihr, wo sie ihn fand.

Das war's. Weiter ins Detail wollte er nicht gehen, ehe er nicht mehr über sie wusste. Deide hatte ihn gebeten, ihr eine Chance zu geben, und das tat er hiermit. Aber mehr würde sie von ihm nicht bekommen.

Er biss in sein Brot und kaute gedankenverloren. Etwas an diesem englischen Mädchen ließ ihn nicht los. Ihr Nachname klang seltsam vertraut. Als würde er ihn von irgendwoher kennen.

Schnell legte er das Brot auf die Schreibtischplatte, zog die Tastatur zu sich heran und gab »Taylor Montclair« in die Suchmaschine ein.

Die meisten Ergebnisse waren Zufallstreffer: eine Uni in Amerika, eine Reinigungsfirma.

Ein Link jedoch führte ihn auf einen Artikel aus einer Lokalzeitung in einer englischen Kleinstadt namens Woodbury.

»Die hiesige Schülerin Taylor Montclair wurde letzten Freitag-

abend im Rahmen einer Feierstunde als ›Ehrenamtlerin des Jahres‹ ausgezeichnet«, hieß es in dem Artikel. »Der Preis besteht aus einer Medaille und einem Stipendium zur Vorbereitung auf die Hochschule. Die erst siebzehnjährige Taylor hat im vergangenen Jahr mehrere Tausend Pfund für britische Sozialprojekte gesammelt und dafür über hundert Stunden Freizeit geopfert …«

Das war alles. Kein Bild und auch sonst keine weiteren nützlichen Informationen. Trotzdem sagte ihm sein Gefühl, dass es sich um sie handeln musste. Ihre E-Mail war so förmlich gewesen. So mustergültig. So … Ehrenamtlerin-des-Jahres-mäßig. Kleiner Gutmensch Taylor Montclair.

Das erklärte zwar noch nicht, weshalb ihr Name ihm so bekannt vorkam. Aber … immerhin.

Ein spöttisches Grinsen machte sich in seinem Gesicht breit.

Die Sache fängt an, interessant zu werden.

4

Als Taylor nach der Schule ihre E-Mails checkte, fiel ihr Blick sofort auf die Nachricht von Sacha.

Lass uns reden.

Ganz schön dreist, zu denken, dass sie nach seiner saublöden Mail von gestern noch Lust hätte, mit ihm zu chatten.

Andererseits saß sie in der Falle. Finlay hatte ihr am Morgen schon die Hölle heißgemacht, als sie ihm berichtete, dass Sacha keine Nachhilfe von ihr wollte.

»Sie können nicht eine Aufgabe übernehmen und dann beim ersten kleinen Hindernis gleich die Flinte ins Korn werfen«, hatte er getadelt. »Ich weise Sie darauf hin, dass mangelnder Einsatz sich negativ auf Ihre Noten auswirken wird. Wie wollen Sie es nach Oxford schaffen, wenn Sie gleich bei der ersten Klippe die Segel streichen?« Und mit seinem allerstrengsten Blick, dem für besonders schwierige Schüler, hatte er hinzugefügt: »Ich muss sagen, ich hätte mehr von Ihnen erwartet, Miss Montclair.«

Derartige Tiraden gehörten eigentlich nicht zu Finlays Repertoire, der für gewöhnlich eher der freundliche, sanftmütige Typ war. Ihm schien wirklich viel daran zu liegen, dass sie diesen französischen Blödmann unterrichtete.

Taylor seufzte und klickte den Link an, den Sacha ihr mit der E-Mail geschickt hatte. Er führte zu einer Website mit dem Namen »Revolution Chat«, von der sie noch nie etwas gehört hatte. *War ja klar, dass es was Abgedrehtes sein muss.*

Die Website zeigte einen pechschwarzen Hintergrund mit einigen wenigen Grafiken und Bildern darauf. Das Logo war eine blutrote Faust, darüber stand als Motto »Quatschen ohne Konsequenzen«. Jegliche Kommunikation über die Site sei kostenlos und »sicher vor Bespitzelung durch die Regierung und sonstige Institutionen«, wurde versprochen.

Ziemlich zwielichtig, das Ganze.

Sie versuchte, Sachas Seite anzuklicken, doch da poppte ein Totenkopf auf und warnte sie: »Registriere dich oder STIRB.«

Taylor rümpfte die Nase.

Sie beschloss, nur die allernotwendigsten Infos einzugeben, aber mehr wurde auch gar nicht verlangt: Name, E-Mail, Foto.

Wahllos klickte sie irgendein Bild in ihrem Fotoordner an und lud es hoch. Georgie hatte es vor ein paar Wochen im Park aufgenommen. Taylor saß auf der Wiese und lachte in die Kamera. Im hellen Sonnenschein leuchtete ihr blondes Haar fast wie ein Heiligenschein.

Ein grinsender grüner Totenkopf schwebte ins Bild. »WILLKOMMEN«.

»Ha, ha wie gruselig«, kommentierte Taylor.

Sie tippte Sachas Chat-Namen ein. Diesmal erschien umgehend sein Profil und darüber in roten Lettern das Wort »OFFLINE«.

Aber es gab ein Foto von ihm. Taylor beugte sich vor, um es genauer zu betrachten.

Ein Junge mit wirrem, braunem Haar blickte ihr entgegen. Er war ziemlich dünn, Kinn und Wangenknochen ein wenig kantig, der Hals fast zart. Was Taylor am meisten faszinierte, waren die Augen. Knallblau und frech. Provozierend.

Was glotzt du so?

Zugegeben, er sah gut aus. Und interessant. So zornig und rebellisch. Er trug Jeans und ein verwaschenes T-Shirt. Die Hände tief in die Taschen vergraben, starrte er genervt in die Kamera.

Plötzlich verschwand das Profilbild, und Sachas lebendiges Gesicht erschien riesengroß auf dem Bildschirm.

Ertappt fuhr Taylor zurück.

Sacha schien genauso überrascht, sie zu sehen, hatte sich aber schnell wieder im Griff. Er lehnte sich zurück und beäugte sie misstrauisch.

Einen Moment lang starrten sie sich nur an.

Er brach als Erster das Schweigen. »*Salut*, Frau Lehrerin.« Sein zynisches Lächeln brachte Taylor sofort auf 180. »Du wolltest mit mir sprechen. Hier bin ich.«

Seine Stimme war überraschend tief, mit einem samtig französischen Akzent. Doch sein Tonfall war schroff, und Taylor spürte die Ablehnung dahinter.

»Ich? Wieso?« Sie war so perplex, dass ihr zunächst die Worte fehlten. Sie musste sich echt zusammenreißen. »Wenn ich mich recht erinnere, warst du derjenige, der gesagt hat, wir sollten reden.«

»Aber bloß, weil du so verzweifelt klangst.«

»*Verzweifelt?*« Taylor kochte. »Hör mal, ich mache das hier nur für die Schule und weil mein Lehrer darauf bestanden hat. Ich persönlich habe nicht die geringste Lust, mit dir zu reden.«

Er lächelte spöttisch.
»Du tust wohl immer, was man dir sagt, wie?« Es klang verächtlich. Als wäre Gehorsam für ihn das Schlimmste überhaupt.
Taylor schoss das Blut in die Wangen.
»Nein, aber mir liegt nun mal etwas an meiner Ausbildung und meiner Zukunft …«
Sachas Grinsen wurde noch breiter.
Taylor merkte selbst, dass sie wie eine alte Streberin klang, doch irgendwie konnte sie sich nicht bremsen.
Sacha wedelte abwertend mit der Hand. Die rasche Bewegung verschwamm auf dem Bildschirm.
»Halt mir bloß keine Vorträge über …«, er suchte nach der englischen Vokabel, »Schulbildung. Das langweilt mich.«
Taylors Augen blitzten. Am liebsten hätte sie Finlay eine reingehauen.
Der Typ braucht keine Nachhilfe, der braucht einen Babysitter.
»Ich wollte dir keinen Vortrag halten«, sagte sie mit eisiger Stimme. »Du hast mir eine Frage gestellt, und ich habe geantwortet. Und übrigens – wenn du keine Lust hast, mit mir zu sprechen, warum tust du es dann?«
Zu ihrer Überraschung lachte er. Überhaupt nicht zynisch diesmal, sondern echt.
»*Touché.*« Für einen kurzen Moment sah er plötzlich entspannt aus.
Sie rückte näher. »Im Ernst. Es ist doch mehr als offensichtlich, dass du auf die Sache keinen Wert legst. Warum bist du dann hier?«
»Weiß nicht.« Sein Blick huschte über ihr Gesicht. »Ich war wohl … neugierig. Außerdem meinte mein Lehrer, ich sollte …«

»Ach, du tust wohl immer, was man dir sagt, wie?«, revanchierte sich Taylor.

Wieder lachte er sein entwaffnendes Lachen – ein tiefes, warmes Glucksen.

Taylor blieb auf der Hut und wappnete sich gegen die nächste bissige Bemerkung. Aber die kam nicht. »Okay, okay.« Er hob die Hände. »Sorry, dass ich so pampig war. Zurzeit hab ich mit Schule einfach …«, wieder suchte er nach dem richtigen Ausdruck, »… nicht so viel am Hut. Aber dafür kannst du ja nichts. Ich sollte es also nicht an dir auslassen.«

Taylor wurde ganz schwindlig von seinen ständigen Stimmungswandlungen.

»Vollkommen richtig. Das solltest du nicht.«

Sie versuchte, kühl zu bleiben, doch seine blauen Augen blitzten sie so lebhaft an, dass ihre Wut verrauchte.

Außerdem brauchte sie ihn.

»Klingt, als wären sich unsere Lehrer sehr ähnlich. Meiner ist ganz versessen darauf, dass ich dir Nachhilfe gebe.« Sie sah ihn fragend an. »Aber ich verstehe nicht, wo das Problem liegt. Dein Englisch ist wirklich gut.«

»Danke.« Sacha wirkte erfreut.

Taylor musste feststellen, dass er echt gut aussah, wenn er lächelte.

»Meiner liegt mir ständig in den Ohren, dass ich mehr für die Schule tun soll. Mache ich aber nicht.« Er deutete auf den Bildschirm. »Das hier ist die Strafe dafür.«

Aber es schien ihn nicht zu berühren, als könnte ihm nichts etwas anhaben. Und wie er sie ansah, selbst in den netten Momenten … Als würde er abschätzen, ob sie cool genug war.

Und das machte sie nervös.
Bestimmt hätte er lieber mit jemandem wie Georgie gechattet, einem Mädchen mit perfektem Haar, perfektem Make-up, perfekter Figur.
Mit einer, die ganz anders ist als ich.
»Bist 'ne echte Wohltäterin, hab ich gelesen«, haute Sacha in die Kerbe, als hätte er ihre Gedanken erraten und wollte umgehend die Bestätigung liefern.
Taylor blinzelte irritiert. »Ich weiß nicht, wovon du sprichst.«
»Taylor Montclair aus Woodbury in England: Ehrenamtlerin des Jahres. Das bist du doch, oder? Ich hab dich gegoogelt«, fügte er hinzu, als er ihre Verwunderung sah.
Taylor wurde wieder rot. Als wäre ihr der Preis, auf den sie immer stolz gewesen war – und der einen Ehrenplatz in ihrem Regal hatte –, auf einmal peinlich.
Das ärgerte sie. Für diese Auszeichnung hatte sie hart gearbeitet, sie bedeutete ihr etwas.
Sie zwang sich, ihn direkt anzusehen. »Ja, das bin ich. Ich nehme Dinge ernst. Ich bin intelligent. Macht dir das vielleicht Angst?«
Wenn Taylor gedacht hatte, es würde ihn abschrecken, wenn sie zurückbiss, hatte sie sich getäuscht. Sacha stützte nur das Kinn in die Hand und betrachtete sie interessiert.
»Ich glaube, du gefällst mir, Taylor Montclair aus Woodbury in England. Wenn ich tatsächlich Nachhilfe bräuchte, würde ich wahrscheinlich bei dir anfragen. Aber wie du siehst, ist mein Englisch bestens.«
Da hatte er allerdings recht. »Und warum denkt dein Lehrer dann, du bräuchtest meine Hilfe?«
Er wich ihrem Blick aus. »Weiß nicht … In letzter Zeit bin ich

nicht mehr in die Schule gegangen. Der ganze Krempel interessiert mich einfach nicht. Wahrscheinlich ist das hier ein Versuch, mich umzustimmen. Ist aber zwecklos.«

Taylor wusste nicht, was sie dazu sagen sollte.

»Das verstehe ich nicht. Wieso denn?«

Sachas Lächeln verschwand.

»Hab meine Gründe. Glaubst du mir wahrscheinlich nicht, aber es sind sehr gute Gründe.«

Taylor hatte das Gefühl, ein heikles Thema angeschnitten zu haben. Plötzlich war da wieder der bittere Zug um seinen Mund. Doch diesmal auch noch etwas anderes: Angst. Schmerz.

Verwirrt lehnte sie sich zurück.

Sie wusste wirklich nicht, was sie von ihm halten sollte. Er fühlte sich immer gleich angegriffen. War irgendwie trotzig und bockig, wirkte aber zugleich verunsichert. Er machte einen intelligenten Eindruck, aber die Schule war ihm egal. So jemand war ihr noch nicht untergekommen.

Ein faszinierender Typ.

Wenn sie mehr über ihn erfahren wollte, musste sie ihn zu dieser Nachhilfe überreden.

»Wir sind hier aber nicht in der Schule, und ich bin nicht deine Lehrerin«, sagte sie. »Wir sind einfach nur zwei Leute, die sich unterhalten.« Sacha musterte sie aufmerksam, während sie rasch weitersprach. »Hör zu: Wir beide bekommen Ärger, wenn wir nicht wenigstens so tun, als würden wir dieses Nachhilfe-Ding durchziehen. Warum machen wir das nicht einfach? So tun, als ob, meine ich. Wir könnten uns auf dieser *echt* schrägen Website auf Englisch unterhalten, vielleicht auch über ein Buch oder so. Wir müssen ja nicht wirklich lernen. Aber unsere Lehrer

würden endlich Ruhe geben.« Sie hob die Hände. »Alle hätten was davon.«
Er antwortete nicht sofort. Sein Blick wanderte über ihr Gesicht, als suchte er dort nach etwas.
Und aus Gründen, die absolut nichts mit Finlay oder Oxford zu tun hatten, wünschte Taylor sich, dass er Ja sagte.
»Okay, Taylor Montclair.« Er grinste sie herausfordernd an. »Solange du nicht versuchst, mir was beizubringen, bin ich dabei.«

5

»Isst du die noch?« Tom deutete auf die Pommes, die Taylor nicht angerührt hatte.

Sie schüttelte den Kopf und schob den Teller in seine Richtung.

Georgie, der auch nicht entgangen war, dass Taylor kaum etwas gegessen hatte, musterte sie fragend. Taylor wich dem Blick aus, um nicht laut loszuschreien. Sie fand den ganzen Abend einfach nur ätzend.

Zuerst hatten sie im Kino einen Film gesehen, in dem so viel geballert wurde, dass Taylor von dem Krach Kopfschmerzen bekommen hatte. Sie hasste gewalttätige Filme, aber die anderen hatten sie überstimmt, und da war sie eben mitgegangen.

Und danach hatten sie sie in diesen pseudo-amerikanischen Retro-Laden geschleppt, wo ausschließlich Hamburger und Milchshakes auf der Speisekarte standen und die Musik so laut war, dass sie ihre eigenen Gedanken nicht hören konnte, was den Druck in ihrem Schädel nur noch schlimmer machte.

Schon seit ein paar Monaten plagten sie immer wieder diese eigenartigen Kopfschmerzen. Das Einzige, was dagegen half, war, Pillen einzuschmeißen und sich in ein dunkles Zimmer zu verkriechen. Migräne, hatte ihre Mutter diagnostiziert. Wie man es nannte, war Taylor egal, sie wusste nur, dass es höllisch wehhat.

Als der nächste Song mit einem Schlagzeug-Intro losging, hatte sie das Gefühl, dass ihr Hirn mit einem Presslufthammer bearbeitet wurde. Verzweifelt drückte sie die Fingerspitzen an die Schläfen.

Tom schien von alldem nichts zu merken. Er mampfte ihre Pommes und lachte gerade über irgendwas, das Paul gesagt hatte. Georgie saß lächelnd daneben und hatte ihre Hand auf Pauls Arm gelegt, damit er nicht vergaß, dass sie auch noch da war. Schon seit einer halben Ewigkeit war sie in ihn verknallt, und heute war ihr erstes Date. Doch leider hatten Paul und Tom fast den ganzen Abend nur über das gestrige Rugby-Training und das bevorstehende Match gesprochen.

Trotzdem sah Georgie glücklich aus. Alle schienen sich bestens zu amüsieren.

Nur ich nicht.

Taylor wollte den anderen nicht den Abend verderben, aber sie musste unbedingt hier raus. Als die Kellnerin an den Tisch trat, um weitere Bestellungen aufzunehmen, kam sie den anderen zuvor. »Wir würden gern bezahlen, bitte.«

»Jetzt schon?«, protestierte Tom, während die Bedienung in ihrem Minirock wieder abrauschte. »Ist doch erst zehn. Ich dachte, wir bleiben noch ein bisschen.«

Auch Georgie war enttäuscht. »Es ist wirklich noch total früh!«

Blitzschnell erfand Taylor eine Ausrede. »Hab ich euch das nicht gesagt? Ich muss morgen echt früh aufstehen und noch was mit meiner Mom erledigen. Tut mir echt leid. Ihr könnt ja noch bleiben.«

Normalerweise war sie nicht besonders gut im Lügen, doch im Augenblick war sie so fertig mit den Nerven, dass es wie von selbst gegangen war.
»Komm schon«, drängte Tom. »Bleib noch.«
»Wir könnten in den Pub bei mir um die Ecke gehen«, schlug Paul vor und musterte Georgie dabei eindringlich – als wäre ihm eben erst aufgefallen, dass sie ziemlich hübsch war. »Der hat noch bis um elf auf.«
Zu früh gefreut.
»Aber wir sind noch keine achtzehn«, protestierte Taylor. »Die schmeißen uns gleich wieder raus.«
Paul lächelte siegessicher. »Ich kenne den Besitzer, ist ein Freund von meinem Onkel. Ich darf rein, wann immer ich will.«
Georgie strahlte. »Klingt total cool. Findest du nicht, Tay?«
»Ich finde, es klingt nach Ärger«, antwortete sie und schnappte sich ihre Tasche.
»Du bist so was von lahm«, meckerte Tom sie an. »Mit dir hat man nie Spaß. Das Einzige, worauf du wirklich stehst, ist Lernen.«
Taylor warf ihm einen giftigen Blick zu. Ihr Schädel dröhnte. *Kriegt der überhaupt noch was mit?* Sie hatte ihm doch gesagt, dass sie Kopfschmerzen hatte, aber anscheinend war ihm das egal. Das Einzige, was ihn wirklich interessierte, war Rugby.
»Vielen Dank für deine Anteilnahme«, sagte sie sarkastisch.
Die Kellnerin kam und wedelte mit der Rechnung. Nach einem kurzen Blick in die Runde – verschränkte Arme, abgewandte Gesichter – ließ sie sie auf den Tisch fallen. »Sagt einfach Bescheid, wenn ihr so weit seid.«
Ohne sich den Betrag anzusehen, kramte Taylor ein paar Scheine

aus ihrem Portemonnaie und warf sie auf den Tisch. Es war ihr egal, ob sie zu viel oder zu wenig bezahlte.
Sie wollte nur hier *raus*.
»Macht, was ihr wollt. Ich geh jetzt nach Hause.« Abrupt sprang sie auf und stieß den Stuhl zurück.
Ihr kam es vor, als brüllten tausend Stimmen gleichzeitig aus dem Lautsprecher, wie ein Schwarm wilder Krähen, der auf ihr Hirn einhackte. Sie konnte kaum mehr klar denken.
Sie presste die Hände auf die Ohren.
Dieser Krach soll endlich aufhören!
Plötzlich erschütterte ein gewaltiger Knall den Raum.
Einige Gäste schrien auf. Irgendwo fiel mit lautem Klirren ein Glas zu Boden.
Dann … Stille.
Wie in Zeitlupe drehte Taylor sich um. Alle starrten an die Decke, wo dünne graue Rauchschwaden entlangwaberten. Es roch nach verbranntem Plastik. Die Kellner rannten hektisch hin und her.
»Verdammt«, rief einer, »die Lautsprecher sind explodiert!«

***

Taylor hörte erst auf zu rennen, als sie bereits die Hälfte des Nachhausewegs zurückgelegt hatte. Ihr Rücken war nass geschwitzt. Gierig atmete sie die kühle Nachtluft ein. *Sauerstoff!*
Sie hatte nicht mehr mitbekommen, was der Grund für die Explosion gewesen war oder was die anderen dazu gesagt hatten, sondern hatte sich hastig verabschiedet und war davongestürmt.
In ihrem Kopf hämmerte es immer noch wie wild. Sogar das

Klacken ihrer Absätze auf dem Asphalt erschien ihr unerträglich laut. Sie wollte nur noch nach Hause und ins Bett. So schnell wie möglich.
Woodbury war eine typisch englische Kleinstadt mit jeder Menge alten Gemäuern, Backsteinhäusern, gewundenen Gässchen und kleinen Kirchen. Mitten hindurch führte ein schmaler Fluss, die Ufer gesäumt von Bäumen und Wiesen. Ein hübsches Städtchen eigentlich, doch Taylor war hier aufgewachsen, und deswegen war es für sie einfach nur … zu Hause.
Sie eilte weiter, während ihr die Ereignisse des Abends und ihr abrupter Abgang durch den Kopf schwirrten. Georgie würde ihr bestimmt verzeihen, sie hatte ja mitbekommen, dass es ihr nicht gut ging. Aber Tom? Der war eine andere Baustelle.
Anfangs war alles so aufregend gewesen. Tom war einer der besten Sportler der Schule. Er hatte einen eigenen Trainer und wollte später Rugby-Profi werden.
Er war groß, muskulös und blond – ein echter Mädchenschwarm. Alle Mädchen der Schule waren hinter ihm her. Als er Interesse an Taylor gezeigt hatte, konnten weder sie selbst noch Georgie das fassen.
Eines Tages hatte er sie plötzlich angesprochen und gefragt, ob sie den Geschichtsaufsatz schon fertig hatte, den sie am Nachmittag abgeben sollten.
»Natürlich«, hatte sie verdattert geantwortet.
»Äh … ja. Schön. Ich … nämlich auch«, hatte er gestammelt und war eilig wieder abgezischt.
Georgie hatte ihm mit offenem Mund nachgeschaut. »Ich glaub's ja nicht – der steht auf dich!«
»Schwachsinn!«, hatte Taylor geknurrt, die an jenem Tag eine

abgewetzte Jeans und ein T-Shirt mit der Aufschrift *Bücher sind mein Leben* getragen hatte.

»Dafür sieht er viel zu gut aus, und beliebt ist er auch.«

»Ich weiß, ich weiß«, hatte Georgie zurückgegeben und den perfekt gebundenen Pferdeschwanz zurechtgezupft. »Und trotzdem ist er total scharf auf dich.«

Zuerst hatte Taylor nicht daran glauben wollen. Doch als Tom nicht lockerließ, sich im Speisesaal an ihren Tisch setzte, gemeinsam mit ihr in der Bibliothek Hausaufgaben machte und überhaupt alles tat, um ihr zu gefallen, hatte sie seiner Beharrlichkeit irgendwann nicht länger widerstehen können und sich überzeugen lassen, dass er es ernst meinte. Sie hatte eingewilligt, ihn zu einer Party zu begleiten.

Georgie hatte ihr das Outfit für den Abend ausgesucht – aus ihrem eigenen Kleiderschrank. Ein kurzes schwarzes Kleid, in dem Taylors Beine länger und ihre Figur üppiger wirken sollten. Taylor hatte ihre Locken in eine Hochsteckfrisur gezwängt und den neuen, kirschroten Lipgloss aufgetragen.

Im Spiegel hatte sie sich selbst kaum wiedererkannt. War sich vorgekommen wie eine Mogelpackung.

Normalerweise ging sie nicht auf Partys, und als sie mit Tom den Raum betrat, fingen die anderen Mädchen an zu tuscheln.

»Oh mein Gott, ist das nicht diese Streberin? Taylor Dingsbums …«

»Was will Tom denn mit *der*?«

Doch Tom war den ganzen Abend nicht von ihrer Seite gewichen, hatte nur Augen für sie gehabt. Dafür war Taylor dankbar gewesen. Seine Anwesenheit hatte ihr Sicherheit gegeben in einer Welt, die nicht ihre war.

An diesem Abend hatten sie sich zum ersten Mal geküsst.
Und seither waren sie ein Paar. Tom und Taylor. Das war so weit okay, es war nett, mit Tom zusammen zu sein. Doch mehr wurde es für Taylor auch nie, es war und blieb – ganz nett.
Obwohl sie sich in der Beziehung nicht wirklich wohlfühlte, versuchte sie die meiste Zeit, dieses Gefühl zu verdrängen und das Ganze einfach so hinzunehmen. Doch wenn sie ehrlich war, konnte sie nicht sagen, warum sie beide eigentlich zusammen waren. Er hatte nichts mit Lernen am Hut, und sie interessierte sich nicht für Sport. Für ihren Geschmack fehlte es ihm an Ehrgeiz – Rugby-Profi zu werden war schließlich kein echtes Lebensziel.
Er wurde sauer, wenn sie am Wochenende lieber etwas anderes tat, als mit ihm auf Partys rumzuhängen. Einmal hatte er sogar kurz vor einer Prüfung ihre Lehrbücher versteckt, weil er fand, dass sie »endlich mal locker« werden müsse, und sich trotz ihres Bittens geweigert, sie zurückzugeben.
An dem Tag war Taylor drauf und dran gewesen, sich von ihm zu trennen, aber Georgie hatte es ihr ausgeredet. »Das wird schon wieder. Ihr packt das.«
Taylor war sich da nicht so sicher.
Sie war nicht mal wirklich verliebt. Hatte keine Schmetterlinge im Bauch, wenn er anrief, so wie das in Romanen und Filmen immer dargestellt wurde. Spürte kein Kribbeln, wenn er sie ansah. War nicht aufgeregt, wenn er ihr eine Nachricht schickte, oder traurig, wenn er es nicht tat. Manchmal vergaß sie sogar, dass es ihn überhaupt gab.
Insgeheim hatte sie sich schon gefragt, ob mit ihr vielleicht irgendwas nicht stimmte. Denn wen es kaltließ, dass Tom Berenson Interesse hatte – der blonde Junge mit den unglaublich

blauen Augen und dem athletischen Körper –, der konnte ja nicht ganz richtig ticken.
Oder?
Georgie meinte, beim ersten Freund sei das ganz normal.
Vielleicht war das überhaupt in Beziehungen so. Man ist verwirrt und fühlt sich irgendwie verloren. Vielleicht aber auch nicht. Und in dem Fall sollte sie sich endlich dazu aufraffen, mit ihm Schluss zu machen.
Von der Hauptstraße bog sie in die ruhige Nebenstraße ein, in der ihr Elternhaus stand. Die lange, gewundene Gasse war gesäumt von teils viktorianischen, teils moderneren Reihenhäuser, alle aus Backstein und mit kleinen Gärten davor, in denen helle Rosen und üppige Hortensien blühten.
Um diese Zeit war alles still. Dunkel und menschenleer. Sie war schon fast am Haus, als sie plötzlich das beklemmende Gefühl überkam, dass jemand sie verfolgte.
Ihre Nackenhaare stellten sich auf, ihre Haut prickelte wie elektrisiert.
Ganz deutlich spürte sie es. Sie war nicht allein. Jemand beobachtete sie.
Mit erhobenen Fäusten wirbelte sie herum. Die Straße lag verlassen da.
Taylor räusperte sich nervös. »Ist da jemand?«
Nichts rührte sich.
Taylor lief wieder los. Sie konnte das Gefühl nicht genau einordnen, doch mit jedem Schritt wurde es stärker. Sie spürte etwas Kaltes in ihrem Rücken. Kalt wie Eis.
Sie hatte keine Ahnung, was hier vor sich ging. Sie wusste nur, dass sie so schnell wie möglich ins Haus musste.

Als sie hinter sich eilige Schritte hörte, schlug ihr das Herz bis zum Hals. Sie wollte schneller rennen, doch es war wie in einem Albtraum – plötzlich waren ihre Füße schwer wie Blei.
In ihrer Panik stolperte sie über die Bordsteinkante und wäre um ein Haar gestürzt, wenn nicht jemand ihren Arm gepackt hätte. Taylor schrie und versuchte, sich loszureißen.
»Taylor, was ist mit dir?«
Den Tränen nahe, hob Taylor den Kopf und blickte in ein vertrautes Gesicht. »Georgie …?«
Ihre Freundin schaute besorgt zu ihr herunter.
»Klar ich, wer denn sonst? Bist du okay? Was ist denn los?«
»Ich …« Taylor wusste nicht, was sie sagen sollte.
Gute Frage. Was ist bloß mit mir los?
»Mir geht's gut. Du hast mich nur erschreckt«, murmelte sie und versuchte, möglichst normal zu wirken. »Was machst du hier? Ich dachte, ihr wärt noch in diesem Diner.«
Georgie betrachtete sie skeptisch. »Ich wollte nachschauen, wie's dir geht. Du bist so Hals über Kopf davongerannt, da hab ich mir Sorgen gemacht.«
Taylor merkte, wie die Anspannung von ihr abfiel.
Diese blöden Kopfschmerzen sind schuld. Da muss man ja durchdrehen.
»Es tut mir leid, Georgie. Ich hab nur solche Kopfschmerzen. Und dann hab ich plötzlich gemerkt, dass mir jemand folgt. Ich konnte ja nicht wissen, dass du das bist. Ich hatte voll Schiss.« Sie hob entschuldigend die Hände. »Hoffentlich hab ich dein Date nicht vermasselt.«
Georgies Gesichtsausdruck wurde milder. »Ach, Quatsch. Mit Paul kann ich immer noch ausgehen. Warum hast du nicht ge-

sagt, dass es so schlimm ist? Komm, ich bringe dich ins Haus.« Sie legte ihren Arm um die Freundin und führte sie den Gehweg entlang.

***

Im Haus angekommen, lenkte Georgie erst Taylors Mutter ab und kochte dann Kakao.

»Und jetzt raus mit der Sprache«, begann sie, als beide in Taylors Zimmer saßen. »Ist wirklich alles in Ordnung? Du warst ganz schön komisch drauf heute. Gibt's da vielleicht irgendwas, das ich wissen sollte?«

»Alles in Ordnung«, beharrte Taylor. Was auch stimmte. Jetzt, da sie zu Hause war und eine Tasse mit heißem Kakao in den Händen hielt, ließen sogar die Kopfschmerzen ein wenig nach. Trotzdem war vorhin da draußen etwas passiert, und sie fragte sich, was. Ganz deutlich hatte sie gespürt, dass jemand sie beobachtete, und sie hätte schwören können, dass es nicht Georgie war. So etwas hatte sie noch nie erlebt – echt gruselig.

Sie konnte es sich nicht erklären. Wahrscheinlich hatten die Kopfschmerzen bloß eine Panikattacke ausgelöst. Oder es war der Ärger mit Tom.

Wie auch immer. Im Moment war sie nicht in der Verfassung, mit Georgie darüber zu reden. Also wechselte sie das Thema.

»Wo hast du denn die Jungs gelassen? Ich komme mir echt mies vor, wegen ein paar Kopfschmerzen deinen großen Abend zu ruinieren.«

»Die sind noch im Restaurant.« Mit der perfekt manikürten Hand (ocean pink) winkte Georgie lässig ab. »Ich hab mir Sorgen um dich gemacht. Was zählt da irgendein langweiliges Date?«

Taylor grinste sie an. »Du bist die schlechteste Lügnerin, die ich kenne. Eine Karriere als Verbrecherin kannst du dir jedenfalls aus dem Kopf schlagen.«

»Ich mein's ernst«, protestierte Georgie. »Dir geht's nicht gut, also ist mein Platz an deiner Seite.«

Taylor glaubte ihr kein Wort. Sie lehnte sich in die Kissen zurück. »Du und Paul, ihr schient euch ganz gut zu verstehen. Hat es gefunkt?«

Georgies Augen begannen zu leuchten. »Ist er nicht der allerheißeste aller heißen Typen?« Sie fächelte sich Luft zu. »Schon wenn ich an ihn denke …«

Taylor lächelte nachsichtig. Georgie verknallte sich ständig.

»Habt ihr schon euer nächstes Date ausgemacht? Also, ich finde, ihr gebt ein hübsches Paar ab.«

»Wir haben Telefonnummern ausgetauscht. Er hat gesagt, er ruft mich an.« Ein leiser Zweifel huschte über Georgies Gesicht. Bei Jungs konnte man nie wissen.

»Er ruft ganz bestimmt an«, machte Taylor ihr Mut. »Ich hab doch bemerkt, wie er dich angesehen hat.«

Ehe Georgie etwas erwidern konnte, summte ihr Handy, und sie warf einen Blick aufs Display.

»Kannst du plötzlich hellsehen?«, fragte sie mit breitem Lächeln.

»Eine SMS von Paul? Wow, das war schnell. Muss am Nagellack liegen.«

Georgie ignorierte den Kommentar. »Er und Tom sind in diesen Pub gegangen. Er fragt, ob ich auch komme.« Ihre Wangen glühten vor Aufregung. »Ich glaube, er mag mich wirklich!«

Taylor versuchte, sich für Georgie zu freuen, doch insgeheim war sie ein bisschen enttäuscht.

Sie wollte jetzt nicht allein sein. Georgie sah ihr wohl an, was in ihr vorging, denn ihr Lächeln verschwand.
»Ich werde natürlich nicht hingehen. Ich werde hierbleiben und mich um dich kümmern.«
Taylor seufzte. *Sei nicht so egoistisch*, ermahnte sie sich. Den ersten Teil des großen Abends hatte sie Georgie schon verdorben, jetzt konnte sie sie nicht auch noch um ein bisschen verbotenen Alkohol und heißes Geknutsche bringen.
Selbst die beste Freundschaft hat ihre Grenzen.
»Red keinen Quatsch«, sagte sie bestimmt. »Bei mir ist alles in Ordnung, und ich bin bestens mit Kakao versorgt. Du wirst jetzt da hingehen und einen schönen Abend haben.«
In Georgies Miene kämpften Freude und Zweifel. »Ganz sicher?«
»Geh schon«, befahl Taylor und schwenkte, um dem Ganzen Nachdruck zu verleihen, ihre Tasse. »Geh! Ich wünsche, mit diesem sahnig-süßen Getränk und einem Stapel Bücher in meiner Wohlfühloase allein zu sein.«
Georgie sprang auf. »Sollte es dir wieder schlechter gehen, rufst du mich aber an, okay?«, sagte sie, schon im Türrahmen.
»Versprochen«, erwiderte Taylor, wohl wissend, dass sie das aller Wahrscheinlichkeit nach nicht tun würde.

***

Nachdem Georgie gegangen war, kuschelte Taylor sich mit einem Buch ins Bett. Später versuchte sie zu schlafen, warf sich aber nur hin und her, während ihr die Ereignisse des Abends in einer Endlosschleife wieder und wieder durch den Kopf gingen. Um ein Uhr morgens gab sie auf. Sie warf die Bettdecke zurück, schnappte sich ihren Laptop, der neben dem Bett auf dem Boden stand, sank zurück in die Kissen und wartete, bis er hochfuhr.

In ihrer Inbox fand sie eine E-Mail von Georgie.

Hi Tay Alles in Ordnung? Hoffe, es geht Dir besser. Hab Dir sooo viel zu erzählen – über PAUL!!! Ich drück Dich.

Taylor scrollte durch die übrigen Mails bis zu Sachas letzter Nachricht. Der Cursor schwebte über seinem Namen.

Seit dem Chat vor ein paar Tagen hatten sie nichts mehr voneinander gehört, aber sie hatte ständig an ihn denken müssen. Alles an ihm war so … anders.

Sie mochte sein Lachen.

Er machte sie nervös, und sie verstand nicht, warum.

Aber es fühlte sich irgendwie gut an.

Sie dachte daran, wie er sie angeschaut hatte, als das Gespräch plötzlich zu persönlich geworden war. Unheimlich verletzlich hatte er ausgesehen.

Irgendetwas verbarg er vor ihr und dem Rest der Welt.

Ihre Finger trommelten neben der Tastatur. Schließlich öffnete sie eine neue E-Mail.

Lieber Sacha,

es war nett, neulich mit Dir zu reden. Ich habe nachgedacht. Vielleicht sollten wir gemeinsam ein Buch lesen.

Kannst Du eine englische Ausgabe von »Der Fänger im Roggen« besorgen? Ich glaube, das könnte Dir gefallen.

Sollen wir morgen darüber auf dieser gruseligen Webseite chatten?

Es grüßt Dich,

Taylor

6

Sacha schlief tief und fest, als sein Handy wie ein Insekt zu summen begann und ihn weckte. Mechanisch drückte er auf den grünen Hörer.

»Mmmmmmhhh?«

»Sacha, ich hab eine Idee.« Es war Antoine.

»Mmmmmmhhh?«, machte Sacha noch einmal und schloss wieder die Augen.

»Sacha!«, brüllte Antoine mit seiner nasalen, schrillen Stimme ins Telefon. Sacha zuckte zusammen. »Hörst du mir zu?«

»Ja, ja, ich hör zu. *Merde*, Antoine … Was zum Teufel willst du? Und wieso rufst du mitten in der Nacht an?«

»Nacht?« Antoine lachte ungläubig auf. »Es ist vier Uhr nachmittags! Schläfst du etwa noch?«

Abrupt setzte Sacha sich auf. Hatte er den ganzen Tag verschlafen?

»Jetzt nicht mehr«, sagte er und rieb sich den Schlaf aus den Augen. »Schieß los, Antoine. Was ist das für eine Idee? Soll ich für dich vom Eiffelturm springen?«

Pause. »Hör mal, Sacha … Wegen neulich Abend … Das war rein geschäftlich, kapiert? Ich hab nicht gedacht, dass du wirklich springst. Aber du musstest endlich mal in deinen Schädel kriegen, dass diese Typen keinen Spaß verstehen. Die lassen sich nicht verarschen, von keinem.«

Mehr war von einem wie ihm an Entschuldigung nicht zu erwarten. Und eigentlich war die Sache mit dem Sprung ja vor allem Sachas Idee gewesen, irgendwie witzig, hatte er sich gedacht. Es wäre nicht fair gewesen, jetzt Antoine die ganze Schuld in die Schuhe zu schieben. Was aber noch lange nicht hieß, dass er ihm über den Weg traute.

Sacha fuhr sich mit der Hand durchs verwuschelte Haar. »Alles in Ordnung. Hab's schon vergessen. Worum geht's denn jetzt eigentlich?«

Die Begeisterung kehrte in Antoines Stimme zurück. »Dieser gefakte Sprung ...«

»Der war nicht gefakt.«

»Meinetwegen«, tat Antoine Sachas Einwand ab. »Aber könntest du das noch mal machen?«

Sacha schnaubte. »Das kann nicht dein Ernst sein.«

Doch Antoine ließ sich nicht beirren. »Hör zu, ich krieg das gar nicht mehr aus dem Schädel. Ist mir scheißegal, wie du das angestellt hast, kann ruhig dein Geheimnis bleiben. Aber ... Junge, weißt du eigentlich, wie cool das ausgesehen hat? Unfassbar. Genial. Ich hab drüber nachgedacht. Diese Typen, die dich auf dem Kieker haben, die verpissen sich vielleicht, wenn sie das sehen. Und nebenbei könnten wir beide damit auch noch eine hübsche Stange Geld machen. Zwei Fliegen mit einer Klappe, verstehst du?«

Antoine war ein Spieler – er fuhr auf Glücksspiel ab, auf Drogen, auf alles. Sacha wusste, dass es eigentlich keine gute Idee war,

sich erneut mit ihm einzulassen, denn Antoine hing mit Typen ab, die verdammt unangenehm werden konnten.
Andererseits – seine Lippen verzogen sich zu einem schiefen Grinsen – liebte er das Spiel mit dem Feuer.
Aber zu leicht wollte er es Antoine trotzdem nicht machen. »Ich weiß nicht, Antoine …«
»Überleg doch mal«, legte der hastig nach. »Du bist von einem Dach runtergesprungen und hast überlebt. Ich kapier zwar nicht, wie das gehen kann, aber es war voll der Wahnsinn. Zu sehen, wie du einfach … aufgestanden und davonspaziert bist … *putain!*« Bewunderung lag in seiner Stimme. »Und jetzt hör dir meine Idee an. Wir sollten uns zusammentun, du und ich, und eine Show aufziehen. Ich kümmere mich um die Organisation, treibe Leute auf, die sehen wollen, wie du es machst. Leute mit reichlich Kohle. Leute, die gern spielen und die auf deinen Tod wetten sollen. Sie werden misstrauisch sein und vermuten, dass irgendwo ein Haken an der Sache ist, aber sie werden es trotzdem tun, Neugier siegt immer. Ich werde die Spannung hochtreiben, dann springst du und … *ta-taa!*« Er schrie das Wort so laut, dass Sacha zusammenzuckte und das Handy von seinem Ohr weghielt. »Du stehst einfach auf wie Jesus und wandelst von dannen. Und die Kohle gehört uns.«
Sacha war jetzt hellwach. Er schwang sich auf die Bettkante, hockte da und kratzte sich nachdenklich den bloßen Oberkörper.
Der Plan war total abgefahren. Mit diesen Typen war echt nicht zu spaßen, und wenn sie nicht aufpassten, konnte es sie den Kopf kosten. Antoine jedenfalls.
Trotzdem, Antoine hatte recht – sie konnten einen Haufen Geld

mit seinen Sprüngen machen. Abgesehen davon hatte er sowieso nichts Besseres zu tun.
Aber ein bisschen wollte er Antoine noch zappeln lassen.
»Du weißt aber schon, dass das ziemlich schmerzhaft ist, oder?«
Er versuchte, widerstrebend zu klingen, ängstlich. »Ich meine … So tief runterspringen, das machst du nicht mal eben so.«
Er konnte fast hören, wie Antoine am anderen Ende der Leitung die Achseln zuckte. »Ach, komm schon. Was willst du? Einen Orden? Du stirbst ja nicht dabei.«
Sacha lachte auf. Dem Kerl war es wirklich total egal.
Antoine merkte, dass er zu weit gegangen war. Er änderte seine Taktik und verlegte sich aufs Schmeicheln. »Hör zu, Sacha, du musst ja nicht jede Nacht springen. Nur ein einziges Mal, wir sahnen ab und fertig.«
Antoine kannte sämtliche Gangs in diesem Teil von Paris. Die Typen wetteten auf alles. Pferde, Hunde, Würfel … Die würden auch auf den Tod wetten. Ohne Frage.
Und was hatte er schon zu verlieren? Ihm blieb sowieso nicht mehr viel Zeit.
Ein paar Wochen.
Mit dem Geld, das er dabei verdiente, könnte er sich kaufen, was er wollte. Vielleicht eine Reise machen. Raus aus Frankreich. Irgendwohin weit weg und sein ganzes verpfuschtes Leben hinter sich lassen. Die Welt sehen, ehe es zu spät war.
»Gut. Ich springe, aber nicht höher als beim letzten Mal. Abgemacht?«
»Ohne Scheiß? Du bist der Größte!«, johlte Antoine ihm ins Ohr. »Klar, wir machen es am gleichen Ort. Ich sage dir, das wird das perfekte Ding.«

»Aber ich will sechzig Prozent«, unterbrach Sacha ihn.
Antoine verstummte. »Hä? Was? Wieso?«
Sacha streckte sich genüsslich.
»Weil ich derjenige bin, der springt.«

***

Treffen um Mitternacht, gleicher Ort wie beim letzten Mal. Siebzehn von den Jungs haben sich angekündigt, und alle wetten auf deinen Tod. Wir sind reich!
Sacha saß am Küchentisch und las heimlich die Nachricht, die Antoine ihm geschickt hatte. Seine Mutter, die bald zur Arbeit musste und schon ihre grünen Krankenhausklamotten trug, wusch das Geschirr vom Abendessen ab und unterhielt sich mit seiner Schwester Laura, die ihm gegenübersaß.
In seinem Bauch kribbelte es. *Siebzehn Spieler.* Antoine würde jeden von ihnen dazu bringen, mindestens tausend Euro zu setzen, das war immer das Minimum. Und ein paar von den ganz Verrückten würden sicher noch mehr setzen, um anzugeben.
Zwanzig Riesen waren da für sie drin.
Zwanzig Riesen!
Eine unvorstellbar große Summe. Es gelang ihm nicht, sich so viel Geld vorzustellen. Wie hoch der Stapel wäre. Wie schwer er wäre. Was man davon kaufen könnte. Was das für seine Familie bedeutete.
Seit dem Tod seines Vaters mussten sie kämpfen. Seine Mutter arbeitete sehr viel, oft legte sie im Krankenhaus sogar Doppelschichten ein. Aber nachdem Miete, Rechnungen und Essen bezahlt waren, blieb trotzdem kaum etwas übrig.
Seine Mutter tat alles, um ihre Kinder von alldem abzuschirmen, doch Sacha war klar, dass sie nur deshalb in diese Woh-

nung gezogen waren, weil sie sich das Haus, in dem die Familie zu Lebzeiten seines Vaters gewohnt hatte, nicht mehr leisten konnten.
Er sah zu seiner Mutter hoch. Ihr dunkles Haar glänzte in der Sonne, die hinter ihr durchs Fenster hereinschien. Sie lachte über etwas, das Laura gerade gesagt hatte, doch ihm fiel trotzdem auf, wie sehr sie in den letzten Jahren gealtert war. Er sah die verräterischen Falten, die der Schmerz in ihre Haut gegraben hatte.
Es versetzte seinem Herzen einen Stich.
Sie hätte es verdient, glücklich zu sein, doch das Leben hatte es ihr verwehrt.
Plötzlich kam ihm ein Gedanke: Er könnte das Geld, das er mit dem Sprung verdiente, doch sparen. Und sicherstellen, dass sie und Laura versorgt waren, wenn er nicht mehr da war.
Die Idee munterte ihn auf. Wenn er seiner Familie damit irgendwie helfen konnte, dann hätte die ganze Sache sogar noch etwas Gutes.
Laura plapperte ohne Pause über ihren Tag in der Schule. Sie war dreizehn, doch mit dem Pferdeschwanz, zu dem sie ihr goldbraunes Haar gebunden hatte, sah sie jünger aus. Wie er selbst war auch sie groß gewachsen, sie hatten die gleichen blauen Augen und markanten Wangenknochen. Nur hatte sie im Gegensatz zu ihm im Gesicht ein paar Sommersprossen.
Sie war die Jüngere und ein Mädchen – und damit drohte ihr keine Gefahr. Sacha war froh darüber.
Abgesehen von Tante Annie, der Schwester seines Vaters, war das auch schon seine ganze Familie. Sonst gab es niemanden mehr, keine Großeltern, keine anderen Onkel oder Tanten. Kei-

nen, der seine Mutter hätte unterstützen können, wenn er nicht mehr da war.
Er wäre vom Dach des höchsten Hochhauses der Stadt gesprungen, wenn es ihr Leben ein wenig leichter gemacht hätte.
Seine Mutter trocknete die Hände an einem Geschirrtuch ab und sah mit einem unwilligen Seufzer auf ihre Armbanduhr. Gleich musste sie gehen. Die Nachtschichten wurden zwar besser bezahlt, aber sie zermürbten auch mehr.
»Ich muss los.«
Sie verließ die Küche, um ihre Sachen zu packen. Ein paar Minuten später erschien sie mit umgehängter Tasche wieder in der Tür und warf Sacha einen mahnenden Blick zu.
»Du bleibst heute Abend zu Hause, ja? Ich möchte nicht, dass Laura allein bleibt.«
Laura zog eine Schnute. »Komm schon, Maman. Ich bin alt genug.«
»Jetzt bestärke deinen Bruder nicht auch noch«, sagte ihre Mutter düster. »Sollte er heute noch weggehen, möchte ich das wissen. Noch mache ich hier die Regeln, verstanden?«
»Ja, Maman«, sagten beide im Chor, aber es klang wenig überzeugend.
Sie warf ihnen Küsse zu und wandte sich zum Gehen.
Hinter ihrem Rücken zwinkerte Sacha seiner Schwester zu. Sie zwinkerte zurück.

***

Das verlassene alte Lagerhaus am Rand des Hafengeländes in Pantin hätte dringend eine Grundsanierung nötig gehabt. Früher einmal hatten sich hier auf fünf Stockwerken Baumwolle,

Kaffee und riesige Kisten mit Gummi gestapelt. Tag und Nacht hatte lärmende Geschäftigkeit geherrscht.

Doch die Zeiten hatten sich geändert.

Während viele der umliegenden Lagerschuppen abgerissen und durch moderne Bauten mit Klimaanlagen, hohen Zäunen und ausgeklügelten Sicherungssystemen ersetzt worden waren, hatte dieses Gebäude als einziges überlebt. Die meisten der riesigen Fensterscheiben waren zerbrochen. Niemand sah hier nach dem Rechten. Die meiste Zeit stand es einfach leer.

In dieser Nacht jedoch war es ungewöhnlich voll hier.

Eine Gruppe schwerer Jungs stand oben auf dem Dach – und hielt Sicherheitsabstand zur Kante.

»Verdammt hoch, *non*?«, brummte einer.

»Der Junge ist doch verrückt«, sagte ein anderer ohne Anzeichen von Mitgefühl oder Interesse. »Entweder wir gewinnen die Wette, oder an der Sache ist was faul.«

»Kann mir nicht denken, wie er das anstellen will«, sagte der Erste. Er fuchtelte mit einer brennenden Zigarette, deren rote Spitze wie ein glühendes Auge in der Dunkelheit leuchtete. »Ich hab hier oben, unten und auf den Treppen ein paar Jungs postiert … Mir entgeht nichts. Wenn er uns verarscht, krieg ich's mit.«

Antoine hatte alles vorbereitet: Die Wetten waren aufgenommen, und die Typen hatten sogar Gelegenheit bekommen, das Lagerhaus von oben bis unten zu inspizieren und sich zu vergewissern, dass nirgendwo versteckte Drähte oder Seile gespannt waren. Nichts als glatte, steile Wände – und unten tödlicher Asphalt.

Sie hatten die grässlichsten Details besprochen: Was, wenn Sacha überlebte, aber gelähmt wäre? Oder hirntot? Alle Möglichkeiten wurden in Betracht gezogen, die Wahrscheinlichkeiten abgewogen.

Allein und vollkommen entspannt stand Sacha am Rand des Daches, die Fußspitzen im Nichts. Ein kühler Wind zerzauste sein dünnes Haar und brachte das schwarze T-Shirt zum Flattern. Die Männer in seinem Rücken würdigte er keines Blickes.

Keiner von denen hätte es zugegeben, aber es machte sie nervös.

Antoine versuchte, die Spieler zu höheren Einsätzen zu verleiten. »Fünf Stockwerke, meine Herren, so weit ist es von uns hier oben bis zum Boden. Fünf hohe Stockwerke, ohne Netz oder Matratze, die den Sturz abfedern. Kein Seil, keine Tricks. Mein Freund hier«, er deutete auf Sacha, »ist bereit und wird auf mein Zeichen springen.«

Ein aufgeregtes Tuscheln ging durch die Menge. Spieler liebten diesen Augenblick. Diesen einen Moment, wenn alles auf dem Spiel steht. Dann fühlten sie sich lebendig und mächtig. Ob sie gewannen oder verloren, war fast nebensächlich. Der eigentliche Reiz lag im Nervenkitzel. Im Risiko.

Wobei das heute Abend ganz offensichtlich eine todsichere Wette war. Heute Abend waren sie gekommen, um einen Jungen sterben zu sehen.

Für manche war das nicht mal eine Premiere. Sacha war nicht der Erste, der versuchte, durch eine waghalsige Aktion an ihr Geld zu kommen, doch alle vor ihm waren gescheitert. Für die anderen jedoch tat sich hier eine neue Dimension auf, so rasant und schwindelerregend wie der Sturz, der Sacha bevorstand.

Ein bisschen grün im Gesicht sahen sie aus, und ihre Hände

zitterten, während sie sich eine Zigarette nach der anderen anzündeten.

***

Sacha starrte in den dunklen Abgrund. Die Stelle, wo er aufprallen würde, lag im Nebel, als wäre sie schon Teil einer jenseitigen Welt.

Am Fuß des Gebäudes konnte er schemenhaft andere Männer ausmachen, die beisammenstanden und darüber wachten, dass alles mit rechten Dingen zuging. Der tödliche Aufprall würde sich direkt vor ihren Augen ereignen, sie würden ihr Geld kassieren und verschwinden.

Sacha achtete nicht auf Antoines Geschwafel in seinem Rücken. Er wartete nur auf seinen Einsatz. Konzentriert und ohne Angst. Wovor hätte er sich auch fürchten sollen?

Schließlich hörte er wie aus weiter Ferne die Worte, auf die er gewartet hatte. »Und nun, Herrschaften, wird er springen. Und Sie werden erleben, was er draufhat. Auf drei … Eins … zwei … *drei!*«

Sacha sprang.

Er wusste, was ihn erwartete. Der Wind, der in seinen Ohren rauschte, kam ihm unnatürlich laut vor, wie Geschrei. Sacha presste die Zähne aufeinander, denn er wollte sich beim Aufprall nicht aus Versehen die Zunge abbeißen. Sein T-Shirt flatterte hoch. Er zog die Zehen an, damit die Turnschuhe nicht weggeschleudert wurden.

Der Boden kam auf ihn zugeschossen. Rasend schnell.

Sachas Herz zog sich zusammen. Instinktiv drehte er sich in der Luft, um sein Tempo zu mindern. Um es hinauszuzögern.

Dann der Aufprall.

Wie aus weiter Ferne hörte er das Knirschen seines Körpers, in dem alle Knochen splitterten. Wenn er gekonnt hätte, hätte er geschrien.

Dann, einen kurzen Augenblick lang … nichts.

Nur Frieden.

***

Sacha blinzelte.

Der Boden war eiskalt. Rauer Beton presste sich gegen seine aufgeplatzte Haut.

Alles tat ihm weh. Jeder Millimeter Fleisch. Jeder Muskel. Jeder Knochen.

Die völlige Zerstörung.

Schlimmer als beim letzten Mal. Schlimmer als alles zuvor.

Seine Füße schrappten über den Boden. Und während langsam wieder Leben in ihn kam, blieb den Männern, die um ihn herumstanden und neugierig guckten, plötzlich die Luft weg.

»Heilige Muttergottes, er lebt.« Eine tiefe, fassungslose Stimme schnitt durch seinen Nebel aus Schmerz und erinnerte Sacha daran, wo er war. Wie er hierhergekommen war. Was man von ihm erwartete.

Er überlegte, wie lange er bewusstlos gewesen sein mochte.

Nicht lange genug.

Er spürte die Blicke auf sich, hörte das unruhige Gemurmel, als die Männer die Köpfe zusammensteckten.

Er unterdrückte ein Stöhnen und hob langsam die Hand, um seine Augen abzuschirmen.

Erst konnte er kaum etwas erkennen – alles war verschwommen.

Doch als sein Blick klarer wurde, sah er, wie die kleine Menge vor ihm zurückwich, als hätte er die Pest.

Er konnte es ihnen nicht verdenken. Der Anblick musste fürchterlich sein.

Lieber wäre er noch liegen geblieben, doch es nützte nichts, er musste aufstehen.

Seinem Publikum was bieten.

Mit eiserner Entschlossenheit rappelte er sich hoch und zwang sich, dabei nicht so vollkommen fertig auszusehen, wie er sich fühlte.

Bei der kleinsten Bewegung durchfuhr ihn ein stechender Schmerz. Noch nie hatte er solche Qualen durchlitten. Bestimmt waren ein paar innere Organe geplatzt. Mehrere Knochen waren gebrochen, das spürte er, kurz hatte auch sein Herzschlag ausgesetzt – und er hatte es sogar bemerkt. Eine merkwürdige, abgrundtiefe Stille.

Doch der Heilungsprozess hatte bereits eingesetzt. Er spürte, wie die zerschmetterten Knochen sich zusammenfügten und alles wieder zusammenwuchs, was er so rücksichtslos zerstört hatte. Ob er wollte oder nicht.

Die Männer wurden immer nervöser.

»Verdammt, wie kann das sein?«, murmelte einer.

Ein Schlägertyp mit Lederjacke bekreuzigte sich.

»Das ist bestimmt ein fauler Trick«, rief ein Dritter.

»Ja, aber wie?« Der Erste sah die anderen verwirrt an. »Ich hab den Aufprall mit eigenen Ohren gehört. Ihr alle habt es gesehen. So was überlebt keiner.« Aus sicherer Entfernung deutete er mit zitternder Hand auf Sacha, der ihn nur unschuldig ansah. »Der Junge war tot. Und jetzt … ist er es nicht mehr.«

»So was gibt's nicht«, beharrte der andere. »Es muss ein Trick sein.«

Sacha hätte ihnen sagen können, dass es kein Trick war, kein Zauber und keine Täuschung. Es war halt so: Er würde an seinem achtzehnten Geburtstag sterben und nicht einen Tag früher. Das, was ihn in ein paar Wochen töten würde, rettete ihm nun das Leben.

Aber er sagte nichts. Die Typen hätten es eh nicht geglaubt.

Er unterdrückte den Schmerz in seinem Gesicht und zwang sich, ein ironisches Grinsen aufzusetzen.

Die Männer starrten ihn nur entgeistert an.

Über diese Sache würden sie noch viele Jahre reden, so viel stand schon mal fest.

Hinter ihnen erschien der Rest der Bagage, der das Spektakel vom Dach aus verfolgt hatte, vorneweg Antoine, dessen Gesicht vor eitler Siegesgewissheit regelrecht glühte.

Er winkte Sacha kurz zu und wandte sich dann an die Männer. »Und jetzt, meine Herren, werde ich mir erlauben, mein Geld einzusammeln …«

7

Es war schon früher Abend, als Sacha am nächsten Tag endlich aus dem Bett kroch. Bei jeder Bewegung stöhnte er auf. Es war zwar längst nicht mehr so schlimm wie am Abend zuvor, doch er fühlte sich immer noch ganz steif und zerschlagen.
Als wollte sein Körper ihn bestrafen.
Aus dem Fenster sah er auf die Straße hinaus, die von der Sonne in goldenes Licht getaucht wurde. Ihm war nicht nach Sonnenschein. Die Ereignisse der letzten Nacht hätten ihn eigentlich in Hochstimmung versetzen müssen. Doch er war hoffnungsloser denn je. Er kam sich wie eine Missgeburt vor.
Verloren. Verflucht.
Der Sprung hatte nicht nur von seinem Körper Tribut gefordert, sondern auch von seiner Seele.
Er schloss die Vorhänge, um das Tageslicht auszusperren. Dann blieb er mitten im Chaos seines Zimmers stehen.
Mit dem nackten Fuß stieß er einen Stapel Bücher an und sah unbeteiligt zu, wie dieser auf den Teppich kippte. Früher hatte er gern gelesen. Jetzt fürchtete er sich zunehmend davor, dass ihm nicht genug Zeit bliebe, eine Geschichte, die ihn fesselte, zu Ende zu lesen.

Aus dem gleichen Grund hatte er so ziemlich alles aufgegeben, was ihm früher Spaß gemacht hatte: Kumpels, Schule, Freundin.
Sein Blick fiel auf die geöffnete Schultasche, die inmitten des Gerümpels auf dem Boden lag. Geldbündel schauten daraus hervor, die mit Gummibändern zusammengehalten wurden.
Zwanzigtausend Euro. Sein Anteil.
Die Männer hatten noch viel höher gewettet, als Antoine erwartet hatte. Es war genug, damit seine Mutter sich ein nettes, kleines Auto kaufen konnte. Oder Lebensmittel für ein ganzes Jahr. Keine Frage, wofür *er* es ausgegeben hätte.
Er griff nach der Tasche, setzte sich aufs Bett und schichtete die Scheine vorsichtig, fast liebevoll zu einem dicken Stapel. Jetzt wusste er, wie es sich anfühlte, so viel Geld zu berühren, wie viel es wog.
Er nahm ein Bündel Banknoten, ließ den Daumen über die Kanten fahren und genoss den Windhauch im Gesicht. Es roch kühl nach Druckerschwärze und altem Papier. Ein angenehmer Geruch.
Jedes Mal wurde das Sterben schlimmer. Jedes Mal war es schmerzhafter – aber *verdammt*. Das war es wert!
Er stellte sich vor, wie viel Geld er machen würde, wenn er zwei oder drei Mal die Woche sprang. Eine Höllenqual, ja klar, aber es würde nur so sprudeln. Noch ein paar Mal, dann könnte sich seine Mutter vielleicht sogar eine bessere Wohnung leisten.
Rasch wich der Traum der Wirklichkeit. Geld brachte Ärger, und deshalb musste er jetzt als Erstes ein sicheres Versteck dafür finden. Wenn seine Mutter es entdeckte, würde sie nicht ruhen, bis sie wusste, woher er es hatte. Und das durfte sie unter gar keinen Umständen erfahren.

In der Wohnung gab es aber keine guten Verstecke. Also die einfache Variante.
Sacha ging zu seinem Schreibtisch, zog eine der unteren Schubladen heraus und kippte umstandslos den Inhalt aus. Dann stopfte er das Geld nach ganz hinten und tarnte es mit altem Schulkram und Büchern.
Er schaltete den Computer ein.
Sein Posteingang öffnete sich. Mehr als einhundert ungelesene Nachrichten blinkten ihn vorwurfsvoll an. Er überflog die Namen, ohne eine zu öffnen. E-Mails von der Schule, Werbung für Dinge, die er nicht haben wollte … Nichts Interessantes. Bis auf eine …
Taylor.
Er klickte die Mail an. Als er sie gelesen hatte, lehnte er sich in seinem Stuhl zurück, starrte an die Decke und dachte nach.
Diese Nachhilfe-Geschichte nervte. Er hatte jetzt echt Wichtigeres zu tun, als Deide und irgend so ein Girlie, das er gar nicht kannte, bei Laune zu halten.
Die E-Mail klickte er trotzdem nicht weg.
Er stellte sich vor, wie er ihr reinen Wein über sein Leben einschenkte. Was sie dann wohl denken würde? Und wie sie wohl reagiert hätte, wenn sie ihn letzte Nacht gesehen hätte?
Sie wäre schreiend davongelaufen.
Seine Art zu leben war von ihrer perfekten Welt so weit weg wie der Mars. Taylor war so clean. So … *normal.* Als hätten ihre Lehrer absichtlich die beiden unterschiedlichsten Menschen auf diesem Planeten ausgewählt und gezwungen, zusammenzuarbeiten.
Eigentlich wollte er sich jetzt nur noch auf seinen Deal mit Antoine konzentrieren, um möglichst viel Geld für seine Familie

zu verdienen, und es ansonsten in den wenigen Tagen, die ihm noch blieben, so richtig krachen lassen. Doch er konnte einfach nicht vergessen, wie sie ihn angesehen hatte. Sie war zwar keine Hollywood-Schönheit, aber sie war hübsch, eins von diesen Mädchen, die gar nicht wissen, wie hübsch sie sind. Sie hatte ein herzförmiges Gesicht und diese außergewöhnlichen Augen, grün wie das Meer.

Vielleicht wär's ja eine Erleichterung, mal mit jemandem zu reden, der keinen Schimmer hatte, was für ein Wrack er war. Mit jemandem, der seine E-Mails »Es grüßt Dich« unterschrieb, als ob so eine Höflichkeitsfloskel für sie das Normalste von der Welt wäre.

Auf jeden Fall würde es Spaß machen, sie ein bisschen zu provozieren. Wenn sie sich aufregte, war sie echt süß.

Das gab den Ausschlag. Eine Chance würde er ihr noch geben, ehe er sich endgültig entschied.

Er tippte eine knappe Antwort:

Heute Abend. Zehn Uhr englischer Zeit. Du weißt, wo. Sacha

Nachdem er die Mail abgeschickt hatte, ging er in die Küche, um sich ein Sandwich zu machen. Seine Mutter fing ihn ab.

»Isst du nachher mit uns zu Abend?«, fragte sie. »Ich habe heute frei und fänd's schön, wenn wir zur Abwechslung mal alle gemeinsam essen würden.«

»Klar«, sagte er. »Ich hab heut Abend nichts vor. Muss nur mit meiner englischen Nachhilfelehrerin chatten, sonst nichts.«

Sie machte ein überraschtes Gesicht. »*Du* hast eine Nachhilfelehrerin?«

Er zuckte die Achseln, als wäre es ja wohl das Alleralltäglichste, dass er Nachhilfe bekam, und schlug einen beleidigten Ton

an. »Ich bin kein Idiot, weißt du. Mir liegt was an meiner Bildung.«
Seine Mutter schnaubte ungläubig. Aus dem Wohnzimmer hörten sie Laura lachen. »Sacha hat eine *Nachhilfelehrerin*? Hilfe, die Welt geht unter? Lass uns schnell unsere Siebensachen packen!«
»Macht euch nur lustig, aber es stimmt. Wir wollen zusammen englische Bücher lesen.«
»Also, ich finde das wunderbar«, sagte seine Mutter. »Ich bin nur ein bisschen baff.«
Sacha biss in sein Sandwich und redete mit vollem Mund weiter. »Hast du etwa jemals an meiner Liebe zum Lernen gezweifelt?«
Laura kam in die Küche und lehnte sich gegen den Türrahmen. »Das ist das Lustigste, was ich in diesem Jahr gehört habe.«
»Jetzt ist aber gut!« Sacha warf ein Stück Brot nach ihr, das sie in der Luft auffing.
»Hier wird nicht mit Essen geschmissen«, fuhr ihre Mutter dazwischen, doch ein Lächeln milderte die strengen Worte. »Wer ist diese Nachhilfelehrerin? Jemand aus deiner Schule?«
Sacha schluckte den Bissen hinunter. »Nein. Monsieur Deide hat das arrangiert. Irgend so eine Engländertussi. Taylor heißt sie. Taylor Montclair.«
Seiner Mutter fiel das Glas aus der Hand und zersprang auf dem Kachelboden.
Einen kurzen Moment lang stand sie wie versteinert da und betrachtete stumm die Glassplitter zu ihren Füßen.
Laura und Sacha guckten sich verdutzt an.
»Maman?« Laura sah sie besorgt an. »Hast du dich verletzt?«

Ihre Mutter öffnete den Spülschrank und griff nach der Kehrschaufel.
»So was Dummes«, murmelte sie. »Dabei habe ich dieses Glas so gemocht.«
Ihre Stimme klang seltsam angespannt.
Sacha sagte nichts, sondern sah sie nur erstaunt an. Es war der englische Name, der sie irgendwie erschreckt hatte, da war er sich sicher.
Doch ehe er fragen konnte, begann das Handy in seiner Tasche penetrant zu summen.
Er sah aufs Display. Leise fluchend lief er in sein Zimmer und nahm das Gespräch an. »Was gibt's, Antoine? Ich bin beschäftigt.«
Vom anderen Ende der Leitung drang nur schweres Atmen zu ihm und das Geräusch von Schritten, als würde jemand rennen.
Sacha erstarrte. »Antoine? Was ist los?«
»Wir … wir haben Ärger.« Antoines Stimme klang seltsam dumpf, wie vom Grund einer Höhle.
»Was für Ärger denn?«
»Die Jungs von gestern Abend sind hinter mir her.« Antoines Stimme war äußerst angespannt. »Komm schnell, oder ich bin ein toter Mann.«
Sacha drehte sich der Magen. Das klang böse. Antoine, der sonst vor nichts und niemandem Angst hatte, klang völlig panisch.
»Was zum Teufel ist passiert?«, fragte Sacha leise.
»Die denken, wir hätten sie betrogen, und jetzt wollen die ihr Geld zurück, aber ich hab es nicht mehr. Die haben gesagt, sie wollen mich umbringen – und danach wärst du an der Reihe.

Glaub mir, die meinen es verdammt ernst.« Antoines Stimme zitterte. »Wir sind im Arsch, Sacha.«
Sacha schloss die Augen. »Okay. Wo bist du?«

***

Kurz darauf hatte er seine Turnschuhe und einen schwarzen Kapuzenpulli angezogen und eilte zur Tür. Als seine Mutter ihn mit dem Schlüssel in der Hand erblickte, verzog sie das Gesicht.
»Wo willst du hin?«
»Keine Sorge«, antwortete Sacha mit gespielter Lockerheit, »jemand braucht kurz meine Hilfe. Kein großes Ding. Zum Essen bin ich wieder da.«
Seine Mutter seufzte. Was immer er in ihrem Gesicht zu erkennen geglaubt hatte, als Taylors Name gefallen war, es war fort. Jetzt lag darin nur noch Enttäuschung.
»Das will ich hoffen.« Sie hielt inne, als wäre sie unschlüssig, ob sie noch etwas hinzufügen sollte. »Manchmal«, sagte sie dann, »habe ich den Eindruck, du meidest mich jetzt, damit ich dich später nicht so vermisse. Das finde ich schrecklich. Es ist, als wärst du schon weg.« Sie biss sich auf die Lippe und schaute ihn an. »Tu das nicht. Gerade jetzt sollten wir so viel Zeit miteinander verbringen, wie wir können. Eine Familie sein.«
Sacha stand im Eingang, den Schlüssel fest in der Hand. Einen schlechteren Zeitpunkt, darüber zu reden, hätte sie nicht erwischen können. Vielleicht war Antoine in diesem Augenblick schon tot.
Trotzdem machte sich sein schlechtes Gewissen bemerkbar. Sie hatte nicht ganz unrecht, er hatte seine Familie gemieden – aber

nicht, weil er sich vorstellte, wie sehr sie *ihn* vermissen würden. Eher weil er wusste, wie sehr er *sie* vermissen würde.

Fast zwei Jahre war es jetzt her, dass sie ihm eröffnet hatte, was mit ihm geschehen würde, dass er an seinem achtzehnten Geburtstag sterben würde. Er war aus allen Wolken gefallen und hatte ihr erst nicht geglaubt. Es klang einfach zu verrückt. Er hatte mit Verwirrung und Verletztheit reagiert. Doch nachdem er das erste Mal bewusst »gestorben« war, hatte er sich damit anfreunden müssen, dass sie die Wahrheit gesagt hatte.

Er hatte sich mit ein paar Typen angelegt, die viel kräftiger waren als er. Aber er hatte nur seine Wut gespürt und Streit gesucht, hatte jemandem wehtun wollen. Es hatte damit geendet, dass er selbst aufs Maul bekam.

Nur ein einziger Schlag aufs Kinn, und er war durch die Luft geflogen und so unglücklich gegen den Bordstein geknallt, dass er sich glatt das Genick gebrochen hatte. *Kracks* hatte es gemacht, und das war das Letzte, was er gehört hatte.

Als er ein paar Minuten später das Bewusstsein wiedererlangt hatte, waren die Typen weg gewesen, und er hatte sich gefühlt, als wäre er von einem Sattelschlepper überfahren worden.

Nach dieser Erfahrung hatte er es nicht länger leugnen können. Und hatte von da an seine Familie gemieden, war nicht mehr zur Schule gegangen, hatte den Kontakt zu seinen Freunden abgebrochen und mit seiner Freundin Schluss gemacht.

Er hatte keinen Sinn mehr darin gesehen. Sein ganzes Leben kam ihm nur noch vor wie eine einzige Lüge.

Und es war fast vorbei.

Während er sich zurückzog, tat seine Mutter das Gegenteil und legte eine übertriebene Fröhlichkeit an den Tag. Alles zu Hause wurde hypernormal. Das Schicksal, das ihm drohte, wurde so selten erwähnt, dass er sich manchmal fragte, ob sie es vielleicht vergessen hatte.

Sie schien sich nicht dagegen aufzulehnen, und das konnte er ihr nicht verzeihen. Sein Vater hatte es wenigstens versucht. Doch nach seinem Unfall war es, als hätte seine Mutter einfach ... aufgegeben.

Sacha wusste, dass sie ihn liebte. Doch dass sie nicht den geringsten Versuch unternahm, ihn zu retten, schmerzte ihn mehr als der Gedanke an den Tod.

Deshalb mied er sie. Mied sein altes Leben, mied die Schule. Seit Monaten tat er alles, um so tief wie möglich abzutauchen. Erst jetzt, wo das Ende näher kam, fing er langsam an, das zu bereuen.

Wenn er nur achtzehn Jahre mit seiner Familie hatte, dann könnte er wenigstens alles dafür tun, dass es achtzehn gute Jahre wurden.

»Ich verspreche es, Maman. Zum Abendessen bin ich wieder da«, antwortete er mit fester Stimme.

Aus ihren Augen sprach der Wunsch nach mehr – mehr Information, mehr Wahrheit. Doch jetzt war keine Zeit für Erklärungen. »Ich muss los.«

Er küsste sie auf die Wange und verließ mit schnellen Schritten die Wohnung.

***

Die Tiefgarage lag still im Halbdunkel flackernder Neonröhren, die von den Körpern zahlloser Kamikaze-Insekten verdunkelt wurden.

Sein Motorrad stand am üblichen Platz hinter den Mülltonnen, wo es vor dusseligen Autofahrern sicher war, die beim Zurücksetzen nicht richtig hinschauten.
Selbst bei dieser miesen Beleuchtung schimmerte es wie schwarzes Gold. Eine Yamaha FJR 1300 – das coolste Motorrad der Welt.
Vor ein paar Monaten hatte er es bei einem besonders riskanten Pokerspiel von einem Kumpel Antoines gewonnen, und außer seiner Familie gab es nichts auf der Welt, das er mehr liebte.
Routiniert zog er den Helm über, stieg auf den Sitz und ließ kurz den Motor aufheulen.
Die Adresse, die Antoine ihm genannt hatte, lag in einem ziemlich zwielichtigen Viertel ein paar Kilometer außerhalb.
Menschen, die nie in Paris gelebt haben, denken oft, die ganze Stadt sei eine gigantische Touristenattraktion – nichts als milchweiße Altbauten und Alleen. In Wirklichkeit zeigt die Stadt außerhalb des Zentrums ein ganz anderes Gesicht, mit Einkaufsstraßen, großen, hässlichen Megastores und kilometerlangen Parkplätzen.
Mit anderen Worten: Es gibt gute Pariser Viertel und schlechte, und dies war ein sehr schlechtes.
Über zugemüllte Straßen fuhr Sacha an modernen, mit Graffiti besprühten Wohnblocks vorbei zur angegebenen Adresse, einem heruntergekommenen Hochhaus aus den Sechzigern. Vor dem Hauseingang hingen junge Typen ab, die offensichtlich Ärger suchten und sehnsüchtige Blicke auf sein Motorrad warfen.
Am liebsten hätte er gewendet und wäre wieder nach Hause gefahren. Aber er hatte keine Wahl. Antoine war zwar kein Freund,

doch wenn die Kerle vorhatten, erst ihn kaltzumachen und dann als Nächstes Sacha zu jagen, würde vielleicht seine Familie mit hineingezogen, und das durfte nicht passieren.
Nach kurzer Suche fand er ein paar Straßen entfernt eine Stelle, wo er sein Motorrad hinter einer Garage parken konnte, ohne dass es auffiel. Zu Fuß und mit übergezogener Kapuze ging er zurück zu dem Hochhaus und lief einfach an den Typen vorbei, ohne sie eines Blickes zu würdigen. Sie machten ein paar Sprüche, doch keiner folgte ihm, als er die Betontreppe ins Kellergeschoss hinunterlief.
Unten angekommen, warf er sich mit der Schulter gegen eine graue Doppeltür aus Stahl, die völlig mit Graffiti zerkratzt war. Unter empörtem Kreischen gab sie nach.
Dahinter lag ein enger Gang mit Versorgungsleitungen. Flackernde nackte Glühbirnen an der Decke gaben spärliches Licht ab.
Die Betonwände waren über und über besprayt, ohne dass man etwas entziffern konnte. Mit der Zeit hatten sich die Wörter überlagert, bis das Ganze zu einem einzigen Chaos geworden war. Wie ein Aufschrei aus lauter Buchstaben.
Von dem Gang gingen zahlreiche Türen ab, die allesamt eingetreten waren, wie's aussah. Früher einmal hatten sich dahinter vermutlich die Kellerräume der Wohnungen befunden, doch inzwischen wäre keiner mehr auf die Idee gekommen, hier etwas zu lagern.
Nach einer Weile erloschen die Glühbirnen, und er ging einfach im Dunkeln weiter. Es stank penetrant nach Urin. Und nach etwas, das noch übler war.
Anfangs hörte er nur seine eigenen Schritte. Doch plötzlich hall-

ten von fern laute Stimmen zu ihm herüber, und ein Schrei zerriss die Luft.

Er zog sein Handy aus der Tasche, hielt es wie eine Taschenlampe in die Höhe und ging schneller. An einer ramponierten Holztür mit der Nummer 37 blieb er stehen.

»Antoine?«

Die einzige Antwort war sein Herzschlag, der in seinen Ohren hämmerte.

Vorsichtig drückte er mit den Fingerspitzen gegen die Tür, die sich widerstandslos öffnete. Dahinter lag gähnende Leere.

Der Gestank war hier noch schlimmer. Sacha hielt sich die Hand vor Nase und Mund und betrat den Raum.

Sein Handy tauchte den kleinen, quadratischen Raum in einen blassblauen Schimmer. Aus den Betonwänden sickerte Feuchtigkeit. Auf dem Boden lagen Müll und Haufen, die er sich lieber nicht näher besah.

Der perfekte Ort für einen Mord.

Im gleichen Augenblick bemerkte er Antoine. Er saß auf einem Stuhl, sein Kopf war auf die Brust gesunken. Neben ihm stand ein riesenhafter Kerl und hielt ihm eine Pistole an die Schläfe.

Die Tätowierungen und die mürrische Miene des Gorillas passten perfekt zu dem Ort. *Der geborene Killer*, dachte Sacha und spürte, wie die Panik in ihm aufstieg.

Er schob die Hände in die Jeanstaschen und setzte eine selbstbewusste, abweisende Miene auf.

»Mensch, Leute, echt geile Location für ’ne Party.«

Reflexartig richtete der Große die Pistole auf ihn.

Antoines Kopf fuhr hoch. Erleichterung trat in seine Augen. »Sacha! Da bist du ja!«

Aus seiner Nase rann Blut, es sah aus, als hätte er einen roten Bart. Ein Auge war zugeschwollen.
»Ehrensache.« Sacha zuckte die Achseln, als ginge er an Orten wie diesem ein und aus.
Antoine schielte zu dem Revolvermann. »Siehst du? Ich hab ja gesagt, dass er kommt. Vielleicht können wir jetzt alle mal ein bisschen runterkommen.«
In diesem Augenblick ging das Licht an, und Sacha erblickte einen zweiten Mann, der bisher von der Dunkelheit verborgen gewesen war.
Körperlich war er das genaue Gegenteil des ersten, er war klein und schmächtig. Doch auch er passte perfekt in diesen feuchten, dreckigen Keller.
»Maul halten!«, fuhr er Antoine an, der sofort gehorchte.
Das ist also der Boss, dachte Sacha.
Irgendwo tropfte es, und Sacha hoffte inständig, es wäre nur Wasser.
»Also, die Besetzung ist erstklassig«, sagte er und sah von einem Schläger zum anderen. »Ihr beide könnt einem echt richtig Angst einjagen.«
»Was quatscht der da?«, fragte der Große und deutete wieder mit dem Lauf auf Sacha, der versuchte, nicht zusammenzuzucken.
»Bist wohl 'n Klugscheißer, was?« Der Kleine grinste. Im fahlen Licht leuchteten seine Rattenzähne gelblich.
Lässig trat Sacha einen Schritt näher.
»Folgendes: Ihr habt meinen Geschäftspartner, und ich hab euer Geld, korrekt? Wie wär's also damit: Ihr lasst ihn laufen, und ich gebe euch das Geld.« Er wedelte mit der Hand in Antoines Richtung. »Er wusste ja nicht mal was von dem Trick. Der Idiot

hat mir einfach geglaubt, als ich ihm weisgemacht hab, dass ich den Sturz überleben kann.«

Der kleine Hässliche wandte sich Antoine zu. »Stimmt das?«

»Hundertprozentig«, bestätigte Antoine eifrig. Er klammerte sich an Sachas Story wie an eine Rettungsleine. »Der Dreckskerl da hat das alles angezettelt. Und dann hat er auch noch das ganze Geld abgezockt. Ich hab nicht einen Cent davon gesehen.«

Der Kleinere musterte Sacha mit neuem Interesse.

»Dann schieb's mal rüber, Jungchen«, sagte er, »und dein Freund hier kann gehen.«

Er machte eine schnelle Handbewegung, die Sacha gar nicht richtig mitbekam, woraufhin der andere Antoine mit der Pistole krachend gegen die Schläfe schlug.

Antoines Kopf schleuderte zur Seite. Aus einer neuen Wunde rann ihm Blut übers Gesicht.

Sacha schluckte ein paarmal. Was für eine beschissene Situation. Die Kerle würden sie beide töten. Erst Antoine und dann ihn.

Alles hing jetzt davon ab, dass er nicht den kleinsten Fehler machte.

»Ich hätte da einen anderen Vorschlag«, sagte er, als wäre ihm gerade eine Idee gekommen. »Zuerst lasst ihr ihn laufen«, er nickte zu Antoine, »und dann gebe ich euch das Geld.«

Der Kleinere musterte ihn eine Weile, dann holte er eine Packung Zigaretten aus seiner Tasche.

»Ich glaub, er will es uns gar nicht geben«, sagte der Gorilla und fuchtelte mit dem Revolver.

Der Kleinere steckte sich eine Zigarette zwischen die Lippen. Dann ein Klicken und ein Lichtblitz aus einem silbernen Feuerzeug. Genüsslich zog er den Rauch ein und stieß ihn in einem dünnen, nebligen Strom wieder aus. Sacha ließ er dabei keine Sekunde aus den Augen.

»Nein«, sagte er schließlich. »Glaub ich auch nicht. Also müssen wir's uns einfach nehmen.« Lässig wedelte er mit der Hand, in der er die Zigarette hielt. »Bringen wir's hinter uns.«

Der Schuss hallte ohrenbetäubend von den Betonwänden wider. Sacha meinte, jemanden schreien zu hören.

Die Kugel traf ihn an der linken Stirnseite nahe dem Haaransatz, durchschlug den Schädelknochen und bohrte sich tief in sein Gehirn.

Erst spürte er Hitze. Dann einen stechenden, quälenden Schmerz, ehe sich mit der tröstlichen Wärme einer Decke Dunkelheit über ihn breitete.

Die albtraumhafte Kellerszene verschwand.

***

Das Erste, was er hörte, als er wieder zu sich kam, war Antoines Stimme.

»Scheiße, Scheiße, Scheiße …«

Jemand stieß ihn grob hin und her. Es dauerte eine Weile, bis er merkte, dass Hände seine Taschen durchwühlten und den Inhalt ausleerten. Hektisch und verzweifelt.

Er konnte seine Augen nicht öffnen. Es fiel ihm schwer, zu denken. Ihm war kotzübel.

»Wo hat er es bloß?«, murmelte Antoine vor sich hin. »Es muss doch irgendwo sein.«

Sacha leckte sich über die Lippen und taumelte langsam zu vollem Bewusstsein zurück. In seinem Kopf hämmerte es schrecklich. Es stank. Alles war klebrig und kalt.

Stöhnend befühlte er mit der Hand seinen Kopf und zwang sich, die Augen zu öffnen. »Mann, musste der mich unbedingt erschießen?«

Wie von der Tarantel gestochen, sprang Antoine zurück und kam auf dem glitschigen Boden ins Rutschen.

Voller Entsetzen sah er Sacha an. »Aber er hat dich doch … Du warst doch … Du lebst noch?«

Sacha rappelte sich mühsam hoch, doch der Raum begann zu verschwimmen, und er musste sich auf die Ellbogen stützen und abwarten, dass die Übelkeit verging.

»Ich denke schon. Andererseits wäre es auch möglich, dass du dich gerade mit meinem Geist unterhältst. Ich glaube an Geister, musst du wissen. Das Geld wirst du übrigens nicht finden, ich hab's nämlich gar nicht mitgebracht.« Er fasste sich an die Schläfen. »Gott, mein Schädel.«

»Nein, nein, nein.« Antoine schüttelte heftig den Kopf. »Das kann nicht sein. Er hat dir ins *Gesicht* geschossen. Ich hab's genau gesehen. Du hast literweise Blut verloren …«

Wie zum Beweis hielt er eine bluttriefende Hand hoch.

Sachas Kopf war kurz vor dem Zerspringen. Was für ein Chaos! Ihm war zu übel, um zu lügen. Er war zu kaputt, um sich irgendwas aus den Fingern zu saugen.

»Ich weiß, ich weiß … Ist eine lange Geschichte. Wenn ich nicht diese bestialischen Kopfschmerzen hätte, würd ich's dir erklären.«

Fast hätte er gelacht, doch in seinem Schädel hämmerte es so gewaltig, dass er befürchtete, ein Lachen könnte ihn noch einmal umbringen.

Mit Mühe kam er auf die Beine, ein wenig schwankend noch,

als stände er auf einem Schiffsdeck. Vorsichtig befühlten seine Finger die Stirn. Das Loch war verschwunden. Nur eine weiche kleine Delle war noch da, wo die Kugel eingetreten war. Er wusste nicht, wie sein Körper es fertigbrachte, immer wieder zu heilen, sich immer wieder zu regenerieren. Aber er schaffte es jedes Mal.

Trotzdem musste er furchtbar aussehen. Sein Gesicht, sein Nacken, seine Stirn, sein T-Shirt – alles war voller Blut. Ekelhaft.

Antoine kauerte wie ein Tier in der Falle und sah ihn mit schreckgeweiteten Augen an.

Beruhigend hob Sacha die Hand. »Das wird wieder, im Ernst. Kein Grund zur Panik.« Er drehte sein Handgelenk, um auf die Uhr zu schauen. Der Schmerz ließ ihn zusammenfahren. Diesmal hatte es länger gedauert, es war schon spät. »Hör zu, ich muss gehen. Ich hab meiner Mutter nämlich versprochen, dass ich zum Abendessen zurück bin.« Er sah sich um. »Was ist eigentlich mit den beiden Typen passiert? Sind die abgehauen, nachdem sie mich erschossen haben?«

Antoine nickte langsam, als erwachte er gerade aus einem Traum. »Na ja, der Finger des Dicken lag ziemlich locker am Abzug«, sagte er. »Schätze, sie wollten dir eigentlich nur Angst einjagen, damit du die Knete rausrückst. Und als sie sahen, dass du tot bist, haben sie sich schleunigst aus dem Staub gemacht. Haben nicht mal nach dem Geld gesucht.«

»Diese Säcke.« Sacha sah hinunter auf seine blutgetränkten Klamotten. »Das T-Shirt ist jedenfalls im Eimer.«

Antoine wich zurück, bis er mit dem Rücken zur Wand stand.

»Sacha, *putain* … Du warst doch tot. Oder nicht?«

Sacha merkte, dass er diesmal nicht um eine Erklärung herumkam. Die Sache mit dem Sprung hatte Antoine ja noch geschluckt, indem er sich einredete, Sacha sei ein Betrüger, ein Illusionist. Aber dieses Mal … Diesmal wusste er, dass es keinen doppelten Boden gab.

»Schon tot, aber nicht richtig.« Sacha suchte nach den richtigen Worten. Er hatte noch nie jemandem die Wahrheit über sich erzählt. Nur er und seine Familie wussten Bescheid. »Ist schwer zu erklären, aber ich … Wie's aussieht, kann ich nicht sterben. Noch nicht.«

In dem schmutzigen Keller wurde es still. Dann, mit zittriger, aber entschlossener Stimme, sprach Antoine.

»Ich danke dir, dass du auf meinen Anruf hergekommen bist.« Er unterbrach sich, vielleicht um seinen Mut zusammenzunehmen. »Aber ich will dich nie wiedersehen, okay? Hast du verstanden? Du machst mir nämlich eine Scheißangst. Ich weiß nicht, was mit dir los ist, aber … also … ruf mich nie wieder an. Vergiss einfach, dass es mich gibt. Ich tue das Gleiche mit dir. Ist besser so.«

Und ohne auf eine Antwort zu warten, verließ er fluchtartig den Raum.

Sacha stand da und lauschte auf die verhallenden Schritte. Aus der Ferne hörte er das rostige Quietschen der Tür, die sich in morschen Angeln öffnete. Den Schlag, als sie sich wieder schloss. Und dann war er allein, mitten in dem schrecklichsten Raum, den er je gesehen hatte, in einer riesigen Lache seines eigenen Bluts.

8

»Oh bitte, Taylor«, bettelte Georgie. »Meine Mum sagt, ich darf nur mit Paul in meinem Zimmer lernen, wenn du dabei bist. Und Tom würde auch kommen …«

Das Telefon zwischen Ohr und Schulter geklemmt, spülte Taylor den letzten Teller ab und steckte ihn in die Spülmaschine. Ein paar helle Strähnen, die sich aus dem Haarband um den Pferdeschwanz gelöst hatten, kringelten sich auf ihrer Wange und kitzelten sie. Vergeblich versuchte Taylor, sie aus dem Gesicht zu streichen.

»Ich würd ja gern, George, aber heute ist der erste Termin für die Nachhilfe, den haben wir schon vor einer Ewigkeit vereinbart.«

»Sag ab, Tay, bitte. Dieser Franzose ist doch eh ein totaler Idiot. Finlay wird schon darüber wegkommen.«

Taylor schüttelte so heftig den Kopf, dass ihr beinahe das Telefon heruntergefallen wäre. »Auf keinen Fall. Es ist echt wichtig für meine Bewerbung in Oxford, und …«

»Oh Mann, diese Scheißbewerbung. Kannst du nicht mal an was anderes denken?« Georgie gab sich keine Mühe, ihren Ärger zu verbergen. »Du hast überhaupt kein *Leben* mehr.«

Taylor drehte den Wasserhahn zu und wechselte das Ohr. »Das

ist mein Leben«, sagte sie ruhig. »Und der Termin ist wichtig. Wie gesagt, wir haben ihn schon …«

»… vor einer Ewigkeit vereinbart. Ich weiß, ich weiß.« Georgie seufzte. »Aber wie soll ich mit Paul zusammenkommen, wenn wir uns nie sehen?«

»Ihr wart doch neulich erst weg«, merkte Taylor an, auch wenn sie wusste, dass das nicht besonders fair war. Georgie war total verknallt und wollte Paul unbedingt so bald wie möglich wiedersehen, war aber nicht wirklich scharf darauf, ihm und Tom einen weiteren Abend bei ihrem Sportgelaber zuzuhören.

»Und darum will ich, dass er heute zu mir kommt«, erklärte Georgie. »An dem Abend neulich lief's richtig gut, vor allem als Tom kurz mal weg. Da war was zwischen uns, ganz bestimmt. Zum ersten Mal hat mich Paul richtig wahrgenommen. Aber dann kam Tom zurück …«

Und du warst wieder Luft für sie, dachte Taylor, die diese Situation nur allzu gut kannte.

»Also, wenn Tom heute Abend auch kommt, wird genau das wieder passieren, glaub mir. Manchmal denke ich, die beiden sollten am besten einfach allein miteinander ausgehen.«

Taylor schüttete Pulver in die Spülmaschine, schloss die Klappe und drückte den Startknopf. Leise brummend erwachte die Maschine zum Leben. Sie lehnte sich gegen die Anrichte. Aus dem Wohnzimmer, wo ihre Mutter und Emily sich irgendeine Realityshow anguckten, drangen gedämpfter Applaus und Gelächter.

»Was ist überhaupt los mit dir und Tom?«, fragte Georgie. »In letzter Zeit scheinst du ja nicht besonders wild drauf zu sein, ihn zu sehen.«

»Weiß nicht«, antwortete Taylor und nestelte an dem Geschirrtuch herum. »Ich … ich glaube … das mit uns beiden bringt nichts.«
Kaum hatte sie es ausgesprochen, fühlte sie sich besser.
All ihre Muskeln schienen mit einem Mal loszulassen und sich zu entspannen.
»Ist das dein Ernst?« Georgie klang geschockt. »Du willst mit ihm Schluss machen?«
Taylor holte tief Luft. Sie hatte noch nie mit irgendwem Schluss gemacht.
Tom war ihr erster richtiger Freund. Sie wollte ihm nicht wehtun. Sie wollte einfach nur nicht mehr mit ihm zusammen sein.
»Ach, es ist alles so kompliziert. Ich denke, wir sind beide nicht mehr glücklich. Und dann sollten wir doch auch nicht mehr zusammen sein, oder? Darum würde ich heute Abend sowieso nicht kommen. Ich muss das erst mit ihm klären. Es tut mir leid. Wirklich. Ich hoffe, du kannst Paul bald irgendwo anders treffen.«
Georgie gab sich geschlagen. »Schade, das mit dir und Tom. Aber klar, du musst tun, was dich glücklich macht.«
Nachdem sie aufgelegt hatten, setzte Taylor sich an den Küchentisch und klappte ihren Laptop auf. Die Uhr über dem Herd zeigte 21:00. Noch eine Stunde bis zu ihrem Chat mit Sacha. Genug Zeit, um noch ein paar Hausaufgaben zu erledigen. Doch stattdessen tippten ihre Finger wie von allein die Webadresse dieser Gruselseite ein. Vielleicht war er ja zufällig schon online.
Gerade als der grinsende Totenkopf auf dem Display erschien, hörte sie ein Kratzen an der Küchentür und leises Winseln.
»Hey, Fizzy.« Sie öffnete die Tür, hob die kleine Hündin auf den

Arm und ging mit ihr zurück zum Tisch. Fizz saß auf ihrem Schoß und beäugte hechelnd den Bildschirm, während Taylor sie mit der einen Hand kraulte und mit der anderen Sachas Namen eintippte.

Sein Profil erschien – er war offline. Doch statt die Seite wieder zu verlassen, rückte Taylor näher und betrachtete das Foto.

Es war, als würden seine meerblauen Augen sie direkt ansehen. Das Bild war irgendwo in der Stadt aufgenommen, vor einer dreckigen, mit wirren Buchstaben und Symbolen besprayten Wand. Taylor fragte sich, ob die Graffiti wohl von ihm stammten. Irgendwie war er der Typ dafür. Knallhart. Stur. Ein Draufgänger.

Er sah gefährlich aus, und das zog sie irgendwie magisch an.

Plötzlich öffnete sich knarrend die Küchentür, und sie fuhr so heftig zusammen, dass sie Fizz fast von ihrem Schoß geschubst hätte. Sie hatte ganz vergessen, dass die Hündin dort lag.

Ihre Mutter warf ihr einen fragenden Blick zu. »Sind das Hausaufgaben? Oder spielst du etwa?«

Taylor schaute auf die Küchenuhr, und ihr Herz begann zu klopfen. Halb zehn.

Hab ich etwa eine halbe Stunde lang auf das Foto gestarrt?

Sie checkte die Zeit auf ihrem Laptop. Die weißen Leuchtziffern bestätigten es: 21:30.

Unmöglich. Sie hatte sich hingesetzt, Fizz auf den Schoß genommen, den Laptop aufgeklappt …

Die halbe Stunde danach war einfach weg.

Leicht panisch blickte sie um sich und suchte eine Erklärung. Doch sie fand keine.

Ihre Mutter stand nur da und runzelte missbilligend die Stirn.

Taylor riss sich zusammen. Als sie antwortete, klang ihre Stimme seltsam zittrig und piepsig.
»Hausaufgaben … Also … ich wollte gerade loslegen, aber …«
Aber was? Dann hatte ich einen Blackout und habe keine Ahnung, wo die letzte halbe Stunde hin ist? »Dann war ich irgendwie abgelenkt.«
Wenig beeindruckt versenkte ihre Mutter einen Teebeutel in ihrer Tasse und griff nach dem Milchkännchen. »Du hast doch sicher noch anderes zu tun. Es wäre mir lieb, wenn du nicht den ganzen Abend vor diesem Ding da hockst.« Ihr Zeigefinger wies vorwurfsvoll auf den Laptop.
Telefone und Computer waren ihrer Ansicht nach schädlich fürs Gehirn. Das hatte sie in irgendeinem Magazin gelesen und schmierte es Taylor seither immer wieder aufs Brot.
Schwer, ein Gegenargument zu finden, wenn man gerade am Computer gehockt und einen Blackout gehabt hat, dachte Taylor. Mit einem entschlossenen Klick verließ sie die Webseite.
»Werd ich nicht, keine Sorge.«

***

Die nächste halbe Stunde verbrachte sie halbherzig mit ihren Physikhausaufgaben, während sie gleichzeitig darüber nachdachte, was da eben passiert war. Sie hatte sich hingesetzt. Hatte den Laptop eingeschaltet. Und dann war einfach eine halbe Stunde verschwunden. Sosehr sie auch versuchte, sich zu erinnern, war da nur dieses schwarze Loch.
Als sie sich dabei ertappte, dass sie »Hirntumor« googelte, befahl sie sich, sofort damit aufzuhören. Außerdem war es schon kurz vor zehn. Zwar war sie eigentlich nicht in der Verfassung,

irgendjemandem Nachhilfe zu geben, aber sie hatte es versprochen.
Also rief sie Sachas Profil wieder auf. OFFLINE. Er war noch nicht da. Während sie wartete, las sie noch einmal ihren Geschichtsaufsatz durch. Alle paar Minuten checkte sie den Bildschirm, aber er tauchte nicht auf.
Je mehr Zeit verging, desto ärgerlicher wurde sie.
Wo steckt der bloß? Wie kann man nur so unzuverlässig sein?
Anscheinend war es ihm nicht wichtig genug. Georgie hatte recht – das Ganze war reine Zeitverschwendung.
Sie kontrollierte noch einmal ihre Mails. Da stand es, zehn Uhr hatte er geschrieben. Jetzt war es halb elf. Und keine Spur von ihm.
Mir reicht's.
Finlay würde wahrscheinlich austicken, aber das musste sie sich wirklich nicht gefallen lassen.
Sie öffnete eine neue E-Mail und hackte wütend auf die Tasten ein.

Sacha,
ich kann es nicht leiden, versetzt zu werden. Deinetwegen habe ich eine Verabredung abgesagt und stattdessen blöd hier rumgehockt und auf Dich gewartet.
Ich hätte wissen müssen, dass Du die Sache nicht ernst nimmst.
Vergessen wir's einfach. Such Dir eine andere Lehrerin. Ich hab die Nase voll.
Taylor

Ehe sie ihre Meinung ändern konnte, klickte sie entschlossen auf »Senden«.

Trotzdem konnte sie nicht anders und rief noch einmal sein Profil auf Revolution Chat auf.

OFFLINE.

Wütend knallte sie den Laptop zu. Plötzlich zuckte ein so stechender Schmerz durch ihren Kopf, dass sie aufschrie und zu Boden stürzte.

Fizz kläffte verdutzt, doch Taylor hörte es nicht. Sie nahm nur noch diesen unglaublichen Schmerz wahr. Als hätte ihr jemand ein Messer oder eine Kugel in den Kopf gejagt. Wie aus weiter Ferne hörte sie ihr eigenes Stöhnen und Fizzys aufgeregtes Bellen.

Die Küchentür ging auf.

»Taylor ...?«, hörte sie die erschrockene Stimme ihrer Mutter. Es klang, als käme sie vom Grund eines Brunnens.

Taylor versuchte zu antworten, doch sie konnte nicht sprechen. Es fühlte sich an wie Sterben.

Die Wände verschwammen. Alles versank in Dunkelheit. Und sie war froh darüber.

9

Taylor versuchte, die Augen aufzumachen, doch ihre Lider waren wie zugeklebt. Ihr Kopf pochte so heftig, dass ihr ganz übel davon war. Um sich herum hörte sie Stimmen – vertraute, verängstigte Stimmen.

Mit aller Kraft gelang es ihr endlich, die Augen zu öffnen.

Blendend grelles Licht bohrte sich wie ein spitzer Meißel in ihr Hirn. Sie stöhnte auf.

Verschwommen tauchte das Gesicht ihrer Schwester auf. Sie saß neben ihr und hielt ihre Hand. Taylor sah Tränen in ihren Augen. Und Angst.

Was machst du in meinem Zimmer?, dachte sie verwundert.

Unter ihrer Wange fühlte sich das Bett kalt und hart an. Mit der Hand tastete sie die Umgebung ab.

Kein Bett. Boden.

Sie drehte den Kopf zur Seite.

Tischbeine. Stühle. Die Küche.

Dann fiel ihr alles wieder ein.

»Bist du wach?«, fragte Emily erleichtert. Ehe sie antworten konnte, drehte Emily sich zu ihrer Mutter um, die weiter hinten stand und aufgeregt ins Telefon sprach. »Mum?«

»Nein, sie ist einfach kollabiert«, sagte ihre Mutter.
»*Mum!*«, rief Emily lauter. »Sie kommt zu sich!«
»Oh, Gott sei Dank!« Über Taylor erschien das blasse, besorgte Gesicht ihrer Mutter. »Kannst du mich hören? Weißt du, wer ich bin?«
»Natürlich weiß ich, wer du bist, Mum.«
Taylor versuchte, sich aufzusetzen, doch das war gar nicht so leicht, weil sich der Boden unter ihr zu bewegen schien. Emily packte ihren Arm und zog sie hoch, sodass sie schließlich mit dem Rücken an einem der Tischbeine lehnte. Alles tat ihr weh.
»Autsch«, sagte sie. »Ich glaub, ich bin hingefallen.«
Ihre Mutter warf ihr einen strengen Blick zu. Als hätte sie etwas Falsches gesagt, dabei stimmte es doch – irgendwie.
Taylor fühlte sich wie erschlagen. Wie bei einem schlimmen Kater oder als hätte ihr jemand eins mit dem Hammer übergezogen, oder beides.
»Ja«, sagte ihre Mutter ins Telefon. »Sie ist jetzt bei Bewusstsein. Aber ich denke, es ist besser, wenn Sie trotzdem einen Krankenwagen schicken.«
Krankenwagen? Mit einem Mal war Taylor hellwach. »Nein Mum, bitte. Im Ernst, mir geht's gut. Mir ist nur ein bisschen flau geworden. Ich hab wohl zu wenig gegessen heute und auch kaum was getrunken.«
Was natürlich überhaupt nicht stimmte – sie hatte sogar jede Menge gegessen. Trotzdem wollte sie nicht ins Krankenhaus, nur weil sie mal kurz aus den Latschen gekippt war.
Ihre Mutter nahm das Telefon vom Ohr und sah sie zweifelnd an. »Bist du sicher?«
»Ehrlich, mir geht's gut«, beharrte Taylor und gab sich alle Mühe,

auch so auszusehen. »Alles, was ich brauche, sind ein paar Kekse, dann bin ich wieder topfit.«
Ihre Mutter musterte sie skeptisch. Aus dem Telefon quakte die Stimme des Menschen in der Notrufzentrale. Endlich nahm ihre Mutter den Hörer wieder ans Ohr.
»Ich denke, im Moment brauchen wir den Krankenwagen doch nicht. Sie sagt, sie hat zu wenig gegessen. Vielleicht ist sie also nur etwas unterzuckert. Sie ist ein Teenager, wissen Sie«, fügte sie hinzu, als wäre damit eigentlich jede weitere Erklärung überflüssig.
Taylor hievte sich auf die Beine. Ihr Kopf schmerzte noch, aber der Schwindel hatte nachgelassen. Sie fühlte sich so weit okay, nur ein bisschen benommen. Und auf Kekse hatte sie jetzt tatsächlich Lust.
Ihr Blick fiel auf den Laptop. Das Letzte, woran sie sich erinnerte, war, dass sie ihn zugeknallt hatte. Hatte er vielleicht zurückgeschlagen?
Ihre Mutter kramte im Schrank herum und förderte ein Päckchen Vollkornkekse zutage.
»Mach langsam. Und setz dich hin«, sagte sie über die Schulter. »Ich koch dir einen Tee.«
»Krieg ich auch Tee und Kekse?« Emily setzte sich Taylor gegenüber an den Tisch.
»Natürlich«, kam die Antwort, während das Wasser in den Kessel plätscherte. »Wir wollen ja nicht, dass du auch noch umkippst, oder?«
Sie drapierte die Kekse auf einen Teller und stellte ihn zwischen die beiden auf den Tisch. »Greift zu.«
Brav nahm Taylor einen Keks. Und gleich noch einen.

Vielleicht hatte ich tatsächlich bloß Hunger, dachte sie.

Aber sie wusste es besser. Irgendetwas stimmte nicht mit ihr, und sie hatte Angst, darüber nachzudenken, was das wohl war.

Ihre Mutter kam mit drei Tassen Tee an den Tisch und setzte sich neben Taylor. Mit ihren haselnussbraunen Augen musterte sie ihre Tochter durchdringend. »Und jetzt will ich wissen, was genau passiert ist.«

Taylor zögerte. Und dann beschloss sie, ihre Mutter anzulügen. Das hatte sie noch nie getan – zumindest, soweit sie sich erinnern konnte.

»Genau weiß ich es selbst nicht«, begann sie, und das stimmte ja auch irgendwie. »Ich hab dagesessen und Hausaufgaben gemacht. Zwischendurch war mir ein bisschen schwindlig, und ich dachte, ich hol mir besser was zu essen. Aber dann hab ich's doch nicht getan, weil ich erst den Geschichtsaufsatz fertig machen wollte.«

Im Bemühen, zugleich unschuldig und ein bisschen leidend auszusehen, schlug sie matt die Augen nieder.

Ihre Mutter musterte sie kritisch. »Und weiter?«

Taylor nippte an ihrem Tee. Mit viel Zucker, genau so, wie sie ihn mochte.

»Ich muss zu schnell aufgestanden sein. Auf jeden Fall ist mir plötzlich total schwindlig geworden. Ich wollte dich rufen … und ab da weiß ich nichts mehr.«

»Hmm«, machte ihre Mutter, ohne den Blick von ihr abzuwenden. Dann schien sie einen Entschluss zu fassen. »Offensichtlich isst du zu wenig. Von jetzt ab wirst du keine Mahlzeit mehr versäumen. Und außerdem wirst du weniger Zeit mit diesem Ding da verbringen.«

Sie deutete auf den Laptop.
Taylor wurde wieder flau.
»Aber den brauche ich für die Hausaufgaben«, protestierte sie. »Und bald sind doch die Prüfungen.«
Doch ihre Mutter ließ sich nicht erweichen. »Zu viel Zeit am Computer zu verbringen ist nicht gesund. Das ist wissenschaftlich erwiesen. Ich hab dir doch von diesem Artikel erzählt. Du musst dir die Arbeit eben anders einteilen. Zwei Stunden pro Abend am Laptop, mehr nicht.«
Genauso gut hätte sie sagen können, ihre Tochter müsse von nun an die restlichen zweiundzwanzig Stunden des Tages in einer Kerkerzelle verbringen. Geschockt sah Taylor sie an. »Aber *Mum*. Das ist viel zu wenig.«
»Es muss reichen.« Ihre Mutter nahm den Laptop und stellte ihn oben auf den Küchenschrank. »Denn mehr gibt's nicht.«

10

Als Sacha nach Hause kam, saß seine Mutter allein am Küchentisch und wartete auf ihn. Er blieb zögerlich in der Tür stehen. Sie musste ihn gehört haben und wissen, dass er im Flur stand, doch sie sah ihn nicht an.

»Du hattest es versprochen, Sacha«, sagte sie matt. »Einen Abend mit der Familie, um mehr habe ich nicht gebeten. Einen einzigen Abend. Aber auf dich ist einfach kein Verlass. Ich hätte dich nicht fortlassen sollen. Ich hätte es dir verbieten sollen.«

Das Leid in ihrer Stimme schmerzte Sacha fast so sehr wie die Kugel.

Erschöpft lehnte er sich gegen die Wand im schwach beleuchteten Flur und hoffte, dass sie ihn nicht richtig sehen konnte. Sein T-Shirt starrte vor klebrigem, halb getrocknetem Blut. Er roch nach Tod. Auf der Rückfahrt hatte er das Blut im Gesicht unter dem Helm verstecken können, doch jetzt musste er aussehen wie ein Zombie.

»Ach, komm, Maman …«, unternahm er einen schwachen Versuch, doch sie unterbrach ihn scharf.

»Ich weiß, dass dir nicht mehr viel an deinem Leben liegt. Aber du könntest wenigstens dein Wort halten. Du könntest mir ein bisschen Respekt entgegenbringen. Ist das zu viel verlangt?«

Sacha zuckte zusammen. Wie konnte sie ihm das vorwerfen? Wozu sollte er sein Leben wertschätzen, wenn er es eh in ein paar Wochen verlieren würde? Er konnte nicht einfach so tun, als wäre alles okay. Er konnte sich nicht selbst belügen.

Doch ihm fehlte die Kraft, mit ihr zu streiten.

»Tut mir leid, Maman«, flüsterte er rau. »Das heute Abend ist anders gelaufen als geplant. Es war …«

Er brach ab. Was hätte er auch sagen sollen?

Als seine Mutter weitersprach, klang sie nicht mehr enttäuscht, sondern verärgert.

»Ach, es tut dir leid? Weißt du, das sagt sich so leicht. Aber das macht nichts wieder gut. Laura hat die ganze Zeit gebettelt, dass wir noch nicht mit dem Essen anfangen. Eine geschlagene Stunde haben wir hier gesessen und gewartet.« Vorwurfsvoll klopfte sie mehrmals mit dem Finger auf die Tischplatte, und bei jedem Schlag zuckte Sacha zusammen. »Bis zuletzt haben wir gehofft, dass du noch kommst. Dass wir noch eine Familie sind.«

Sie fuhr herum und blitzte ihn mit ihren blassblauen Augen wütend an. Im selben Augenblick trat Sacha in den Lichtschein.

Aus dem Gesicht seiner Mutter wich alle Farbe. Sie schlug eine Hand vor den Mund und unterdrückte einen Schrei.

»Mein Gott, Sacha«, flüsterte sie. »Was ist mit dir passiert?«

Sie eilte zu ihm, doch als sie seine blutige Schulter berühren wollte, wich er zurück. Er wollte nicht, dass sie das Blut und den Schmutz auf seinen Klamotten, seiner Haut berührte.

»Ach, das ist nichts. Ich bin nur mit dem Motorrad gestürzt. Ziemlich üble Stelle.«

Sie glaubte ihm kein Wort. Mit Krankenschwesteraugen suchte sie seinen Körper nach Verletzungen ab. »Das ganze Blut hier, ist das deins?«

Ihr Blick war so voller Angst und Verwirrung, dass er es nicht mehr aushielt. Er hörte mit dem Theater auf und nickte beschämt.

»Was ist wirklich passiert, Sacha?«, fragte sie.

»Ich bin erschossen worden.«

»Du bist *was*?«

»Aber ich bin schon wieder okay.« Er warf ihr einen flehentlichen Blick zu. »Siehst du?« Er streckte die blutverkrusteten Arme von sich.

Seine Mutter starrte ihn entgeistert an – als stände ein Fremder vor ihr.

»Nein«, sagte sie energisch, »für mich sieht das ganz und gar nicht okay aus.«

Sacha spürte Wut aufsteigen, und das gab ihm neue Kraft.

»So okay, wie es mir in diesem Zustand halt möglich ist«, schoss er zurück. »Wenn's dir nicht passt, wie ich lebe, könntest du zur Abwechslung ja vielleicht mal versuchen mir zu helfen, statt so zu tun, als wär alles Friede, Freude, Eierkuchen. Hast du darüber mal nachgedacht?«

Ihr Unterkiefer klappte herunter. Einen Moment lang dachte er, sie würde ihm eine knallen.

»Jetzt reicht's!«, entgegnete sie, aber nicht schrill, sondern fest und klar. »Schluss mit deinen Ausreden. Schluss mit deinem schlechten Benehmen. Dein Verhalten steht mir bis hier. Zukunft hin oder her, fürs Erste bist du noch ein Kind, und zwar ein Kind, für das ich verantwortlich bin. Ab sofort hast du Hausarrest, Sacha. Du wirst abends die Wohnung nicht mehr verlassen. Und du wirst wieder zur Schule gehen, wie alle anderen Teenager auch.« Ihre Lippen wurden schmal. »Ich war viel zu nachsichtig mit dir, und das hat uns nicht gutgetan, keinem von uns.« Sie deutete den Flur hinunter. »Und jetzt geh in dein Zimmer.«

So war sie seit Jahren nicht mehr mit ihm umgesprungen. Nicht seit sie ihm die Wahrheit über das Schicksal, das ihm drohte, eröffnet hatte. Irgendwie fand er es tröstlich.

Außerdem wollte er im Augenblick sowieso nichts anderes, als sich das Blut abzuwaschen und in sein Zimmer zu gehen. Wozu also streiten?

Seine Mutter sagte nichts mehr. Doch als er sich abwandte und davonging, hörte er sie leise weinen.

***

Ein paar Minuten später stand Sacha unter der Dusche und versuchte, die Spuren der Nacht fortzuwaschen. Er hatte die Temperatur so heiß eingestellt, dass er es gerade noch aushielt. Das heiße Wasser, das auf seinen Rücken prasselte, ließ ihn zusammenzucken, doch es war ein schöner Schmerz, einer, der ihn daran erinnerte, dass er noch lebte.

Unter dem dampfenden Strahl löste sich das getrocknete Blut von seiner Haut und färbte das Wasser zu seinen Füßen rostrot. Blass zeichneten sich die Narben gegen die gerötete Haut ab. Erinnerungen an seine leichtsinnigen Abenteuer. An sein verdammtes Schicksal.

Er schloss die Augen und lehnte sich gegen die Wand der Dusche. Er war fix und fertig. Hauptsächlich wegen des Schocks, den sein Körper heute Abend hatte aushalten müssen, aber das war es nicht allein. Er hatte die ganze Scheiße so satt. Dass er den Tag kannte, an dem er sterben würde. Dass er ein Zombie war. Dass die Leute vor ihm davonliefen.

Als Antoine endlich begriffen hatte, was mit ihm los war, hatte er sich angewidert abgewendet. Zweimal hatte er mit angesehen, wie Sacha aus unmöglicher Höhe gestürzt, danach aufgestanden und mehr oder weniger unbeschadet davonspaziert war. Ihm musste klar sein, dass da etwas nicht stimmte.

Aber das heute Abend … Sacha fuhr sich mit den Händen durchs nasse Haar. *Das war eine andere Nummer.*

Mit anzusehen, wie eine Kugel seinen Schädel durchschlug und dieser sich innerhalb kürzester Zeit selbst reparierte, das war sogar für einen Typ wie Antoine zu viel gewesen. Und jetzt auch noch seine Mutter, die in all dem Chaos von ihm verlangte, dass er sich wie ein normaler Teenager verhielt.

Als ob er nur einen Schalter umlegen müsste.

Mit einer ruckartigen Bewegung drehte er den Wasserhahn zu. Ein Handtuch um die Hüften, ging er in sein Zimmer und betrachtete mit bitterem Blick das Durcheinander.

Vielleicht sollte er einfach nicht mehr rausgehen und hier zu Hause bleiben. Es gab sowieso keinen mehr, mit dem er sich hätte treffen können. Keinen, der ihm in den langen Nächten Gesellschaft leistete, wenn nur der Flirt mit dem Tod ihn davon abhielt, durchzudrehen.

Er verstand diese Welt nicht. Verstand nicht, warum das Schicksal ihm so einen bösen Streich spielte. Nur in einem war er sich sicher: Niemand sollte so leben müssen.

Er fühlte sich mutterseelenallein.

Er wusste nicht, wohin mit seiner Energie. In seinen Adern rauschte noch immer das Adrenalin und machte ihn nervös und rastlos. Sein Kopf tat weh, er konnte kaum einen klaren Gedanken fassen.

Zwischen all dem Kram auf seinem Tisch entdeckte er eine Packung Aspirin. Als er danach griff, berührte er die Computermaus, und der Monitor leuchtete auf. Der Posteingang war geöffnet. Ganz oben zwinkerte ihn eine E-Mail an. Von Taylor.

»*Merde.*«

Das Aspirin in der Hand, ließ er sich auf den Stuhl fallen. Auch die Nachhilfe hatte er total vergessen.

Gab's eigentlich irgendwen, den er heute nicht enttäuscht hatte?

Er schüttelte zwei Tabletten aus dem Röhrchen und schluckte sie ohne Wasser hinunter. Dann wappnete er sich, griff nach der Maus und öffnete die Mail.

Eine Tirade aus Unverständnis und Enttäuschung, wie nicht anders zu erwarten. Taylor gab's auf, sie wollte ihm nicht mehr helfen.

An jedem anderen Abend hätte Sacha über den verletzten Stolz in ihren Worten nur gelacht und wäre froh gewesen, dass er die Nervensäge los war.

Doch hier und jetzt, kurz vor Mitternacht, mit einer Kugel im Kopf und dem Horror im Blick seiner Mutter, der ihm das Entsetzliche seiner Situation vor Augen geführt hatte, lachte er nicht.

In seinem Leben lief einiges gewaltig schief, und das meiste konnte er nicht beeinflussen. Aber diese Sache mit Taylor schon, die konnte er klären.

Erst schaute er im Revolution Chat nach, doch ihr Profil teilte

ihm mit, dass sie offline war. Was ihn nicht sonderlich überraschte, schließlich waren sie vor zwei Stunden zum Chatten verabredet gewesen.
Also schrieb er ihr eine Mail.

Liebe Taylor,
es tut mir ehrlich leid, dass ich unsere Verabredung verpasst habe. Ich wollte mit Dir chatten, das versichere ich Dir, aber dann bin ich wegen einer Sache aufgehalten worden und kam da nicht rechtzeitig weg.
Du musst mir das nicht glauben, aber es war echt nicht meine Schuld. Ich wollte wirklich wie verabredet heute Abend am Computer sitzen.
Ich werde mich jetzt im Chat einloggen und warten, bis Du Dich auch einloggst. Bitte melde Dich. Dieses Mal werde ich da sein.
»Der Fänger im Roggen« ist eine sehr gute Wahl. Ich hab's letztes Jahr auf Französisch gelesen. L'attrape cœurs heißt es in meiner Sprache. Herzenfänger bedeutet das. Der englische Titel gefällt mir besser, glaube ich. Egal. Ich würde die Geschichte gern noch mal mit Dir zusammen lesen.
Falls Du mir verzeihen kannst.
Sacha

Seine Finger schwebten schon über dem »Senden«-Knopf, doch dann hatte er noch einen Einfall und fügte vor seinem Namen noch *Es grüßt dich* ein.
Er drückte auf »Senden«.
Nachdem die Mail rausgegangen war, checkte er noch einmal ihr Profil.
Plötzlich wünschte er sich inständig, dass sie sich meldete und mit ihm sprach. Ihm eine Standpauke über die Wichtigkeit des Lernens hielt.

Er war begierig zu erfahren, wie sie lebte. Ganz anders als er, so viel stand fest.
Ihm war klar, dass Taylor intelligent war. Sonst wäre sie ja kaum auserkoren worden, ihm Nachhilfe zu geben. Sie war ein normaler Mensch mit einem normalen Leben und einer normalen Familie. Er wollte von ihr hören, dass es so war. Dass es für irgendwen da draußen möglich war, ein ganz normales Leben zu führen.
Dass der Rest der Welt anders war als sein eigenes verkorkstes Universum.

11

Taylor lag im dunklen Zimmer und versuchte verzweifelt, einzuschlafen. Sie hatte schon alles probiert, was sonst wirkte: die Planeten aufzählen, die Namen aller Lehrer, bei denen sie jemals Unterricht gehabt hatte – natürlich in alphabetischer Reihenfolge –, französische Verben konjugieren.

Nichts hatte geholfen. Sie war hellwach.

Sie starrte auf den Wecker, der eine gefühlte Ewigkeit brauchte, ehe er endlich von zwei Uhr vierundzwanzig auf zwei Uhr fünfundzwanzig umsprang.

»Vergiss es«, brummte sie schließlich und machte das Licht an.

Dann konnte sie genauso gut das am Abend Versäumte nachholen. Sie holte ihr Geschichtsbuch aus der Tasche neben dem Bett und starrte eine Weile blinzelnd auf die Wörter, konnte sich aber nicht konzentrieren. Sie war durstig, und außerdem hatte sie schon wieder Kopfschmerzen.

Schließlich kletterte sie aus dem Bett und tappte im Schlafanzug aus dem Zimmer, um sich in der Küche etwas zu trinken zu holen.

Im Flur herrschte jene unwirkliche, gespenstische Stille, die sich in jedem Haus ausbreitet, wenn Nacht ist und alles schläft. Was tagsüber vertraut und sicher war, fühlte sich im Dunkeln mit einem Mal fremd und bedrohlich an.

Auf Zehenspitzen schlich sie die Stufen hinunter, als hätte sie Angst, die Wände könnten plötzlich erwachen.

In der Küche summte der Kühlschrank vor sich hin. Das Ticken der Küchenuhr schien unnatürlich laut. In ihrem Körbchen neben der Heizung lag Fizz und schnarchte leise vor sich hin.

Taylor goss sich ein Glas Wasser ein, leerte es in einem Zug und füllte gleich noch einmal nach. Sie war schon wieder im Flur, als ihr der Laptop einfiel, den ihre Mutter auf den Küchenschrank verbannt hatte. Von der Tür aus konnte sie eine Ecke erkennen. Sie zögerte und blickte zur Treppe. Das Haus war ruhig. Alle schliefen. Keiner würde es merken.

Sie schlich zum Schrank, holte den Laptop herunter, klemmte ihn sich unter den Arm und hastete wieder nach oben.

Normalerweise machte sie so was nicht. Seit ihr Dad die Familie verlassen hatte, waren sie und ihre Mum ein eingespieltes Team und kümmerten sich gemeinsam um Emily. Taylor hatte sich jegliche Art von trotzigem Verhalten verkniffen, weil es ihr irgendwie unfair vorkam, denn ihre Mum arbeitete wirklich hart. Außerdem verstanden sie sich tatsächlich gut.

Deshalb kam sie sich jetzt fast wie eine Verbrecherin vor. Sie fragte sich noch mal, ob sich nicht vielleicht doch ein Tumor in ihrem Kopf eingenistet hatte. *Blödsinn.* Von einem Hirntumor wurde man bestimmt nicht nur ohnmächtig oder kriegte hin und wieder Kopfschmerzen. Noch führte er dazu, dass man plötzlich seiner Mutter nicht mehr gehorchte und trotz Verbots den Laptop benutzte.

Außerdem wollte sie ja nur kurz ihre E-Mails checken, schauen,

ob Georgie zufällig online war, und ihn dann wieder zurückstellen.
Leise summend fuhr der Computer hoch und zeigte automatisch die letzte Website an, die sie besucht hatte: Revolution Chat. Sachas Profil.
Nur dass jetzt nicht mehr OFFLINE darüberstand. Anstelle des trotzigen Jungen auf dem Foto sah sie den echten Sacha. Er saß an seinem Schreibtisch, den Kopf auf den Arm gelegt, und schlief tief und fest.
Taylor stockte der Atem. Noch nie hatte sie einem Jungen beim Schlafen zugesehen.
Sie beugte sich vor, um ihn genauer zu betrachten. Sein weiches braunes Haar war zerzaust. Die Wimpern über den geschlossenen Augen waren die längsten, die sie je gesehen hatte. Wie zarte schwarze Federn schwebten sie über den markanten Wangen.
Die Hände waren zu Fäusten geballt, wie bei einem unschuldig schlafenden Kind. Der Anblick war fast zu viel für sie.
Nichts erinnerte an den zynischen, zornigen Jungen, mit dem sie neulich gechattet hatte.
Ich kann hier doch nicht wie eine Stalkerin hocken und ihn angaffen, dachte sie plötzlich.
Vielleicht sollte sie versuchen, ihn zu wecken. Oder einfach den Computer ausmachen und so tun, als hätte sie ihn gar nicht gesehen. Aber das war irgendwie absurd, wo er doch praktisch genau vor ihr saß.
Und außerdem musste sie ihm ja Nachhilfe geben.
Sie kramte in der Schreibtischschublade nach den Kopfhörern, steckte sie ins Ohr und beugte sich über den Laptop, bis ihr Mund ganz nah am Mikrofon war.

»Hallo, Sacha …«, flüsterte sie.

Er rührte sich nicht.

Was jetzt? Lauter konnte sie nicht sprechen. Genau genommen konnte sie überhaupt nicht lange sprechen, denn das Schlafzimmer ihrer Mutter war nur zwei Türen entfernt. Auf einmal wollte sie aber unbedingt mit diesem unschuldig aussehenden Jungen mit den feinen, langen Wimpern und den ausgeprägten Wangenknochen reden.

»Sacha«, flüsterte sie noch einmal, so laut sie sich traute. »Wach auf!«

Als hätte sie ihm einen Stromschlag verpasst, schoss er hoch und blickte sich hektisch im Zimmer um. Panik stand ihm ins Gesicht geschrieben.

Taylor fragte sich, was in seinem Leben wohl gerade los war, dass er derart heftig auf ein kleines Flüstern reagierte.

»Sacha«, wiederholte sie in sanfterem Ton. »Ich bin's, Taylor.« Sie winkte in die Kamera, damit er sie bemerkte. »Hier.«

Vorsichtig näherte er sich dem Bildschirm und sah sie an. Seine Augen waren weit geöffnet und blau wie ein stiller See.

Taylor blieb die Luft weg.

Nichts Spöttisches lag mehr in seinem Blick. Eher sah er verängstigt aus.

Eine Weile schauten sie sich einfach nur schweigend an.

»Taylor?«, fragte er schließlich verwundert, als wäre er aus einem tiefen Schlaf erwacht und nicht sicher, ob er noch träumte. »Du hast mich ganz schön erschreckt.«

»Tut mir leid. War nicht so leicht, dich wach zu kriegen.«

»Schon okay.« Er rieb sich die Augen, um den Schlaf zu vertreiben. »Hast du meine E-Mail nicht gelesen?«

Was für eine E-Mail?
»Nein«, flüsterte sie. »Ich hab gerade erst den Laptop angemacht – und dann warst du plötzlich da.«
»Ach so.« Er klang irgendwie so enttäuscht, dass Taylor die E-Mail am liebsten sofort gelesen hätte. »Ich wollte mich entschuldigen, weil ich gestern Abend unsere Verabredung verpasst hab. Es … ging nicht anders. Tut mir leid. Das war …«, er suchte nach den richtigen Worten, »… äußerst unhöflich von mir.«
Seine Entschuldigung klang ehrlich, und Taylors Wut – sofern nach den Ereignissen des Abends überhaupt noch etwas davon übrig war – verrauchte.
Dann fiel ihr plötzlich ihre eigene patzige E-Mail wieder ein.
»Mir tut's auch leid wegen meiner schnippischen Mail von vorhin«, sagte sie. »Ich war sauer.«
Ein kleines Lächeln huschte über sein Gesicht. »Was bedeutet *schnippisch*?«
Taylor überlegte einen Augenblick, bis ihr eine ungefähre französische Entsprechung einfiel. *»Désagréable.«*
Er kicherte. »Nein, sie war nicht *désagréable*. Außerdem hatte ich's vermutlich verdient. Ist nicht nett, wenn man jemanden einfach warten lässt. Normalerweise bin ich nicht so. Was ich verspreche, halte ich auch. Da … wie sagt man? Da liegt mir was dran.«
Sein Lachen klang ein wenig zaghaft, doch Taylor mochte es genauso sehr wie beim letzten Mal.
»Mir auch«, sagte sie leise und lächelte zurück.
Ihr gefiel dieser neue, sanftere Sacha.
Er rückte näher und sah sie fragend an. Sein Blick war so intensiv, dass Taylor sich gar nicht davon losreißen konnte.

»Warum bist du überhaupt so spät noch wach? Hier ist es fast vier Uhr morgens. Dann ist es bei euch drei, oder?«

Taylor wusste nicht genau, was sie antworten sollte. »Ich konnte nicht schlafen …«, begann sie zögerlich. »Heute Abend ist was passiert und … na ja, darum konnte ich nicht schlafen.«

»Was denn?«, fragte er interessiert. »Mir ist nämlich auch was passiert.«

»Du zuerst.« Taylor hatte es nicht besonders eilig, ihm von der Ohnmacht zu erzählen. Bestimmt würde er sie für zart besaitet halten.

Doch Sacha zögerte ebenfalls.

»Nichts Besonderes«, sagte er schließlich. »Bin in einen Streit geraten. Hab was am Kopf abbekommen.«

Unbestimmt deutete er auf seine linke Stirnseite. Taylor glaubte, eine blassrote Schramme und abgeschürfte Haut am Haaransatz zu erkennen.

»Worum ging's denn bei dem Streit?«, fragte sie skeptisch.

»Ach, nichts Wichtiges. Um Geld.« Er zuckte die Schultern. »Alles wieder in Ordnung.«

Und plötzlich war da wieder der verschlossene Ausdruck in seinem Gesicht, der ihr sagte, dass ganz bestimmt nicht alles in Ordnung war. Doch ehe sie nachfragen konnte, sprach er hastig weiter.

»Jetzt bist du dran. Was ist dir passiert?«

Aus irgendeinem Grund konnte Taylor nicht anders, als ihm die Wahrheit zu sagen. Vielleicht, weil es mitten in der Nacht war und es sich irgendwie heimelig anfühlte, hier zu sitzen und mit ihm zu flüstern. Oder sie hatte doch einen Hirntumor, der sie seltsame Dinge tun ließ.

»Ich saß da und hab auf dich gewartet«, begann sie. »Dann hab ich dir die Mail geschrieben. Und dann … bin ich irgendwie ohnmächtig geworden.« Sie seufzte. »Meine Mum hat gleich ein Riesendrama draus gemacht. Sie glaubt, dass das Internet mein Gehirn aufweicht oder so was. Jedenfalls darf ich den Laptop jetzt nicht mehr benutzen …« Sie machte eine kleine Pause. »Also, den, an dem ich gerade sitze.«

»Ohnmächtig?«, fragte Sacha ungläubig. »Tun Mädchen das wirklich, in Ohnmacht fallen?«

Taylor zuckte entschuldigend die Schultern. »Sieht so aus.«

»Aber jetzt geht's dir wieder gut?«

Taylor warf ihm einen prüfenden Blick zu. Seine Sorge wirkte echt.

»Ja, alles okay.« Sie lächelte verlegen. »Aber ein bisschen unheimlich war es schon. Normalerweise kippe ich nicht einfach um.«

Das schien ihn zu amüsieren. »Hm, machst auch wirklich keinen besonders schwachen Eindruck auf mich.« Das Kinn in die Hand gestützt, betrachtete er sie neugierig, und Taylor merkte, wie ihr Gesicht zu glühen begann.

»Erzähl mir was über dich, Taylor Montclair«, sagte er schließlich.

Es gefiel ihr, wie er ihren Namen aussprach.

»Was denn?«, fragte sie und wünschte, er würde ihn noch einmal sagen.

»Irgendwas. Was du magst, was du nicht magst. Deine Freunde, deine Eltern …«

Taylor überlegte kurz. Wenn sie die Wahrheit sagte, würde er sie bestimmt für eine langweilige Streberin halten, aber lügen wollte sie auch nicht.

»Also … ich mag Bücher«, begann sie. »Und Geschichte. Ich möchte Archäologin werden.«

Er nahm das mit einem Kopfnicken zur Kenntnis, als hätte er nichts Geringeres von ihr erwartet. »Cool. Ein guter Plan. Und deine Freunde, oder dein Freund?«

Er blickte ihr direkt in die Augen. Taylor merkte, dass sie noch röter wurde.

Sie senkte den Blick und starrte auf die Tastatur.

»Meine beste Freundin heißt Georgie. Sie war's übrigens, die dir die gemeine Nachricht geschrieben hat, von wegen dumm bleiben und so.« Sie zog die Stirn kraus. »Sie ist die Draufgängerin. Ich bin die Vernünftige.«

Die Frage nach dem Freund ließ sie unbeantwortet. *Habe ich einen oder nicht?* Offiziell schon, allerdings hatte sie ja schon beschlossen, sich so bald wie möglich von ihm zu trennen. Also lautete die korrekte Antwort weder Ja noch Nein.

Kurz vor der Trennung. Demnächst wieder Single.

Zum Glück bohrte Sacha nicht weiter nach. »Und deine Familie?«

»Meine Schwester ist dreizehn. Wir leben zusammen mit meiner Mum. Dad hat uns vor ein paar Jahren verlassen und eine schicke neue Familie gegründet.«

Sie hörte die Bitterkeit in ihrer eigenen Stimme und sah, wie Sacha fragend die Brauen hob. Schnell kam sie ihm mit einer Gegenfrage zuvor.

»Und du?«

Eine ganze Weile sagte er nichts, sondern kaute nur auf seiner Unterlippe herum.

»Früher mochte ich Geschichte und Fremdsprachen«, begann er

zögerlich. »Aber dann … sind ein paar Dinge passiert, und ich hab das alles irgendwie aus den Augen verloren.«

Er sprach stockend, mit einer Ehrlichkeit, die beinahe wehtat. Taylor war ganz still und hoffte, er würde weitersprechen.

Sacha atmete tief durch. »Wie auch immer. Jetzt lebe ich mit meiner Mutter und meiner Schwester zusammen. Laura ist auch gerade dreizehn geworden. Freunde habe ich so gut wie keine. Keine Pläne. Keine Zukunft.« Der vertraute zynische Zug um seinen Mund kehrte zurück. »Ich bin der schlimmste Albtraum deiner Mutter.«

Der letzte Satz traf Taylor wie ein Stromschlag, und sie hatte Mühe, sich nichts anmerken zu lassen.

»Natürlich hast du eine Zukunft. Und noch jede Menge Zeit, zu überlegen, was du gerne machen möchtest.«

Er warf ihr einen Blick zu, der so verloren und voller Hoffnungslosigkeit war, dass ihr die Worte fast im Hals stecken blieben.

»Warum solltest du keine Zukunft haben?«, fragte sie verdutzt.

Plötzlich hörte sie draußen im Flur leise Schritte, die näher kamen.

Sie riss sich die Kopfhörer aus den Ohren und lauschte, dann wandte sie sich hastig wieder Sacha zu.

»Verdammt«, flüsterte sie. »Das ist meine Mum. Ich muss Schluss machen.«

Seine Lippen formten noch eine Antwort, doch sie hatte keine Zeit mehr, zu hören, was er sagte. Blitzschnell hatte sie den Laptop zugeknallt und war damit unter die Bettdecke gesprungen, wo sie die Augen schloss und so tat, als ob sie schliefe.

Kaum eine Sekunde später ging die Zimmertür auf.

»Taylor?«, flüsterte ihre Mutter.

Die drehte sich träge auf die Seite und achtete darauf, dass der Laptop unter der Decke verborgen blieb.

»Mum, bist du das?«, blinzelte sie.

»Ja. Ich dachte, ich hätte Stimmen gehört.«

»Hmmm …«, machte Taylor, als wäre sie zu müde zum Antworten, und rollte sich auf den Bauch, mitten auf den Laptop, als wäre das die kuscheligste Position überhaupt.

Einen Augenblick später schloss sich die Zimmertür wieder, und es wurde still.

Taylor rührte sich nicht. Sie musste den Laptop unbedingt vor dem Morgen wieder nach unten bringen, doch erst musste sie ganz sicher sein, dass ihre Mutter wieder eingeschlafen war.

In der Zwischenzeit dachte sie an Sacha. An seine blauen Augen und seine markanten Wangenknochen.

Der schlimmste Albtraum deiner Mutter.

Und plötzlich fiel ihr auf, dass ihre Kopfschmerzen verschwunden waren.

Es ging ihr phantastisch.

12

Obwohl er es seiner Mutter versprochen hatte, ging Sacha am nächsten Tag nicht zur Schule.
Stattdessen schlief er aus und wachte erst gegen Mittag auf. Er hatte die ganze Wohnung für sich allein.
In Boxershorts taperte er in die Küche. Auf der Theke lag ein frisches Baguette – offenbar war seine Mutter vor der Arbeit noch schnell zum Bäcker gegangen. Während der Kaffee kochte, schnitt Sacha sich ein großes Stück ab, strich verschwenderisch Butter darauf und belegte es mit einer dicken Scheibe Käse. Mit Brot und einer Tasse starkem, schwarzem Kaffee trottete er in sein Zimmer zurück.
Ein dumpfer Schmerz über seinem linken Auge war die einzige Erinnerung an das gestrige Gemetzel. Ehe er schlafen gegangen war, hatte er seine blutigen Klamotten unten in die Mülltonne gestopft und das Bad gesäubert, damit Laura nichts mitbekam.
Nun saß er an seinem Schreibtisch und fuhr sich mit den Fingerspitzen über die Stelle, an der die Kugel in den Schädelknochen eingetreten war, konnte aber kaum mehr als eine kleine Vertiefung ertasten. Es tat fast nicht mehr weh. Allerdings vermutete er, dass sein Gehirn noch mit der Reparatur beschäftigt

war, denn das Denken fiel ihm schwer. Was aber auch daran liegen konnte, dass er so groggy war.

Nachdem Taylors Gesicht letzte Nacht verschwunden war, war er eine Stunde vor dem Bildschirm sitzen geblieben, für den Fall, dass sie sich noch mal meldete. Albern, schon klar. Um vier Uhr morgens hätte sie bestimmt nicht damit gerechnet, dass er noch brav dasaß und auf sie wartete.

Ihr Bild sah er trotzdem noch vor sich, die im Dunkeln schimmernde Haut, eine wilde Mähne aus goldenen Locken, die ihr ins Gesicht fielen.

In Gedanken ging er ihr Gespräch durch, erinnerte sich an ihre Worte. Ihr Blick, als er sagte, er habe keine Zukunft. Wie der eines Superhelden, kurz bevor er losrauscht, um ein unschuldiges Leben zu retten.

Es war das erste echte Gespräch zwischen ihnen gewesen, ohne dass einer versuchte, den anderen zu beschimpfen oder zu beeindrucken.

Und er fand's … gut.

In mancher Hinsicht war sie genauso, wie er sie sich vorgestellt hatte. Ihre Mutter, ihre Schwester, ihr adrettes Zimmer, soweit er es erkennen konnte. Doch dann war da auch die Art, wie ihre Miene sich verdüsterte, als sie ihren Vater erwähnte, und die Tatsache, dass sie sich über ihre Mutter hinwegsetzte, indem sie mit ihm redete, obwohl sie eigentlich Computerverbot hatte.

Aber da war noch mehr. Irgendwas hatte sie an sich.

Als sie ihn aus diesen ernsten grünen Augen so durchdringend angeschaut hatte, hatte er plötzlich den Wunsch verspürt, ihr alles zu erzählen.

Er biss von seinem Brot ab, öffnete ihre Profilseite und beugte sich vor, um das kleine Bild besser zu sehen. Sie saß in einem Park oder irgendwo im Grünen. Es war ein heller Sonnentag. Sie lachte.

Aus heiterem Himmel verspürte er eine stechende Eifersucht. Als er sie nach ihrem Freund gefragt hatte, war sie ausgewichen. Trotzdem blöde Frage. Natürlich hatte sie einen Freund, hatten Mädchen wie sie doch immer. Typ gut aussehender Superathlet wahrscheinlich. Zukünftiger Anwalt. Was Seriöses.

Einer wie er käme für sie nie infrage – ein Loser, der die Tage, Minuten, Sekunden runterzählte.

Aber wenn das so ist, wieso hat sie dann nicht einfach mit Ja geantwortet?

Es war nicht nur ihr Äußeres, das ihn beschäftigte. Ihr Name kam ihm so bekannt vor ... Und seiner Mutter hatte er sogar einen richtigen Schrecken eingejagt.

Er lehnte sich zurück und starrte zur weißen Leere seiner Zimmerdecke.

»Wer bist du, Taylor Montclair?«, fragte er laut.

Höchste Zeit, das rauszufinden.

Er zog Jeans und ein schwarzes T-Shirt mit Loch in der Schulter an, holte sich noch eine Tasse Kaffee und machte sich an die Arbeit.

Er fing mit dem Naheliegenden an und suchte seinen Posteingang nach Nachrichten mit dem Absender »Montclair« ab, bekam aber nur Taylors Mails.

Dann holte er die Liste mit den Schulkontakten und sah unter M nach. Auch hier Fehlanzeige.

Danach durchwühlte er sämtliche Schubladen, Papiere und Notizbücher.

Nichts. Nichts. Und wieder nichts.
Je weniger er fand, desto mehr verbiss er sich in die Suche.
Wo habe ich diesen Namen bloß schon mal gehört? Im Fernsehen? In einem Buch?
Kaum. Dann wäre die Erinnerung nicht so deutlich.
Ein Freund meiner Eltern?
Das klang schon wahrscheinlicher.
Er ging ins Wohnzimmer, wo abseits in einer Ecke der Schreibtisch seiner Mutter stand. Wie ein Einbrecher durchsuchte er die ordentlich aufgeräumten Schubladen, in denen sie Quittungen, alte Lohnabrechnungen und Rezepte aufbewahrte. Endlich fand er ihr Adressbuch.
Er sah unter M nach.
Kein Montclair.
Er begutachtete sämtliche Visitenkarten, jedes Papier. Nichts.
Er lehnte sich im Stuhl zurück, trommelte nervös mit den Fingern auf die Lehne und dachte nach. Die Wohnung war angenehm still. Ein warmer Wind wehte durchs halb geöffnete Fenster herein. Von der engen Straße drang leise das Rauschen der Autos herauf. Irgendwo in der Ferne bellte ein Hund.
Es gab nur einen Ort in der Wohnung, wo er noch nicht nachgesehen hatte.
Er bückte sich, griff unter den Tisch und zog einen Karton hervor, der ganz hinten verstaut war.
Darin bewahrte seine Mutter die persönlichen Papiere seines Vaters auf. Gewöhnlich wurde er nie geöffnet.
Ganz unten im Karton lag ein großes, in schwarzes Leder eingebundenes Notizbuch.
Zaghaft fuhr Sacha mit den Fingern über den glatten Einband.

Das Leder war weich und perfekt verarbeitet. Vorne waren in Gold die Initialen »AW« eingeprägt.
Immer wenn sein Vater auf Forschungsreise gefahren war, hatte er das Notizbuch mitgenommen, überhaupt hatte man ihn selten ohne gesehen.
Nur als er auf seine letzte Reise ging, hatte er es zu Hause gelassen.
Das gehörte zu den merkwürdigen Umständen des Unfalls, bei dem er getötet worden war. Als man auf der Landstraße in der Nähe von Oxford seinen Körper aus dem völlig zerquetschten Mietwagen gezogen hatte, hatte man nicht einen Fetzen Papier bei ihm gefunden.
Sacha hielt das Buch an die Nase, schloss die Augen und schnupperte daran. Der Geruch nach Papier und Tinte, nach altem Leder und einer Spur Zigarettenrauch beschwor Erinnerungen herauf, so lebendig, dass er seinen Vater buchstäblich vor sich sah. Wie er ihn in seine Arme hob und durch die Luft wirbelte. Sein Lächeln, wenn Sacha vergnügt juchzte.
Seufzend ließ er das Notizbuch sinken und öffnete es.
Auf der ersten Seite standen nur zwei Wörter in der eleganten Handschrift seines Vaters: »Adam Winters«. Darunter sein Titel:

Historien médiéviste,
maître de conférence à l'Université Paris I,
Panthéon Sorbonne.
Medieval History Consultant, University of Oxford.

Sacha fielen die Abende ein, als sie noch alle zusammen in ihrem alten Steinhaus am Kaminfeuer gesessen und seinem Vater gelauscht hatten, der Geschichten von Königen und Burgen erzählt hatte, von Rittern und von Hexen, die auf Scheiterhaufen verbrannt wurden.

Und wenn Sacha skeptisch angemerkt hatte, dass es solche Dinge doch nur im Märchen gab, hatte er stets beharrt: »Glaub mir, genau so hat es sich zugetragen.«

Nach dem Tod des Vaters hatte Sacha Geschichte abgewählt, sobald es ging.

In der Stille raschelte das Papier, als er umblätterte.

Für alles Mögliche hatte sein Vater dieses Buch benutzt, als Tagebuch, Adressbuch und Terminkalender. Jeder Quadratzentimeter war mit seiner Handschrift beschrieben. Aus allen Ecken schwammen Sacha Worte zu – Notizen, die senkrecht die Ränder hinaufkletterten oder diagonal in die Ecken krochen.

Es waren zu viele Informationen auf einmal. Namen, Orte, Gedanken, Daten …

Auf der Suche nach dem Adressverzeichnis blätterte Sacha die Seiten jetzt schneller durch. Er suchte einen bestimmten Namen. Doch die Adressen waren nicht alphabetisch geordnet, und das komplizierte System seines Vaters zu durchschauen war mühsam und anstrengend.

Mit dem Zeigefinger fuhr er die Namen entlang, bekannte und unbekannte, englische, französische, spanische, italienische.

Über eine Stunde verbrachte er damit, ehe er endlich fand, wonach er suchte.

»Aldrich Montclair. Universität Oxford«. Daneben eine Telefonnummer und eine Adresse.

Sachas Herz begann zu hämmern.

Plötzlich wusste er, wo er den Namen schon mal gehört hatte.

Sein Vater in der Tür, eine lederne Reisetasche in der Hand. »Montclair meint, er sei auf etwas gestoßen. Ich muss herausfinden, ob er recht hat.«
»Schon wieder?« Seine Mutter, die ihn düster ansah. »Du warst doch erst letzten Monat da. Du weißt, dass es gefährlich ist.«
Beide blickten zu dem Tisch, an dem Sacha Hausaufgaben machte und nur mit halbem Ohr zuhörte. Sie gingen hinaus auf den Flur und setzten dort flüsternd ihr Gespräch fort.

Er suchte auch das restliche Buch nach Hinweisen ab, fand aber nichts mehr. Taylor oder andere Montclairs wurden nicht erwähnt.
Sacha schloss das Buch und ließ gedankenverloren die Hand auf dem Einband ruhen.
»Wer bist du, Taylor Montclair?«

13

»Was? Du hast nachts um drei mit diesem Franzosen gechattet?«, Georgie schob den Salat beiseite und musterte Taylor neugierig. »Angezogen oder im Negligé?«

»Was du wieder denkst!« Taylor lachte, konnte aber nicht verhindern, dass sie rot wurde. »Natürlich angezogen – beide! Ich bin ja nicht du.«

Sie saßen beim Mittagessen draußen vorm Café *Koffein-Schock*. Es war ein grauer Tag und Regen lag in der Luft, aber Georgie hatte darauf bestanden, nach dem Unterricht erst noch Make-up nachzulegen, und als sie endlich im Café angekommen waren, waren drinnen schon alle Tische besetzt gewesen.

Georgie ließ nicht locker.

»Also, erst überlegst du, ob du dich von Tom trennen sollst, und dann chattest du die halbe Nacht mit diesem Sacha.« Sie beugte sich über den Tisch. »Ich will jetzt wissen, was da abgeht. Und zwar alles.«

In Taylors Magen machte sich ein nervöses Flattern bemerkbar. Sie verstand ihre Gefühle doch selbst nicht – wie sie dann Georgie erklären?

Deren braune Augen wurden immer größer.

»Oh mein Gott, du stehst auf diesen Typ!«

»Blödsinn«, wehrte Taylor ab. »Ich kenne ihn doch gar nicht. Wir haben nur ein bisschen gequatscht, mehr nicht. Er hat sich entschuldigt, weil er den Nachhilfetermin verpasst hat, und ich hab ihm von meiner seltsamen Ohnmacht erzählt. Das war schon alles.«

Und warum fühlt es sich dann nach mehr an?

»Meinetwegen.« Georgie beäugte sie skeptisch und rührte in ihrem dünnen Milchkaffee. »Und? Wollt ihr heute Nacht wieder chatten?«

»Nein«, erwiderte Taylor mit Nachdruck.

Und plötzlich waren die Kopfschmerzen wieder da.

***

Im Laufe des Tages wurde es immer schlimmer. Nach Unterrichtsschluss hastete Taylor auf die Mädchentoilette, schluckte zwei Schmerztabletten, klatschte sich kaltes Wasser ins Gesicht und beäugte sich kritisch im Spiegel.

Sie war mit Tom zum Lernen verabredet. Von dem sie sich wahrscheinlich trennen wollte.

Sie presste die Finger gegen die Schläfen und schloss die Augen. Langsam jagten diese Schmerzen ihr wirklich Angst ein. *Das ist echt nicht mehr normal. Ich muss es Mum erzählen. Zum Arzt gehen.*

Zum ersten Mal erwog sie ernsthaft die Möglichkeit, dass es etwas Schlimmes sein könnte. Sie war noch nie richtig krank gewesen, sogar Schnupfen bekam sie äußerst selten. Doch plötzlich spukte alles, was sie je über tödliche Krankheiten gehört hatte, in ihrem Kopf herum.

Stell dir vor, du bist erst siebzehn und dein Leben ist so gut wie vorbei. An einem Tag machst du dir noch Sorgen wegen der Prüfungen, und am nächsten – *schnipp* – bist du einfach nicht mehr da.

Im Spiegel blickten ihr weit aufgerissene grüne Augen entgegen. Voller Angst und mit dunklen Rändern darunter, weil sie letzte Nacht kaum geschlafen hatte. Die Haare hingen ihr wild ins Gesicht. Sie sah einfach schrecklich aus.

Ein Blick auf die Uhr sagte ihr, dass eine Viertelstunde vergangen war.

»Verdammt«, flüsterte sie. »Nicht schon wieder.« Jetzt bekam sie wirklich Panik.

Diese Blackouts waren echt nicht normal.

Sie schnappte die Tasche, rannte zur Tür und stieß sie hastig auf. Die Tür prallte gegen etwas Weiches, das einen erschrockenen Laut von sich gab.

Taylor tastete nach der Klinke und guckte vorsichtig hinter die Tür. Mr Finlay stand in einem Haufen Papier, rieb sich die Schulter und blickte sie vorwurfsvoll an.

»Oh, Mr Finlay, das tut mir leid … Ist alles in Ordnung?«

»Ihr jungen Leute solltet wirklich besser darauf achtgeben, wo ihr hinrennt«, kam die pikierte Antwort.

»Da haben Sie recht, das sollten wir«, pflichtete Taylor ihm bei. »Ich hoffe, Sie haben sich nicht wehgetan?«

Als sie nur ein ungehaltenes Knurren erntete, beeilte sie sich, ihm beim Einsammeln der Blätter zu helfen.

»Danke sehr«, sagte Mr Finlay kurz angebunden.

»Also … ich muss dann mal wieder«, murmelte Taylor und wandte sich zum Gehen.

»Wo wir schon hier sind, Miss Montclair. Ich wollte mich bei Ihnen erkundigen, wie der Nachhilfeunterricht mit dem französischen Jungen vorangeht?«
»Ah ja – Sacha. Ganz gut. Wir hatten schon mehrmals Kontakt.«
Taylor bemühte sich, ihre Ungeduld zu verbergen. Tom war bestimmt schon wieder auf 180.
»Sehr schön.« Mr Finlay nickte zufrieden. »Es freut mich, dass Sie sich der Sache angenommen haben. Wenn Sie jetzt noch im Unterricht gut mitmachen und nicht mehr allzu viele Menschen umrennen, stehen Ihre Chancen, es nach Oxford zu schaffen, ganz gut, möchte ich meinen.«
Damit machte er auf dem Absatz kehrt und verschwand.
»Ihnen auch noch einen schönen Tag«, brummte Taylor.
Warum mussten Lehrer bloß immer so schrullig sein?
Sie eilte nach draußen. Auf der Eingangstreppe stand Tom triefnass und stocksteif im Regen und guckte angestrengt auf sein Handy.
»Hallo, Tom.« Er fuhr herum und starrte sie wütend an. »Tut mir leid«, begann Taylor hastig, ehe er etwas sagen konnte. »Finlay wollte unbedingt noch mit mir reden und konnte mal wieder kein Ende finden. Du kennst ihn ja …«
»Spar dir die Ausreden«, unterbrach er sie kalt. »Ich weiß nicht, was in letzter Zeit mit dir los ist, aber ich finde das langsam nicht mehr witzig.«
»Tut mir wirklich leid«, wiederholte Taylor. »Ich hätte anrufen sollen oder so …«
Das war bestimmt nicht die geschickteste Antwort, doch in ihrem Kopf hämmerte es inzwischen so heftig, dass sie kaum noch klar denken konnte.

»Ehrlich gesagt, geht's mir nicht besonders. Können wir das mit dem Lernen vielleicht auf ein andermal verschieben? Ich glaub, ich geh besser nach Hause.«

»Das ist jetzt nicht dein Ernst, oder?« Tom schüttelte ungläubig den Kopf. »Du lässt mich hier zwanzig Minuten im Regen stehen, reagierst auf keine meiner Nachrichten, nur um mir dann zu sagen, dass du nach Hause willst?«

»Ja, ich weiß, aber …«

»Nichts aber.« Er baute sich vor ihr auf. »Du behandelst mich wie Dreck. Die anderen zerreißen sich schon das Maul darüber.«

Die kalte Wut in seiner Stimme ließ Taylor zusammenzucken.

Die Sache entglitt ihr. Eigentlich hatte *sie* doch Schluss machen wollen, doch so sauer, wie Tom war, würde er ihr vielleicht noch zuvorkommen.

»Tom, ich …«, setzte sie an, doch er ließ sie nicht ausreden.

»Wenn du denkst, dass ich mir das bieten lasse, hast du dich geschnitten.«

Ehe Taylor etwas erwidern konnte, wandte Tom sich zum Gehen.

»Weißt du was, Taylor? Vergiss es einfach. Ich hab da jetzt überhaupt keinen Bock drauf. Mach doch, was du willst.«

Damit sprang er athletisch die Treppen hinunter und verschwand Richtung Sportplatz.

***

Den restlichen Nachmittag verschlief Taylor, und am Abend waren die Kopfschmerzen verschwunden.

Eigentlich ging es ihr wieder gut, doch der Streit mit Tom hatte ihr zugesetzt. So aufgebracht hatte sie ihn noch nie erlebt. Vielleicht ahnte er ja was. Sie musste das so bald wie möglich hinter sich bringen.

Gleich nach dem Abendessen ging sie auf ihr Zimmer, um Georgie anzurufen.

Die antwortete direkt beim ersten Klingeln. »Was gibt's, Tay?«

Im Hintergrund dröhnte der Fernseher so laut, dass es nur eine Frage der Zeit war, bis Georgies Eltern kommen und meckern würden.

»Ach, nichts Besonderes. Na ja, ich hatte vorhin einen blöden Streit mit Tom.« Taylor sprach leise, weil sie nicht wollte, dass ihre Mutter etwas mitbekam. »Und jetzt bin ich ... ein bisschen durcheinander.« Sie seufzte.

»Oje.« Lautes Gelächter aus dem Fernseher übertönte Georgies Stimme. Taylor meinte zu hören, wie sie nach der Fernbedienung fischte, und das Gejohle verebbte zu einem leisen Gemurmel im Hintergrund. »Was ist denn passiert?«

In groben Zügen erzählte Taylor ihr, was vorgefallen war, nur das mit den Blackouts behielt sie für sich.

Georgie seufzte mitfühlend. »Er kann tatsächlich ziemlich aufbrausend sein, erst neulich hab ich mit Paul drüber gesprochen. Trotzdem – auf keinen Fall darf er so mit dir reden.« Nach einer kurzen Pause fuhr sie fort. »Andererseits ... Du willst dich doch eh von ihm trennen, oder? Vielleicht spürt er das ja instinktiv, so wie Tiere.«

»Du meinst, Tiere spüren, wenn ihr Partner sich von ihnen trennen will?«

»Quatsch, du weißt schon, was ich meine.«

Taylor lehnte sich in die Kissen zurück. »Ach, George, das ist alles so schwierig.«

»Du hast doch noch deinen Franzosen«, neckte Georgie. »Da bist du nachts wenigstens nicht ganz allein.«
Erschrocken fuhr Taylor hoch.
»Du darfst Tom auf keinen Fall was von Sacha erzählen, hörst du? Ein eifersüchtiger Freund ist das Letzte, was ich jetzt gebrauchen kann. Es ist so schon schlimm genug.«
»Natürlich nicht. Was denkst du von mir?«, erwiderte ihre Freundin eingeschnappt.
»Nein, im Ernst, George. Du weißt doch, wie Tom ist. Im Grunde kein schlechter Kerl, aber wenn's um andere Jungs geht, versteht er keinen Spaß.«
»Komm runter, Tay. Von mir erfährt keiner ein Sterbenswörtchen.«
Sie schwiegen kurz. »Hör zu«, sagte Georgie dann. »Wenn du mit ihm Schluss machen willst, dann bring es möglichst bald hinter dich.« Sie sprach sachlich-praktisch, als würde sie jemandem den Weg zu ihrem Haus beschreiben. »Warte nicht, bis ihr beide euch an die Gurgel geht. Erledige das schnell und sauber.«
Im Hintergrund applaudierten die Fernsehzuschauer.
»Morgen«, versprach Taylor tapfer.
Doch allein bei dem Gedanken kriegte sie schon wieder Kopfschmerzen.

***

Die Hände in die Bettdecke gekrallt, schreckte Taylor hoch. Ihr Herz raste, als hätte sie gerade einen Sprint hingelegt. Sie bekam keine Luft.
Glasklar hatte sie die letzte Szene des Albtraums noch vor Au-

gen: Sie stand am Rand einer hohen Klippe. Und dann kam Finlay und stieß sie hinab in die Tiefe.
So real und schrecklich, als wäre es wirklich geschehen.
Als ihr Atem sich etwas beruhigt hatte, legte sie sich wieder hin, doch jedes Mal, wenn sie die Augen schloss, raste wieder der todbringende Boden auf sie zu.
An Schlaf war nicht mehr zu denken.
Ein Blick auf den Wecker verriet ihr, dass es kurz nach eins war.
Ob Sacha noch wach ist? Der Gedanke tauchte so blitzschnell auf, als hätte er die ganze Zeit in ihrem Hinterkopf gelauert und nur auf seine Chance gewartet.
Taylors Gesicht wurde heiß, als ihr Georgies Worte einfielen: *»Du stehst auf ihn!«*
Abwehrend schüttelte sie den Kopf. *Tue ich nicht. Ich bin ihm ja noch nicht mal wirklich begegnet.* Dann dachte sie an Sachas blaue Augen. Seine langen, dunklen Wimpern. Seinen weichen Akzent.
Ihr Magen flatterte.
Oder vielleicht doch?
Sie musste es herausfinden.
Sie schwang sich auf die Bettkante, tappte leise zur Tür und lauschte.
Alles still.
Auf Zehenspitzen ging sie die Treppe hinunter, vermied die quietschende Stufe und huschte lautlos wie ein Geist den dunklen Flur entlang.
Inzwischen hatte sie schon fast Übung darin.
Als sie kurz vor der Küchentür war, hörte sie ein Geräusch. Es kam aus dem Arbeitszimmer. Ein leises Rascheln, als würde je-

mand in einem großen Buch blättern oder an einem Vorhang entlangfahren.

Eigenartig. Ihre Mutter ging fast immer schon um zehn ins Bett, weil sie ja um sechs aufstehen musste.

Verwirrt runzelte Taylor die Stirn und schlich näher.

Mit jedem Schritt wurde das Rascheln lauter, und jetzt konnte sie auch leises Flüstern hören – ein seltsam unheimliches Wispern, das sie irgendwie ganz benommen machte.

Sie drückte die Türklinke herunter. »Mum?«

Das Geräusch endete abrupt. Und dann bekam Taylor plötzlich keine Luft mehr. Etwas schnürte ihr den Hals zu. Hände drückten ihr Luftröhre und Kehlkopf ab.

Sie konnte nicht mehr atmen.

Instinktiv fuhr sie sich an den Hals, doch da waren keine Hände. Sie wand sich und schlug wild mit den Fäusten hinter sich, traf aber nur ins Leere.

Es war niemand da.

Sie versuchte zu schreien, doch kein Laut kam aus ihrem Mund. Adrenalin rauschte durch ihre Adern und führte ihr die Situation in schrecklicher Deutlichkeit vor Augen: Jemand oder etwas versuchte, sie zu töten, doch es gab keinen Gegner, gegen den sie sich hätte wehren können.

Schwarze Flecken tauchten vor ihren Augen auf, die Welt begann in Dunkelheit zu versinken. Immer verzweifelter schlug sie um sich.

Gleich werde ich bewusstlos. Und dann werde ich sterben.

Plötzlich begannen kleine funkelnde Lichter in der Dunkelheit vor ihren Augen zu tanzen wie Sterne. Nein, eigentlich waren es Fäden, ein Geflecht aus goldenen Fäden oder Bändern, wie fein gesponnene Seide. Verwundert starrte sie darauf. Sie sahen so echt aus, dass sie die Hand ausstreckte und nach einem davon griff.

Ein kraftvolles Vibrieren ging von dem Band aus. Eine machtvolle Energie floss durch ihren Körper, wie Starkstrom, nur dass es sie nicht tötete, sondern ungeheure Kräfte freisetzte.

Dann hörte sie einen eigenartigen Ton, der wie ein erstickter Schrei klang, und die Hände ließen von ihr ab.

Taylor schnappte nach Luft und sank zu Boden. Die goldenen Bänder waren verschwunden.

Und was immer sie angegriffen hatte, auch.

14

Zitternd und schluchzend hockte Taylor im Flur. Ständig hörte sie Geräusche und sah Schatten vorbeihuschen. Doch es war alles nur Einbildung. Sie war allein.

Nach einer Weile nahm sie all ihren Mut zusammen und lief die Treppe hoch zum Zimmer ihrer Mutter, blieb aber unschlüssig davor stehen. Was sollte sie denn sagen?

Ein Unsichtbarer hat versucht, mich umzubringen.

Wie verrückt klang das denn?

Sie hatte solche Angst.

Leise weinend lehnte sie den Kopf an die Tür, hinter der ihre Mutter nur ein paar Schritte entfernt friedlich schlief.

»Mum, hilf mir«, flüsterte sie leise.

Schließlich rappelte sie sich auf, atmete tief durch und wankte auf wackeligen Beinen durch den dunklen Flur zurück in ihr Zimmer.

Das Zittern hörte die ganze Nacht nicht auf. Zusammengekauert lag Taylor unter der Bettdecke und zermarterte sich das Hirn.

Was ist bloß los? Was geschieht mit mir?

***

Am nächsten Tag ging sie nicht zur Schule.
Sie hatte die ganze Nacht so gut wie kein Auge zugetan. Ihr Kopf fühlte sich seltsam leicht an, wie ein Ballon an einer Schnur.
Früh am Morgen kletterte sie aus dem Bett, stellte sich vor den Spiegel und starrte minutenlang hinein. Die Würgemale an ihrem Hals, die in der Nacht noch knallrot gewesen waren, nahmen allmählich eine violette Färbung an. Wie böse Schlangen wanden sie sich um ihren blassen Hals – unverkennbar die Abdrücke von langen, dünnen Fingern.
Taylor berührte sie leicht und zog vor Schmerz zischend die Luft ein. Um solch tiefe Male auf der Haut zu hinterlassen, brauchte es eine unglaubliche Kraft.
Und doch hatte sie niemanden gesehen.
Eine Träne rollte ihre Wange hinunter. Wütend wischte sie sie weg.
Hör auf zu flennen. Konzentrier dich. Finde lieber heraus, was dahintersteckt. Das kann doch alles gar nicht sein.
Und trotzdem war es passiert.
Im Haus hielt sie es nicht mehr aus. Schnell schnappte sie sich ein Paar Shorts, streifte ein Top über und band ein weißes Tuch um ihren Hals, um die Würgemale zu verbergen. Ehe ihre Mutter zum Frühstück herunterkam, war sie aus dem Haus geschlichen.

***

Die Stadtbücherei, ein massiges viktorianisches Gebäude mit spitzem Giebeldach, lag am Rande des Stadtzentrums.
Taylor überquerte die dicht befahrene Straße und rannte die Stufen hoch. Das Gebäude war ihr seit vielen Jahren vertraut. Schon

als Kind war sie in den Sommerferien auf der Suche nach neuer Lektüre jeden Tag hergekommen. Hier fühlte sie sich sicher. Es war ein Ort des Wissens. Ein Ort der Zuflucht.

Hier würde sie eine Antwort finden. Sie musste einfach.

Sie drückte die schwere gusseiserne Klinke – die Tür war verschlossen.

Taylor ließ den Kopf hängen. An die Öffnungszeiten hatte sie überhaupt nicht gedacht. Ein Blick auf ihre Uhr verriet ihr, dass es noch nicht mal acht war, und die Bibliothek öffnete erst um neun. Sie setzte sich auf die oberste Stufe und vergrub den Kopf in den Armen. *Eine ganze Stunde, verdammt.*

Natürlich hätte sie so lange wieder nach Hause gehen können oder ins Café. Aber zu Hause wäre sie ihrer Mutter in die Arme gelaufen, und das Café war ebenfalls voller Menschen, denen sie jetzt nicht begegnen wollte. Also blieb sie auf der Treppe hocken, die Stirn auf die Unterarme gelegt, und lauschte auf den vorbeirauschenden Verkehr.

»Taylor?«

Vor ihr stand eine Frau mit grauer Kurzhaarfrisur in dunkelblauem Kostüm. Eine schwere Tasche hing über ihrer Schulter, in ihrer Hand klimperte ein großer Schlüsselbund.

»Was machst du denn hier?«, fragte sie verwundert.

Hastig wischte sich Taylor über die Wangen und stand auf.

»Äh … Hallo, Mrs Atkinson. Ich müsste dringend was recherchieren.«

Die Bibliothekarin musterte sie mit wachen Augen. Sie kannte Taylor seit ihrer Kindheit, Woodbury war schließlich eine Kleinstadt. Früher hatte Mrs Atkinson manchmal auf Taylor aufgepasst, während ihre Mutter Einkäufe erledigte.

»Sie stört überhaupt nicht«, hatte Mrs Atkinson gesagt. »Leseratten sind hier immer willkommen.«
Und so hatte Taylor Stunde um Stunde in der Kinderbuchabteilung zugebracht. Hier war sie glücklich gewesen. Sicher.
Und das Gefühl, in Sicherheit zu sein, brauchte sie jetzt mehr als alles andere.
Mrs Atkinson schritt an ihr vorbei und sperrte, geschäftig mit den Schlüsseln rasselnd, auf.
»Dann mal rein mit dir.«

***

Im Inneren beherbergte das alte Gebäude eine Reihe von dunklen Räumen mit hohen Decken. Wenig hatte sich hier seit der Eröffnung vor mehr als hundert Jahren verändert. Die alten Stuckverzierungen waren ebenso erhalten wie die offenen Kamine, lediglich die nachträglich installierten modernen Lampen durchbrachen den altertümlichen Charme. Es war kühl hier drin, und der vertraute Geruch von Papier, Tinte, Möbelpolitur und Staub war eine Wohltat für Taylors angefressene Nerven.
»Eigentlich ist das gegen meine Prinzipien«, ließ sich Mrs Atkinsons Stimme aus dem kleinen Kabuff hinter dem Tresen vernehmen, »aber du siehst aus, als könntest du eine Tasse Tee vertragen.«
Taylor hörte das leise Summen des Teekessels, das Klappern von Schranktüren und das Klimpern von Löffeln in Porzellantassen.
Sie stellte ihre Tasche auf einem ramponierten Holztisch ab und ließ sich auf einen Stuhl sinken. Der Plastikbezug legte sich kühl an ihre nackten Beine.

Plötzlich fühlte sie sich total erledigt. Am liebsten hätte sie einfach den Kopf auf die Tischplatte gelegt und geschlafen.
»Bitte sehr.« Die Bibliothekarin reichte ihr eine Tasse mit fröhlichem Sonnenblumenmuster.
Taylor saß nur da und starrte in die milchigen Tiefen des Tees, als wäre dort eine Antwort auf all ihre Fragen zu finden.
Mrs Atkinson hatte ihr gegenüber Platz genommen und musterte sie mit zusammengezogenen Brauen.
»Ist mit dir alles in Ordnung, Liebes?« Ihr Tonfall war so sanft und freundlich, dass Taylor fast wieder losgeheult hätte.
»Wenn ich das wüsste«, antwortete sie leise. »Jedenfalls hatte ich schon bessere Tage. Ich müsste ein paar Sachen nachschlagen, und dann … Dann geht es mir vielleicht besser. Hoffe ich zumindest.«
Die Bibliothekarin zögerte. *Wahrscheinlich überlegt sie, ob sie weiterfragen soll*, dachte Taylor. Aber sie war kein kleines Mädchen mehr, und man konnte nicht jedes Mal, wenn sie weinte, gleich die Mama rufen.
Schließlich erhob sich Mrs Atkinson widerstrebend und ging hinüber zu ihrem überfüllten Schreibtisch.
»Na, dann hoffe ich mal, dass du findest, wonach du suchst, und dass die Dinge wieder in Ordnung kommen. Auf jeden Fall ist es schön, dich mal wiederzusehen. Du hast uns ganz schön gefehlt hier.«
Taylor fragte sich, wen sie wohl mit »uns« meinte, denn eigentlich gab es hier nur Mrs Atkinson.
Der Tee war heiß und süß, so wie Taylor ihn mochte, und nach ein paar Schlucken fühlte sie sich schon viel besser.
Die Bibliothekarin war irgendwo in den Gängen verschwunden.

Dann und wann hörte Taylor das dumpfe Klacken, wenn ein Buch zurück an seinen angestammten Platz im Regal fand. Es hatte etwas Beruhigendes.
Am liebsten wäre sie einfach sitzen geblieben, doch das ging nicht. Sie hatte eine Aufgabe zu erledigen.
Müde schleppte sie sich die Treppe hinauf zur Sachbuchabteilung und betätigte den Lichtschalter neben der Tür. Leise summend sprangen die Neonröhren an.
Gut zwei Meter hohe Regale, vollgestopft mit Büchern, bedeckten ringsum die Wände des kleinen Raums. Durch ein kleines Fenster fiel ein wenig Sonnenlicht herein.
Taylor wanderte die Regale entlang und studierte die verschiedenen Beschriftungen, bis sie gefunden hatte, was sie suchte.
Der Fundus der Woodbury-Bibliothek, der sich mit paranormalen Phänomenen beschäftigte, beanspruchte nur ein einziges schmales Regalbrett. Die meisten Werke handelten von Hexen und Geistern. Taylor glaubte nicht an Geister. Überhaupt glaubte sie nicht an vieles. Schon mit vier hatte sie geahnt, dass die Sache mit dem Weihnachtsmann nur ein dreister Schwindel war, und an die Zahnfee glaubte sie auch schon lange nicht mehr. Endgültig zur Atheistin geworden war sie mit acht, nachdem ihr Vater ihr eines Winterabends, als sie gemeinsam im Garten gestanden und den Sternenhimmel betrachtet hatten, die Urknalltheorie erläutert hatte. Mit zunehmendem Alter war sie sich zwar in Bezug auf Letzteres nicht mehr so sicher, doch im Grunde konnte man sagen, dass es nichts gab, woran sie wirklich glaubte.
Ein Stockwerk tiefer hörte sie leise Stimmen. Offensichtlich gab es einen weiteren frühen Besucher.

Taylor schlenderte weiter zur Abteilung »Psychologie und Psychotherapie«.
Das sah schon vielversprechender aus. Bücher in den unterschiedlichsten Formaten füllten ein komplettes Regal.
Sie zog eines heraus, das den knappen Titel *Schizophrenie* trug.
Je weiter sie blätterte, desto mulmiger wurde ihr.
Das Schlimmste waren die Fallbeschreibungen:

Patient X erlitt im Rahmen einer zwanzigminütigen Episode Prellungen, Blutergüsse und Schürfwunden am Oberkörper. Dem Patienten zufolge musste er sich gegen die Attacke eines unsichtbaren Angreifers wehren. Obwohl das anwesende Pflegepersonal bezeugte, dass der Patient sich sämtliche Verletzungen selbst beibrachte, hielt dieser an seiner Behauptung fest, er sei attackiert worden ...

Taylor schlug das Buch zu.
Sie hatte genug gelesen. Das alles hatte nichts mit ihr zu tun.
Man wacht doch nicht einfach mit siebzehn eines Morgens auf und hat plötzlich eine Psychose. Oder doch?
Genauer recherchieren wollte sie das lieber nicht.
Trotzdem, was immer sie vergangene Nacht angegriffen hatte, war kein Hirngespinst. Es war verdammt real. Nie im Leben hatte sie sich diese Würgemale selbst zugefügt.
Sie ging zurück zu den paranormalen Phänomenen und griff zögerlich nach einem Buch über Poltergeister.
»Darin wirst du nicht finden, wonach du suchst.«
Vor Schreck ließ sie das Buch fallen.

Ein Mann war aus dem Schatten getreten und stand im Türrahmen. Er war kaum größer als Taylor und etwas untersetzt. Eine schlohweiße Löwenmähne bedeckte seinen Kopf. Wie eine zerzauste Wolke sah sie aus und fühlte sich bestimmt angenehm weich an, doch Taylor hatte sich nie getraut, sie zu berühren. Die Augen waren klar und grün, wie ihre eigenen, und er betrachtete sie mit jenem wachen, wissenden Blick, der Taylor als Kind immer ein bisschen nervös gemacht hatte.
Sie war so verdutzt, dass es eine Weile dauerte, bis sie ein Wort herausbrachte.
»Großvater? Was machst du denn hier?«
Aldrich Montclair lächelte, doch seine Augen blieben ernst. »Hallo, Liebes. Ich denke, es ist an der Zeit, dass wir uns über ein paar Dinge unterhalten.«

15

Taylor zwickte sich in den Arm. Es tat weh, also musste sie wach sein.

»Ich … ich verstehe … nicht«, stammelte sie und sah sich in dem kleinen Raum um, als würden die Regale die Antwort kennen. »Woher hast du gewusst, wo du mich findest?«

»Leider ist das nicht so leicht zu erklären«, antwortete ihr Großvater. »Aber ich will es versuchen und dir alles sagen, was ich weiß. Darüber – und über andere Dinge.«

»Andere Dinge?«, echote Taylor.

»Zum Beispiel über den Zwischenfall gestern Abend. Es gab doch einen Zwischenfall, nicht wahr?«

Noch nie hatte Taylor ihn so ernst gesehen. Ihr lief es eiskalt den Rücken hinunter.

»Wieso weißt du davon?«, flüsterte sie.

»Weil ich erwartet habe, dass etwas in der Art passiert«, antwortete er. »Ich fürchte, wir dürfen jetzt keine Zeit mehr verlieren. Vielleicht habe ich schon zu lange gewartet. Die anderen sind dieser Ansicht, und für gewöhnlich haben sie recht.«

Die anderen? Keine Zeit verlieren?

Verwirrt wich Taylor zurück bis zum Fenster. Obwohl es ein warmer Tag war, fing sie an zu zittern.
Ihr Großvater sah sie alarmiert an. »Du musst ruhig bleiben, bitte.«
Die Dringlichkeit in seiner Stimme steigerte ihre Panik nur noch mehr. Als er auf sie zutrat, riss sie abwehrend den Arm hoch.
»Nicht!«
Als wollte es ihr zu Hilfe eilen, flackerte das Deckenlicht bedrohlich. Ihr Großvater blieb wie angewurzelt stehen und hob beschwichtigend die Hände.
Wieder flackerte das Licht. Irritiert sah Taylor zu der länglichen Neonröhre hinauf und fragte sich, ob sie vielleicht kaputt war.
»Hör mir zu, Liebes.« Aldrich sprach leise und ruhig. »Die Dinge, die dir widerfahren – Kopfschmerzen, Ohnmacht, kribbelnde Hände, Aussetzer – sind real. Genauso real wie der Angriff gestern Abend. Was mit dir geschieht, ist sehr gefährlich und könnte tödlich enden, darum müssen wir sehr vorsichtig sein.«
Taylor bewegte die Lippen, brachte aber kein Wort heraus.
Das mit den Blackouts hatte sie keiner Menschenseele erzählt, nicht mal ihrer Mutter.
»Woher …?«, flüsterte sie.
»Weil mir einst dasselbe widerfahren ist, und davor meinem Vater, und meiner Schwester und ihren Kindern auch«, sagte Aldrich. »Du hast es im Blut.«
Taylor krallte sich so fest an das Fensterbrett hinter ihr, dass ihre Hände schmerzten.
»Was habe ich im Blut?«

»Die Kräfte«, sagte er einfach.

Die Deckenlampe flackerte noch einmal, dann gab es einen Knall und sie erlosch.

»Das hatte ich befürchtet«, seufzte ihr Großvater.

Durch den Flur hörten Sie Mrs Atkinson rufen. »Was zum Himmel ist da los?«

»Lass uns nach draußen gehen«, sagte ihr Großvater. »Ehe noch mehr passiert.« Er streckte die Hand aus, aber mit der Handfläche nach unten, als hätte er es mit einem verletzten Tier zu tun. »Willst du mich begleiten?«

Taylor zögerte. Das Ganze war ihr unheimlich. Doch sie wollte unbedingt herausfinden, was mit ihr vorging. Und ihr Großvater schien es zu wissen.

Sie ergriff seine Hand.

***

»Wie hast du mich gefunden?«, fragte Taylor, während sie die Straße entlanggingen. Es wurde rasch wärmer, die Sonne brannte schon auf den Asphalt.

Fast ein Jahr lang hatte sie ihren Großvater nicht mehr gesehen. Der Weggang ihres Vaters hatte die Familie entzweit, deshalb kam dieser Besuch jetzt ziemlich überraschend.

»Ich fürchte, ich muss dir etwas gestehen.« Er sah sie von der Seite an. »Ich habe schon seit Längerem ein wachsames Auge auf dich.«

Taylor blieb stehen. »Ach ja? Und wie hast du das gemacht?«

»Sagen wir, ich verfüge über Mitarbeiter, die ausgewiesene Experten in dieser Disziplin sind«, antwortete er. »Sie haben dafür gesorgt, dass dir nichts geschieht – bis gestern Abend.«

Er schaute sich um und deutete dann auf die gegenüberliegende Straßenseite, wo sich üppiges Grün erstreckte.
»Lass uns zum Fluss gehen, dort sind wir ungestört.«
An Werktagen war die lange, schmale Wiese um diese Uhrzeit fast menschenleer. Ein kleiner Fluss schlängelte sich träge durch das grüne Gras.
Aldrich führte seine Enkelin zu einer gusseisernen Bank am Ufer. Irgendwann mal war sie grün gewesen, wie zur Tarnung, doch mittlerweile war die Farbe an vielen Stellen abgeblättert, und man sah das schwarze Metall darunter.
»Setz dich«, sagte er.
Zögerlich hockte Taylor sich auf die Kante.
Ihr Großvater blieb stehen. »Dass du diese Kopfschmerzen bekommst, wusste ich deshalb, weil ich sie damals selbst hatte«, begann er. »Und wenn das mit den Kopfschmerzen erst mal losgeht, lassen die anderen Symptome nicht lange auf sich warten – der Einfluss, den du auf Elektrizität hast, zum Beispiel. Auf diese Weise manifestiert es sich nämlich.«
»Wovon redest du?« Taylor blinzelte verwirrt.
»Vorhin in der Bibliothek, als das Licht ausging.« Aldrich sah ihr in die Augen. »Das warst du.«
Sie sah ihn verblüfft an. »Was? Wie denn? Du warst doch die ganze Zeit dabei.«
»Nicht mit deinen Händen.« Er deutete auf ihren Kopf. »Mit deinen *Gedanken* hast du es getan.«
Taylor stützte entmutigt den Kopf in die Hände. Hatte ihr Großvater ihr nicht Antworten versprochen? Und jetzt redete er nichts als wirres Zeug.
Der ist noch verrückter als ich.

»Taylor«, sagte ihr Großvater.
Langsam hob sie den Kopf und sah ihn an.
»Das ist es, was dir die Kopfschmerzen bereitet. Schau.« Er hob die rechte Hand. Darin hielt er eine Glühbirne.
Plötzlich begann die Glühbirne zu leuchten. Anfangs schwach, doch dann immer stärker.
Taylor traute ihren Augen nicht. Instinktiv hielt sie Ausschau nach jemandem, der ihr hätte bestätigen können, dass er es auch sah – oder dass sie sich alles nur einbildete.
»Genau das Gleiche hast du vorhin in der Bibliothek getan.« Er drehte die Glühbirne, die die ganze Zeit unvermindert weiterbrannte, zwischen Zeigefinger und Daumen hin und her. »Du hast Energiemoleküle von ihrem eigentlichen Platz – der Luft, dem Boden – an einen anderen gelenkt. In die Neonlampe.«
Die Glühbirne erlosch. Er hielt sie ihr hin.
Zu verwirrt, um zu widersprechen, nahm Taylor sie entgegen.
Es schien sich um eine x-beliebige Glühbirne zu handeln, wie man sie in jeder Tischlampe fand. Nirgendwo verborgene Schalter oder Knöpfe.
Sie wusste nicht, was sie sagen sollte. Das Ganze war einfach zu abgefahren. Andererseits, wenn sie je einem Menschen vertraut hatte, dann Aldrich Montclair.
Ihr Großvater war Professor in Oxford, Spezialgebiet Wissenschaftsgeschichte. Er war exzentrisch und hochintellektuell, doch für sie und ihre Schwester Emily hatte er immer Zeit gehabt. Als sie noch klein waren, hatten sie ihn oft in seiner vollgestopften Wohnung auf dem Universitätsgelände besucht, in der sich auf jedem Stuhl und Tisch bedrohlich wackelige Büchertürme stapelten.

Die Wohnung war Taylors Disneyland gewesen.
Er hatte ihr alte Klausuren gegeben, deren Rückseiten sie hatte bemalen dürfen. Als das seinen Reiz verloren hatte, hatte er ihr schwere Bände mit bunten Illustrationen zum Anschauen gegeben. Erst Jahre später hatte sie verstanden, wie selten und kostbar diese alten, in Leder gebundenen Ausgaben gewesen sein mussten.
Er hatte ihr Illuminationen – phantasievolle Schnörkel und Kringel – gezeigt, die schriftgelehrte Mönche einst um den Text handgeschriebener Folianten gezeichnet hatten, und sie hatte nie genug davon gekriegt, nach den darin versteckten kleinen Katzen, Mäusen oder Drachen zu suchen.
»Der Apfel fällt nicht weit vom Stamm«, hatte ihre Mutter immer geseufzt, wenn Taylor und Aldrich mal wieder über einem staubigen alten Wälzer die Köpfe zusammensteckt und gebannt eine Schlange betrachtet hatten, die ein kunstvoll verziertes großes »A« verschlang.
Nachdem Taylors Vater die Familie verlassen hatte, war Aldrich nach und nach aus ihrem Leben verschwunden. Taylor hatte mehr für die Schule tun müssen und nicht mehr so viel Zeit mit ihm verbringen können wie früher. Und er war sehr mit Forschung und Lehre beschäftigt gewesen.
Dass er ausgerechnet jetzt aufgetaucht war, als sie dringend Hilfe benötigte, konnte kein Zufall sein. Hatte er wirklich versucht, sie zu beschützen?
Aber was für eine Gefahr soll das sein?
Aldrich setzte sich neben sie auf die Bank. Der Wind spielte mit seinen weißen Locken.
»Du bist ein intelligentes Mädchen, Taylor, deshalb erkläre ich es

dir auf wissenschaftliche Art. Du trägst – ebenso wie ich – etwas in deiner DNS, das dir die Fähigkeit verleiht, ungewöhnliche Dinge zu tun, die Natur zu manipulieren. Die Kopfschmerzen sind das erste Anzeichen, danach entwickeln sich die Dinge sehr schnell. Darum brauchst du Training, eine Anleitung, und ich kann dir das geben. Aber …«, seine Miene verdüsterte sich, »da ist noch etwas anderes, etwas, das dich in schreckliche Gefahr bringt. Wenn wir dich beschützen wollen, dürfen wir keine Zeit mehr verlieren.«

Taylor musterte ihn kritisch. In seinem Tweedjackett mit Krawatte wirkte er absolut seriös und vernünftig.

Nur was er sagte, war total übergeschnappt.

»Tut mir leid, aber das ist verrückt«, sagte sie. »*Ich* bin verrückt. Wahrscheinlich findet dieses ganze Gespräch nur in meiner Phantasie statt. Ich muss unter Wahnvorstellungen leiden.«

»Ganz sicher nicht.« Ihr Großvater wirkte ein wenig gekränkt. »Es ist real, Taylor. Das ist dein Leben, es geschieht nicht bloß in deiner Phantasie. Der Angriff gestern Abend sollte das eigentlich deutlich gemacht haben.« Er deutete auf ihren Hals. »Zeig doch mal.«

»Was … Wieso?«

»Ich muss sehen, was sie dir angetan haben, damit ich genau weiß, womit wir es zu tun haben. Dort bist du doch verletzt worden, oder? Du trägst das Tuch, um die Male zu verbergen.«

Taylor konnte ihn nicht anlügen und nickte.

»Dann zieh bitte das Halstuch aus, Liebes«, sagte er behutsam.

Taylors Finger wollten ihr nicht gehorchen, und so fummelte sie eine Weile herum, bis der Knoten sich endlich löste und sie den kühlen Luftzug an ihrem Hals spürte.

Sie reckte das Kinn.
Als er die schmalen, nunmehr violetten Striemen an ihrer Kehle sah, wurden seine Lippen schmal. »Es ist, wie ich befürchtet habe. Aber es hätte noch schlimmer kommen können. Hast du irgendwem erzählt, was passiert ist? Deiner Mutter, der Polizei?«
Sie schüttelte den Kopf und band sich schnell das Tuch wieder um.
»Gut«, sagte er knapp. »Hoffnungslos, so etwas bei den Behörden vorzubringen. Sie begreifen es nie, in deren Welt kommen solche Dinge einfach nicht vor. Aber mir kannst du es erzählen, *ich* werde es verstehen. Ich muss alles wissen, bis ins kleinste Detail.«
Taylor sehnte sich danach, jemandem anzuvertrauen, was sie durchgemacht hatte. Etwas Beängstigenderes hatte sie noch nie erlebt, und sie hatte es ganz allein durchstehen müssen.
Anfangs stockend, dann mit wachsendem Vertrauen, berichtete sie ihrem Großvater von der Attacke im Flur. Die unsichtbaren Hände. Die vibrierenden Bänder – ihr Rettungsseil, an das sie sich geklammert hatte.
»Erklär mir das genauer.« Seiner Stimme war die Erregung anzumerken. »Du hast goldene Bänder gesehen und warst in der Lage, sie zu beeinflussen?«
»Ich weiß nicht genau, ob ich sie beeinflusst habe«, antwortete Taylor. »Es war eher so, als hätte ich eins … gepackt.«
»Verstehe.« Seine Augen blitzten anerkennend. »Das ist sehr beeindruckend, mehr, als du dir vorstellen kannst.«
Sie begriff nicht, was so beeindruckend sein sollte. Wenn sie daran zurückdachte, empfand sie immer nur eine Mischung aus Schmerz und Todesangst, begleitet von tanzenden Lichtern.

»Aber was genau ist das?«, fragte sie und beugte sich vor. »Du und ich, wir hätten es in unseren Genen, hast du gesagt. Ist es ein Gendefekt? Hab ich den geerbt?«

»Genau so ist es«, erwiderte er. »Obwohl ich es nicht ›Defekt‹ nennen würde. Sagen wir, du besitzt ein Gen, das andere Menschen nicht besitzen. Einen winzigen Baustein, der dir zum Beispiel auch blaue Augen oder braunes Haar hätte schenken können.«

»Und was hat es mir in meinem Fall geschenkt?« Taylor sah ihn fragend an. »Was bin ich?«

Aldrich ließ seinen Blick durch den Park wandern. »Hier ist nicht der geeignete Ort, um darüber zu sprechen«, sagte er unvermittelt. »Wie wär's, wenn du bald mal zu mir nach Oxford kommst? Dort erkläre ich dir dann alles in Ruhe.«

Er wollte aufstehen, doch Taylor griff nach seinem Arm und hielt ihn zurück.

»Warte, du kannst jetzt nicht einfach gehen. Nicht, bevor du mir mehr erzählt hast.«

Er setzte sich wieder und sah sie fest an.

»Entscheidend ist, dass du dieses genetische Merkmal in dir trägst. Schon als du noch ein Baby warst, konnte ich spüren, wie ausgeprägt es bei dir ist. Du hast es regelrecht ausgestrahlt. Leider bin ich nicht der Einzige, der es spüren kann. Und hier liegt das Problem.«

Taylor verstand immer noch nicht, was genau sie ausstrahlte und ob es was Gutes bedeutete oder nicht.

»Deshalb habe ich Finlay geschickt, damit er ein Auge auf dich hat«, fuhr ihr Großvater fort. »Ich wusste, dass deine Fähigkeit ganz plötzlich auftreten würde und dass es dir zu viel werden könnte. Deine Mutter hat von alldem keine Ahnung, und dein Vater …«, er hielt kurz inne. »Dein Vater ist fort. Es musste aber jemand da sein, der auf dich aufpasst.«

Taylor blinzelte ihn an. »Moment mal … Finlay arbeitet für *dich*?«

Der Großvater nickte. »Ja, und er war es auch, der mich davon in Kenntnis gesetzt hat, dass es beginnt, sich zu … manifestieren.«

»Aber woher weißt du, was gestern Abend passiert ist?«

»Ich lasse seit einiger Zeit euer Haus bewachen«, erklärte Aldrich, als wäre dies das Normalste von der Welt. »Seit du in diesem Lokal mit dem absurden Namen die Musikanlage in die Luft gejagt hast. Wie hieß es noch? Jay's Rocket Bar?« Er zog die Nase kraus. »Albern.«

»Du lässt unser Haus bewachen?«

Taylor fiel auf, dass sie jede neue Info nachplapperte wie ein Papagei.

Die haben mich beobachtet. In der Schule. Zu Hause.

Die Vorstellung, dass jemand hinter ihr herschlich und alles mitbekam, was sie tat, ließ sie erschaudern.

»Warum hast du mir nicht einfach gesagt, was los war?«, fragte sie aufbrausend. »Warum bist du nicht zu mir gekommen und hast es mir erklärt?«

Ihr Großvater bedachte sie mit einem wissenden Lächeln. »Weil du mir nicht geglaubt hättest, Liebes. Vermutlich hättest du gedacht, ich sei ein Fall für den Psychiater.«

Taylors Mund, der sich schon geöffnet hatte, um ihm zu widersprechen, klappte wieder zu.

»Glaubst du mir jetzt?« Er schielte zu ihr herüber. »Bist du bereit für den nächsten Schritt? Darf ich dir helfen?«

Schritt wohin?

Bisher wusste sie nur, dass sie genetisch anormal war und dadurch eine Gefahr für elektrische Anlagen darstellte. Und das half ihr nicht wirklich weiter.

»Ich hab keinen blassen Schimmer, was das alles bedeutet«, sagte sie. »Ich weiß nicht, warum jemand versucht hat, mich zu erwürgen. Ich weiß nicht, warum du hier bist. Ich habe keine Ahnung, warum das alles passiert. Ich weiß überhaupt nichts mehr.«

Eine Träne kullerte ihr über die Wange, und sie wandte den Kopf ab.

Nach einer Weile spürte sie die Hand ihres Großvaters auf der Schulter.

»Das alles ist sehr verwirrend, ich weiß. Schon bald werde ich dir alles erklären. Und wir werden dafür sorgen, dass dir nichts geschieht.«

Ehe Taylor etwas erwidern konnte, trug der Wind Stimmen zu ihnen herüber. Ein älteres Paar kam Arm in Arm den Pfad entlang.

»Es gibt noch so viel, was du erfahren musst«, sagte Aldrich leise. »Aber hier ist wirklich nicht der geeignete Ort. Komm am Samstag zu mir nach Oxford. Dort werde ich dich in alles einweihen und dich auch ein paar Leuten vorstellen, die so sind wie wir. Und dann können wir mit deinem Training beginnen. Du musst lernen, wie du deine Kräfte beherrschen kannst.«

Schon wieder etwas, auf das sie nicht vorbereitet war. »Leute? Soll das heißen, diese Sache betrifft nicht nur unsere Familie?«

Er strahlte sie an. »Oh nein, Liebes, beileibe nicht nur unsere Familie. Es gibt viele, die so sind wie wir. Wir sind nicht allein. *Du* bist nicht allein.«

Das ältere Paar kam näher. Ein Stück dahinter tauchte eine Frau mit Kinderwagen auf.

Ihr Großvater stand auf und bedeutete Taylor, ihm zu folgen. »Begleitest du mich noch bis zur Straße?«

Er ging überraschend schnell voran, und Taylor hatte Mühe, mitzuhalten.

»Ich weiß, du hast noch eine Menge Fragen«, sagte er. »Und ich verspreche dir, dass du auf alle eine Antwort bekommst. Aber jetzt hat deine Sicherheit Vorrang. Es gehen ungute Dinge vor – die Ereignisse von gestern Abend sind ein klarer Beweis. Meine Leute waren zwar in der Nähe, aber sie konnten nicht rechtzeitig bei dir sein. Wir haben die Wachen jetzt verstärkt, damit so etwas nicht noch einmal vorkommt. Dennoch muss ich dich bitten, abends im Haus zu bleiben. Und tagsüber solltest du stets darauf achten, mit wem du es zu tun hast. Halte dich von Leuten fern, die dir nicht vertrauenswürdig erscheinen.« Er sah sie streng an. »Versprichst du mir das?«

»Ja … schon«, antwortete sie unsicher.

Sie waren an der Straße angekommen, und ihr Großvater blieb so unvermittelt stehen, dass Taylor ins Stolpern kam.

»Eins noch«, sagte er. »Die Kopfschmerzen und all die anderen … Nebenwirkungen unserer besonderen Fähigkeiten können durch starke Gefühle ausgelöst werden. Wut, Angst und so weiter.« Er machte eine mahnende Handbewegung in ihre Richtung. »Du musst versuchen, nicht zu emotional zu sein.«

Keine Gefühle haben? Wie soll das denn gehen?

»Aber nun«, fuhr er fort, »muss ich wirklich los. Mach dir keine Gedanken wegen Samstag, ich werde alles mit deiner Mutter regeln.« Er fasste sie bei den Schultern und küsste sie herzlich auf die Wangen. »Es war mir wirklich ein großes Vergnügen, dich wiederzusehen. Richtig erwachsen bist du geworden. Und keine Poltergeistlektüre mehr, wenn ich bitten darf. Diese Geschichten sind nichts als sagenhafter Unsinn.«

Und damit ließ er sie stehen und marschierte von dannen.

Sprachlos sah Taylor ihm nach. Kurz bevor er um die Ecke bog, fiel ihr eine eigenwillig aussehende junge Frau auf, die an einer Straßenlaterne lehnte. Sie hatte blau gefärbtes Haar, Arme und Beine waren mit kunstvollen Tattoos übersät. Sehnig und kräftig sah sie aus, furchtlos.

Taylor musterte sie neugierig, doch als das Mädchen ihr einen herausfordernden Blick zuwarf, drehte sie sich rasch weg.

***

Der weiße Jaguar Baujahr 1965 parkte in einer ruhigen Nebenstraße im Schutz einer hohen Hecke. Aldrich setzte sich hinters Steuer, ließ die Tür mit einem satten Schlag zufallen und kurbelte das Fenster herunter, um frische Luft hereinzulassen.

Sekunden später öffnete das blauhaarige Mädchen die andere Tür und ließ sich auf den Beifahrersitz fallen.

»Und?«, fragte sie und fuchtelte ungeduldig mit den Händen. Die auf ihren Handgelenken eintätowierten alchemistischen Symbole waren pechschwarz. »Hab ich recht? Geht's los?«

Aldrich holte sein Taschentuch heraus und wischte sich den Schweiß von der Stirn. Wirklich ein warmer Tag heute.

»Ja, es geht los«, bestätigte er.

Sie atmete hörbar aus und ließ sich zurück in den schwarzen Ledersitz sinken. »Alles klar. Und was machen wir jetzt?«

Er lächelte. Seine Assistentin war talentiert, aber noch sehr jung, nur ein paar Jahre älter als seine Enkelin. Es gab keine Worte, um sie auf das vorzubereiten, was ihnen nun bevorstand.

»Jetzt«, sagte er, »müssen wir vor allem dafür sorgen, dass sie am Leben bleibt.«

16

Zum hundertsten Mal checkte Sacha Taylors Seite auf Revolution Chat – offline. Seit Tagen hatte sie auch keine E-Mail mehr geschrieben.

Eigentlich hätte er unbedingt mit ihr sprechen müssen. Trotzdem war er erleichtert. Wie würde sie reagieren, wenn er ihr sagte, was er vermutete …

Die denkt doch, ich spinne.

Fast zwei Tage hatte er damit zugebracht, die Papiere seines Vaters nach weiteren Hinweisen auf Aldrich Montclair zu durchforsten. Er hatte ihn gegoogelt und wusste, dass er Professor für Wissenschaftsgeschichte am St. Wilfred's College in Oxford war und bei seinen Kollegen einen exzellenten Ruf genoss. Abgesehen davon fand er allerdings nichts, was seinen Vater, den Historiker, mit einem Mann verbunden hätte, der denselben Nachnamen trug wie Taylor. Keine Erklärung, warum sie zusammengearbeitet hatten.

Es musste aber eine geben. Bei Millionen Schülern in England und Frankreich konnte es einfach kein Zufall sein, dass sein und Taylors Lehrer beschlossen hatten, ausgerechnet sie beide miteinander bekannt zu machen.

Seufzend nahm er erneut das Notizbuch seines Vaters zur Hand und schlug es auf. Jede Seite war in Adams winziger, akkurater Handschrift vollgeschrieben. Ein spezielles System war nicht erkennbar – offensichtlich notierte er alles so, wie es anfiel. Daher enthielten die Seiten eine bunte Mischung aus Arbeits- und privaten Notizen (»Termin mit Dan 19 Uhr«, »Milch im Laden besorgen«).
Und dazwischen verstreut verbargen sich die Notizen, die Sacha eigentlich suchte.
Zeilen, die herausstachen, weil aus ihnen die pure Verzweiflung sprach.
»Zwölf bisher. Ich zähle zwölf Jungs. Bitte lass es noch einen weiteren geben!«
Auf einer Seite stand, rot eingekreist, das Datum seines achtzehnten Geburtstags.
Er blätterte um. »Aldrich sucht nach dem Schlüssel. Er meint, es muss einen Weg geben, das Ganze zu beenden, ehe es zu spät ist. Seine ganze Truppe ist einbezogen. Aber die Zeit läuft gegen uns.«
Schlüssel, notierte Sacha. *Was für ein Schlüssel?*
Er wusste jetzt, dass sein Vater in seinen letzten Lebensjahren alles versucht hatte, um einen Weg zu finden, seinem Sohn das Leben zu retten. All die Fahrten ins Ausland, die Sacha für Forschungsreisen im Zusammenhang mit seiner Lehrtätigkeit an der Uni gehalten hatte, hatte er nur unternommen, um nach Hinweisen zu suchen, wie sich der Fluch brechen ließ.
Der Fluch.
Immer wieder stieß Sacha in den Papieren seines Vaters auf dieses Wort. Nie jedoch auf eine umfassende Erklärung, was damit

gemeint war. Keine Zeile, die ihm das *Was* und das *Warum* erklärte.
Als seine Mutter ihm zum ersten Mal erzählt hatte, was sie wusste, hatte sie ebenfalls dieses Wort benutzt: Fluch. Erst hatte er geglaubt, es handele sich um einen schlechten Scherz oder um eine schiefe Metapher. Nach und nach jedoch war ihm bewusst geworden, dass seine Eltern dieses Wort benutzten, weil es kein besseres gab. Sie glaubten tatsächlich, ihre Familie sei verflucht.
Und er glaubte das langsam auch.
Wie sonst sollte man es nennen, wenn einer von Geburt an das Datum kannte, an dem er sterben würde? Was war so einer?
Genau. Verflucht.
Sacha hatte seine Mutter gedrängt, ihm alles zu erzählen, was sie über sein Schicksal wusste. Nicht viel, wie sich herausstellte. Sie hatte ihm nur sagen können, dass die erstgeborenen Söhne seiner Familie väterlicherseits an ihrem achtzehnten Geburtstag sterben mussten. Unausweichlich, Jahrzehnt für Jahrzehnt, Jahrhundert für Jahrhundert. Und dass er bis dahin unsterblich war.
»Es ist schon immer so gewesen«, hatte sie zu ihm gesagt. »Die Familie hat natürlich alles unternommen, um die Jungen zu retten, doch vergebens: Jedes Mal mussten sie … sterben.«
Der unendliche Kummer, mit dem sie ihn bei diesen Worten angesehen hatte, hatte ihn zutiefst erschüttert.
Auf dem Sofa im Wohnzimmer hatten sie gesessen, Sacha erinnerte sich genau. Auf demselben Sofa, das noch immer dort stand, weich und braun und in der Mitte ein wenig durchgesessen. Es war sein sechzehnter Geburtstag gewesen. Sie hatte

ihm ein Computerspiel geschenkt, das er unbedingt hatte haben wollen. Und ein Todesurteil.

Er war zornig und verwirrt gewesen, hatte ihr nicht geglaubt.

Danach hatte seine Mutter nicht mehr darüber reden wollen. Nachdem sie ihm alles erzählt hatte, was sie wusste, hatte sie sich darauf konzentriert, sein Leben so normal wie möglich zu gestalten. Sie war geradezu davon besessen.

»Du wirst ein schönes Leben haben, das beste, das ich dir bieten kann«, sagte sie immer. »Mehr kann ich nicht tun.«

Sacha wollte aber kein normales Leben.

Er wollte Antworten. Er wollte diesen Fluch aufhalten, ihn besiegen.

Gut sieben Wochen blieben ihm jetzt noch dafür. Nur sieben Wochen.

Er musste unbedingt mit seiner Tante Annie sprechen. Vielleicht wusste sie ja mehr als seine Mutter, schließlich betraf die Geschichte ihre Familie, ihre Vorfahren.

Er war sich sicher, dass mehr dahintersteckte als das, was er bisher herausgefunden hatte. Irgendein Puzzleteil fehlte. Sacha ließ den Stift sinken und rieb sich die Augen. Gott, war er müde.

»Hättest mir ruhig mehr Hinweise hinterlassen können, Papa«, brummte er und hatte im gleichen Moment ein schlechtes Gewissen.

Sein Vater hatte in jener Nacht vor fünf Jahren nicht wissen können, dass er mit dem Auto auf einer englischen Landstraße gegen einen Baum krachen würde. Wieso also hätte er Sacha eine Erklärung hinterlassen sollen? Er hatte doch damit gerechnet, bald wieder in Paris zu sein und ihm alles persönlich zu erklären.

Aber es war anders gekommen, und jetzt war er nicht mehr da.
Sacha knallte das Notizbuch zu. Er brauchte eine Pause. Und vor allem musste er endlich mit Taylor sprechen.
Er wandte sich seinem Computer zu, öffnete eine neue E-Mail, tippte ihre Adresse und eine knappe Nachricht ein:
Wir müssen reden. Heute, 17 Uhr englischer Zeit.
Nachdem die Mail weg war, reckte er sich behutsam. Seit dem Frühstück hatte er nichts mehr gegessen. Kein Wunder, dass sein Magen knurrte.
Durch die stille Wohnung ging er in die Küche. Seine Mutter hatte wieder Tagschicht, seine Schwester war noch in der Schule.
Tagschicht bedeutete Ordnung: Die Küche war tipptopp aufgeräumt.
Sacha nahm sich einen Apfel aus der Schale auf der Theke und biss hungrig hinein. Während er kaute, lehnte er sich gegen die Spüle und sah durchs Fenster hinaus auf die Straße. Viel zu sehen gab es nicht. Ein alter Mann, der einen kleinen Hund an einer langen, dünnen Leine Gassi führte. Eine Frau, die in ziemlichem Tempo einen Kinderwagen schob und in ihr Smartphone sprach. Gerade als er sich wieder abstieß, bogen drei schwarz gekleidete Männer, die es irgendwie verdammt eilig zu haben schienen, in seine Straße ein, aber er wartete nicht ab, um zu sehen, zu wem sie wollten.
Er zog sein Handy aus der Tasche.
Sein Finger schwebte über dem grünen Hörer. Er hatte ewig nicht mehr mit seiner Tante gesprochen. Hatte sich von ihr zurückgezogen, wie von allen anderen auch.
Sie lebte auf dem Land, ein paar Stunden von Paris entfernt, und

kam nur selten in die Stadt. Das hatte es ihm erleichtert, sie aus seinem Leben zu streichen. Doch nun …

Was, wenn sie die Antworten kennt?

Er musste mit ihr reden.

In dem Moment, als er auf den Screen drücken wollte, klingelte es an der Wohnungstür.

Eigenartig.

Um diese Tageszeit klingelte eigentlich nie jemand, denn die Nachbarn wussten, dass seine Mutter tagsüber oft schlief, und Post und Pakete wurden unten auf die Treppe gelegt.

Er war fast an der Tür, als plötzlich jemand so heftig mit der Faust dagegenschlug, dass sie in den Angeln erzitterte.

Sacha blieb wie angewurzelt stehen und starrte auf die Tür. Der dünne Flaum an seinem Nacken richtete sich auf.

Wieder wurde so heftig gegen die Tür geschlagen, als versuchte jemand, sie aufzubrechen.

Und schon hatte er die beiden Kerle, die ihn so kaltblütig abgeknallt hatten, vor Augen.

Wissen die vielleicht, dass ich noch lebe? Hat mich Antoine verraten?

Vorsichtig bückte er sich, zog die Schuhe aus und schlich, den Rücken an der Wand, in Socken weiter. An der Wohnungstür beugte er sich vor und guckte durch den Spion.

Im Hausflur standen die drei Männer. Auf den ersten Blick hatten sie nichts Auffälliges an sich. Aber als er genauer hinsah, fiel ihm doch etwas auf. Die drei waren spindeldürr. Sie trugen lange schwarze Mäntel, obwohl es draußen heiß war, und waren leichenblass, alle drei.

Einer, der Kleinste, hatte eine Hand an die Tür gelegt. Sacha

musterte ihn. Er sah nicht so aus, als hätte er genug Kraft, um mit der Faust eine Tür aus ihren Angeln zu brechen.
Und doch brachten im selben Augenblick wieder heftige Schläge die Tür zum Beben.
Seine Hand hat sich überhaupt nicht bewegt!
Sachas Herz begann zu rasen. Was zum Teufel war hier los?
Plötzlich richtete der Dritte, der ein Stück hinter den anderen stand, seinen Blick genau in Sachas Richtung. Seine Augen waren schwarz wie Kohle und stachen durch ihn hindurch.
So gern er es auch getan hätte, Sacha konnte seinen Blick nicht abwenden.
Während seine Augen ihn fixierten, hörte Sacha seine eisige Grabesstimme. »Halt dich von dem Mädchen fern.«
Sacha hatte das entsetzliche Gefühl, als könnte der Mann ihn durch die Tür hindurch sehen, als wüsste er, dass Sacha seinen Blick erwiderte. Dass er Angst hatte.
Und der Typ schien das auch noch lustig zu finden. Seine Lippen verzerrten sich zu einer Grimasse, bei der sich die Haut über den Gesichtsknochen spannte. Es war, als starrte Sacha auf einen grinsenden Totenschädel.
Er rang nach Luft.
Wie auf Kommando machten die drei plötzlich kehrt und gingen Richtung Treppenhaus davon. Ihr Gang war unnatürlich – so leicht, als glitten sie über den Boden dahin.
Als sie verschwunden waren, sackte Sacha schweißgebadet in sich zusammen und schleppte sich von der Tür weg.
Was zum Teufel war das denn?

***

Als er wieder zu Atem gekommen war, zog er mit zitternden Händen sein Handy aus der Tasche.

Die Sache geriet langsam außer Kontrolle. Wer immer diese Vögel waren, normal waren die nicht. Und sie kannten Taylor.

Er musste unbedingt herausfinden, was Tante Annie wusste.

Es läutete viermal, dann hob seine Tante ab. »Hallo?«

Nach dem Erlebnis mit den drei Mantelmännern klang Tante Annies warme Altstimme wunderbar vertraut. Sacha presste das Handy fest an sein Ohr. Bis zu diesem Augenblick war ihm nicht bewusst gewesen, wie sehr er sie vermisst hatte.

»*Salut*, Tante Annie«, sagte er und versuchte, sich nichts anmerken zu lassen. »Ich bin's, Sacha.«

»Sacha!« Ihre Stimme hellte sich auf. »Meine Güte, bin ich froh, von dir zu hören.«

Er sah sie fast vor sich, wie sie in ihrer großen Landhausküche saß, die schwarze Katze in der Nähe eingerollt, die ewige Tasse Kaffee in Reichweite.

»Tut mir leid, dass ich mich in letzter Zeit nicht mehr gemeldet habe«, hob er an, doch sie ließ ihn nicht ausreden.

»Du brauchst dich nicht zu entschuldigen«, sagte sie. »Der Tag ist nah, ich weiß. Ich habe erwartet, dass du dich meldest.«

Der Tag ist nah. Dass sie es aussprach, machte es noch realer.

»Wie geht es dir, Sacha?«, fragte sie behutsam.

Er biss sich fest auf die Lippe. Er wollte nicht, dass sie mitbekam, wie es wirklich in ihm aussah.

Tja, Tantchen: Ich lebe zwar nicht mehr lange, gerade haben richtig fiese Typen an meine Tür gehämmert und schräge Drohungen ausgestoßen, und ich stürze mich regelmäßig für Kohle in den Tod – aber ansonsten geht's mir echt super.

»Ich weiß nicht. Ein bisschen durcheinander«, sagte er daher nur. »Ich hab Angst. Hier passieren echt komische Sachen, Tante Annie, und ich hab keine Ahnung, wieso. Ich brauche Hilfe – kannst du mir helfen?«

Es überraschte ihn selbst, dass er sich das plötzlich eingestand. Die Stimme seiner Tante hatte etwas in ihm berührt. In seinen Erinnerungen war sie untrennbar mit glücklicheren Zeiten verbunden. Zeiten, als er noch gedacht hatte, das Leben währte ewig.

Sie lebte immer noch auf dem Weingut der Familie, wo sie und sein Vater aufgewachsen waren. Als Kind hatte Sacha dort viel Zeit verbracht. Nun fragte er sich, ob er noch einmal die Chance bekäme, es wiederzusehen.

Der Gedanke schnürte ihm die Kehle zu.

Tante Annie antwortete wie aus der Pistole geschossen. »Was brauchst du, Sacha? Sag's einfach, und du bekommst es.«

Er hätte sie knutschen können.

»Ich brauche Informationen«, sagte er begierig. »Ich muss mehr über Papa wissen. Über seine Forschungen, wie weit er gekommen ist, alles, was er über mein Schicksal herausgefunden hat.«

»Ich werde dir alles sagen, was ich weiß«, antwortete sie.

Die Anspannung in Sachas Körper ließ nach. Eine Verbündete hatte er dringend nötig.

»Danke«, flüsterte er.

»Alles hat mir dein Vater auch nicht erzählt, aber manches schon«, begann Tante Annie. »Wir nennen es Fluch, aber so richtig wissen wir gar nicht, was es ist. Dein Vater hat sein ganzes Leben dem Ziel gewidmet, herauszufinden, wie dieser Fluch, oder was auch immer es ist, funktioniert. Kurz vor seinem Tod erzählte er mir, er habe vielleicht eine Spur. Er war auf Informationen gestoßen, die ihn hoffen ließen, er könne ihn doch noch brechen. Deshalb ist er so oft nach England gefahren. Dort, hat er gesagt, liege der Schlüssel. Er hat nach dem Schlüssel gesucht.«

Sachas Herz schlug höher.

Das musste die Spur sein, die sein Vater und Taylors Großvater verfolgt hatten. Es musste einfach.

Halt dich von dem Mädchen fern, hatte der schräge Vogel gesagt. Vielleicht wollten die Typen ja nur nicht, dass er fand, wonach sein Vater gesucht hatte.

Er konnte seine Aufregung nicht verbergen. »Hat er dir sonst noch was gesagt? Ist es jemals jemandem gelungen, den Fluch zu brechen? Hat je einer seinen achtzehnten Geburtstag überlebt?«

Sie zögerte.

»Nein«, sagte sie dann. »Nicht, soweit wir wissen.«

Sacha spürte, wie die Hoffnung dahinfloss. »Nicht einer?«

»Nicht einer«, erwiderte sie traurig. »Alle erstgeborenen Söhne einer Generation sterben an ihrem achtzehnten Geburtstag. So war es immer.«

»Oh.«

Warum kann's nicht auch mal gute Nachrichten geben?

»Dein Vater stieß allerdings auf einen Hinweis, der besagte, dass der Fluch mit dem dreizehnten Sohn endet. Jahrelang hat er alte Urkunden durchforstet, um herauszufinden, der Wievielte du bist, wie viele bereits gestorben sind. Das war gar nicht so leicht, denn früher wurden Todesfälle nicht immer aufgezeichnet. Er hat so sehr gehofft, du wärst vielleicht der vierzehnte oder fünfzehnte. Dass alles schon vorüber wäre. Aber dann hattest du diesen Unfall.«

»Als ich von dieser Schaukel gefallen bin.« Sacha konnte sich zwar nicht mehr daran erinnern, hatte die Geschichte aber oft erzählt bekommen.

Tante Annie erzählte sie trotzdem noch einmal.

»Du bist so unglücklich gefallen, dass du dir das Genick gebrochen hast. Als Krankenschwester hat deine Mutter gleich gewusst, dass du tot bist. Sie war völlig außer sich. Doch nach ein paar Minuten geschah das Wunder: Du bist einfach wieder aufgestanden und hast weitergespielt.« Sie machte eine Pause. »Und von da an wussten sie …«

»… dass ich nicht sterben kann«, beendete Sacha den Satz.

Sie schwiegen.

Dann lenkte Sacha das Gespräch wieder auf die Gegenwart. »Vorhin haben drei Typen bei uns an die Tür gehämmert«, sagte er. »Echt schräge Vögel. Blass und dürr, voll abgefahren. Weißt du, ob mein Vater die schon mal gesehen hat? Ist ihm vielleicht jemand gefolgt?«

»Wenn, dann hat er mir nichts davon erzählt.« Tante Annie klang besorgt. »Haben Sie dir was angetan?«

»Nein. Vielleicht war es ja auch gar nichts.«

Er spielte die Sache absichtlich herunter. Tante Annie sollte nicht wissen, wie schrecklich diese Typen waren und wie sehr ihn die Begegnung mitgenommen hatte.

Seine Tante seufzte. »Ich wünschte, ich könnte dir mehr sagen. Ich fühle mich so hilflos. Dein Vater war Historiker, darum hat er diese Sache besser begriffen als alle anderen. Er sprach immer von verlorenem Wissen – Überzeugungen, an die einst alle glaubten, die wir heute aber nicht mehr verstehen, sodass wir sie nur … abtun.«

»Du hilfst mir sehr, Tante Annie, wirklich. Nur dass ich …« Sacha schlug sich mit der Faust aufs Knie. »Ich verzweifle langsam.«

Sie dachte eine Weile nach. »Hör mal, Sacha, warum kommst du nicht her und siehst die Bücher deines Vaters durch? Vielleicht findet sich darin etwas, das dir hilft. Adam war davon überzeugt, dass die Antworten sich irgendwo in diesen Büchern verstecken.«

»Das werde ich, Tante Annie, ich versprech's.«

Er klang aufrichtig, aber es war eine Lüge. Er war überzeugt, dass er nie mehr Gelegenheit haben würde, zu seiner Tante und den Büchern seines Vaters zu fahren.

Seine Zeit lief ab.

17

Taylor ging das Gespräch mit ihrem Großvater nicht mehr aus dem Kopf. Ständig grübelte sie darüber nach und versuchte, sich einen Reim auf alles zu machen. Und immer wieder hörte sie in ihrem Kopf seine Worte: *Was mit dir geschieht, ist sehr gefährlich …*

Seine Warnung zeigte Wirkung. Abends traute sie sich nicht mehr aus dem Haus, auch wenn Georgie noch so bettelte, dass sie zum Lernen rüberkam. Morgens rannte sie fast zur Schule und schaute sich alle paar Meter um.

Im Unterricht saß sie immer nahe bei der Tür und stürmte am Ende der Stunde als Erste wieder aus dem Klassenzimmer. Das war natürlich Schwachsinn, aber sie tat es trotzdem.

Nach Schulschluss blieb sie auf dem Gelände und ging in die Bibliothek, um zu lernen. Zwar hatte ihr Großvater gesagt, zu Hause sei sie sicher, doch wie konnte er das mit hundertprozentiger Sicherheit wissen? Emily war nach der Schule meist unterwegs und ihre Mutter auf der Arbeit. Auf keinen Fall wollte Taylor allein im Haus sein.

Und so saß sie um vier Uhr nachmittags zwischen Bücherregalen an einem Lesetisch in der stillen Bibliothek, als plötzlich ein Schatten auf sie fiel.

Sie hob den Kopf und erblickte Tom, der sich vor ihr aufbaute.
»Wir müssen reden.«
Der barsche Ton und der verkniffene Zug um den Mund bedeuteten nichts Gutes. Trotz Georgies Rat, das mit der Trennung möglichst bald zu erledigen, hatte sie seit zwei Tagen einen Bogen um Tom gemacht. Was ihm anscheinend nicht entgangen war.
»Klar, kein Problem.« Sie versuchte, möglichst unbefangen zu klingen. »Wo denn?«
»Komm mit«, erwiderte er kalt.
Das klang gar nicht gut.
Taylor ließ ihre Bücher in der modernen, hell erleuchteten Bibliothek liegen und folgte ihm hinaus auf den menschenleeren Flur. Der Unterricht war seit fast einer Stunde vorbei, schweigend liefen sie nebeneinanderher.
Dass Tom kein Wort sagte, machte Taylor ganz nervös, und als er in einen dämmrigen Seitengang einbog, zögerte sie.
»Wo willst du denn hin …?«
»Sind gleich da«, kam die knappe Antwort.
Bei Taylor schrillten die Alarmglocken. Aber das war natürlich albern. Tom würde ihr bestimmt nichts tun.
Er ging vor bis ans Ende des Gangs und bog dann links ab in die große Turnhalle. Das graue Licht des Nachmittags fiel nur schwach durch eine hoch gelegene Fensterreihe, der größte Teil der weiten Halle lag im Halbschatten. Es war niemand mehr hier, doch der Geruch von Schweiß und Angst lag noch in der Luft.
Tom war Sportler und das hier sein Revier. Offensichtlich hatte er für das, was er ihr sagen wollte, ein Terrain ausgesucht, auf dem er sich sicher fühlte.

Taylor verschränkte die Arme vor der Brust.
»Also, was ist los?« Ihre Stimme hallte durch den hohen Raum.
»Das sollte ich eigentlich dich fragen.« Sein Gesicht war rot vor Ärger. »Weil du dich nämlich echt seltsam benimmst.« Er deutete auf ihre abwehrende Haltung, die fest verschränkten Arme. »Du gehst mir aus dem Weg. Reagierst nicht auf meine Nachrichten. Verdammt, ich dachte, wir sind zusammen.«
»Sind wir ja auch«, sagte Taylor. Und dann holte sie tief Luft. Es war an der Zeit, endlich die Wahrheit zu sagen. »Oder waren wir.«
»Waren?« Tom starrte sie ungläubig an. »Ich hab's geahnt. Du beschließt, dich von mir zu trennen, bist aber zu feige, es mir ins Gesicht zu sagen. Ist das so?«
Taylor hätte gern etwas dagegengehalten, musste sich aber eingestehen, dass er im Grunde recht hatte.
»Tut mir leid«, sagte sie und löste die verschränkten Arme. »Ich hätte wohl eher mit dir reden sollen. Aber ich war so mit Lernen beschäftigt …«
»Komm mir bloß nicht damit«, fiel Tom ihr ins Wort. »Ich weiß nämlich ganz genau, wie dieses *Lernen* aussieht. Jemand hat mir geflüstert, dass du dir einen kleinen Franzosen angelacht hast und dass man mit dem nicht nur nett lernen kann …«
Taylors Magen zog sich erschrocken zusammen. *Wie kann das sein? Wieso weiß er von Sacha?*
Und dann dämmerte es ihr.
Georgie.
»Aber … ich …«, stotterte sie.
Toms Augen verengten sich zu Schlitzen, und die Sehnen an seinem Hals traten hervor. Er kam näher. »Du hältst mich wohl für

einen kompletten Idioten, aber ich verrat dir was: Keine macht hinter meinem Rücken mit einem anderen rum!« Wütend fuchtelte er mit den Armen. »Weißt du überhaupt, wen du vor dir hast? Ich bin der beliebteste Typ an dieser Schule, und du kannst dankbar sein, dass ich überhaupt jemals mit dir ausgegangen bin.«

So hatte Taylor ihn noch nie erlebt. So voller Hass.

»Hör zu, Tom. Ich weiß wirklich nicht, wie du darauf kommst. Es ist nicht wahr, dass ich …«

»Ach nein? Da hab ich aber was ganz anderes gehört.« Er kam noch näher.

Zu nah.

Unsicher wich Taylor einen Schritt zurück und blickte sich hektisch nach einem Fluchtweg um. Doch Tom hatte sich genau zwischen ihr und dem Ausgang aufgestellt.

Beschwichtigend hob sie die Hände. »Komm wieder runter, Tom. Lass uns über alles reden.«

Aber Tom wollte sich nicht beruhigen.

»Keiner hat kapiert, was ich ausgerechnet von der langweiligen Taylor Montclair wollte. Alle haben sich über mich lustig gemacht. Aber ich hab gedacht, du wärst anders als die anderen. Irgendwie besonders …« Er schlug sich mit der Hand an die Stirn, dass es durch den Raum knallte wie ein Schuss. »Mann, war ich ein Idiot! Das mit dir war die reinste Zeitverschwendung.«

Taylors Gesicht glühte. Sie hörte die Verletzung und Verachtung in Toms Stimme, spürte seine Wut.

Sie begann zu zittern.

»Tom, hör zu. Es tut mir wirklich leid. Du hast recht. Ich war dir gegenüber nicht fair.«

»Nein, du Schlampe, du warst nicht *fair.*« Er spuckte ihr die Worte fast ins Gesicht. »Du hast mich betrogen!«

»Das stimmt nicht.« Taylor hielt seinem Blick stand. »Ich habe dich nie betrogen.«

»Lüg mich nicht an!« Wieder kam er näher, und wieder wich Taylor zurück – bis sie die harte Wand in ihrem Rücken spürte. Jetzt saß sie in der Falle. Ihr Herz hämmerte wie wild.

Plötzlich flog Toms Finger auf ihr Gesicht zu. »Du hast mit so einem dahergelaufenen Franzosen rumgemacht, du Nutte!« Sie zuckte zusammen und schüttelte wild den Kopf.

»Hab ich nicht!«

»Lügnerin!«, brüllte Tom. »Für wen hältst du dich eigentlich? Ich sage dir, was du bist: ein Niemand, ein *Nichts.*«

Er kam ihr so nah, dass sie seinen feuchten Atem auf ihrer Haut spürte.

»Aber das wird dir noch leidtun. Ich mach dich fertig.«

Taylor suchte verzweifelt seinen Blick, um ihn irgendwie zu besänftigen, doch sein Gesicht war verzerrt vor Zorn.

Und dann, urplötzlich, wich alle Furcht von Taylor. Eine eigenartige Ruhe kam über sie und die Gewissheit, dass sie absolut Herrin der Lage war.

Sie schloss die Augen und spürte, wie die Energie von ihrem Herzen hinunter in die Arme strömte. So mächtig, dass es ihr fast den Atem nahm.

Mit einem Mal wirkte der große, muskulöse Junge vor ihr klein und harmlos.

Sie war hier die Starke.

War es das, wovon ihr Großvater gesprochen hatte? War das diese genetische Besonderheit?

Sie dachte an seine warnenden Worte: *Es gerät leicht außer Kontrolle …* Und für eine Millisekunde kamen ihr Bedenken – wie ein Licht, das kurz aufflackert und sofort wieder erlischt.
»Weißt du, was du bist? Ein Miststück!«, geiferte Tom weiter.
Taylors Hände begannen zu glühen, und sie vergaß alle Vorsicht.
»Geh zurück!« Ihre Stimme klang, als käme sie aus Lautsprechern. Eine starke, zwingende Stimme, der sich niemand entziehen konnte.
Tom blieb wie angewurzelt stehen und starrte sie an. »Was …?«
»Du sollst zurückgehen.«
Seltsam steif machten seine Beine einen Schritt rückwärts. Entgeistert starrte er auf sie hinunter und wurde leichenblass.
Wie in Trance registrierte Taylor einen weiteren staksigen Schritt. Und dann noch einen. Er bewegte sich wie ein ferngesteuertes Spielzeug. Wie eine Marionette.
»Verdammt, was …«
Zuerst verstand Taylor selbst nicht, was da geschah. Doch dann begriff sie, und das Triumphgefühl machte sie ganz schwindlig.
Ich bin das! Ich kann ihm befehlen, wie er sich bewegen soll.
Ihre plötzliche Macht berauschte sie. Er konnte ihr nichts tun. Denn sie war stärker als er.
Es fühlte sich wie fliegen an.
Rennen soll er, der Blödmann. Er hat mich bedroht und beleidigt. Der hat noch viel Schlimmeres verdient.
Toms staksige Schritte wurden schneller und schneller.
Etwas in Taylor sagte ihr, dass sie jetzt aufhören musste. Doch diese Stimme war zu leise. Die Energie, die durch ihre Adern rauschte, war einfach überwältigend. So etwas hatte sie noch nie erlebt. Es sollte nie wieder aufhören.

Ein verzücktes Lächeln erschien auf ihrem Gesicht, sie breitete die Arme weit aus. Sie wollte mehr … mehr!

Toms Füße hoben vom blank gebohnerten Boden ab. Mit einem erstickten Schrei flog er rückwärts – geradewegs auf die Wand zu.

»*Halt!*«

Der Befehl kam von der Tür.

Wenige Zentimeter vor der Wand blieb Tom wie eingefroren in der Luft hängen, mit baumelnden Füßen und vor Entsetzen weit aufgerissenen Augen.

Langsam drehte Taylor sich um und sah einen Mann im Türrahmen stehen.

»Mr Finlay?!«

18

Die Handfläche nach außen, hielt Mr Finlay den Arm Richtung Tom ausgestreckt, doch sein Blick war auf Taylor geheftet.

»Sie müssen ihn freigeben, Miss Montclair«, sagte er ruhig und bestimmt. »Sonst kann ich ihn nicht retten. Es würde ihn buchstäblich zerreißen.«

Taylor war verwirrt. Offensichtlich hatte der Französischlehrer verhindert, dass Tom gegen die Wand krachte. Aber wie?

Ich habe Finlay geschickt, damit er ein Auge auf dich hat …

»Ich brauche Ihre Hilfe!«, drang die nachdrückliche Stimme des Lehrers durch den Nebel in Taylors Kopf. Er keuchte, als würde er etwas Schweres tragen. »Sie müssen ihn freigeben. *Sofort.*«

»Aber ich weiß nicht, wie«, flüsterte Taylor.

»Es ist nicht schwer. Lokalisieren Sie die Energie. Und dann kontrollieren Sie sie.« Er sprach wie im Unterricht. Einzig, dass er angefangen hatte zu schwitzen, verriet, dass er hier nicht die Konjugation von französischen Verben erklärte. »Am einfachsten geht es, wenn Sie sich die Energie als etwas Greifbares vorstellen. Ein Band zum Beispiel, das Sie zu sich heranziehen und aufwickeln können.«

Taylor schloss die Augen und spürte, wie die Energie um sie herumwirbelte.
Sie hob die immer noch glühenden Hände und stellte sich vor, der Wind würde in sie hineinströmen.
Es funktionierte. Er rauschte so mächtig in sie hinein, dass ihr fast der Atem stockte. Die blonden Locken wehten ihr wild ins Gesicht.
»Gut gemacht«, lobte Finlay.
Am anderen Ende des Raums krachte Tom zu Boden.
Entsetzt starrte Taylor auf seinen schlaffen Körper.
Was hab ich bloß getan?
Finlay dagegen schien mit einem Mal völlig gelassen. Er schlenderte zu Tom hinüber und reichte ihm die Hand. »Wie unachtsam von Ihnen, Mr Berenson. Ich hoffe, Sie haben sich nicht wehgetan?«
Tom schaute verwirrt zwischen Finlay und Taylor hin und her. »Sie hat mich gestoßen!«, sagte er anklagend und deutete auf Taylor. »Oder so was Ähnliches …«
Mit erstaunlicher Leichtigkeit zog Finlay ihn auf die Beine. Er legte eine Hand auf Toms Schulter und schob ihn Richtung Ausgang. Dabei sprach er mit leiser Stimme unentwegt auf ihn ein. »Sie hatten einen Streit mit Taylor und sind wütend davongestürmt. Das ist alles, woran Sie sich erinnern werden. Ein Streit mit Taylor. Sie sind davongestürmt.«
Bei der Tür angekommen, warf er ihm einen mahnenden Blick zu. »Und geben Sie acht, Berenson. Der Boden hier ist stellenweise ziemlich glatt.«
»Verstehe …«, murmelte Tom benommen. »Tut mir leid. Ich werde achtgeben, Mr Finlay.«

»Guter Junge.« Finlay klopfte ihm auf die Schulter. »Dann ab mit Ihnen.«

Er wartete im Türrahmen, bis Tom verschwunden war. Dann drehte er sich zu Taylor um, ein seltsames Blitzen in den Augen. »Und nun zu Ihnen, Miss Montclair. Wenn Sie mir bitte folgen wollen.«

Benommen trottete Taylor den weiten Gang hinter ihm her bis ins Lehrerzimmer, in dem sich um diese Uhrzeit kein Mensch aufhielt. Schäbige Möbel waren wahllos zusammengewürfelt, ein abgewetzter roter Teppich bedeckte den Boden, in der Luft lag der Geruch von saurer Milch.

Finlay deutete auf einen Stuhl, während er den Wasserkocher einschaltete und mit Geschirr klapperte. Schließlich kam er mit zwei dampfenden Tassen an den Tisch.

Taylor zitterte am ganzen Körper.

»Oh Gott, was hab ich bloß getan.«

»Na, na.« Finlay drückte ihr die Teetasse in die Hand. »Trinken Sie das. Danach wollen wir uns in Ruhe unterhalten.«

Taylor war schlecht. Sie bekam keinen Schluck runter. »Ich hätte ihn fast umgebracht.«

»Jetzt übertreiben Sie mal nicht«, sagte Finlay sanft. »Sie haben ihn vielleicht ein wenig hart angefasst, aber er ist ein robuster Kerl. Er wird es verkraften. Und jetzt muss ich darauf bestehen, dass Sie Ihren Tee trinken«, fügte er in strengerem Tonfall hinzu.

Taylor zwang sich, ein wenig daran zu nippen. Die heiße Flüssigkeit rann ihre Kehle hinunter, und das Zittern ließ nach. Gierig nahm sie noch einen Schluck.

Finlay saß ihr gegenüber und musterte sie. »Warum erzählen Sie mir nicht einfach, was in der Turnhalle passiert ist?«

Taylor holte tief Luft und versuchte, sich genau zu erinnern.
»Ich habe mit ihm Schluss gemacht.«
»Aha.«
»Und da ist er wütend geworden. Richtig wütend. Er hat mir lauter Dinge an den Kopf geworfen, die nicht wahr sind … und mich bedroht.«
»Der verflixte Bengel. Den werde ich für den Rest des Jahres nachsitzen lassen.«
»Nein, bitte«, fiel Taylor ihm hastig ins Wort. »Ich habe schon genug angerichtet.«
»Meinetwegen. In jedem Fall war das eine äußerst beeindruckende Vorstellung. Aldrich wird vor Freude ganz aus dem Häuschen sein.«
»*Freude?*« Taylor schüttelte sich. »Ich bin ein Monster.«
»Kein Grund, gleich dramatisch zu werden, Miss Montclair. Sie sind eben noch ein Neuling und müssen erst lernen, ihre Fähigkeiten zu kontrollieren. Ansonsten ist mit Ihnen alles in bester Ordnung.«
»Wie können Sie das sagen? Sie haben doch gesehen, was ich getan habe. Und wenn Sie nicht gekommen wären …« Vor ihrem geistigen Auge sah sie plötzlich wieder die Szene, wie Tom auf die Wand zuflog und im letzten Moment von dem Lehrer gerettet wurde. »Moment mal. Wie haben Sie das eigentlich gemacht? Sind Sie … auch so wie ich?«
»Ja, das bin ich«, erwiderte Finlay und fügte anerkennend hinzu: »Allerdings sind Ihre Kräfte offensichtlich wesentlich stärker als meine. Ich konnte nicht gegen Sie ankommen.«
»Und was haben Sie mit Tom gemacht? Ich meine, erst war er noch völlig geschockt, aber dann haben Sie mit ihm geredet und …«

»Wir haben die Fähigkeit, die Erinnerungen anderer für eine Weile zu blockieren.« Finlay nahm die Brille ab und begann, die Gläser zu polieren. »Das kann in der Tat sehr nützlich sein. Das können aber nur die wirklich Fortgeschrittenen.«

Taylor dachte daran, wie sich der Ausdruck in Toms Gesicht binnen Sekunden von Zorn und Angst in braven Gehorsam gewandelt hatte.

Hat Finlay etwa seine Gedanken manipuliert?

Bei der Vorstellung drehte sich ihr der Magen um.

»Das ist schrecklich«, sagte sie. »Einfach schrecklich.«

Die Lust auf Tee war ihr vergangen. Und auch darauf, sich weiter mit Finlay zu unterhalten. Nur – wo sollte sie denn hin?

Die Deckenleuchten begannen zu flackern, und Finlay warf ihr einen besorgten Blick zu.

»Bitte, meine Liebe, Sie müssen sich beruhigen. Das alles ist neu für Sie und verständlicherweise nicht leicht zu verarbeiten. Wie ich hörte, werden Sie am Samstag Ihren Großvater besuchen?«

Taylor nickte nur. Sie hatte Tränen in den Augen.

»Nun, ich denke, er wird Ihnen die Dinge lieber selbst erklären wollen.« Rasch erhob er sich und begleitete Taylor zur Tür. »Bis dahin müssen Sie versuchen, ruhig zu bleiben. Sie dürfen sich nicht aufregen. Und machen Sie sich keine Gedanken wegen Tom. Ich werde dafür sorgen, dass er Sie in Ruhe lässt.«

Es gefiel Taylor nicht, wie er das sagte, doch dann waren sie schon bei der Tür, und ehe sie sich's versah, stand sie draußen auf dem Gang.

»Schaffen Sie's allein nach Hause, oder möchten Sie, dass ich Sie begleite?«, fragte Finlay.

Taylor schüttelte den Kopf. Zwar fühlte sie sich immer noch seltsam, und ihre Hände kribbelten, als könnten jeden Moment Funken aus den Fingerspitzen sprühen, aber von Finlay nach Hause gebracht werden wollte sie auf keinen Fall.

»Nein, alles okay. Ich schaff das schon.«

»Wie Sie meinen. Ich werde sofort Ihren Großvater anrufen und ihm berichten, was vorgefallen ist.« Er sah ihr in die Augen. »Und bitte, Miss Montclair, versuchen Sie, Ihre Gefühle im Zaum zu halten.«

***

Taylor betrat das Haus und verriegelte die Tür hinter sich.

»Hallo?«, rief sie leise, erhielt aber keine Antwort, was sie nicht überraschte. Sie wusste ja, dass für gewöhnlich weder Emily noch ihre Mutter um diese Zeit zu Hause waren.

Nur Fizz kam aus der Küche gelaufen und strich ihr um die Knöchel. Ängstlich sah sie an Taylor hoch, als könnte sie spüren, dass etwas nicht in Ordnung war.

Taylor nahm die Hündin auf den Arm und ließ sie die salzigen Spuren der Tränen von den Wangen lecken.

»Oh Mann, Fizz, das war vielleicht ein Tag. Wenn du wüsstest, was heute passiert ist …«

Sie fühlte sich unwohl allein im Haus. Der Ausdruck in Toms Gesicht verfolgte sie. Sein entsetzter Blick, kurz bevor sie ihn fast …

Am liebsten hätte sie sich mit Georgie im *Koffein-Schock* getroffen, aber das ging jetzt wohl nicht mehr, oder?

Taylor biss sich auf die Lippe. Sie war wütend und enttäuscht. Offensichtlich hatte Georgie der Versuchung nicht widerstehen können, Paul von Sacha zu erzählen, und der war prompt zu Tom gerannt.

Am Ende war Toms verdrehte Version der Geschichte herausgekommen.

Dabei hab ich sie geradezu angefleht, keinem was von Sacha zu erzählen, dachte Taylor bitter. *Angefleht hab ich sie!*

Fizz jaulte auf, als hätte etwas sie gestochen. Sie sprang von Taylors Arm hinunter, landete unsanft auf dem Boden und suchte das Weite. Aus sicherer Entfernung warf sie Taylor einen vorwurfsvollen Blick zu.

Da erst merkte Taylor, dass ihre Hände wieder kribbelten. Fizz hatte es gespürt.

Ihr Herz raste.

Hör sofort auf damit! Willst du das ganze Haus in Schutt und Asche legen?

Sie schloss die Augen und versuchte, ruhig und gleichmäßig zu atmen. *Ganz ruhig, Taylor. Bloß nicht aufregen.*

Sie musste etwas tun. Am besten irgendwas Banales, Alltägliches. Das würde sie beruhigen.

Mit bedächtigen Schritten ging sie in die Küche, setzte sich vorsichtig an den Tisch und klappte den Laptop auf. Während er hochfuhr, nahm sie mehrere tiefe Atemzüge, so wie sie es im Yoga-Kurs gelernt hatte. Es half ein bisschen, trotzdem berührte sie den Computer nur ganz behutsam mit den Fingerspitzen.

Sie wollte nicht riskieren, dass er ihr um die Ohren flog.

Kurz überlegte sie, Georgie eine Mail zu schicken, um ihren Gefühlen Luft zu machen, verwarf den Gedanken aber gleich wieder. Sie würde sich total aufregen, und wer weiß, was sie dann anstellte. Vielleicht den Strom im ganzen Haus lahmlegen. Oder aus Versehen Fizz durchs Fenster nach draußen katapultieren.

Die letzte E-Mail im Posteingang blinkte sie an. Sie war von Sacha.

Wir müssen reden. Heute, 17 Uhr englischer Zeit.

Taylor warf einen Blick auf die Uhr: fast halb sechs.

Schnell loggte sie sich ein. Sacha war da und wartete auf sie.

Bei seinem Anblick machte ihr Herz einen Sprung, doch im Augenblick war sie zu müde und verwirrt, um sich zu fragen, wieso das so war.

»Taylor«, sagte er sichtlich erleichtert. »Ich dachte schon, wir hätten uns verpasst.«

»Tut mir leid, ich bin spät dran. War ein ziemlich verrückter Tag heute.«

»Das kannst du laut sagen.«

Taylor musterte ihn genauer. Er war blass, seine Haare sahen wirr aus, und er wirkte nervös. Ständig schaute er über die Schulter, als hätte er Angst, jemand könnte sich plötzlich von hinten auf ihn stürzen.

»Was ist los, Sacha?«

Er zögerte. »Ich muss dich was Seltsames fragen.«

»Okay …«

Er beugte sich vor. Seine Augen waren blau und tief wie das Meer. »Kennst du einen Typ namens Aldrich Montclair?«

Taylor schluckte.

»Das ist mein Großvater, wieso? Kennst du ihn auch?«

Sacha schüttelte den Kopf. »Nein, aber ich glaube … Das heißt, ich *weiß*, dass mein Vater mit ihm zu tun hatte.«

Taylor runzelte verwirrt die Stirn. »Dein Vater kennt meinen Großvater?«
Sie sah, wie Sacha leicht zusammenzuckte. »*Kannte.* Mein Vater ist tot.«
Erschrocken schlug sie die Hand vor den Mund. »Oh Gott, Sacha. Das tut mir leid. Ich hatte ja keine Ahnung.«
Sacha nickte nur kurz.
»Dein Nachname kam mir gleich so bekannt vor, aber ich wusste nicht, woher. Also habe ich ein bisschen nachgeforscht und … Wie auch immer, jedenfalls glaube ich, dass sie zusammengearbeitet haben.«
»Zusammengearbeitet? Woran denn?«
Sacha zögerte, und Taylor wurde immer nervöser. Er verschwieg ihr etwas.
»Es gibt da was. Es hat mit meiner Familie zu tun. Ziemlich kompliziert zu erklären.« Er holte tief Luft. »Taylor, ich glaube, ich stecke in Schwierigkeiten. Und du wahrscheinlich auch. Das mit der Nachhilfe war kein Zufall. Irgendjemand wollte, dass wir uns kennenlernen. Ich weiß nur noch nicht, warum.« Er sah ihr in die Augen. »Es wäre möglich, dass wir beide in Gefahr sind.«
Taylor schwirrte der Kopf. Sie dachte an Finlay und wie er darauf bestanden hatte, dass sie Kontakt zu Sacha aufnahm. An ihren Großvater, der so urplötzlich aufgetaucht war. Daran, wie Tom durch die Luft gesegelt war. Und dass Georgie sie hintergangen hatte.
Nichts war mehr so, wie es sein sollte. Nichts ergab mehr einen Sinn.
Vielleicht war es an der Zeit, zu handeln.
»Sacha«, sagte sie, »ich denke, wir sollten uns treffen.«

19

Mitten im Trubel des Pariser Gare du Nord lehnte Sacha an einem Laternenmast und betrachtete durch die dunkle Sonnenbrille das Chaos des sommerlichen Reiseverkehrs.

Eine schwer bepackte Touristenfamilie zog an ihm vorbei und hätte ihm beinahe mit den Rollkoffern die Zehen abgefahren. Sacha verzog das Gesicht. Er hasste Menschenmengen. Man wusste nie, wem man in die Arme lief.

Er hatte eine etwas versteckte Stelle zwischen einer Sandwichbude und einem Süßigkeitenstand gewählt. Von dort aus beobachtete er, wie der Zug aus England einfuhr und eine Horde Menschen ausspuckte, die den Bahnsteig entlangeilten und ganz aus dem Häuschen waren, dass sie einen Sonnentag in Paris erwischt hatten.

Während die Reisenden die Bahnsteigsperren passierten, scannte Sacha ihre Gesichter. Das von Taylor entdeckte er nicht.

Je weniger Leute nachkamen, desto nervöser wurde er.

Er schaute auf sein Handy – keine Nachricht.

Als er wieder aufblickte, entdeckte er sie. Die blond gelockte Mähne war unverkennbar. Sie umrahmte ihren Kopf wie lichtes Gold. Ein weites weißes Top wehte um ihre Figur.

Sacha blieb, wo er war, und schaute sie sich erst mal an. In Wirklichkeit war sie viel hübscher als online, aber bisher hatte er ja auch noch nicht die ganze Taylor zu sehen bekommen.

Vor den Sperren, an denen sich die Menschenmenge staute, blieb sie stehen und sah sich suchend um. Sacha trat aus dem Schatten und schlängelte sich durch die Menge zu ihr.

Als sie ihn entdeckte, lächelte sie erleichtert. Ihre Augen waren so grün wie Flaschenglas, durch das die Sonne scheint. Fast wäre ihm die Spucke weggeblieben.

»Sacha.« Sie strahlte ihn an. »Da bist du ja.«

»Bien sûr.«

Er beugte sich hinunter, um sie auf die Wangen zu küssen, womit sie offensichtlich nicht gerechnet hatte, denn sie wurde stocksteif.

Sacha wich sofort zurück und richtete sich wieder auf. Er hatte gar nicht daran gedacht, dass sich englische Teenager nicht annähernd so häufig küssten wie französische. Nicht, dass sie sich noch was dabei dachte.

Oder wär mir das vielleicht sogar recht?

Einen Moment lang standen sie verlegen inmitten der Reisenden da. Schließlich sagte Taylor was.

»Ich kann nicht glauben, dass du wirklich vor mir stehst. Und dass ich hier bin.« Ihr warmes Lächeln kehrte zurück und offenbarte die Grübchen, die ihm schon auf dem Bildschirm aufgefallen waren. »Ganz schön verrückt.«

»Verrückt«, sagte er nüchtern. »Aber notwendig.«

Ihr Blick glitt über sein Gesicht und seine Klamotten, registrierte das schwarze T-Shirt und die Jeans, die Sonnenbrille, die er in der Hand hielt.

Mit geübter Lässigkeit lehnte er sich gegen das Metallgeländer der Sperre. »Was hast du deiner Mutter gesagt?«
»Sie denkt, ich übernachte bei einer Freundin.« Sie sah zur Seite. »Das mache ich öfter … Sie wird es nicht kontrollieren. Aber wenn sie morgen von der Arbeit kommt, muss ich wieder da sein, sonst …«
Ehe sie den Satz beenden konnte, rasselte eine Reisegruppe unbestimmbarer Herkunft in sie hinein und hätte Taylor fast umgestoßen.
Sacha zog sie zu sich heran und bewahrte sie vor dem Sturz. Eine Sekunde lang spürte er die Wärme ihres Körpers.
Einer der Erwachsenen versuchte, sich in gebrochenem Französisch zu entschuldigen, doch Sacha starrte ihn so böse an, dass er es aufgab und mit seinem knallblauen Rollkoffer weiterdackelte.
Taylor sagte nichts, aber ihre Augen blitzten amüsiert.
Sacha atmete aus. »Machen wir, dass wir hier wegkommen.«

***

Die Statuen auf dem Bahnhofsdach strahlten weiß im Sonnenlicht. Autokolonnen krochen vorbei.
Routiniert suchte Sacha sich seinen Weg durch den schleichenden Verkehr. Immer wenn er Taylor ansah, starrte sie bewundernd eines der schäbigen Gebäude aus dem 19. Jahrhundert an.
»Wie schön es hier ist!«, rief sie. »Genau so habe ich mir Paris vorgestellt.«
»Das hier ist nicht Paris«, protestierte Sacha mit verächtlichem Blick auf die Touriläden und Nagelstudios. »Ich zeig dir Paris.«
Von der lauten Hauptstraße bog er in eine ruhigere Seitenstraße

ein, die von Bäumen mit blassen Stämmen gesäumt wurde. Die Häuser hier waren hübscher und besser erhalten.
»Lebst du in diesem Viertel?«, fragte Taylor und betrachtete die cremeweißen Gebäude mit den schwarzen, gewundenen Eisenbalkonen und den bunten Blumen.
Sacha schüttelte den Kopf. »Wir leben im Osten der Stadt.«
Er winkte grob in die Richtung. »Mehr so dahinten.«
»Aha«, sagte Taylor.
Sacha überlegte, wie er anfangen sollte. Dieses Treffen war *die* Gelegenheit, ihr zu erzählen, was mit ihm los war. Schließlich war sie hergekommen, um die Wahrheit zu erfahren. Vor zwei Tagen hatte Taylor verkündet, dass sie heimlich nach Paris kommen wolle, sodass er eigentlich genug Zeit gehabt hätte, darüber nachzudenken.
Doch jetzt, wo sie hier war, kriegte er einfach kein vernünftiges Wort heraus – von der Wahrheit ganz zu schweigen. Er hatte keine Ahnung, wie er es sagen sollte.
Online war alles so einfach gewesen. Vertraut, fast als wären sie Freunde. Er hatte sich wohlgefühlt und sicher. Jetzt, da sie ihm gegenüberstand, fühlte er sich zu groß, zu dünn, zu unbeholfen. Ihre bloße Anwesenheit – so süß und englisch und blond – brachte ihn völlig aus dem Konzept.
Beinahe wäre er auf ein winziges Hündchen getreten, das eine umwerfend aussehende Madame spazieren führte.
»Wow. Paris ist echt … Paris«, seufzte Taylor.
Sacha musste lachen. *»Bien, non?«*
»Oui«, pflichtete sie ihm bei. *»Très bien.«*
Sie ließen einen Roller samt Fahrer im Designeranzug vorbeiknattern, ehe sie die befahrene Straße überquerten.

»So was mache ich sonst nie«, gestand Taylor. »Ich bin noch nie von zu Hause abgehauen, und dann verlasse ich auch gleich noch das Land!« Ihre Stimme überschlug sich – Sacha spürte die Anspannung darin. »Ich glaub, ich bin kurz davor, durchzudrehen.«
»Geht mir nicht anders«, sagte er und zuckte die Schultern. »Wenigstens bist du nicht allein.«
Sie lächelte zu ihm hinauf. »Dann können wir zusammen in Paris durchdrehen! Schätze, es gibt schlimmere Arten, einen Donnerstag zu verbringen.«
Sie hatte ebenmäßige, weiße Zähne und rosa Lippen, und wenn sie lächelte, erstrahlte sie, als ginge irgendwo in ihr drin ein Licht an.
Sacha hätte sie am liebsten immerzu zum Lächeln gebracht.
Aber sie war ja nicht den weiten Weg hergekommen, um ihn anzugrinsen.
»Als du mir das erste Mal gemailt hast …«, fragte er, »wer hatte dir da meine Mailadresse gegeben?«
»Mein Französischlehrer«, antwortete sie. »Mr Finlay.«
»Was hat er dir über mich erzählt?«
Sie versuchte sich zu erinnern. »Er meinte, du müsstest dringend was an deinem Englisch tun und dass es mir Pluspunkte für Oxford bringen würde, wenn ich dir Nachhilfe gebe.«
Finlay. Der Name sagte Sacha gar nichts. Trotzdem prägte er ihn sich ein, er wollte später im Notizbuch seines Vaters danach suchen. Für alle Fälle …
Sie sah ihn an. »Warum fragst du?«
»Weil ich glaube, dass das hier«, er deutete auf sie beide, »nicht zufällig passiert ist.« Er musste die Stimme heben, um den Ver-

kehr zu übertönen. »Dein Großvater kannte meinen Vater. Von allen Schülern, denen du Nachhilfe hättest geben können, hat dein Lehrer ausgerechnet mich ausgewählt. Und mein Lehrer hat mich gedrängt, Kontakt zu dir aufzunehmen, obwohl ich gar nicht mehr zur Schule gehe und er genau weiß, dass ich sehr gut Englisch spreche.« Er schüttelte den Kopf. »So viele Zufälle gibt's nicht.«

»Ich hab diese Woche rausgefunden, dass Finlay für meinen Großvater arbeitet«, sagte Taylor. »Er soll … auf mich aufpassen.«

Sacha stutzte. »Auf dich aufpassen?«

»Ist eine lange Geschichte.«

»Also noch mal zum Mitschreiben«, sagte Sacha. »Der Lehrer, der dir meinen Namen gegeben hat, arbeitet für deinen Großvater. Der meinen Vater kannte.«

Taylor blieb stehen. »Du meinst, mein Großvater steckt hinter allem?«

Sacha drehte sich zu ihr hin. »Du nicht?«

»Aber … das verstehe ich nicht«, sagte sie. »Warum hat er mir das nicht einfach gesagt?«

»Genau das müssen wir herausfinden«, erwiderte Sacha entschlossen.

Sie gingen weiter, und er erzählte ihr von den bleichen Gestalten vor seiner Tür. Nur dass sie an die Tür hämmern konnten, ohne dass man sah, wie, verschwieg er. Dafür berichtete er ihr, was sie gesagt hatten.

»Du sollst dich von mir fernhalten?« Taylor schauderte.

»Ja. ›Halt dich von dem Mädchen fern.‹ Damit kannst nur du gemeint gewesen sein.«

»Das ist ja gruselig. Bist du sicher?«

Sacha nickte. »Es gibt kein anderes Mädchen.«
Sie warf ihm einen kurzen Blick zu und schaute schnell weg.
Wird sie gerade rot?
Der Nachmittag war heiß. Das musste es sein.
»Aber wer waren diese Typen?«, fragte sie nach einer Weile. »Und woher wussten sie von uns?«
»Keinen blassen Schimmer«, gestand er. »Aber sie haben mir eine Höllenangst eingejagt.«
Den Verkehr hatten sie jetzt hinter sich gelassen. Im Schatten von Bäumen gingen sie weiter, und plötzlich wusste Sacha, wohin er mit ihr wollte.
»Hier lang«, sagte er und wandte sich nach links.

***

Die Tuilerien erstreckten sich mit lässiger Eleganz entlang des Nordufers der Seine. Die Bäume waren akkurat gestutzt, die Hecken perfekt getrimmt, und die Wege kreuzten sich mit mathematischer Präzision. Grün und üppig und friedlich war es hier. Der Park gehörte zu Sachas Lieblingsorten. Er kam oft her, einfach um dazusitzen und den Leuten zuzuschauen.
Als sie die Mitte des Parks erreicht hatten, breitete er die Arme aus. »Da wären wir.«
Langsam drehte Taylor sich einmal im Kreis. Zwischen den Bäumen lugten Statuen hervor. Kinder spielten auf einer Wiese. Liebespaare spazierten Hand in Hand vorbei.
Wenn es ihr hier nicht gefällt, dann war's das, süßes Lächeln hin oder her.
»Oh, Sacha, das ist zauberhaft.« Sie sah zu ihm hoch und strahlte ihn begeistert an. »Einfach wunderschön.«

Ihre Freude war ansteckend, und er konnte nicht anders, er musste zurücklächeln.
Es würde ein guter Tag werden, so viel stand jetzt fest.

***

»Deine Limo«, sagte Sacha und reichte Taylor eine Dose.
»*Merci bien*«, antwortete sie.
Er ließ sich neben ihr auf den Boden fallen und öffnete seine eigene.
»*De rien.* Dein Französisch ist gar nicht übel.«
»Danke.« Sie bemerkte, wie ihr schon wieder das Blut in die Wangen schoss.
Mann, ist das albern. Muss ich bei jedem zweiten Satz gleich rot werden?
Er war so anders, als sie ihn sich vorgestellt hatte. Vor allem war er viel, viel größer. Wenn sie nebeneinanderstanden und sie sein Gesicht sehen wollte, musste sie den Kopf in den Nacken legen. Außerdem war er unglaublich cool. Ein Blick von ihm genügte, um einen zum Schweigen zu bringen. Mal waren seine Blicke fesselnd, mal gefährlich … manchmal beides.
Als er sie vorhin im Bahnhof an sich gezogen hatte, um sie vor den Touristenmassen zu retten, und ihre Körper sich kurz berührt hatten, hatte sie ein Kribbeln gespürt.
Das hatte noch keiner geschafft.
Sie nahm einen tiefen Schluck Limonade, die kalt und prickelnd war. Supergut, wie überhaupt der ganze Tag.
Mit einem glücklichen Seufzer betrachtete sie die Leute, die über die Kieswege spazierten. Irgendwo spielte Musik.
Paris.

Es war gar nicht schwierig gewesen, herzukommen. Die Fahrkarte hatte sie von dem Geld bezahlt, das sie eigentlich für die Uni sparte, und die Onlinebuchung war total einfach – sie musste das Ticket dann nur noch am Bahnhof in London abholen. Und im Zug, der voller junger Rucksacktouristen war, hatte sie kein Mensch beachtet.
Das Bewusstsein, dass zu Hause keiner eine Ahnung hatte, wo sie sich befand, erfüllte sie mit einer berauschenden Mischung aus Freiheit und Angst. Zum ersten Mal in ihrem Leben war sie ganz auf sich allein gestellt.
Na ja, ganz allein war sie nicht.
Sacha war ja auch noch da.
Unfassbar, wie wohl sie sich in seiner Gegenwart fühlte. Seit ihrer Ankunft hatten sie nur geredet und geredet. Die Zeit war wie im Flug vergangen. Doch so schön es auch war – bisher hatten sie noch nicht viele Antworten gefunden.
»Vielleicht …«, sagte sie zögerlich und unterbrach sich.
»Ja?« Sacha sah sie fragend an.
»Vielleicht solltest du mir ein bisschen was von deinem Vater erzählen. Könnte ja sein, dass wir so herausfinden, was er und mein Großvater gemacht haben.«
Er zuckte die Achseln, als wäre das keine große Sache, doch sie merkte, wie er sich verspannte.
»Sein Name war Adam Winters. Er war Professor an der Sorbonne und hat auch in Oxford gelehrt«, sagte er.
»Mein Großvater lehrt auch in Oxford«, warf sie ein.
»Und was?«
»Wissenschaftsgeschichte«, antwortete Taylor. »Newton und so. Und dein Vater?«

Eine Locke seines seidigen braunen Haars fiel ihm in die Stirn, er schob sie achtlos fort.

»Mittelalterliche Geschichte.« Er warf ihr einen Seitenblick zu. »Soweit ich weiß, haben sie sich mit etwas beschäftigt, das … nicht direkt mit ihrer Arbeit zu tun hatte.«

»Inwiefern?«

Konzentriert starrte er auf die Dose in seiner Hand.

»Ich denke«, sagte er langsam, »dass sie an einer Sache dran waren, die mit meiner Familie zu tun hat.«

Taylor spürte, wie schwer es ihm fiel. »Du musst es mir nicht erzählen, wenn du nicht willst.«

Eine Weile sagte Sacha nichts und saß mit todernster Miene da.

»Es gibt da ein Problem in meiner Familie«, sagte er schließlich. »So was Ähnliches wie 'ne Krankheit. Mein Vater hat versucht, ein Mittel dagegen zu finden. Ehe es … mich trifft. Und ich hab mich gefragt, ob es vielleicht das war, woran er mit deinem Großvater gearbeitet hat. Wo er doch Wissenschaftler ist.«

Er sah sie an, und sein Blick nahm ihr den Atem, so unglaublich verwundbar wirkte er.

»Aber mein Großvater beschäftigt sich mit alten Wissenschaften«, gab sie zu bedenken, obwohl sie so gern etwas anderes gesagt hätte. »Seltsame Apparaturen, brodelnde Tinkturen, Blutegel, so was halt.«

Sacha atmete hörbar aus und murmelte etwas auf Französisch. Taylor war sich nicht sicher, aber sie glaubte verstanden zu haben: »Es ist auch ein sehr altes Problem.«

Ehe sie fragen konnte, was er meinte, zerquetschte er plötzlich wütend die Dose in seiner Hand und sagte: »Lass uns hier verschwinden.«

20

»Vor zweihundert Jahren war dieser Park noch ein Schlossgarten«, erklärte Sacha und deutete auf einen Brunnen, wo Kinder wie auf einer alten Illustration Papierbötchen schwimmen ließen. »Heute darf jeder rein.«

Sie traten aus dem Schatten der Bäume auf einen breiten Weg und mischten sich unter die Scharen von Touristen und einheimischen Spaziergängern. Der Kies knirschte unter ihren Füßen, bei jedem Schritt wirbelten kleine Staubwölkchen auf.

Von irgendwoher drangen Musik und Gelächter.

Vor ihnen erhob sich ein riesiges, reich verziertes Gebäude. Sie betraten einen weitläufigen, auf drei Seiten geschlossenen Hof, in dessen Mitte eine gläserne Pyramide glitzerte.

»*Bienvenu au Louvre!*«, verkündete Sacha.

Die reliefartig gemeißelten Steinmauern des ehemaligen Schlosses, das nun ein Kunstmuseum beherbergte, schienen Taylor endlos.

Sie legte den Kopf in den Nacken und sah zu den oberen Fenstern hinauf. »Wow, das ist ja riesig.«

In der Nähe der Ticketschalter versperrten ihnen Schlange stehende Touristen den Weg.

»Wenn du möchtest, können wir versuchen, reinzukommen«, sagte Sacha skeptisch.
»Ich glaub nicht, dass ich das verkraften würde«, erwiderte sie. »Da drin müssen kilometerweise Bilder hängen. Vermutlich bekäme ich eine Kunstvergiftung.«
Seine Lippen zuckten amüsiert. »Kunstvergiftung? Davon hab ich ja noch nie gehört.«
»Passiert andauernd«, versicherte sie mit Expertenmiene. »Wird aber immer vertuscht.«
»Also kein Louvre«, sagte er und machte kehrt. »Zu gefährlich.«
Mit seinem Akzent klang dieses Wort einfach toll.
Sie gingen zurück durch den kühlen, grünen Park. Taylor fühlte sich so wohl wie lange nicht mehr. Hitze und Gewusel machten ihr nichts aus, und besonders gefiel ihr, wie die anmutigen Gebäude ringsum das Sonnenlicht zurückwarfen.
»Es kommt mir alles so vertraut vor«, sagte sie und sah Sacha an. »Als wäre ich schon hundertmal hier gewesen. Wahrscheinlich sind die Bilder aus dem Fernsehen dran schuld. Irgendwie komisch. Wie wenn du jemandem auf der Straße begegnest und denkst, den kenne ich doch, obwohl das gar nicht sein kann.«
»Bei uns nennt man das *Déjà vu*«, sagte er. »Vielleicht bist du ja doch schon mal hier gewesen. In einem anderen Leben.«
Sie warf ihm einen skeptischen Blick zu. »Du glaubst doch nicht an so was, oder?«
»Ich weiß überhaupt nicht mehr, woran ich glauben soll.«
Seine Stimmung verdüsterte sich schlagartig. Er schüttelte sich, als wollte er die finsteren Gedanken abwerfen.

Sie gingen Richtung Fluss. Hier war die Luft kühler und duftete nach irgendwas Leckerem, kandiertem Zucker oder so.

Taylors Magen meldete sich.

»Wieso riechen die Flüsse in Paris nach Zucker? Da, wo ich herkomme, stinken sie nach ollem Fisch.«

Sacha deutete auf einen Stand am Ufer, der Crêpes verkaufte. »Wir schummeln.«

»Das riecht toll.« Ihr lief das Wasser im Mund zusammen.

Sacha sah sie amüsiert an. »Möchtest du einen?«

Es war fast fünf Uhr nachmittags, und sie hatte seit dem Frühstück nichts mehr gegessen. Bisher war alles zu aufregend gewesen. Aber jetzt hatte sie auf einmal Heißhunger.

»Unbedingt!«

Während sie in der kleinen Schlange vor dem Crêpes-Stand warteten, dachte Taylor darüber nach, was Sacha ihr erzählt hatte – und was er ihr nicht erzählt hatte. Um was für eine Krankheit es sich wohl handelte? Vielleicht war es ja die gleiche, an der sein Vater gestorben war.

Ein entsetzlicher Gedanke.

Sie warf Sacha einen verstohlenen Blick zu. Der stand, die Hände tief in den Hosentaschen vergraben, da und sah den Crêpiers zu. Taylor folgte seinem Blick. Die Bäcker benutzten lange Schieber aus Metall, mit denen sie den hauchdünnen Pfannkuchenteig von der heißen Platte lösten und in einer schwungvollen Bewegung wendeten. Kinderleicht sah das aus.

Aber nichts ist je so einfach, wie es aussieht.

»Du hast gesagt, dein Vater hätte manchmal in Oxford zu tun gehabt«, begann sie. »War er oft in England?«

Sacha nickte, die Augen immer noch auf den Crêpes. »Er ist in

England geboren und erst nach Frankreich gezogen, als er meine Mutter geheiratet hat. Danach ist er aber häufig aus beruflichen Gründen dort gewesen.«

Das erklärte Sachas Nachnamen und sein fast perfektes Englisch.

Im schlechtesten Französisch, das Taylor je gehört hatte, gab das Pärchen vor ihnen seine Bestellung auf. Sacha zuckte bei jedem Wort zusammen.

Sie verbiss sich das Lachen.

Er drehte sich zu ihr und schob die Sonnenbrille hoch, damit sie seinen empörten Gesichtsausdruck sah. Sie bedeckte ihren Mund mit den Händen, konnte sich aber nicht mehr beherrschen und kicherte los.

»Hör auf zu lachen«, sagte er todernst. »Das gehört sich nicht.«

Sie musste nur noch mehr lachen – so doll, dass sie fast keine Luft mehr bekam.

Als das Pärchen neugierig zu ihnen hinsah, taten sie so, als lachten sie über irgendwas, das auf dem Fluss geschah, wo gerade ein Boot voller Touristen mit gezückten Kameras vorbeituckerte.

Sie hatten Spaß. Und ein paar Minuten lang konnte Taylor so tun, als wären sie ganz gewöhnliche Jugendliche an einem ganz gewöhnlichen Tag in Paris.

***

»Schon merkwürdig«, sagte Taylor und wackelte mit den Zehen. »Ich hab gedacht, irgendwas wird passieren, wenn ich herkomme. Dass wir sofort herausfinden, warum unsere Lehrer unbedingt wollten, dass wir uns begegnen, zum Beispiel.«

Sacha reckte sich. »Das wäre hilfreich.«

Sie waren auf der Île de la Cité, einer kleinen Insel in der Seine, saßen nebeneinander auf der Kaimauer und ließen die Beine über dem tiefgrünen Wasser baumeln. Die Sonne ging unter. Die Touristenhorden, die vorher alles verstopft hatten, waren gegangen, der schmale gepflasterte Uferstreifen füllte sich langsam mit Teenagern.

»Fehlanzeige.« Sie starrte hinunter aufs Wasser. »Ich hab immer noch keine Ahnung, warum mein Großvater wollte, dass wir uns kennenlernen. Du bist einfach irgendein französischer Typ.«

Er kicherte. »Und du bist einfach nur irgendein englisches Girlie mit einem Blatt im Haar.«

»Was?« Sie tastete danach.

»Warte, lass mich.« Er beugte sich zu ihr und zupfte es vorsichtig aus ihren Locken. Ihre Haare fühlten sich unendlich weich an. Die letzten Sonnenstrahlen verwandelten jedes einzelne in einen glitzernden Goldfaden.

»Hier.« Er hielt das Blatt in die Höhe, damit sie es sehen konnte.

»Meine Haare sind hoffnungslos«, sagte sie resigniert. »Vermutlich würdest du noch mehr da drin finden. Verlorene Uhren, Schiffe aus dem Bermuda-Dreieck, vielleicht sogar die Antwort auf unsere Fragen.«

»Ich weiß nicht«, sagte er und wünschte sich, er hätte noch mehr Vorwände, um sie zu berühren. »Ich finde deine Haare ziemlich cool.«

»Hmpf«, brummte sie spöttisch, doch insgeheim freute sie sich.

Den ganzen Abend lang waren sie kreuz und quer durch die Stadt gelaufen und hatten immer wieder über ihre Lehrer und ihr Leben gesprochen.

Doch jetzt wurde es dunkel, und Sacha wusste nicht, wie es weitergehen sollte.
Er hatte nichts geplant. Einfach mit nach Hause nehmen konnte er sie nicht – wie hätte er seiner Mutter ihre Anwesenheit erklären sollen? Außerdem wollte er Taylor nicht der unvermeidlichen mütterlichen Inquisition aussetzen.
Und so waren sie schließlich hier gelandet.
Allein waren sie hier natürlich nicht. Unter einer Brücke in der Nähe spielte eine Gruppe junger Musiker in Hipsterklamotten auf ramponierten Instrumenten Dixieland. Davor tanzten Mädchen in heißen Röcken Jitterbug, andere Leute blieben stehen und sahen zu. Manche hatten Körbe mit Essen und Wein dabei. In der Luft waberte der schwere, süßliche Geruch von Marihuana.
Eine fröhliche, entspannte Abendsession. Und als die Straßenbeleuchtung anging, johlten alle.
»Paris ist unglaublich«, seufzte Taylor.
»Stimmt«, pflichtete Sacha ihr bei.
Sie schwiegen eine Weile.
Dann sah sie ihn an. »Erzähl mir was von dir. Wie ist deine Familie so?«
Er zuckte die Schultern. »Meine Mutter arbeitet in einem Krankenhaus. Und meine kleine Schwester nervt total.«
Taylor prustete los. »Meine auch!«
Sie tauschten verständnisvolle Blicke.
»Und du gehst nicht mehr zur Schule, hast du gesagt?« Sie musterte ihn eingehend. »Warum nicht?«
Sacha sehnte sich danach, ihr die Wahrheit zu erzählen. Aber er hatte keine Ahnung, wie. Er wusste, wie es sich anhören würde.

Wie sie ihn ansehen würde. Sie waren doch gerade erst dabei, sich kennenzulernen. Jetzt alles gleich wieder kaputt zu machen, konnte er nicht ertragen.

»Vor einem Jahr ist was schiefgelaufen«, sagte er ausweichend. »Es ist was in meiner Familie passiert, und da hab ich halt … das Interesse verloren.«

Ihre kühlen grünen Augen betrachteten sein Gesicht. »Ich will dir keinen Vortrag halten, Sacha, aber du bist doch nicht blöd. Begreifst du, was du verlierst, wenn du nicht mehr hingehst?«

»Ich weiß genau, was ich verliere. Das kannst du mir glauben.« Sein bitterer Ton signalisierte das Ende der Unterhaltung.

Taylor sah weg. »Ich werde dir nicht sagen, was du tun sollst. Aber im Ernst, wenn du eins nicht brauchst, dann Nachhilfe in Englisch. Du sprichst genauso gut Englisch wie ich. Dein Lehrer ist ein verdammter Lügner.« Sie unterbrach sich, als wäre ihr ein Gedanke gekommen. »Warte mal. Wenn Finlay für meinen Großvater arbeitet, für wen arbeitet dann dein Lehrer? Ich meine … Was, wenn er auch für meinen Großvater arbeitet?«

Keine dumme Frage.

Gab es womöglich eine Verbindung von Monsieur Deide zu Aldrich Montclair? Oder zu jemand Drittem?

»Vielleicht sollten wir ihn mal besuchen«, brummte Sacha in Gedanken.

Sie sah ihn erstaunt an. »Wen besuchen?«

»Monsieur Deide, meinen Lehrer. Du hast recht, irgendwo muss es eine Verbindung zwischen meinem Lehrer und deinem Großvater geben. Wenn wir ihn überraschen, verrät er uns vielleicht, was gespielt wird.«

Allmählich dämmerte es ihr.

»Natürlich! Er muss etwas wissen.« Sie sah auf ihre zierliche Armbanduhr. »Aber es ist schon spät. Wie …?«

»Morgen, ehe dein Zug fährt, statten wir ihm in der Schule einen Besuch ab«, entschied Sacha.

Sie wirkte nicht hundertprozentig überzeugt, widersprach aber nicht.

Den ganzen Tag über hatte er das Gefühl gehabt, dass sie ihm irgendwas verheimlichte. Manchmal hatte sie angesetzt, es sich dann aber wieder anders überlegt. Jetzt spürte er es wieder. Dieses Zögern. Wie sie gedankenverloren in die Ferne starrte.

Sie verbirgt etwas.

Aber warum auch nicht? Schließlich verbarg er ja auch etwas vor ihr.

Mit den letzten Sonnenstrahlen war auch die entspannte Stimmung zwischen ihnen verflogen und der Angst gewichen, die sie beide seit Wochen plagte. Plötzlich fühlte sich die heitere Flussszene falsch an. Das Lachen und die Gitarrenklänge, das Tanzen und Kiffen – es kam ihnen albern vor.

»Lass uns gehen.« Sacha sprang auf.

»Wohin?«

»Wir sind in Paris!« Er hielt ihr die Hand hin, um ihr aufzuhelfen. »Hier kann man immer irgendwohin gehen.«

***

»Siehst du?« Sacha deutete auf den Eiffelturm. Sie standen genau gegenüber am anderen Ufer im Dunkeln. »Noch ein paar Sekunden. Drei … zwei … eins – *jetzt!*«

Plötzlich war der Turm hell erleuchtet. Scheinwerfer flammten auf und glitzerten violett.

Gespannt auf Taylors Reaktion, sah er zu ihr hinunter. Sie starrte ihn verständnislos an.

»Bisschen viel Spektakel, findest du nicht?«, sagte sie.

Als er sie völlig ungläubig anglotzte, prustete sie los.

»Scherz – es ist toll!« Sie rollte die Schultern und streckte sich. »Wie spät ist es eigentlich? Es kommt mir viel ruhiger vor.«

Sacha sah auf seine Uhr. »Nach Mitternacht.«

In einem dunklen Park nicht weit vom Turm machten sie halt und setzten sich ins Gras, um die nächtlichen Lichter zu bestaunen. Gut fünfzehn Kilometer waren sie an diesem Tag gelaufen, rechnete Sacha nach. Taylor sah müde aus, und das war sie auch. Sie mussten sich ausruhen, aber hier, in diesem Park, konnten sie schlecht die ganze Nacht bleiben.

Das Viertel, in dem er wohnte, war nicht weit. In zehn Minuten hätten sie bei ihm zu Hause sein können, doch das schlug er ihr nicht vor.

Nur dass alle anderen Optionen ziemlich unerfreulich waren. Eine besetzte Bruchbude. Ein etwas geschützterer Park. Weder das eine noch das andere wollte er Taylor zumuten.

Von der Seine wehte eine kühle Brise herauf. In ihrem hauchdünnen Top begann Taylor zu frösteln.

Das gab den Ausschlag. Sie würden zu der besetzten Bruchbude gehen. Wenn sie leer war, ließ es sich dort auch aushalten. Und sie lag nur ein paar Minuten Fußweg entfernt. Wenigstens hätten sie dort ein Dach über dem Kopf.

»Wir sollten gehen«, sagte er. »Ich glaub, ich weiß einen Ort, wo wir keinen Ärger kriegen.«

Müde fuhr sie sich mit einer Hand über die Augen. »Ist es weit?«

»Nicht besonders, ich versprech's.«

Sie rappelten sich auf und machten sich auf den Weg durchs weiche Gras.

»Ist nicht gerade kuschelig«, versuchte er, sie vorzubereiten, »aber normalerweise ist da kein Mensch, und besser als im Gras schlafen ist es allemal ...«

In diesem Augenblick lösten sich zwei Schatten aus dem Dunkel vor ihnen. Einer groß und massig, der andere klein und schmal.

»*Merde*«, sagte der Kleine. »Wen haben wir denn da?«

Sacha gefror das Blut in den Adern.

»Das ist doch dieser Junge«, sagte der Große, der Sacha jetzt auch erblickt hatte.

»Geht nicht«, antwortete der Kleine. »Der ist hinüber. Du hast ihn doch kaltgemacht, schon vergessen?«

Es waren die beiden Ganoven aus dem Keller – die Typen, die ihm ins Gesicht geschossen hatten. Was zum Teufel hatten die hier verloren? Wie hatten sie ihn gefunden?

Das hier war sein Viertel – hatte Antoine ihnen etwa gesteckt, wo er lebte?

»Sacha ...«, flüsterte Taylor, und er hörte die Sorge in ihrer Stimme.

Das war eine üble Situation. Taylor und diese Kerle am gleichen Ort, das durfte nicht sein.

»Hey.« Sacha wich einen Schritt zurück und zog Taylor näher an sich. »Ihr müsst mich verwechseln. Ich kenn euch nicht.«

»Jungchen.« Ohne ihn aus den Augen zu lassen, zog der Kleine eine Packung Zigaretten aus der Tasche. »Hat dir schon mal einer gesagt, was für'n erbärmlicher Lügner du bist?«

Das Feuerzeug flackerte auf und zeigte eine spitze Nase, ein ebensolches Kinn und kleine, flinke Augen.

Sachas Herz begann zu rasen. Er musste sich unbedingt was einfallen lassen.
»Hör zu«, sagte er und änderte die Taktik. »Ich hab keinem erzählt, was an dem Abend passiert ist. Ich habe kein Problem mit euch. Also warum lasst ihr uns nicht einfach in Ruhe?«
Taylor sagte nichts, doch sie hielt seine Hand fest umklammert.
Der Kleinere warf einen gelangweilten Blick in ihre Richtung.
»Nette Tussi«, sagte er. »Wie kriegt 'n Loser wie du so 'n Mädchen rum?«
»Spar dir die blöden Bemerkungen.« Sachas Furcht wich zunehmend einer kalten, abgeklärten Wut. Er musste Taylor hier wegschaffen, alles andere war jetzt unwichtig.
Und wenn das hier überstanden wäre, würde er sich Antoine vorknöpfen.
»Ganz schön große Klappe«, sagte der Kleinere. »Hat dich letztes Mal schon um Kopf und Kragen gebracht.«
»Soll ich ihn noch mal kaltmachen?« Der Riese trat eifrig vor.
Sacha hielt Ausschau nach einer Pistole, doch diesmal waren die wurstigen Finger des Mannes leer.
»Hab 'ne bessere Idee«, antwortete der Kleine. Mit der Zigarette deutete er auf Taylor, man sah die rote Glut in der Dunkelheit glimmen. »Wir killen die Kleine. Vielleicht hat die ja mehr Talent zum Sterben.«
»Fasst sie ja nicht an«, knurrte Sacha. »Ihr könnt froh sein, dass ihr letztes Mal davongekommen seid. Ein zweites Mal wird es nicht geben, verstanden?«
»Dich hat keiner gefragt«, sagte der Kleine grob und wandte sich an seinen Kumpel. »Schnapp sie dir.«
Für einen so großen Menschen bewegte sich der Kerl erstaun-

lich schnell. Blitzschnell stand er vor ihnen, packte Taylor brutal und zerrte sie mit sich. Verzweifelt klammerte sie sich an Sacha, doch der Bullige war zu stark.

Ihr entsetzter Schrei zerriss die Luft.

»Taylor!« Sacha hastete hinterher.

Am anderen Ufer erlosch in diesem Moment die Beleuchtung des Eiffelturms und tauchte den Park in völlige Dunkelheit.

Nur noch Schemen waren zu erkennen. Sacha konnte nur erahnen, wie Taylor sich gegen den Griff des großen Mannes wehrte, ihr blondes Haar schimmerte in der Finsternis. Doch ehe er bei ihr war, packte ihn der Kleinere am Arm. Er war stärker, als er aussah, und grub seine Finger so tief in Sachas Fleisch, dass der nicht mehr loskam. Im Licht des Mondes blitzte eine Messerklinge auf.

»Wenn man nicht alles selbst erledigt …«, murmelte der Schmächtige.

Dann stieß er Sacha das Messer in den Bauch.

21

»Nein!« Mit blankem Entsetzen musste Taylor alles mit ansehen, während sie vergeblich versuchte, sich aus der Umklammerung des bulligen Kerls zu befreien.

Es passierte so schnell – wie in einem überdrehten Film. Absolut unwirklich.

Sie sah, wie Sacha langsam in sich zusammensackte und fast anmutig zu Boden glitt, wo er reglos im Gras liegen blieb.

Er darf nicht tot sein, bitte, er darf nicht tot sein. Sie wollte schreien, doch ihre Kehle war wie zugeschnürt, nicht ein Ton kam heraus.

»Und nun zu dir, *petite fille*.«

Der Kleine ging mit dem Messer auf Taylor los und packte ihren Arm. Sie sah, dass Blut an seiner Hand klebte.

Und plötzlich, aus den Urtiefen ihrer Seele, überkam sie unbändiger Zorn. Der Boden begann zu beben, als wollte er ihr zu Hilfe eilen.

Ihre Hände brannten wie Feuer.

»Wag es nicht, mich anzurühren!« Sie erkannte ihre eigene Stimme nicht. Fremd klang sie, scharf und eiskalt.

»Ach, eine Englän ...«, sagte der Mann überrascht. Weiter kam

er nicht. Taylors Arm schnellte vor, die Handfläche nach außen gerichtet.
Eine ungeheure Energie durchflutete sie. Sie schien aus dem Boden, dem Gras unter ihren Füßen zu kommen, schlang sich wie Tentakel um ihre Beine, kroch hinauf bis in ihre Arme und verlieh ihr eine nie gekannte Kraft.
Wie von einem Tornado wurde der Kleine gepackt und in hohem Bogen durch die Luft geschleudert – ein winziger, zerbrechlicher Spielball der Elemente. Nach kurzem Flug krachte er donnernd gegen einen Baumstamm, glitt zu Boden und rührte sich nicht mehr.
»Was zur Hölle …?«
Dem Großen fiel die Kinnlade runter, doch er lockerte seinen Klammergriff nicht.
»Lass mich los!«, befahl Taylor, und er ließ sofort von ihr ab. Sein verwirrter Gesichtsausdruck erinnerte sie unangenehm an Tom, doch das war jetzt egal. Alles war egal. Außer Sacha.
»Und jetzt hau ab.«
Der Große kam einen Schritt näher.
»Da lang.« Mit den Fingern schnippte sie in Richtung Straße.
Er sah sie verdutzt an, gehorchte aber, drehte sich um und stolperte los. Langsam zuerst, dann immer schneller rannte er über den Rasen davon, bis die Dunkelheit ihn schluckte.
In der Ferne hörte Taylor Bremsen quietschen. Dann einen Schrei. Doch es interessierte sie nicht. Alles unwichtig.
Benommen rannte sie zu der Stelle, wo Sacha zusammengebrochen war. Das Gras unter ihr war plötzlich wieder nur normales Gras. Sie fiel neben Sacha auf die Knie und streckte zitternd die Hand nach ihm aus.

Seine Augen waren geschlossen, sein Atem kam stoßweise.
»Oh Gott, Sacha«, flüsterte sie, starr vor Angst. »Alles ist gut. Alles ist gut.«
Sie wusste selbst nicht, warum sie das sagte, denn es war überhaupt nichts gut. Vor lauter Angst konnte sie nicht mehr klar denken.
Sie spürte etwas Feuchtes, Warmes am Bein. Es dauerte, bis sie begriff, dass Sachas Blut ihre Kleider durchtränkte.
Ihr wurde übel, doch sie riss sich zusammen.
»Sacha«, flüsterte sie und zog ihn an sich.
Er röchelte leise. Seine Lippen bewegten sich, als versuchte er, etwas zu sagen. Taylor legte ihr Ohr ganz nah an seinen Mund.
»Wie zum Teufel …«, flüsterte er keuchend, »hast du das gemacht?«
Und dann starb er in ihren Armen.

***

»Sacha, nein!« Taylor klammerte sich an seinen leblosen Körper. »Du darfst nicht sterben!«
Panik schnürte ihr die Kehle zu.
Den Puls. Fühl seinen Puls, befahl sie sich hektisch.
Sie zitterte so heftig, dass ihre Zähne klapperten. Ihre Finger waren eiskalt, sie musste sich zwingen, sie an sein Handgelenk zu legen. Und dann fühlte sie – nichts.
Nicht das leiseste Anzeichen, dass sein Herz noch Blut durch seine Adern pumpte. Dass noch Leben in ihm war.
»Sacha, bitte atme.«
Wieder legte sie ihr Ohr an seine kühlen Lippen. »Du musst atmen. *Bitte.*«

Sie spürte nicht den geringsten Hauch.

Er war tot.

Taylor war wie versteinert. Zu entsetzt, um nach Hilfe zu schreien.

Reglos saß sie im Dunkeln auf der kalten Erde, mit dem schönen, toten Körper in den Armen.

Sie hatte jegliches Zeitgefühl verloren. Sie saß einfach nur da, wiegte Sachas Körper hin und her und ließ die Tränen fließen.

Was soll ich jetzt bloß machen?

Und irgendwann begriff sie. *Das* war der Grund, warum sie nicht zusammen sein durften. Warum diese Männer vor seiner Tür ihn gewarnt hatten, er solle sich von ihr fernhalten.

Sie hatten es gewusst.

Doch jetzt war es zu spät. Für immer zu spät.

Sie hoffte, irgendjemand würde vorbeikommen. Jemand, der nicht gerade einen Freund hatte sterben sehen und der noch klar denken konnte. Aber es war weit nach Mitternacht. Die Stadt schlief. Niemand kam.

Und dann mitten in die Totenstille hinein, atmete Sacha plötzlich ein.

Zuerst glaubte Taylor, sie sei eingeschlafen und hätte geträumt, doch dann schnappte er keuchend noch einmal nach Luft.

Ungläubig blickte Taylor hinunter auf den Körper in ihren Armen. Sah, wie er sich von Kopf bis Fuß anspannte und dann aufbäumte, als hätte ihm jemand einen Elektroschock verpasst. Sie war starr vor Schreck.

Und dann riss Sacha die Augen auf.

Taylor schrie, stieß ihn von sich und machte einen Satz rückwärts. Sacha blieb auf dem Rücken liegen.

»*Merde*«, hörte sie ihn murmeln. »Das hat echt wehgetan.«
Er sah blass aus, ansonsten aber quicklebendig. Als wäre nichts gewesen.
Taylors Herz raste wie verrückt.
Das ist absolut unmöglich!
Ihre Blicke trafen sich. Sacha schien erst verwirrt und dann genauso entsetzt wie Taylor.
Ehe er etwas sagen konnte, wurde sein Körper erneut von Krämpfen geschüttelt.
»Keine Angst«, stieß er mit schmerzverzerrtem Gesicht hervor, während sich seine Finger in die weiche Erde krallten.
»Ich bin's wirklich. Ich bin … kein Zombie oder so. *Putain.* Sorry … aber das tut verdammt weh. *Merde.*«
Er krümmte und wand sich vor Schmerzen. Irgendwann war es vorbei, und er setzte sich auf. Mit dem Handrücken wischte er sich den Schweiß von der Stirn. Seine Finger hinterließen blutige Schlieren.
Taylor hatte sich die ganze Zeit nicht gerührt. In sicherem Abstand hockte sie im Gras und starrte ihn an, als wäre er ein Geist. Was ja auch irgendwie stimmte.
»Wird mit jedem Mal schlimmer«, erklärte er. Das schweißnasse Haar klebte an seiner Stirn. »Wie lange war ich weg?«
Taylor öffnete den Mund, doch kein Laut kam heraus. Sie brauchte mehrere Anläufe, ehe es ihr gelang, Worte zu formen.
»Ich weiß es nicht«, flüsterte sie schließlich.
»Vermutlich eine ganze Weile«, mutmaßte Sacha. »Es dauert jedes Mal länger.«
»Was dauert länger?«, fragte Taylor matt. Doch sie befürchtete, die Antwort bereits zu kennen.

Sacha sah ihr direkt in die Augen. »Der Tod.«
Es gab nichts, was Taylor darauf erwidern konnte. Absolut nichts.
Vielleicht bin ich auch tot, dachte sie, *und das hier ist ein total abgefahrenes Jenseits.*
Sie fühlte sich elend und war so durchgefroren, dass sie am ganzen Körper bebte.
»Du fragst dich jetzt bestimmt, was hier abgeht«, bemerkte Sacha scheinbar leichthin, doch Taylor sah, dass seine Hände zitterten, als er sich durchs Haar fuhr.
Sie nickte stumm.
Sie hätte am liebsten wieder geweint. Geweint und nie mehr aufgehört. Stattdessen hockte sie nur da und wartete.
»Weißt du noch, wie du mich vorhin am Louvre nach meinem Vater gefragt hast?«
»Klar.«
Da war die Welt noch in Ordnung gewesen.
»Ich hab doch erzählt, dass es da so eine Art Krankheit in unserer Familie gibt und dass mein Vater und dein Großvater versucht haben, ein Mittel dagegen zu finden …«
Taylor nickte.
»Das hier ist die Krankheit, die ich meinte.«
Er blickte hinunter auf seinen Bauch und steckte einen Finger durch das Loch, das das Messer in seinem T-Shirt hinterlassen hatte.
»Diese Schweine. Schon wieder ein cooles Shirt ruiniert.«
Taylor starrte ihn ungläubig an. Am liebsten wäre sie weggerannt, doch sie klebte förmlich am Boden fest.
Sacha schien ihren Schrecken zu bemerken.

»Hey, alles in Ordnung bei dir?«, fragte er sanft.

Ihre Lippen zitterten, und sie schüttelte den Kopf.

»Nein«, sagte sie kläglich.

»Dachte ich mir.«

Er streckte den Arm nach ihr aus. An seiner Hand klebte Blut.

Taylor wich zurück. »Lass mich.«

Sacha hockte sich wieder hin. »Hey, Taylor. Ich bin's wirklich. Sacha. Ich bin kein Geist. Du brauchst keine Angst vor mir zu haben.«

Eine Träne kullerte ihre Wange hinunter.

»Du warst *tot*, Sacha. Du hattest keinen Puls. Du hast nicht mehr geatmet.« Ihre Stimme bebte. »Und zwar ziemlich lange nicht.«

»Und du warst ganz allein«, sagte er mitfühlend. »Das tut mir leid, Taylor, ehrlich. Es muss schrecklich gewesen sein. Ich hätte dich vorwarnen sollen. Aber ich dachte, ich hätte mehr Zeit. Ich kann nichts dafür, dass diese Arschlöcher mich ständig umbringen, und …«

Er unterbrach sich. Offensichtlich war ihm etwas eingefallen.

»Warte mal. Bevor ich gestorben bin, da hast du irgendwas mit deinen Händen gemacht.« Er zeigte, was er meinte, indem er genau wie Taylor den Arm mit der nach außen gerichteten Handfläche vorstreckte. »Wie Superwoman. Du hast den blöden Zwerg durch die Luft geschleudert. Das hab ich doch nicht geträumt, oder?«

Verstohlen warf Taylor einen Seitenblick hinüber zu dem Baum, unter dem der schmächtige Kerl immer noch lag, reglos und alle viere von sich gestreckt.

»*Merde*«, sagte Sacha, als er ihrem Blick folgte. »Ist er tot?«

Taylor zuckte teilnahmslos die Schultern. »Weiß nicht.«
»Falls er tot ist, sollten wir hier besser verschwinden«, bemerkte Sacha sachlich. »Was ist mit dem anderen?«
Taylor deutete vage Richtung Parkausgang. »Ich glaube, ein Auto hat ihn angefahren«, sagte sie tonlos.
»Okay. Ganz ruhig. Du bleibst hier, und ich werd mal nachsehen, was mit dem kleinen Arschloch los ist. Ich hoffe, er ist tot. Wäre nur gerecht, immerhin haben die mich jetzt schon zweimal umgebracht.«
Noch etwas wackelig, rappelte er sich hoch und ging zu dem Baum. Die ersten Schritte waren holprig, doch bald kehrte die Elastizität in seine Beine zurück.
Alles wieder gut. Taylor beobachtete, wie er sich neben den reglosen Körper hockte, kurz das Handgelenk des Mannes packte und dann wieder fallen ließ.
»Er ist nicht tot«, sagte er enttäuscht.
Eigentlich hätte sie erleichtert sein sollen, dachte Taylor, doch sie empfand nichts. Als hätte sie all ihre Gefühle irgendwo tief vergraben und noch keine Zeit gehabt, sie wieder auszubuddeln.
Ihre Teilnahmslosigkeit schien Sacha zu beunruhigen. Er kniete sich neben sie.
»Taylor, *ma puce*, wir müssen hier weg. Und zwar schnell.« Er sprach leise, aber eindringlich. »Was, wenn jemand kommt? Wahrscheinlich ist er schwer verletzt und blutet wie Sau, genau wie ich. Ich habe keine Lust, den Rest der Nacht auf einer Polizeiwache zu hocken. Bitte vertrau mir.« Er streckte ihr die Hand entgegen.
Unschlüssig starrte Taylor darauf, ehe sie sie schließlich ergriff.

Was immer heute Nacht in diesem Park geschehen war, was immer noch vor ihnen lag, in einem Punkt hatte er recht.
Sie mussten hier weg, und zwar schnell.

22

»Ich hoffe, du kannst mir verzeihen, dass ich dir nichts gesagt habe«, begann Sacha. »Ich hab noch nie mit jemandem darüber gesprochen.«

»Schon gut.« Taylor sah ihn ernst an. »Ich hab dir auch nicht alles erzählt.«

Sie waren zurück auf der Île de la Cité, wo sie abends am Kai gesessen hatten. Die tanzenden jungen Leute waren verschwunden.

Im fahlen Schein der Laternen bemerkte Sacha die Spuren der Tränen auf Taylors Wangen und die tiefen Ringe unter ihren Augen.

Immerhin hatte sie ihre Sprache wiedergefunden.

Sie waren durch das nächtliche Labyrinth der Pariser Gassen gelaufen, so weit wie möglich weg von dem Park, in dem Sacha gestorben war. An einem Brunnen machten sie halt, um sich das Blut abzuwaschen. Das Wasser, das aus dem Mund eines griechischen Gottes sprudelte, verwandelte sich zu seinen Füßen in eine rote Brühe.

Sachas T-Shirt starrte von geronnenem Blut, doch zum Glück verbarg die dunkle Farbe das wahre Ausmaß des Gemetzels.

Taylors Top dagegen war hoffnungslos ruiniert. Zum Wechseln hatte sie nichts dabei – sie war ja nur für einen Tag hergekommen. Schließlich zog sie es einfach verkehrt herum an, dann hatte sie den Schlamassel zumindest nicht die ganze Zeit vor Augen.

Jetzt war es kurz vor Tagesanbruch, und sie saßen am Ufer des Flusses, der noch im Dunkeln lag. Die Stadt war so still, als hielte sie in Erwartung des Sonnenaufgangs den Atem an.

»Du bist gestorben«, sagte Taylor leise. »Du warst tot.«

Jetzt wird's ernst, dachte Sacha. *Keine Geheimnisse mehr.*

»Ja, ich war tot.«

»Aber dann warst du plötzlich … wieder lebendig.«

»Was ich dir nicht gesagt habe«, begann Sacha zögerlich, »ist Folgendes: Ich kann nicht sterben … Jedenfalls nicht für lange.«

Taylor sah ihn entgeistert an.

»Das verstehe ich nicht. Wie ist das möglich?«

Sacha warf ihr einen verstohlenen Seitenblick zu. Sie sah zwar verwirrt aus, aber nicht abgestoßen oder völlig entsetzt. *Wenigstens etwas.*

»Ich kann nur erzählen, was ich von anderen gehört habe. Vor langer Zeit ist irgendwas passiert in meiner Familie. Wir nennen es den Fluch, aber eigentlich wissen wir nicht genau, was es ist. Jeder erstgeborene Sohn einer Generation in meiner Familie väterlicherseits muss an seinem achtzehnten Geburtstag sterben. Und bis zu diesem Tag ist er sozusagen unsterblich. Wird er verletzt oder getötet, erholt er sich nach kurzer Zeit wieder und lebt einfach weiter. Klingt verrückt, ist aber so. Du hast es ja selbst gesehen.«

Jetzt war es raus. Er hatte es ausgesprochen, zum allerersten Mal,

hatte Taylor sein Innerstes gezeigt. Nun fühlte er sich nackt und verletzlich.
Nervös beäugte er sie, suchte nach Anzeichen von Panik, doch Taylor schien lediglich damit beschäftigt, die Information zu verarbeiten. Als wäre es gar nichts Besonderes.
»Wenn es was Genetisches wäre«, murmelte sie, »würde es auch Töchter und zweitgeborene Söhne treffen, das kann es also nicht sein.« Sie sah Sacha an. »Und vor dir gab es schon andere Jungen wie dich?«
Er nickte.
»Mein Vater hat sein Leben lang darüber Nachforschungen angestellt. Ich habe seine Aufzeichnungen entdeckt – da bin ich übrigens auch auf den Namen deines Großvaters gestoßen. Mein Vater hat wohl Beweise gefunden, dass es noch andere gegeben hat. Alle sind an ihrem achtzehnten Geburtstag gestorben.«
Taylor sah ihm in die Augen. »Glaubst du, dass du auch an deinem achtzehnten Geburtstag sterben musst?«
So direkt hatte ihn das noch niemand gefragt, doch Sacha zögerte nicht. Es war die Wahrheit, er musste ihr ins Gesicht sehen.
»Ja.«
Bestimmt sagt sie jetzt, das ist absurd. Oder dass sie nichts mehr mit mir zu tun haben will …
»Dann müssen wir etwas dagegen unternehmen«, sagte Taylor entschlossen.
Sacha wusste nicht, was er erwidern sollte. Gerade erst hatte er ihr erzählt, dass sein Vater ein ganzes Leben lang vergeblich versucht hatte, das tödliche Rätsel zu entschlüsseln. Und trotzdem wollte sie es versuchen.

Ihm wurde plötzlich warm ums Herz. Es war so verdammt lang her, dass er geglaubt hatte, er hätte vielleicht tatsächlich eine Chance. Er hatte vergessen, wie es sich anfühlte, Hoffnung zu haben.

Taylor wirkte nachdenklich, als wäre sie schon dabei, Pläne zu schmieden und nach einer Lösung zu suchen.

So weit war Sacha aber noch nicht. Erst musste er sie unbedingt noch etwas fragen.

»Bevor ich … gestorben bin«, sagte er, »da hast du was mit diesen Kerlen angestellt. Also, mit dem Zwerg. Er ist durch die Luft geflogen, ich hab's gesehen.«

Taylor sagte lange Zeit nichts, sondern starrte hinaus in die Dunkelheit.

»Ich …«, begann sie schließlich stockend. »Ich hab so eine besondere Fähigkeit. Ich verstehe es selbst nicht wirklich, weil … eigentlich glaube ich nicht an so was, verstehst du? Aber … es passiert einfach, wie von selbst.« Sie überlegte, wie sie es am besten erklären sollte. »Mein Großvater sagt, ich hätte es geerbt. Dass er auch so sei wie ich. Anscheinend liegt es in der Familie, genau wie bei dir.«

Sacha rief sich die Szene noch einmal ins Gedächtnis.

»Was sind das für Fähigkeiten? Irgendwelche Superkräfte?«

»Nicht direkt. Angeblich ist es eine Wissenschaft … aber ganz schön schräg, wenn du mich fragst. Man bewegt Moleküle. Man zapft die Energie von irgendwelchen Dingen an und benutzt sie für was anderes. Also, zum Beispiel könnte man die Energie des Wassers da vorn benutzen, um ein Feuer zu entfachen.«

Sie streckte die Hand aus, und Sacha erwartete fast, eine Flamme aus ihrer Handfläche schießen zu sehen. Doch nichts geschah.

Taylor ballte die Hand zur Faust und ließ sie sinken.
»Mein Problem ist nur, dass ich das Ganze nicht kontrollieren kann. In letzter Zeit hab ein paarmal einen Kurzschluss verursacht, bloß weil ich schlecht drauf war.« Sie sah ihn an, und ein Schatten huschte über ihr Gesicht. »Und wenn ich mich fürchte oder richtig wütend werde, so wie letzte Nacht, dann … passieren schreckliche Dinge. Ich will das gar nicht, aber ich kann nichts dagegen tun. Als der Typ dich niedergestochen hat und dann auf mich losgehen wollte, bin ich einfach ausgerastet. An das, was dann passiert ist, erinnere ich mich nur verschwommen. Als wäre nicht ich diejenige gewesen, die das getan hat.« Sie schluckte. »Ich hab keine Ahnung, was mit dem anderen passiert ist. Vielleicht ist er tot.«
»Was hast du mit dem angestellt?«, fragte Sacha, der keinerlei Mitgefühl mit diesen Typen hatte.
»Keine Ahnung, ehrlich. Ich wollte nur, dass er verschwindet. So schnell und weit weg wie möglich. Na ja, und das ist er dann auch. Er ist gerannt und gerannt und gerannt.« Sie lehnte sich mit dem Rücken gegen das Geländer. »Und ich wusste nicht, wie ich ihn aufhalten soll, weil … ich es eigentlich auch gar nicht wollte.«
Sacha lachte kurz und bitter. Die Vorstellung, dass der fette Kerl rennen musste – vermutlich das erste Mal in seinem Leben –, schien ihn zu amüsieren.
Taylor blitzte ihn an. »Das ist nicht komisch. Es ist grauenhaft.«
»Ich weiß, ich weiß. Tut mir leid. Es ist nur …« Er lehnte sich neben sie. Noch nie war er jemandem begegnet, der genauso schräge Probleme hatte wie er selbst. Es hatte etwas Tröstliches.
»Na ja, das ist ein echt krasses Geheimnis.«

»Ich hasse es«, flüsterte Taylor. »Ich verstehe es nicht, und ich hasse es.«

Sacha sagte nichts. Er kannte das Gefühl allzu gut.

»Hattest du diese … Fähigkeiten schon immer?«

Taylor schüttelte den Kopf. »Noch nicht lange. Es hat damit angefangen, dass ich eine Anlage in die Luft gejagt habe. Und dann hat irgendjemand oder irgendwas … mich angegriffen, und das hat etwas in mir ausgelöst.«

Sacha zog die Brauen zusammen.

»Was ist passiert?«

Taylor erzählte ihm von dem unsichtbaren Würger. »Man kann die Male immer noch sehen«, sagte sie und legte den Kopf ein wenig in den Nacken.

Jetzt erkannte Sacha an ihrem zarten, schlanken Hals die letzten Spuren der Blutergüsse. Komisch, dass ihm das nicht schon früher aufgefallen war.

»Wer hat dir das angetan?«, fragte er wütend, selbst überrascht über seinen plötzlichen Beschützerinstinkt.

»Ich weiß es nicht. Ich hab versucht, mich zu wehren, aber da war irgendwie niemand. Als wäre, was immer es war, unsichtbar.«

Sacha sagte nichts, schaute aber eher skeptisch drein.

Taylor schoss das Blut in die Wangen.

»Das klingt verrückt, ich weiß. Aber mein Großvater sagt, es war real. Und er denkt, dass ich in Gefahr bin. Am Wochenende fahre ich zu ihm nach Oxford. Er will mir zeigen, wie ich diese … Kräfte nutzen kann, damit ich mich besser verteidigen kann.«

Sacha schwieg noch immer.

»Vertraust du deinem Großvater?«, fragte er schließlich.
Taylor zögerte eine Millisekunde. »Ja, tue ich«, sagte sie dann.
»Das ist gut. Aber sei trotzdem vorsichtig. Was mich angeht, ich traue zurzeit keinem.«
»Ich versprech's«, erwiderte Taylor. »Aber du musst auch auf dich aufpassen.«
»Mich bringt so schnell nichts um, weißt du doch«, versuchte er zu scherzen. Taylor lächelte nicht. Im Dämmerlicht sah Sacha ihren sorgenvollen Blick.
»Tut es noch weh?«, fragte sie und deutete auf seinen Bauch.
Sacha horchte in seinen Körper. Ein bisschen schmerzte es noch, doch er spürte, wie seine Zellen arbeiteten und sich Muskeln und Haut wieder zusammenfügten.
»Nur ein bisschen.«
Er rückte näher und hob sein Shirt, um ihr zu zeigen, dass kein Grund mehr zur Sorge bestand – die tiefe, klaffende Wunde war verschwunden.
Taylor starrte auf die Stelle, wo die Klinge eingedrungen war. Nur eine schmale rote Narbe war dort zu sehen. »Das gibt's doch gar nicht«, flüsterte sie und fuhr mit der Fingerspitze vorsichtig über die unversehrte Haut neben dem Einstich.
Bei der Berührung ging ein leises Zittern durch Sachas schlanken Bauch. Hastig zog Taylor ihre Hand zurück.
»Sorry«, murmelte sie und wurde rot.
Sacha nahm ihre Hand. »Alles in Ordnung. Hat nicht wehgetan.«
Sie war so nah, dass er die Wärme ihres Körpers spürte. Anstatt von ihm abzurücken, wie er befürchtet hatte, lehnte sie sich an ihn.

»Dich sterben zu sehen war das Schlimmste, was mir je passiert ist«, sagte sie leise.
Er legte die Arme um sie und zog sie an sich.
»Ich weiß«, sagte er.
»Ich bin so froh, dass du nicht tot bist.«
»Ich auch.« Ganz leicht berührte er mit den Lippen ihr Haar und atmete ihren Geruch ein.
Sie duftete nach Sonne und Zitronen.
Er hielt sie, bis er spürte, dass ihr Körper sich allmählich entspannte.
»Da fällt mir ein«, murmelte sie müde, »ich hab gar nicht gefragt, wann du achtzehn wirst.«
»In sieben Wochen.«
»Sieben Wochen?!« Sie hob den Kopf und sah ihm in die Augen. »Aber …«
»Ich weiß.« Er zog sie wieder an sich und legte den Kopf an ihre Schulter. »Wenn wir nicht bald was rausfinden, bin ich in neunundvierzig Tagen tot.«
Taylor brauchte eine Weile, ehe sie antwortete. »Wir finden das raus, Sacha.«
Aneinandergeschmiegt saßen sie da und schauten auf den Fluss, während die ersten Sonnenstrahlen den Himmel über ihnen in ein wunderschönes Rot tauchten und die kunstvoll verzierten Häuserfassaden von Paris langsam wieder aus dem Dunkel hervortraten.
Die lange Nacht war vorüber.

23

Mann, wie ich diesen Geruch hasse, dachte Sacha, als er mit Taylor durch die Schwingtüren die Schule betrat.

Der niedrige Ziegelbau roch stets nach Industriereiniger, Kantinenessen und verzweifelten Teenagern.

»Deine Schule ist ganz anders als meine.« Taylor sah sich neugierig um. »Die ist so … *europäisch*.«

Sacha wusste nicht so recht, was sie damit sagen wollte – gehörte England etwa nicht zu Europa?

Unglaublich, wie gelassen und fokussiert Taylor war.

Sobald die Läden geöffnet hatten, waren sie losgegangen und hatten sich neue Kleider gekauft. Sacha hatte darauf bestanden, dass er bezahlte.

»Ich hab genug Geld«, sagte er, als Taylor protestierte. »Und außerdem bin ich schuld, dass deine Klamotten im Eimer sind.«

Allerdings führte er sie nicht in einen x-beliebigen Laden, sondern in eine der teuren Boutiquen in der Nähe des Louvre.

Dreckig und müde, wie sie waren, hatte er befürchtet, die Angestellten könnten vielleicht die Polizei rufen, und sich schon eine Erklärung zurechtgelegt.

»Sie müssen unseren Aufzug entschuldigen«, sagte er gleich zu der Verkäuferin, die auf lebensgefährlich hohen Hacken angestelzt kam und sie pikiert musterte. »Wir haben die ganze Nacht hier um die Ecke gedreht, Sie haben das Filmteam ja bestimmt gesehen, und die Garderobe hat uns in diesen lächerlichen Kostümen sitzen gelassen.« Er deutete auf sein blutverschmiertes T-Shirt. »Aber damit können wir unmöglich nach Hause. Dieses Kunstblut ist einfach widerlich.«

Als das nicht zog, holte er ein dickes Bündel Banknoten aus der Tasche und wedelte damit vor ihrer Nase. »Geld spielt keine Rolle.«

Die Verkäuferin glotzte nur und brauchte eine Weile, um sich von dem Anblick zu erholen. Dann machte sie auf den hohen Absätzen kehrt und führte sie zu einem Ständer mit dunklen Kleidern.

»Ich denke, hier werden Sie etwas Passendes finden, Monsieur.«

Und so kam es, dass Taylor in einem kurzen schwarzen Rock und dunklem Top aus dem Laden spazierte. Ihre Wahl hatte ihn überrascht, die neuen Sachen waren viel gewagter als die, die sie bei ihrer Ankunft in Paris getragen hatte.

Sacha sah genauso aus wie vorher, nur in neu und sehr teuer: Jeans und schwarzes T-Shirt.

Sie behielten die neuen Sachen gleich an und stopften die alten an der nächsten Ecke in eine Mülltonne.

Taylor warf sogar ihre Sandalen weg und ersetzte sie durch robuste schwarze Halbstiefel.

»Ich brauche Schuhe, in denen ich laufen kann«, hatte sie erklärt. Doch Sacha hatte noch mehr dahinter vermutet. Es war eine Ansage: Das Leben ist gefährlich. Wer überleben will, muss tough sein.

Als sie in der Schule ankamen, war es später Vormittag. Der Unterricht dauerte noch an, und sie mussten vor Monsieur Deides Klassenraum auf die Pause warten. Hinter den geschlossenen Türen zu beiden Seiten des breiten Hauptflurs konnten sie die gedämpften Stimmen der Lehrer und ab und zu kurze Wortgefechte zwischen den Schülern hören.

Sacha musste sich Mühe geben, Taylor nicht dauernd anzustarren. Sie hatte ihr Haar zu einem Pferdeschwanz zurückgebunden, aus dem aber schon wieder ein paar Locken entwischt waren und ihr wild ins Gesicht fielen. Ihr goldenes Haar und die blasse Haut hoben sich scharf gegen das schwarze Top ab. Sie war wunderschön und sehr ernst.

Paris hatte sie verändert.

Es hatte sich so richtig angefühlt, sie in den Armen zu halten. Er hasste den Gedanken, dass sie in wenigen Stunden wieder in den Zug steigen würde und er allein zurückblieb.

Irgendwie waren sie miteinander verbunden, er konnte es spüren. Sie mussten nur herausfinden, wie.

Die kreischende Schulglocke schreckte sie auf.

Aus dem Klassenraum hörte man Deide letzte Anweisungen geben (»Und nicht vergessen: Morgen ist der letzte Abgabetermin für Ihre Hausarbeiten …«). Dann flogen die Türen auf, und die Schüler strömten heraus.

Ein paar warfen Sacha und Taylor neugierige Blicke zu, doch keiner sprach sie an.

Sacha bekam mit, wie ein paar von den Jungs Taylor anerkennende Blicke zuwarfen, doch sie schien es gar nicht zu bemerken.

Ihre Augen ruhten auf Sacha. Und warteten auf das Zeichen.

Als der Raum sich geleert hatte, nickte er.
Seite an Seite betraten sie den Klassenraum.
Monsieur Deide stand hinter seinem Pult und ordnete Papiere und Bücher zu ordentlichen Stapeln. Auf dem Whiteboard hinter ihm prangten die schriftlichen Überbleibsel des Englischunterrichts.
Die beiden bauten sich vor dem Lehrerpult auf. Deide blickte auf und hob überrascht die Braue, als er Sacha erkannte, doch weiter ließ er sich nichts anmerken.
»Hallo, Sacha, wie geht's denn? Du warst mal wieder nicht im Unterricht, sehr schade.«
»Hatte zu tun«, sagte Sacha kurz angebunden.
Deides Blick wanderte zu Taylor. »Und wen haben wir hier?« Er musterte sie durch seine Brille. »Ich glaube nicht, dass du hier Schülerin bist, habe ich recht?«
»Bonjour, Monsieur«, sagte Taylor. *»Je m'appelle Taylor Montclair.«*
Deide erbleichte.
»Non«, flüsterte er erschrocken und wich unwillkürlich einen Schritt zurück. »Das geht nicht. Du darfst nicht hier sein.«
»Ist sie aber.« Sacha rückte näher an Taylor heran. »Weil wir beide endlich wissen wollen, was zum Teufel hier gespielt wird.«
Auf Deides Stirn bildeten sich kleine Schweißperlen.
»Gütiger Himmel, Sacha … Was hast du getan?«
Sacha und Taylor wechselten einen besorgten Blick. Auf eine heftige Reaktion waren sie gefasst gewesen … aber darauf nicht.
»Wir wollen Antworten«, sagte Sacha. »Und wir werden nicht eher gehen, bis wir sie bekommen.«
Deide schien ihm nicht zuzuhören. »Sie muss sofort von hier

weg«, sagte er in schnellem Französisch zu Sacha. »Sie darf nicht hier in der Schule sein. Sie darf überhaupt nicht in Paris sein. Sie muss nach Hause. Sofort. Was du getan hast, ist sehr gefährlich – für sie.« Er deutete auf Taylor. »Und für dich.«

Sacha musterte ihn eingehend. Spielte Deide ihnen was vor? Nein, seine Angst schien echt.

»Sie müssen uns mehr sagen, Monsieur Deide«, sagte Taylor. »Wir verstehen nicht, was das alles zu bedeuten hat. Irgendwer versucht, uns umzubringen. Und wer sind Sie? Arbeiten Sie für meinen Großvater?«

Deide zögerte. »Nicht ganz«, sagte er schließlich. »Aber wir arbeiten für dieselbe Sache.«

Sie hatten also recht, es gab eine Verbindung.

»Warum wollten Sie, dass Taylor und ich uns begegnen?«, fragte Sacha mit Nachdruck. »Was wissen Sie?«

Durch die offen stehende Tür drang der Lärm vom Flur herein, wo die Schüler auf dem Weg zur nächsten Unterrichtsstunde waren. Deide ging hin und machte sie entschlossen zu.

Als er wieder vor ihnen an seinem Pult stand, setzte er die Brille ab und schob sie in seine Hemdtasche.

»Ich werde euch sagen, was ich weiß«, begann er, und zu Taylor gewandt fuhr er fort: »Aber du musst unbedingt zurück nach England. Es tut mir leid, das so drastisch sagen zu müssen, aber hier gibt es Leute, die es auf dich abgesehen haben. Sehr gefährliche Leute.«

Taylor zuckte nicht mit der Wimper. »In England gibt es auch Leute, die es auf mich abgesehen haben.«

Der Gesichtsausdruck des Lehrers wurde milder.

»Ich weiß. Und es tut mir sehr leid. Wir leben in gefährlichen

Zeiten.« Er sah zwischen ihnen hin und her. »Ich entschuldige mich für das Theater mit der Nachhilfe, doch ich hoffe, ihr versteht, dass es nötig war. Euch zusammenzubringen war sozusagen eine Art … Experiment.«

»Experiment?« Taylor runzelte die Stirn. »Was soll das heißen?«

Deide blickte zu Sacha. »Wir glauben, dass Taylor dir in deiner … Situation helfen kann.«

Sachas Herz geriet ins Stocken.

»Welche Situation?«, fragte er kühl. »Und wer ist ›wir‹?«

»Ich weiß über den Fluch Bescheid, Sacha«, sagte Deide leise. »Ich habe deinen Vater gekannt. Und in den letzten fünf Jahren habe ich, so gut es ging, versucht, dir zu helfen …«

Sachas Brustkorb schien plötzlich zu eng für seine Lungen. »Sie haben meinen Vater gekannt?«

Deide nickte. »Wir haben zusammengearbeitet, bis zu seinem Tod. Ich gehöre einer Art … Organisation an – der gleichen wie dein Großvater in Oxford«, sagte er mit einem kurzen Blick zu Taylor. »Wir alle haben gemeinsam mit Adam versucht, etwas über das, was mit dir geschieht, herauszufinden, Sacha. Und nach seinem Tod habe ich angeboten, hier an der Schule zu arbeiten, um ein Auge auf dich zu haben.«

Sacha überlegte nicht, es brach einfach aus ihm heraus. Er packte seinen Lehrer beim Kragen und knöpfte ihn sich vor.

»Sie lügen«, zischte er. »Mein Vater hat Sie nie erwähnt. Meine Mutter hat Sie nie erwähnt. Also kommen Sie mir nicht mit so ’nem Schwachsinn!«

»Sacha …«, mahnte Taylor, doch er achtete nicht auf sie.

Deide wirkte in keiner Weise eingeschüchtert. Die Hände lose an den Seiten, sah er Sacha unverwandt an.

»Sacha, was ich sage, ist die Wahrheit. Ich habe deinen Vater gekannt. Er war ein guter Mann. Ein Freund. Er war überzeugt, dass es einen Weg gibt, deinen Tod zu verhindern. Und ich glaube, er hatte recht.«

In seiner Miene verbarg sich keine Falschheit. Er wirkte vollkommen aufrichtig.

Sacha lockerte den Griff.

Plötzlich richtete sich seine unmäßige Wut gegen seinen Vater. *Warum hat er nicht mit mir geredet! Wenigstens irgendeinen Hinweis hätte er hinterlassen können. Stattdessen hat er irgendwelchen Wildfremden seine Geheimnisse anvertraut!*

Der Lehrer trat einen Schritt zurück und zog sich das Hemd glatt. Taylor trat zu ihm. »Monsieur Deide«, sagte sie, »bitte sagen Sie uns alles, was Sie wissen. Sind Sie so jemand wie mein Großvater? Wie *ich*? Haben Sie auch irgendwelche ... Kräfte?«

Der Lehrer sah sie mit unverhohlener Neugier an. »Ich denke schon, auch wenn ich nicht annähernd die Fähigkeiten eines Aldrich Montclair besitze.« Den Namen sprach er mit Hochachtung aus. »Haben sich denn Ihre Fähigkeiten ... manifestiert?«

Taylor verzog das Gesicht. »Ein bisschen. Aber es läuft nicht besonders. Na ja, ich ... jage Dinge in die Luft, ohne es zu wollen.«

»Das ist normal«, antwortete Deide. »Mit ein bisschen Übung wird sich das legen.«

»Hoffentlich.« Taylor lehnte sich neben Sacha an einen Tisch. »Warum wollten Sie eigentlich, dass Sacha und ich uns begegnen? Was sollte da passieren? Wie kann ich ihm helfen?«

Die Schulglocke läutete erneut. Draußen auf den Fluren wurde es langsam still.

Deide hievte sich ihnen gegenüber auf sein Pult.

»Leider wissen wir darüber immer noch viel zu wenig«, gestand er ein. »Eins aber wissen wir immerhin, nämlich dass der Fluch über Sachas Familie von einer Schwarzmagierin ausgesprochen wurde.« Er sah Taylor an. »Einer Frau, die ähnliche Kräfte hat wie du und ich, die aber mit den dunklen Künsten herumexperimentiert und dämonische Praktiken angewandt hat, um zusätzliche Macht zu erlangen.«

»Dämonisch?«, flüsterte Taylor.

Das würde zumindest die Typen vor unserer Tür erklären, dachte Sacha und unterdrückte ein Zittern.

»Wir glauben, dass der Fluch über Sachas Familie im siebzehnten Jahrhundert ausgesprochen wurde«, fuhr Deide fort. »Die zeitgenössischen Aufzeichnungen darüber sind sehr dürftig, aber anhand von Erwähnungen in späteren Texten konnten wir Zeit und Ort bestimmen.« Er bezog Sacha in seinen Blick ein. »Der moderne Skeptizismus erschwerte es uns, zu begreifen – geschweige denn zu akzeptieren –, was da am Werke ist. Heutzutage tut man diese alte Glaubenswelt einfach als Legenden ab, als blühende Phantasie, und schreibt das immer Wiederkehrende dem Zufall zu. Doch dein Vater war ein hervorragender Forscher, Sacha. Er hat sich eingehend in dieses Thema eingearbeitet. Über mehrere Jahrhunderte hat er die Tode der erstgeborenen Jungen in eurer Familie nachrecherchiert. Was er herausfand, war schwer zu widerlegen – immer das gleiche Muster, immer der Tod am achtzehnten Geburtstag. Jedes Mal. Das konnte kein Zufall sein. Kein Hirngespinst.«

Eine Weile sagte er nichts. »Eins wäre da noch«, fuhr er dann fort. »Nach allem, was wir zusammengetragen haben, sieht es so aus, als wäre Sacha der dreizehnte Winters-Junge, dem dieses

Schicksal droht. Und wenn die Aufzeichnungen korrekt sind … dann ist der dreizehnte der letzte.« Er blickte Sacha in die Augen. »Mit dir endet der Fluch.«
Sacha war, als hätte ihn jemand in die Magengrube geboxt.
Ich bin der letzte?!
Nur ein einziger weiterer toter Junge in den vielen Hundert Jahren vor ihm, und er hätte mit alldem nichts mehr zu tun?
Das Schicksal ist echt ein mieser Verräter.
»Aber was besagt der Fluch genau?«, fragte Taylor.
»Genau das bereitet uns großes Kopfzerbrechen: der Wortlaut.« Deide wich Sachas Blick aus. »Seit langer Zeit hat sich niemand mit dieser dunklen Magie beschäftigt, darum sind wir nicht ganz sicher, wie die Worte auszulegen sind. Das Wissen darüber, wie sie funktioniert, ist über die Zeiten verloren gegangen. Doch wenn wir die Schriften richtig interpretieren, dann wird, falls wir Sachas Tod nicht verhindern können, etwas ausgelöst werden. Etwas Schreckliches, Verheerendes.« Obwohl er leise sprach, hallte das Wort in der Stille des Klassenzimmers. »Der Fluch ist nicht nur darauf angelegt, eine einzige Familie zu treffen. Vielmehr soll er die ganze Welt strafen.«
Sacha schluckte schwer.
»Und was genau wird passieren?«, fragte Taylor.
»Wir glauben, ein mächtiges Dämonenreich wird entfesselt werden, das die Welt für immer verändert.«
Sie starrten ihn an.
»Wie bitte? *Echte* Dämonen?« Sacha blinzelte. »Wie im Fernsehen? Die gibt's wirklich?«
»Nicht wie im Fernsehen.« Der Lehrer machte ein düsteres Gesicht. »Viel, viel schlimmer, wenn man den alten Schriften

glauben darf. Vielleicht kann man es sich am ehesten wie einen Atomkrieg vorstellen. Wir sprechen hier nicht von kleinen Teufelchen mit Hörnern, Sacha. Es geht um die pure Zerstörung.«

Sacha suchte in Deides Gesicht nach Anzeichen, dass das alles nur ein hyperschräger Scherz war, doch die Miene des Lehrers war todernst.

Wie konnte das sein? Was er da beschrieb, war völlig irre.

»Ich verstehe es immer noch nicht. Was hat Taylor mit dem Ganzen zu tun?«, fragte Sacha. »Wieso habt ihr sie da mit reingezogen?«

Deide sah zwischen beiden hin und her, und in seinem Blick lag tiefes Bedauern.

»Sacha«, sagte er, »du bist der dreizehnte erstgeborene Nachkomme eines Mannes, der im siebzehnten Jahrhundert von einer Schwarzmagierin verflucht wurde.« Er wandte sich an Taylor. »Und Sie, Miss Montclair, sind die dreizehnte erstgeborene Nachkommin jener Frau, die diesen Mann vor vielen Hundert Jahren verfluchte – in dem Moment, da er sie tötete.«

Taylor gab einen leisen Laut von sich. Aus ihrem Gesicht wich alle Farbe.

»Wenn es so ist, wie wir glauben – was ich inständig hoffe«, fuhr Deide fort, »dann ist Taylor der einzige Mensch auf diesem Planeten, der dir das Leben retten kann, Sacha.«

24

Von Paris nach London brauchte der Zug etwas länger als zwei Stunden. Jede Minute der Fahrt hatte Taylor Sachas Gesicht vor Augen. Sie sah seinen Gesichtsausdruck vor sich, als Monsieur Deide ihnen eröffnet hatte, wer sie beide wirklich waren. Wer sie, Taylor, wirklich war.

Pures Entsetzen hatte sie darin gesehen.

Während die flache französische Landschaft im Tunnel verschwand und bald darauf von den englischen Hügeln ersetzt wurde, versuchte sie zu verarbeiten, was sie erfahren hatte.

Nachdem er die Bombe hatte platzen lassen, hatte Deide ihnen erklärt, warum sie sich hatten begegnen müssen.

»Damit sich der Fluch erfüllt, braucht er menschliches Blut. Und da die Sache mit euren Vorfahren zu tun hat, gibt es nur einen Menschen, der verhindern kann, dass Sacha durch diesen Fluch getötet wird, und das bist du, Taylor.«

»Und was muss ich tun?«, hatte sie gefragt, während Sacha beharrlich geschwiegen hatte. »Ich mache alles.«

Doch Deides Antwort war eine Enttäuschung gewesen.

»Genau das ist das Problem«, hatte er geantwortet »Wir wissen es noch nicht. Es geht hier um sehr alte Kräfte. Uralte Praktiken. Kein heute lebender Mensch kennt sich mehr damit aus.« Als er Taylors Gesichtsausdruck bemerkte, fügte er hinzu: »Aber wir lassen nicht locker. Wir werden es herausfinden. Mit deiner Hilfe.«

Nachdem sie Deides Klassenraum verlassen hatten, waren Taylor und Sacha schweigend zur Metro-Station gegangen. In der U-Bahn hatten sie Abstand voneinander gehalten, und keiner hatte den anderen angesehen.

Im Gare du Nord hatten sie noch eine Weile auf der oberen Galerie gestanden und auf die Menschenmengen in der Haupthalle hinuntergeblickt, die zu den Zügen geeilt waren oder sich mit Küssen und Umarmungen verabschiedet hatten.

Wie normal deren Leben ist, hatte Taylor trübsinnig gedacht. *Die haben ja keine Ahnung.*

Es waren die längsten vierundzwanzig Stunden ihres Lebens gewesen. Jetzt konnte sie sich kaum noch vorstellen, wie sie einen Tag zuvor, noch ganz aus dem Häuschen wegen der heimlichen Reise nach Paris, durch Woodbury spaziert war. Ohne die geringste Ahnung, was sie erwartete.

»Es tut mir so leid«, hatte sie schließlich das Schweigen gebrochen.

Sacha hatte sie angesehen. In den schwarzen Gläsern seiner Sonnenbrille hatte sich ihr Gesicht gespiegelt. »Was tut dir leid?«

»Dass ich bin, wer ich bin«, hatte sie mit zitternder Stimme gesagt. »Denn wenn es stimmt, dass meine Familie daran schuld ist, dass du sterben musst …«

Sacha hatte sie nicht ausreden lassen. Er hatte die Brille abgezogen, nach ihren Händen gegriffen und sie an sich gezogen, bis sie

so nah war, dass sie die Wärme seiner Haut spürte, die Goldtupfer in seinen meerblauen Augen sah.
»Taylor, du bist nicht die, die mir das angetan hat«, sagte er leise, doch mit Leidenschaft. »Du bist die, die mich retten wird. Vergiss das nicht.« Er hatte ihre Hand zum Mund gehoben und einen zarten Kuss daraufgehaucht. »Es gibt also nichts, wofür du dich entschuldigen müsstest.«
Taylor hatte Gänsehaut bekommen. Nicht zum ersten Mal in den vergangenen vierundzwanzig Stunden hatte sie sich insgeheim gewünscht, er würde sie küssen.
»Ich hoffe, du hast recht«, hatte sie gesagt. »Aber ich hab einfach … Angst. Und ich bin ziemlich durcheinander.«
»Mir geht's genauso«, hatte er geantwortet. »Aber wir werden das schaffen, ganz bestimmt.«
Er hatte das so voller Überzeugung gesagt, dass es ihr in dem Augenblick ganz leichtgefallen war, auch daran zu glauben.
Doch jetzt, allein im Zug zurück nach England, nagten Zweifel an ihr.
In den letzten Tagen hatte sie Dinge gesehen, die es eigentlich nicht gab. Ein Junge war gestorben und wieder lebendig geworden. Ihr Großvater hatte durch seinen bloßen Willen Energie umgelenkt. Und sie selbst hätte fast zwei Erwachsene getötet, ohne sie auch nur zu berühren.
Die Welt, wie sie sie kannte, war aus den Fugen geraten. Alles war außer Kontrolle.
Nur eins war sicher: Sie musste ihn retten. Egal wie. Sie musste einen Weg finden, damit Sacha leben konnte.

***

»Und? Wie war das Lernen?« Taylors Mutter sah von ihrem Schreibkram auf.

Sie arbeitete am Küchentisch, der über und über mit Akten und schrecklich aussehenden Tabellen bedeckt war. »Ein großes Projekt …«, hatte sie entschuldigend erklärt.

Taylors Geschichte hatte sie anstandslos geschluckt, nur die neuen Kleider, die Sacha Taylor in Paris gekauft hatte, hatte sie mit einem fragenden Blick quittiert.

»Du weißt doch, Georgie ist meine Modeberaterin«, hatte Taylor rasch erklärt. »Sie findet meine Klamotten öde.«

Tatsächlich schaute sie sich gern in ihren neuen Kleidern an. Sie hatte immer mit ihren Kurven gehadert und sie darum unter weiten Tops versteckt, doch jetzt wurde ihr bewusst, dass sie in den schicken, eng anliegenden Sachen echt … gut aussah. In der Umkleide in Paris hatte sie nur dagestanden und in den Spiegel gestarrt, als sähe sie sich zum ersten Mal. Das taillierte schwarze Top gab ihr einen völlig neuen Look, und der kurze, ausgestellte Rock, der auf halber Höhe ihrer Oberschenkel endete, machte ihre Beine richtig lang.

Das Mädchen im Spiegel sah stark aus. Selbstbewusst.

Taylor erkannte sich in diesem Mädchen nicht wieder.

Doch sie mochte es.

»Gut«, sagte sie und zuckte die Achseln. »Das Übliche.«

»Besteht bei Georgie Hoffnung, dass sie die Prüfungen schafft?«

»Klar doch.« Taylor heuchelte einen fröhlichen Tonfall. »Solange ich sie für sie mache.«

Allmählich fand sie es bedenklich, wie leicht ihr die Lügen über die Lippen kamen.

Ihre Mutter kicherte, während sie ein Blatt unter dem Papierstapel hervorzog. Die Lesebrille war ihr auf die Nasenspitze gerutscht, und sie sah Taylor darüber hinweg an.

»Lass mich raten. Georgie hat sich die Nägel lackiert, während du ihre Hausaufgaben gemacht hast. Stimmt's?«

»Kannst du etwa hellsehen?« Taylor spielte die Überraschte.

Sie fischte einen Schokokeks aus der Packung auf der Anrichte und biss die Hälfte ab.

»Ich bin deine Mutter, ich sehe alles.« Ihre Mutter lächelte selbstzufrieden. »Iss nicht zu viele davon. In einer Stunde gibt's Abendessen.«

Eine optimistische Ankündigung, fand Taylor, denn nirgends in der Küche waren Anzeichen zu sehen, dass hier bald irgendjemand kochen würde. Doch sie ließ es durchgehen.

So ist das. Wenn man seine Mutter angelogen hat, verspürt man plötzlich den Drang, in allem andern supernett zu ihr zu sein.

In diesem Augenblick piepte Taylors Handy und kündigte eine Nachricht an. Sie zog es aus der Tasche und eilte aus der Küche. Als sie Sachas Namen auf dem Display sah, begannen die Schmetterlinge in ihrem Bauch wild zu flattern.

Sie war gerade erst zu Hause angekommen, doch sie vermisste ihn schon so sehr, dass sie sich zusammenreißen musste, um ihm nicht eine Nachricht nach der anderen zu schicken.

Wie ist das möglich? Du verbringst nur einen einzigen Tag mit jemandem und weißt trotzdem ganz genau, dass er in dein Leben gehört?

Sie konnte es nicht erklären, doch genau so war es.

In diesen paar Stunden in Paris hatten sie so viel miteinander erlebt, dass es sich seltsam anfühlte, wieder allein zu sein. Als hätte sie einen Teil von sich dort zurückgelassen.

»*Wollte nur mal Hallo sagen*«, begann die Nachricht. »*Ich lebe noch. Weit und breit keine fiesen Typen. Und bei Dir?*«
Vor ihrer Abfahrt hatten sie Adresse, Telefonnummer und alles andere ausgetauscht, was sie brauchten, um einander zu erreichen, falls etwas passierte. Und sie hatten vereinbart, sich regelmäßig gegenseitig zu melden.
Der Teil ihrer Abmachung gefiel Taylor am allerbesten.
»*Alles gut*«, tippte sie. »*Morgen wie geplant nach Oxford.*«
Seine Antwort kam prompt. »*Sei vorsichtig.*«
Doch ihre Sicherheit interessierte Taylor im Augenblick weniger. Morgen würde sie endlich mehr darüber erfahren, wer sie wirklich war.
Und dann würde sie herausfinden, wie sie Sacha retten konnte.

***

»Maman?«, rief Sacha, als er aus seinem Zimmer kam. »Bist du da?«
»In der Küche«, rief sie. »Ich komme gleich.«
Es war ihr freier Tag, und sie hatte den Nachmittag über Erledigungen gemacht. Ob sie wohl mitbekommen hatte, dass er die ganze Nacht nicht zu Hause gewesen war? Erwähnt hatte sie es jedenfalls mit keinem Wort.
Vielleicht hatte sie sich inzwischen einfach daran gewöhnt.
Sacha ging ins sonnendurchflutete Wohnzimmer, ließ sich aufs Sofa fallen und streckte die Beine von sich. Er war immer noch fix und fertig.
Als er nach Hause gekommen war, hatte er zwar fünf Stunden geschlafen, aber er hätte gut und gerne noch weitere fünf dranhängen können.

Sterben ist echt anstrengend.
Doch vielleicht war nicht nur das Sterben daran schuld, dass er sich irgendwie seltsam und ein wenig verloren fühlte. Er vermisste Taylor viel mehr, als er erwartet hätte.
Während der gemeinsamen Stunden in Paris hatte sich zwischen ihnen eine Vertrautheit entwickelt. Jemanden zu haben, der die Wahrheit kannte, und zwar die ganze Wahrheit, war eine unglaubliche Erleichterung. Sie hatte die Last der Einsamkeit von seinen Schultern genommen.
Doch nach ihrer Abreise war sie sofort wieder da. Die Fahrt vom Gare du Nord nach Hause schien ihm leer und grau. Ohne Taylor hatte Paris plötzlich viel von seinem Glanz verloren.
Am Bahnhof hatte er sich verdammt zusammenreißen müssen, damit er sie nicht einfach auf den Mund küsste.
Er war sich einfach zu unsicher gewesen, ob sie es auch gewollt hätte. So verloren und verwirrt hatte sie dagestanden – was, wenn sie nicht das Gleiche empfand wie er?
Dann hätte er alles kaputt gemacht.
Also hatte er sich zurückgehalten. Doch nun musste er dauernd an sie denken.
Seine Mutter erschien in der Wohnzimmertür, in der Hand eine Kaffeetasse. Ihr kurzes braunes Haar war frisch frisiert, sie trug Jeans und ein bequemes, bedrucktes Top. Mittlerweile überragte er sie, und wenn er auf sie hinunterschaute, kam er sich manchmal seltsam väterlich vor.
Ihre Beziehung hatte sich verändert. Er hoffte, er würde noch lange genug leben, um zu sehen, wie sie sich weiterentwickelte.

Seine Mutter ließ sich in den Sessel neben dem Sofa fallen und begann, die Zeitschriften auf dem Couchtisch zu ordnen.
»Wie war's in der Schule?«
»Interessant«, antwortete Sacha und musste an Deide denken. »Darüber wollte ich übrigens mit dir reden.«
»Hast du wieder Ärger?« Ihre Augen wurden schmal. »Wir hatten das doch besprochen, Sacha.«
Er verkniff sich eine schroffe Antwort.
»Alles bestens in der Schule«, sagte er gelassen. »Ich brauche nur ein paar Informationen. Und zwar von dir.«
Sie trank einen Schluck Kaffee, lehnte sich zurück und wartete auf weitere Erklärungen, doch ihre Augen blieben wachsam.
»Ich hab dir doch neulich von meiner Nachhilfelehrerin erzählt, Taylor Montclair?«
Seine Mutter erstarrte.
»Ich glaube, der Name sagt dir etwas«, fuhr Sacha fort. »Und ich möchte wissen, warum. Was weißt du über sie? Ihr Großvater heißt Aldrich Montclair. Er hat *Papa* gekannt …«
Seine Mutter sprang auf und verschüttete den Kaffee. Hastig setzte sie die Tasse auf dem Couchtisch ab und wischte, ohne den Blick zu heben, die Flecken mit einem Papiertaschentuch weg.
Sachas Herz begann zu rasen.
»Du kennst ihn, stimmt's? Du kennst den Namen.« Er konnte seine Aufregung nicht mehr verbergen und beugte sich zu ihr vor. »Du musst mir sagen, was du weißt. Was hat er mit unserer Familie zu tun? Woher kennst du ihn?«
Ihre Lippen wurden schmal. »Ich möchte nicht über Aldrich Montclair sprechen.« Sie spuckte den Namen förmlich aus. »Und

ich will nicht, dass du irgendwas mit ihm zu tun hast. Er ist gefährlich.«
Sacha blieb die Spucke weg. »Ich verstehe nicht. Was soll das heißen, er ist gefährlich? Was hat er getan?«
Sie zerknüllte das Taschentuch in ihrer Faust.
»Dein Vater hat ihm vertraut. Aldrich hat ihm ständig in den Ohren gelegen, es gebe einen Weg, eine Lösung für dich. Und dass er sie finden könne.« Ihr Ausdruck verriet allzu deutlich, was sie davon hielt. »Dein Vater hat ihm geglaubt. Ich habe ihn gewarnt, aber er wollte nicht auf mich hören. Willst du wissen, was ich denke, Sacha? Aldrich Montclair zu glauben hat deinen Vater umgebracht. Es war Aldrich, den er besucht hat, als er starb. Aldrich, der ihn an jenem Tag losgeschickt hat.« Sie fuchtelte mit dem ausgestreckten Zeigefinger vor seinem Gesicht. »Halt dich von diesem Mann fern, Sacha. Er wird dein Leben ruinieren, wie er meins ruiniert hat.«
Sacha ließ den Kopf in die Hände sinken. Er hatte so sehr auf Aldrich Montclair gehofft, auf Taylor. Und nun wollte seine Mutter das einzige Rettungsseil kappen, das er noch hatte.
Das durfte er nicht zulassen. *Sie* war vielleicht in der Lage, sein Schicksal hinzunehmen – *er* bestimmt nicht. Und das wollte er ihr ein für alle Mal klarmachen.
»Er wird mein Leben ruinieren, ach ja? Was für ein Leben denn?« Seine Stimme wurde laut. »Die nächsten sieben Wochen, oder was? Mehr Leben werde ich nämlich nicht haben.«
Ihre Wangen wurden knallrot, als hätte er sie geohrfeigt.
»Sprich nicht so zu mir«, sagte sie. »Ich tue, was ich kann, das weißt du. Ich habe alles versucht, damit du ein normales Leben führen kannst. Damit die Jahre, die dir vergönnt sind …« Sie

hielt inne und unterdrückte die Tränen. »Es ist sehr hart für uns, Sacha. Für deine Schwester und mich. Zu wissen, dass wir dich verlieren werden.«

Er starrte sie an, langsam wurde er wütend.

»Hart für *euch*? Ist das dein Ernst?«

Er sprang auf und baute sich mit verschränkten Armen vor ihr auf.

»Na, dann erzähl mir mal, wie hart mein Tod für *dich* ist. Erzähl mir, wie sehr du gekämpft hast, damit ich am Leben bleibe. Ich möchte wissen, was du alles unternommen hast, um mich zu retten.«

Sie zuckte zusammen, und ihre Hand fuhr in die Höhe, als wollte sie damit seine Worte abwehren.

Er unterdrückte das schlechte Gewissen.

Die letzten zwei Jahre waren sie beide der Wahrheit aus dem Weg gegangen. Doch jetzt war die Zeit zu kostbar, um sich weiter etwas vorzumachen.

»Bitte, Maman«, sagte er in milderem Ton. »Ich will den Tod nicht akzeptieren, ich will dagegen *ankämpfen*. Und ich will, dass du mit mir kämpfst. Also erzähl mir, was du über Aldrich Montclair weißt. Mehr verlange ich nicht.«

»Du willst wissen, was ich über Aldrich Montclair weiß? Von mir aus.« Sie stand auf. »Er ist ein Monster und ein Phantast, das weiß ich. Und ich weiß, dass seine verrückten Ideen deinen Vater das Leben gekostet haben. Ich weiß, dass seine Familie in die ganze Sache verwickelt ist.« Sie fuchtelte mit dem Arm vor ihm herum. »Und ich weiß, dass es dich umbringen wird, wenn du dich von seinen Lügen einwickeln lässt. So wie es deinen Vater umgebracht hat.«

»Darf ich dich auf etwas aufmerksam machen, Maman?«, erwiderte Sacha kalt. »Ich werde sowieso sterben. Und Aldrich Montclair hat damit nicht das Geringste zu tun.« Er trat einen Schritt auf sie zu. »Vielleicht ist es aussichtslos. Vielleicht muss ich am Ende doch sterben, auch wenn ich alles versuche. Aber auf eins kannst du Gift nehmen: Ich werde nicht kampflos untergehen.«
Er drehte sich um und stapfte hinaus. Kurz bevor er das Zimmer verließ, feuerte er eine letzte Spitze ab.
»Solltest du auch mal versuchen.«

25

Mit kreischenden Bremsen rollte der Zug in den Bahnhof von Oxford ein. Zehn Minuten Verspätung.

Taylor stand an der Tür und trommelte nervös dagegen. Als der Zug mit einem heftigen Ruck zum Stehen kam, flog sie unsanft gegen den grauhaarigen Herrn neben ihr.

Schnell fand sie ihre Balance wieder und sah zu ihm auf. »Oh, Entschuldigung.«

Er zupfte nur mit missbilligender Miene sein Tweedjackett zurecht und sagte kein Wort. Sein glattes Gesicht mit dem perfekt gestutzten Schnurrbart kam Taylor seltsam bekannt vor, doch sie hätte nicht sagen können, woher.

Dann öffneten sich die Türen, sie sprang hinaus auf den Bahnsteig und dachte nicht weiter darüber nach.

Im Bahnhofsgebäude schlängelte sie sich durch das dichte Gedränge, wich Ellbogen und Koffern aus, Kleinkindern, die an der Hand ihrer Eltern hingen, und Teenagern, die sich über Kopfhörer mit Musik zudröhnten und den Rest der Welt gar nicht wahrnahmen.

Draußen löste sich die Menge auf, jeder ging seiner Wege. Taylor schlug zielstrebig den Weg zum Stadtzentrum ein.

Es war mild, dichte Wolken am Himmel kündigten Regen an. Doch selbst an Tagen wie diesen, wenn das Grau des Himmels und das der alten Gemäuer beinahe ineinander verschwammen und die Straßen vollgestopft waren mit Autos und Touristen, raubte der Anblick von Oxford ihr jedes Mal den Atem, seine hohen Dachzinnen und spitzen Türme, die sich dicht an dicht dem wolkenverhangenen Himmel entgegenreckten.

Es war das erste Mal, dass sie allein hier war, ohne ihre Mutter. Doch der Weg war ihr vertraut, und mit sicherem Schritt bog sie von einer belebten Straße in die nächste, bis sie an eine Kreuzung kam, in deren Mitte ein altes, verziertes Steinkreuz prangte. Dort tauchte sie in eine schmale, mittelalterliche Gasse ein.

Hohe Mauern zu beiden Seiten schluckten das Tageslicht ebenso wie die Geräusche der Stadt. Jetzt hörte Taylor nur noch den Rhythmus ihrer eigenen Schritte, regelmäßig wie ein Herzschlag.

Nach einer Weile stieg die Mauer zu ihrer Rechten an und ging schließlich in ein dreistöckiges Bauwerk mit blutroten Ziegeln und achteckigen Türmchen über, auf denen bunte Wimpel fröhlich im Wind flatterten: das Torhaus des St. Wilfred's College.

Das Holz der riesigen doppelflügeligen Eichentür war über die Jahrhunderte fast schwarz geworden. Gigantische gusseiserne Schlösser und Beschläge verwehrten den Zutritt. Doch gleich daneben gab es einen unverschlossenen Eingang von ganz normaler Größe, der im Vergleich wirkte wie ein Zwergenportal.

Vorsichtig, damit sie nicht über die hohe Schwelle stolperte, schlüpfte Taylor hindurch und blieb vor dem kleinen Fenster der Pförtnerloge stehen. Ein Mann mit einer schwarzen Melone

auf dem Kopf trug in winziger Handschrift etwas in ein gigantisches Buch ein, das beinahe seinen gesamten Schreibtisch einnahm.
»Augenblick, bitte«, sagte er, ohne aufzusehen.
Taylor wippte nervös mit dem Fuß, während ziemlich viele Augenblicke verstrichen.
»Nun«, fragte der Mann endlich, »wie kann ich Ihnen helfen?«
»Ich möchte zu Professor Montclair«, sagte Taylor. »Ich bin seine Enkelin.«
»Aha.« Der Pförtner blätterte konzentriert in seinem Empfangsbuch. »Wie, sagten Sie, war der Name …?«
»Montclair«, erwiderte Taylor geduldig. »Taylor Montclair.«
»Tut mir leid.« Er klappte das voluminöse Buch zu. »Ich fürchte, der Herr Professor hat uns Ihren Besuch nicht angekündigt. Sind Sie sicher, dass er Sie erwartet?«
Taylor verkniff sich ein Seufzen. *Jedes Mal* vergaß ihr Großvater, der Pforte Bescheid zu geben. Ihre Mutter konnte sich herrlich darüber aufregen.
»Bitte seien Sie so nett und rufen ihn kurz an.« Taylor versuchte, ihrer Stimme Autorität zu verleihen, als sie die Worte benutzte, die bei ihrer Mutter immer so gut funktionierten. »Ich bin sicher, er erwartet mich bereits.«
Zwei Jungs in Jeans und T-Shirt schlurften mit einem lässigen Winken Richtung Pförtner vorbei, der kurz aufblickte und sie durchnickte, ehe er sich einem altmodischen schwarzen Telefon auf einem kleinen Beistelltischchen zuwandte. Er blätterte in einem Büchlein, das ebenfalls mit Einträgen in winzig kleiner Handschrift gefüllt war, fand, was er suchte, und wählte die Nummer.

Eine ganze Weile hielt er den Hörer ans Ohr, und nichts passierte. Taylor befürchtete schon, ihr Großvater sei gar nicht da, doch dann richtete sich der Mann kerzengerade auf, als hätte soeben ein Vorgesetzter das kleine Kabuff betreten.
»Professor Montclair? Bei mir steht eine junge Dame, die angibt, Ihre Enkelin zu sein. Der Name ist …« Er warf einen kurzen Blick auf seine Notizen. »Taylor.« Dann lauschte er und nickte schließlich. »Ganz wie Sie wünschen, Sir.«
Das Telefon gab ein protestierendes Klingeln von sich, als er den Hörer zurück auf die Gabel fallen ließ. »Professor Montclair bittet Sie hinauf. Sie wissen, wo sich sein Apartment befindet?«
Taylor gab sich keine Mühe, ein triumphierendes Grinsen zu verbergen. »Selbstverständlich.«
Sie marschierte durch den dunklen gemauerten Gang davon und trat hinaus in den Innenhof. Vor ihr lag ein samtgrüner Rasen, auf allen Seiten umgeben von hohen, reich mit Steinornamenten verzierten Gebäuden, die in gezackten Turmspitzen gipfelten.
Taylor liebte diesen Ort. Der Weg um den Rasen bestand zum Teil aus Bogengängen. Dort hatte sie früher mit Emily Verstecken gespielt – die unzähligen Ecken und Winkel waren der ideale Ort dafür.
Durch einen niedrigen Eingang, hinter dem eine alte Steintreppe hinauf ins Halbdunkel führte, betrat sie das Gebäude, in dem ihr Großvater wohnte. Die Stufen waren uneben, und es gab kein elektrisches Licht, doch Taylor stieg mit sicheren Schritten hinauf.
Die Treppe endete direkt vor einer alten Eichentür, die weder

eine Nummer noch einen Namen trug. Nur ein kleiner schwarzer Türklopfer in Form einer Faust prangte in der Mitte.
Taylor betätigte ihn sacht, und wenige Augenblicke später öffnete sich die Tür. Fast als hätte ihr Großvater dahintergestanden und gewartet.
Er schenkte ihr ein warmes Lächeln.
»Taylor, wie schön, dass du da bist. Komm doch herein.« Seine kraftvolle Stimme verriet, dass er sein Leben lang in überfüllten Hörsälen doziert hatte. Er trat ein wenig zurück, um im schmalen Eingang Platz für Taylor zu machen.
Taylor schlüpfte hinein, und er schloss die schwere Tür hinter ihr. In der Wohnung war es warm, aber nicht stickig. Und es roch genau so wie in ihrer Erinnerung – nach Holzfeuer, Bohnerwachs und Earl Grey. Es war ein dezenter, angenehmer Geruch, der ein wenig an Weihrauch erinnerte. Mit erstaunlich schnellen Schritten ging ihr Großvater voraus.
»Komm ins Wohnzimmer, und lass uns eine Tasse Tee trinken. Ich hoffe, du hattest eine angenehme Fahrt?«
»Ja, danke«, erwiderte Taylor höflich. Während sie ihm folgte, ließ sie den Blick durch die Wohnung schweifen. Alles war noch an seinem Platz, wie sie es in Erinnerung hatte. Ein kleines Gemälde hier, eine winzige Skulptur da. Persische Läufer auf den Holzdielen, die die Schritte dämpften und der Wohnung einen warmen rötlichen Schimmer verliehen.
Es war Vormittag, doch die Lampen brannten, um auch die dunkleren Winkel zu erleuchten. Die Fenster waren winzig und ließen nur wenig Tageslicht herein.
An den Wänden des Wohnzimmers ragten Regale vom Boden bis zur Decke, jedes davon randvoll mit schweren gebundenen

Büchern jeglicher Form und Größe. Der Schreibtisch in der hinteren Ecke drohte unter der Last der darauf gestapelten Werke zusammenzubrechen. Sogar der alte Kerzenständer aus Messing, den ihr Großvater als Briefbeschwerer nutzte, thronte auf einem Stapel Bücher.

Er deutete auf einen Sessel am Kamin. »Setz dich doch. Ich gehe und hole den Tee.«

»Gibt's vielleicht auch Kaffee?«

Der Großvater bedachte sie mit einem vorwurfsvollen Blick und murmelte etwas vor sich hin, während er in Richtung Küche verschwand. »Amerikanischer Schnickschnack«, meinte sie zu verstehen.

Das rote Blumenmuster war verblasst, die Sitzfläche hing ein wenig durch, trotzdem war dieser Sessel schon immer Taylors Lieblingsplatz gewesen, und mit einem glücklichen Seufzer ließ sie sich hineinsinken.

Um sich das Warten zu vertreiben, griff Taylor nach einem der Bücher, das in weiches Leder gebunden war und keine Aufschrift trug. Es enthielt lauter fremdartige Zeichen. Vermutlich irgendeine antike Sprache.

»Kommt mir spanisch vor«, murmelte Taylor.

Wenig später kam ihr Großvater mit einem etwas ramponierten Tablett herein, auf dem er eine silberne Teekanne, eine kleine Kaffeekanne, zwei Porzellantassen mit unterschiedlichen Mustern sowie einen Teller mit Keksen balancierte. Ein wenig ratlos wanderte sein Blick auf der Suche nach einer freien Fläche durch den vollgestopften Raum.

Taylor sprang auf, befreite ein kleines Mahagonitischchen von einem Stapel Bücher und wissenschaftlichen Zeitschriften und

deponierte sie auf dem Boden. Ihr fiel auf, dass auf der Tischplatte kein Staub lag. Eigenartig, denn ansonsten sah der Raum aus, als hätte hier seit Jahren niemand mehr Staub gewischt.
Ihr Großvater nahm in dem zweiten Sessel neben ihr Platz und goss eine dunkle Flüssigkeit in eine der Tassen.
»Bitte sehr. Dein *Kaffee.*« Sein Tonfall ließ keinen Zweifel daran, was er von diesem Getränk hielt.
»Danke schön«, gab Taylor ungerührt zurück.
Als er ihr den Teller mit den Keksen reichte, zögerte sie nicht und schob sich gierig einen in den Mund.
Ihr Großvater zog die Augenbrauen hoch und stellte den Teller vor sie hin.
»Du scheinst sie nötiger zu haben als ich«, bemerkte er trocken.
»Danke«, erwiderte Taylor kauend. »Hab vergessen zu frühstücken.«
Er goss sich Tee ein, gab etwas Milch aus einem Silberkännchen mit verschnörkeltem Henkel dazu, fischte mit der winzigen Silberzange geübt ein Stück Würfelzucker aus dem passenden Schälchen und ließ es sanft in die Tasse gleiten. Unter leisem Klimpern rührte er das Ganze um. Schließlich stellte er die Tasse zurück auf den Unterteller, deponierte beides auf der Sessellehne und wandte sich Taylor zu.
»Nun, ich denke, du wirst eine ganze Menge Fragen an mich haben.«
Taylor nickte und nahm hastig noch einen Schluck heißen Kaffee, um die Kekskrümel hinunterzuspülen.
»An die tausend.«
»Dann schieß mal los.«
»Erzähl mir als Erstes von Adam Winters.«

Der Großvater erstarrte. Die Teetasse, die er gerade an den Mund führen wollte, blieb in der Luft stehen.
»Ach, du meine Güte. Damit habe ich nun wirklich nicht gerechnet.« Er stellte die Tasse wieder ab.
»Du warst es, der mich auf Sacha angesetzt hat, oder?«, fragte Taylor vorwurfsvoll. »Du hast das alles still und heimlich arrangiert – warum? Warum hast du mir nicht einfach alles erzählt?«
Alle Fragen, die in den letzten Tagen an ihr genagt hatten, sprudelten plötzlich aus ihr heraus.
Ihr Großvater hob beschwichtigend die Hände.
»Das ist eine lange Geschichte«, begann er nach einer Pause. »Und eine sehr traurige dazu. Aber ja, ich gebe zu, dass es mein Wunsch war, euch beide zusammenzubringen. Und zwar, ohne dass ich dabei in Erscheinung trete. Das … das hätte mich etwas in Erklärungsnot gegenüber Sachas Mutter gebracht.«
Taylor verstand immer noch nicht. »Aber warum lag dir so viel daran, dass wir uns kennenlernen?«
Er sah ihr in die Augen.
»Damit sind wir schon viel zu weit in der Geschichte. Ich verspreche, wir werden noch darauf zurückkommen, doch es wäre leichter für uns beide, wenn wir am Anfang beginnen. Stell mir zuerst die offensichtlichste Frage, und von da ab werden wir uns weiter vorarbeiten.«
»Ich …«, begann Taylor zögerlich, »verstehe immer noch nicht, wer ich bin. Oder *was*.«
»Eine ausgezeichnete Frage.« Aldrich strahlte. »Du bist Teil einer kleinen, auserwählten Gruppe von Menschen mit ungewöhnlichen … Fähigkeiten. Wir nennen uns Alchemisten.«
»*Alchemisten?*« Taylor verschluckte sich fast. »Wie die Typen

aus den alten Büchern, die glaubten, sie könnten Steine in Gold verwandeln?«

»Aber nein … Wo denkst du hin«, entrüstete sich ihr Großvater und setzte seine Dozentenmiene auf. »Die Alchemie ist der Vorläufer der modernen Chemie, mithin eine Wissenschaft. Die Wissenschaft von der Umwandlung einer Substanz in eine andere. Ihre Anfänge gehen zurück bis in die Zeit um Christi Geburt, vielleicht noch weiter. Und im Gegensatz zu den modernen Wissenschaften widmete sie sich sowohl materiellen als auch spirituellen Aspekten.« Er kniff die Augen zusammen und musterte sie. »Jetzt sag nicht, davon hast du noch nie etwas gehört?«

Taylor schüttelte den Kopf.

Ihr Großvater seufzte theatralisch.

»Isaac Newton beschäftigte sich eingehend damit, und viele seiner größten Entdeckungen gehen auf den Versuch zurück, alchemistische Thesen zu beweisen.« Mit einer Handbewegung unterbrach er seine eigene Rede. »Aber das alles brauchst du nicht zu wissen. Es gibt jede Menge Bücher, in denen sich das nachlesen lässt. Wie dem auch sei, irgendwann wurde die Alchemie zu einer Art Volkssport. Scharlatane und Möchtegern-Gelehrte, die nach nichts anderem strebten außer Gold und unermesslichem Reichtum, haben die ursprüngliche Lehre verfälscht. Jeder wollte der Erste sein, dem die Umwandlung gelang, jeder Fürst ließ eigene sogenannte ›Wissenschaftler‹ für sich arbeiten. Ihren Taten und ihrer Neigung, Halbwahrheiten und Lügen zu verbreiten, ist es zu verdanken, dass die Alchemie in Verruf geraten ist. Bis auf den heutigen Tag glaubt die Mehrzahl der Menschen, sie sei nichts weiter als Täuschung und Betrug.«

Er beugte sich im Sessel vor. »Doch jetzt kommt das Interessante. *Sie hatten recht damals.* Es ist in der Tat möglich, Moleküle zu beeinflussen. Energie lässt sich umwandeln – wenn man die entsprechenden Fähigkeiten besitzt.« Er rückte noch näher. »Es gab einen bestimmten Punkt im alchemistischen Prozess, einen Schritt, an dem sie allesamt scheiterten. Sogar der große Isaac Newton.« Seine grünen Augen funkelten. »Sie nannten es ›das geheime Feuer‹. Ein Feuer, das nicht zerstörte, sondern transformierte. Das war die große Unbekannte. Wenn man es fände, würde die Verwandlung gelingen. Wenn nicht«, er zeigte die leeren Handflächen, »bliebe alles nur Schall und Rauch.«

Taylor hatte vergessen, dass sie immer noch die Kaffeetasse in Händen hielt. »Und was war das, dieses Feuer?«, fragte sie.

Ihr Großvater wies mit dem Finger auf sie.

»Du. Und ich.«

Taylor schüttelte den Kopf. »Versteh ich nicht.«

»Das geheime Feuer war keine *Materie*, die man finden oder irgendwo besorgen konnte, wie Quecksilber etwa oder irgendein anderes chemisches Element. Vielmehr handelt es sich um eine angeborene Fähigkeit. Es ist die spirituelle Seite der Alchemie – doch damals hat man das noch nicht begriffen. Es ließ sich nicht erkaufen, ganz gleich wie viel Reichtum und Macht ein Fürst besaß. Und wie intensiv Newton auch danach suchte, er konnte es nicht finden. Denn entweder besitzt man es …«

Er streckte die Hand aus, und eine tanzende Flamme erschien auf der Kerze am Fenster.

»Oder man besitzt es nicht.«

26

Taylors Blick wanderte zwischen der Flamme und ihrem Großvater hin und her.

»Aber … was genau ist das? Dieses geheime Feuer, meine ich.«

Aldrich nippte an seinem Tee. »Darüber haben wir beide in Woodbury gesprochen. Im Grunde ist es nichts weiter als eine erbliche Mutation der Gene. Sie verleiht dir die Fähigkeit, etwas zu tun, wovon die Philosophen nur träumen konnten – die Energie einer Materie in eine andere Form von Energie zu verwandeln. Oder Energie von einem Ort auf einen anderen zu übertragen. Du erinnerst dich an die Glühbirne?«

Taylor nickte.

»Ich habe die Energie des Wassers benutzt – fließendes Wasser enthält enorme Energien. Einen kleinen Teil davon habe ich in Elektrizität umgewandelt und damit die Birne zum Leuchten gebracht. Ein ganz elementarer Vorgang. Edison hat das mithilfe von Generatoren und Drähten bewerkstelligt. Nun, unsereiner hat es da ein wenig leichter.«

»Und das mit der Kerze eben? Wie hast du das gemacht?«

»Ich habe die Energie um uns herum benutzt, den Strom aus den Leitungen in der Wand.«

Er machte eine Handbewegung, und die Kerze erlosch.
Taylor stellte ihre Tasse auf dem kleinen Tischchen ab.
Das alles klang ganz einleuchtend. Und nachdem sie jetzt Sachas Geschichte kannte, gar nicht mal so furchtbar verrückt. Eine geerbte Fähigkeit? Damit konnte sie leben. Doch erklärte das noch längst nicht alles.
»Und ich kann das auch?« Sie deutete auf die Kerze.
Ihr Großvater hörte den Zweifel in ihrer Frage und sah sie mit ernster Miene an. »Oh ja, gewiss. Du trägst sogar das Potenzial in dir, ganz außergewöhnlich zu sein.«
»Wenn es in deinen Genen liegt und in meinen«, überlegte Taylor laut, »dann müsste Dad es auch haben. Ist das so? Hat er dieselben Fähigkeiten wie du?«
Ein Schatten huschte über Aldrichs Gesicht.
»Ich fürchte, dein Vater ist eine Ausnahme.« Nervös knetete er seine Finger. »Zuweilen geschieht es, dass eine Generation übersprungen wird. Selten, aber es kommt vor. Das Gen wird rezessiv. Bei ihm war das der Fall.«
»Oh.« Taylor fragte sich, wie ihr wohl zumute wäre, wenn alle in ihrer Familie eine besondere Fähigkeit hätten außer ihr selbst. Ihr Vater war Buchhalter, der praktische, emotionslose Typ. Kaum vorstellbar, wie er durch puren Zorn eine Lampe zum Explodieren brachte.
Mit keinem Wort hatte er jemals erwähnt, dass es in seiner Familie besondere Fähigkeiten gab, weder wissenschaftlicher noch spiritueller oder sonstiger Natur. Offenbar hatte er sich für das Geheimnis geschämt und es für sich behalten.
Und lieber die Familie verlassen.
»Er behauptet, er sei froh, nicht so zu sein wie wir«, fuhr ihr

Großvater fort. »Seiner Ansicht nach ist das alles lächerlich und obendrein gefährlich. Er hat niemals Interesse bekundet, ein Teil dieser Welt zu werden.«

Taylor lehnte sich zurück. »Klingt nach Dad.«

»Ich glaube, deinem Vater fehlt mehr als nur dieses besondere Gen«, sagte ihr Großvater nachdenklich. »Bisher habe ich das nie gesagt, aber ich finde es abscheulich, wie er sich euch und eurer Mutter gegenüber verhalten hat. Ich habe seither kaum ein Wort mit ihm gewechselt.«

Er atmete tief durch und richtete sich auf. »Aber das ist im Augenblick nicht wichtig. Jetzt geht es um dich. Und um das, was zurzeit geschieht.« Wieder beugte er sich vor. »Du trägst große Kräfte in dir, Taylor. Und große Kräfte ziehen große Gefahren an. Das hast du doch inzwischen begriffen, oder?« Er warf ihr einen bedeutsamen Blick zu. »Nach deinem Ausflug nach Paris.«

Taylor wurde blass. »Woher weißt du …?«

»Ich hatte ja gesagt, dass wir dich im Auge behalten werden«, erinnerte er sie, »und alles tun, damit dir nichts geschieht. Wenn ich mich recht entsinne, war ein heimlicher Ausflug nach Paris nicht Teil unserer Abmachung, oder?«

Taylor rutschte tiefer in den Sessel.

»Die Person, die euer Haus bewachte, dachte, du würdest dich auf den Schulweg machen. Erst als Finlay deine Abwesenheit vom Unterricht bemerkte, wurde uns klar, dass du dich davongestohlen hattest. Monsieur Deide hat mich über deinen unerwarteten Besuch informiert.« Über den Brillenrand warf er ihr einen vorwurfsvollen Blick zu. »Er hatte große Angst um dich, und das nicht ohne Grund.«

Taylor setzte sich wieder gerade hin. »Es tut mir leid, wenn ihr euch Sorgen gemacht habt. Aber ich bereue nicht, dass ich dort war. Ich musste wissen, was vor sich geht. Und ich wollte Sacha kennenlernen.«

Aldrich seufzte. »Taylor, Liebes, ich will dir wirklich helfen. Aber wie soll ich dich beschützen, wenn du, ohne ein Wort zu sagen, verschwindest – und zu allem Überfluss noch in ein anderes Land?«

Wo ihr Großvater recht hatte, da hatte er recht.

»Dann ist alles wahr?«, wechselte sie schnell das Thema. »Was Monsieur Deide uns erzählt hat, meine ich?«

»Ich fürchte, ja. Die Lage ist wirklich ernst.« Er räusperte sich. »Sachas Vater war ein guter Freund von mir. Ein wunderbarer Mensch, ein großer Historiker und ein liebender Vater. Ich habe ihm versprochen, seinem Sohn zu helfen, und ich beabsichtige, mein Versprechen zu halten.«

Er schwieg, und seine Miene wurde nachdenklich. »Ich muss dir etwas zeigen«, sagte er schließlich und erhob sich.

Er öffnete die Klappe eines antiken Sekretärs und kramte in den Unterlagen, die überall in die Fächer gestopft waren. »Ah, hier ist es.« Mit einem Blatt Papier in der Hand trat er ans Fenster und studierte es. »Ein Großteil der Aufzeichnungen über die Prophezeiung, unter der die Familie Winters zu leiden hat, ist im Laufe der Jahrhunderte offenbar verloren gegangen. Das hier ist das einzige Beweisstück, das wir haben.«

Taylor trat an seine Seite. Was ihr Großvater in der Hand hielt, war die Fotokopie einer Buchseite.

»Was ist das?«

»Ein lateinischer Text aus dem 17. Jahrhundert. Es handelt sich um einen Abschnitt aus einem Buch über die dunklen Bräuche.

Da steht: *Allein die Dreizehnte vermag den Fluch des Dreizehnten zu durchbrechen.«*

Taylor runzelte die Stirn. »Das ist alles?«

Ihr Großvater legte das Blatt zurück an seinen Platz in dem chaotischen Sekretär. »Ja, das ist alles.«

»Und was soll das bedeuten?«

»Es bedeutet, dass die dreizehnte erstgeborene Tochter in der Ahnenreihe jener Frau, die den Fluch ausgesprochen hat, ihn durchbrechen kann. Darum wollten wir, dass ihr beide euch kennenlernt. Zwar hatten sich deine Fähigkeiten noch nicht manifestiert, aber uns lief die Zeit davon. Wir dachten, wenn wir euch zusammenbringen, geschieht es vielleicht schneller. Was sich ja auch bewahrheitet hat.« Er sah ihr in die Augen. »Du, mein Liebes, bist der Schlüssel zu allem. Du wirst Sacha retten.« Er blickte hinunter auf seine Hände. »Jetzt wirst du vermutlich fragen: Aber wie? Und darauf antworte ich, dass wir … Nun ja, wir arbeiten daran.«

»Ihr arbeitet daran …« Taylor wiederholte die Worte und spürte, wie Verzweiflung in ihr hochstieg. *Das kann doch nicht alles sein!*

»Aber Großvater, ihm bleiben nur noch ein paar Wochen!«

»Das ist mir sehr wohl bewusst«, erwiderte der gleichmütig. »Leider ist es nicht gerade ein Kinderspiel, einen über dreihundert Jahre alten Fluch zu entschlüsseln, doch wir werden es schaffen.«

»Ist das der Grund, warum jemand versucht, mir was anzutun? Weil ich vielleicht in der Lage sein könnte, das Ganze aufzuhalten?« Resigniert hob Taylor die Hände.

»Wenn es dir gelingt, Sachas Tod zu verhindern, vereitelst du gleichzeitig die Erfüllung des Fluchs, und was immer durch seinen Tod ausgelöst werden soll, wird niemals eintreten. Genau das versucht jemand zu verhindern. Jemand, der will, dass der Fluch sich erfüllt.«

»Aber warum? Warum sollte jemand alles zerstören wollen?«

»Aus demselben Grund, warum die Menschen so viele schreckliche Dinge tun«, erwiderte ihr Großvater. »Macht … Wir müssen sie aufhalten. Und der erste Schritt dorthin ist, dass du lernst zu kämpfen.«

»Kämpfen?« Taylor starrte ihn entgeistert an. »Aber ich kann nicht *kämpfen*. Ich kann überhaupt nicht viel. Nicht mal Klavier spielen. Das Einzige, worin ich gut bin, ist … Lernen.«

Ihr Großvater nahm das Tablett und trug es zurück in die Küche. Durch die geöffnete Tür konnte Taylor seine Erwiderung klar und deutlich hören.

»Finlay hat mir kürzlich von einem Zwischenfall in der Schule berichtet. Er sagte, du hättest einen Jungen durch die Luft segeln lassen und seist gerade dabei gewesen, ihn gegen die Wand zu schleudern, als er den Raum betrat.«

Zum zweiten Mal an diesem Nachmittag wäre Taylor am liebsten in ihrem Sessel versunken. *Zum Glück weiß er nichts von den beiden Typen in Paris.*

»Das war ein Unfall.«

Ihr Großvater stand im Türrahmen und warf ihr einen strengen Blick zu. »War es nicht. Vielmehr war es ein Hinweis darauf, wie viel in dir steckt. Und wie wichtig es ist, dass du lernst, deine Kräfte zu kontrollieren. Und darum …«

In diesem Augenblick klopfte es an der Tür.

»Ah, sehr gut, das muss sie sein.«

Er eilte den schmalen Flur entlang, und Taylor hörte, wie er die Tür öffnete.

»Tut mir leid, 'n bisschen spät«, sagte eine weibliche Stimme. Sie klang jung, mit einem Liverpooler Akzent.

»Kein Problem«, erwiderte der Großvater. »Gerade wollte ich ihr von dir erzählen.«

Taylor setzte ein höfliches Lächeln auf, das auf ihrem Gesicht erstarb, als sie sah, wen ihr Großvater da hereinführte. Es war das Mädchen mit den türkisblauen Haaren, das sie neulich in Woodbury gesehen hatte.

Sie war nicht viel älter als Taylor, aber ein bisschen größer. Ihre Arme waren mit Tattoos übersät, wie Schlangen krochen sie ihre Oberarme und den Hals hinauf. Ein silberner Ring funkelte an ihrer Nase, und in beiden Ohrläppchen blinkten mindestens fünf kleine Stecker. Sie trug schwarze Bikerboots mit dicken Sohlen und einen schwarzen Minirock. Die nackten Beine waren blass und muskulös.

»Louisa, darf ich dir meine Enkelin vorstellen?«, sagte ihr Großvater. Und an Taylor gewandt: »Taylor, das ist Louisa. Deine Trainerin.«

27

Taylor konnte den Blick nicht abwenden. Das Mädchen sah ziemlich strange aus. Geradezu gefährlich.
Louisa winkte ihr nur lässig mit der Hand, kehrte ihr dann den Rücken zu und unterhielt sich seelenruhig mit Aldrich, als ob die andere gar nicht da wäre. Taylors Wangen begannen vor Zorn zu glühen.
»Wie viel weiß sie?«
»Das habe ich dir doch schon gesagt«, erwiderte der Großvater etwas ungehalten. »Aber sie ist sehr stark.«
»Sagen alle.« Louisa schien weniger überzeugt.
»Du wirst es ja sehen.« Aldrich wandte sich Taylor zu. »Geht jetzt ein, zwei Stunden üben, und kommt danach wieder her.«
Taylor, die immer noch in ihrem Sessel saß, blickte skeptisch zwischen Louisa und ihrem Großvater hin und her.
»Okay.«
Louisa verdrehte die Augen und wandte sich zum Gehen, doch Aldrich hielt sie zurück.
»Und vergiss nicht, was wir besprochen haben«, raunte er.
Generyt zuckte Louisa die Achseln. »Keine Sorge, Aldrich. Ich werde sie mit Samthandschuhen anfassen.«

Ihr Ton sagte Taylor, dass sie im Leben noch niemanden mit Samthandschuhen angefasst hatte und bei ihr bestimmt nicht damit anfangen würde.
Als sie aufstand, um ihrer Trainerin zu folgen, warf Aldrich ihr einen aufmunternden Blick zu. »Pass gut auf, was sie dir zeigt. Louisas Fähigkeiten sind beeindruckend. Hinter diesen albernen Haaren verbirgt sich ein echtes Genie.«
»Wird bestimmt großartig«, brummte Taylor ergeben.
»Vorwärts!« Mit lautem Getöse öffnete Louisa die Wohnungstür und polterte in ihren schweren Stiefeln die Steinstufen hinunter.
Taylor wagte nicht, daran zu denken, dass sie die nächsten Stunden allein mit ihr verbringen sollte.
Aldrich, der ihr ängstliches Zögern bemerkte, geleitete sie zur Tür. »Sie ist sehr gut«, sagte er. »Auch wenn ihre Manieren vielleicht zu wünschen übrig lassen … Aber jetzt beeil dich, sie wird nicht auf dich warten.«

***

Taylor holte Louisa im Hof ein, wo sie mit gesenktem Kopf durch die Menge der Studenten pflügte.
Keinen schien es zu stören.
Ein Junge wich ihr aus und grinste sie nur an, als sie vorbeistapfte: »Hi, Louisa, hast du's mal wieder eilig?«
Louisa raunzte unhöflich zurück.
Taylor verspürte das dringende Bedürfnis, sich an ihrer Stelle zu entschuldigen.
»Sorry!«, murmelte sie, als sie an dem Jungen vorbeiging.
Louisa wirbelte herum. »Lass das.«

»Okay«, sagte Taylor nervös. »Entschuldige …«
Louisa sah sie angewidert an. »Kannst du mal aufhören, dich für alles zu entschuldigen? Du bist so …«, sie machte eine Geste, die Taylors ganzen Körper, der heute in Jeans und einem gestreiften Top steckte, mit einschloss, »verdammt spießig.«
»Wie bitte? Stimmt ja gar nicht!«, stammelte Taylor.
Doch Louisa lief bereits durch einen steinernen Torbogen hinaus auf die große, grüne Wiese, die sich hinter dem College erstreckte. Taylor hatte keine Wahl, sie hechelte hinterher.
Um diese Jahreszeit blühte die ganze Wiese, ein Meer aus Grün, Weiß und Rosa, und das wilde Gras reichte Taylor fast bis zur Hüfte.
Nachdem sie zehn Minuten in eisigem Schweigen gegangen waren – Louisa immer ein Stückchen voraus, ihre Haare ein türkis schimmerndes Leuchtfeuer –, lenkte Taylor schließlich ein.
»Wohin gehen wir eigentlich?«, keuchte sie außer Atem.
»Das wirst du erfahren, wenn wir da sind«, gab Louisa zurück, ohne sich umzudrehen.
Ein paar Minuten später umrundeten sie einen Hang, und Taylor sah das kalte, blaue Wasser des Flusses. Ausgetretene Steinstufen führten hinunter zu einem lang gestreckten Gebäude aus Naturstein, das am sandigen Ufer stand. Es sah aus wie ein Bootshaus. Rudern war in Oxford ja sehr beliebt, doch die meisten Bootshäuser standen näher an den Colleges und waren auch nicht annähernd so alt.
»Wo sind wir?«, fragte Taylor, als sie Louisa eingeholt hatte.
Die zog gerade klimpernd ein paar Schlüssel aus der Tasche, steckte einen davon ins Schloss und sperrte auf.

»Wir sind da«, sagte sie und trat ein.
Taylor seufzte resigniert. Dann nahm sie sich zusammen und folgte ihr.
Drinnen war es dämmrig und kühl. Die kleinen Fenster an der einen Wand waren so schmutzig, dass fast kein Licht durchkam. Es roch ein bisschen nach Fisch und dieser leicht modrigen Luft, die alle Gebäude, die am Wasser stehen, mit der Zeit erfüllt.
Louisa betätigte einen vergilbten Schalter, eine nackte Glühbirne flackerte über ihren Köpfen auf und erleuchtete einen Raum, der bis auf ein paar Bootspolster, die hier und da auf dem feuchten Steinboden herumlagen, leer war.
Auf den Fenstersimsen standen lauter Flaschen, in denen Kerzen steckten.
»Platz da!« Louisa baute sich energisch vor ihr auf, und Taylor wich hastig zur Seite aus, sodass sie die Tür schließen und verriegeln konnte.
Taylor schluckte.
Sie wünschte, sie wäre nie hergekommen. *Lieber für alle Zeiten Tom oder Georgie aus Versehen einen Stromschlag verpassen, als das hier.*
Louisa kam auf sie zu. Taylor sah sie misstrauisch an. »Und … was jetzt?«
»Jetzt das«, erwiderte Louisa und trat Taylor mit aller Wucht vors Schienbein.
»Au!« Taylor hielt sich den Unterschenkel und blitzte sie wütend an. »Das hat wehgetan.«
»Das sollte es auch, du Idiot«, erwiderte Louisa voll genervt. »Es *soll* wehtun. Jetzt pass auf.«

Sie griff in Taylors blonde Locken, wickelte sie um ihre Faust und riss Taylor von den Füßen.
Verblüfft griff diese nach oben, um sich zu befreien, doch da legte Louisa ihren Arm fest um Taylors Gurgel und nahm sie in den Schwitzkasten.
Vor Schmerz schossen Taylor die Tränen in die Augen. Sie spürte, wie Angst und Wut gleichzeitig in ihr aufstiegen, in ihren Händen begann es gefährlich zu kribbeln. Sie merkte, wie ihre Gefühle außer Kontrolle gerieten, wie vor ein paar Tagen, als sie die beiden Männer im Park erledigt hatte.
»Hör auf damit«, krächzte sie heiser, weil Louisa ihr immer noch die Kehle zudrückte. »Lass mich los.«
Doch Louisa drückte nur noch fester zu. »Spürst du etwa dieses süße, kleine Kribbeln in deinen Händen?«, fragte sie höhnisch. »Dann setz es ein. Wehr dich.«
»Ich …«, keuchte Taylor, »… weiß nicht, wie …«
»Doch, weißt du.« Louisa zerrte erneut an ihrem Haar, Taylor schnappte nach Luft und klammerte sich verzweifelt an Louisas Arm. »Jemand hat mir geflüstert, dass du neulich deinen Freund an die Luft gesetzt hast – und zwar buchstäblich.«
»Er war ein … Arschloch«, japste Taylor.
Louisa kicherte. »Und ich bin eine Bitch, also … wehr dich, Blondie. Oder krepier. Ich bin nämlich nicht dein Opa. Und deine ach so tolle Kraft geht mir total am Arsch vorbei.«
Taylor bekam nun gar keine Luft mehr. Schwarze Punkte tauchten vor ihren Augen auf. Offenbar meinte Louisa es ernst.
Plötzlich machte sich in ihr die gleiche kalte Distanz breit, die sie bei Tom und im Park in Paris gespürt hatte, und da sie keine andere Wahl hatte, wehrte sie sich nicht, sondern gab sich die-

sem Gefühl hin, ließ zu, dass es in ihren ganzen Körper strömte. Rasend schnell. Als wäre sie ein Glas, in das jemand eine kalte, tödliche Flüssigkeit goss.

Der werd ich's zeigen!

»Aufhören!« Das Wort entsprang direkt der Quelle ihrer Kräfte. Louisas Griff lockerte sich, nur ganz kurz, doch lange genug, damit Taylor einmal Luft holen konnte.

»Gut«, sagte ihre Trainerin. Sie schien beeindruckt. »Und gleich noch mal.«

Plötzlich spürte Taylor eine Art heiße Druckwelle, die von Louisas Körper ausging.

Sind das ihre Kräfte?

Sie atmete ein, so tief sie konnte, und konzentrierte sich.

LASS. MICH. LOS.

Diesmal sagte sie es nicht laut. Sie dachte es nur und fühlte es und meinte es mit ihrem ganzen Körper, mit jeder Faser ihres Wesens. Sie stellte sich vor, wie Louisa durch die Luft flog und gegen die Wand krachte – wie Tom.

Doch nichts geschah, außer dass Louisa sie losließ und die Hände hob, als ob sie einen Schlag abwehren wollte.

Erneut spürte Taylor diese heiße Welle.

Louisa ließ die Hände sinken, trat einen Schritt zurück und grinste sie an.

»Wahnsinn«, sagte sie. »Nicht übel für so 'ne kleine Spießerin. Jemand anderen hättest du jetzt in hohem Bogen in den Fluss befördert.«

Endlich frei, rannte Taylor zum anderen Ende des Bootshauses, wo sie sich mit dem Rücken an der Wand neben die Tür kauerte und tief und heiser einatmete. Ihre Lunge brannte vom Sauer-

stoffmangel, ihr Kopf pochte, als würde jemand von innen gegen die Schädeldecke hämmern.
»Mach … das … nie … nie … wieder«, sagte sie immer noch ganz außer Atem.
Louisa studierte ihre lila Fingernägel. »Ja, klar. Ich geb zu, meine Methoden sind ein bisschen unorthodox …«
»*Unorthodox?*« Jetzt wurde Taylor laut. »Kriminell, meinst du wohl? Du gehörst ins Gefängnis.«
»Hab ich schon hinter mir«, sagte Louisa cool. »Also was ist jetzt? Willst du was lernen oder nur rumjammern? Für deine erste Lektion war's nämlich schon ganz gut.«
»Schon ganz gut?« Taylor konnte nicht glauben, was sie da hörte. »Hör zu, falls du vorhast, mir jedes Mal eine reinzuhauen, wenn du mir was beibringen willst, dann wird das eine von uns nicht überleben. Und zwar du.«
Louisa gab ein bellendes Lachen von sich – es war das erste Mal, dass sie Taylor nicht nur anraunzte. Das veränderte sie komplett. Wenn sie lächelte, sah sie beinahe … nett aus.
»Na ja, so schwach, wie du aussiehst, bist du jedenfalls nicht. Das muss man dir lassen.«
»Danke, ebenfalls«, murmelte Taylor.
Louisa ging darüber hinweg. »Aber du hast es vermasselt. Du hast die Energie deiner eigenen Angst und Wut benutzt, um dich gegen mich zu wehren. Ich meine, für einen Anfänger war es gut. Rekordverdächtig gut, muss ich zugeben. Aldrich wird bestimmt ganz aus dem Häuschen sein. Trotzdem, du musst es anders angehen. Dann wirst du noch stärker und bekommst auch nicht diese ätzenden Kopfschmerzen. Und deswegen sind wir hier. Das ist es, woran wir arbeiten müssen.«

Taylor beäugte sie misstrauisch. »Okay …«
»Wir müssen daran arbeiten, woher und wie du deine Energie bekommst«, fuhr Louisa fort. »Im Moment kannst du sie nur abrufen, wenn du wütend bist oder Angst hast. Du zapfst deine eigene Energie an, daher die Kopfschmerzen. Du musst lernen, deine Kräfte aus der Energie um dich herum zu ziehen. So, wie ich es jetzt tue.«
Sie machte eine Handbewegung. Im Nu entzündeten sich die Kerzen, die in den Flaschen auf den Fensterbrettern steckten, und erleuchteten das schmutzige Glas. Eine zweite Handbewegung, und sie erloschen wieder.
»Siehst du? Ich habe die Energie der Umgebung benutzt und damit gemacht, was ich will. Ohne mich körperlich anzustrengen. Ohne mir dabei wehzutun. Nichts ist dabei zu Bruch gegangen. Das ist es, was du lernen musst. Denn so, wie's jetzt aussieht, würdest du beim Versuch, die Kerzen anzuzünden, das ganze Haus abfackeln, und dein Schädel würde implodieren.«
»Oh.« Taylor ließ sich auf den Boden rutschen. »Das wär nicht gut.«
»Na, vielleicht würde es außer mir ja keiner vermissen«, sagte Louisa. »Aber ich mag dieses Haus. Und ich möchte, dass es stehen bleibt.« Zur Bestätigung klopfte sie gegen die Steinmauer hinter sich. Dann wandte sie sich wieder an Taylor. »Also lass uns loslegen.«

***

Sie übten über eine Stunde. Zunächst erklärte Louisa die Grundlagen, dann sollte Taylor tun, was sie verlangte.
Sie versuchten, Kissen anzuheben, Kerzen zu entzünden oder

durch die Luft fliegen zu lassen, sogar Fensterscheiben zu zertrümmern.
Doch immer wieder zeigte sich das gleiche Problem. Wenn sie keine Angst hatte oder wütend war, konnte Taylor keine fremde Energie mobilisieren.
Als sie puterrot, verschwitzt und mit klopfendem Herzen zum wiederholten Mal daran scheiterte, eine Kerze auf dem Sims zwei Zentimeter anzuheben, ließ sie sich auf ein Kissen fallen und stützte entmutigt den Kopf in die Hände.
»Das bringt doch nichts«, sagte sie niedergeschlagen. »Du hast dich geirrt. Tut mir leid, dass ich deine Zeit verschwende.«
Louisa setzte sich neben sie und schob sich ein paar blaue Haarsträhnen aus den Augen.
»Falls es dich tröstet«, sagte sie, »ich erinnere mich noch sehr gut an diese Trainingsphase. Ein Albtraum. Und ich war damals erst zwölf. Also hör auf zu flennen.«
Taylor war zu müde, um wütend zu werden. Sie lehnte sich zurück gegen die Wand und lachte tonlos.
»Hack nur auf mir rum. Ist mir egal.«
»Sieh's doch mal so«, erwiderte Louisa. »Du trägst die Kräfte in dir, hast sie aber noch nie benutzt. Also kannst du nicht erwarten, dass du sie sofort kontrollieren kannst. Du musst es langsam angehen. Du musst dich von Level zu Level arbeiten. Du musst besser werden wollen.« Sie zählte die drei Grundlagen an den Fingern ab. »Wenn du das beherzigst, dann wirst du gut. Richtig gut. Gigantisch gut. Wenn nicht, landest du im Knast, wie ich.«
Taylor betrachtete sie neugierig. Es überraschte sie nicht, zu erfahren, dass Louisa eine harte Vergangenheit hatte – das sah

man ihrer ganzen Erscheinung an –, doch plötzlich wollte sie wirklich gern mehr über sie erfahren.

Außerdem war Reden besser, als ihre Zeit an unkooperative Kerzen zu verschwenden.

»Weshalb warst du im Gefängnis?«

Louisa streckte ihre muskulösen Beine. Im matten Licht, das durch die staubigen Fenster drang, glichen die Tätowierungen, die ihre Waden hinaufkletterten, antiken Symbolen. Um den einen Knöchel wand sich eine Schlange, die sich selbst in den Schwanz biss.

»Ich war fünfzehn«, begann sie. »Ich hatte schon 'n bisschen Unterricht gehabt, als ich jünger war, aber dann hat sich mein Trainer verpisst. Meine Eltern dann auch. Von da an lebte ich mit ein paar Kumpels in einem besetzten Haus in Liverpool. Ganz normale Menschen, nicht solche wie wir. Eines Nachts haben sie Party gemacht, und so ein Typ hat mich angegrapscht.« Mit leerem Blick starrte sie in die Ferne. »Gegen meinen Willen. Ich kannte ihn nicht mal. Er war schon älter, zwanzig oder so. Ich hab gesagt, er soll aufhören, aber der hat sich taub gestellt. Außerdem war er total breit. Ich hatte eine Scheißangst, weil er so viel größer war als ich. Er hat mich zu Boden gestoßen … Und in diesem Augenblick sind diese Kräfte plötzlich in mir hochgeschossen, und ich hatte echt keine Ahnung, wie ich sie kontrollieren sollte.« Aufgewühlt sah sie Taylor an. »Ich hab ihn aus dem Fenster katapultiert.«

»Oh Gott«, wisperte Taylor. »Und?«

Louisa drehte sich wieder weg. »Kein Mensch überlebt einen Sturz aus dem fünften Stock.«

»Er war *tot*?«, fragte Taylor entsetzt.

Louisa nickte. »Und meine Hausbesetzerkumpels haben mich verpfiffen. Also bin ich in den Knast gewandert.«

»Wegen *Mordes*?«

»Wer's verbockt, muss dafür zahlen«, sagte Louisa matt.

»Aber … wieso bist du dann jetzt hier?« Taylor deutete auf das Bootshaus.

Athletisch sprang Louisa auf die Füße und hielt ihr die Hand hin. Nach kurzem Zögern schlug Taylor ein, und Louisa zog sie hoch wie ein Fliegengewicht. Dann wandte sie sich zur Tür.

»Das ist der Vorteil, wenn man so ist wie wir, Blondie.« Sie schnippte mit den Fingern Richtung Tür, und das Schloss sprang mit einem rostigen Quietschen auf. Die Tür war offen.

»Keiner kann uns gegen unseren Willen irgendwo festhalten.«

28

»Gib mir die Fernbedienung«, forderte Sacha und streckte die Hand aus.

Im Fernsehen sang ein schlankes Mädchen mit tonnenweise Make-up im Gesicht Playback zu einem Popsong.

Laura, deren Augen am Fernseher klebten, weigerte sich. »Nie im Leben.«

Sacha verzog das Gesicht. Laura hatte echt einen miserablen Musikgeschmack.

Er warf einen kurzen Blick auf sein Smartphone – keine Nachricht von Taylor. Sie musste noch in der Schule sein, in England war es ja eine Stunde früher.

Von der Messerstecherei im Park hatte er sich vollständig erholt. Tagelang hatte er die Nachrichten verfolgt und auf einen Bericht über zwei ungeklärte Todesfälle gewartet, aber nichts gefunden. Die beiden Schläger mussten Taylors Attacke überlebt haben.

Sie hatte ihm von dem Besuch bei ihrem Großvater erzählt. Und dass ihre Kräfte etwas mit Alchemie zu tun hatten. Sacha versuchte, den graubärtigen alten Mann – so sah in seinem Kopf ein Alchemist aus – durch das Bild einer blond gelockten, jungen, lebhaften Engländerin zu ersetzen. Es gelang ihm nicht.

»*I'm just gonna shake, shake, shake …*«, sang das tanzende amerikanische Teeniegirl, und Laura schaute fasziniert zu.
Sacha schnaubte genervt und gab sich wieder seinen Gedanken hin. Er dachte an Taylor, die jede freie Minute versuchte, Kerzen ohne Streichhölzer zu entzünden. Und daran, dass er Laura nicht allein in der Wohnung lassen wollte, aus Angst, es könnte wieder irgendwer an der Tür auftauchen. Diese gruseligen Gestalten, die ihn gewarnt hatten, sich von Taylor fernzuhalten, oder die beiden Kerle aus dem Park.
Eine Woche war seit Taylors Besuch vergangen. Und seit einer Woche saß er nun jede Nacht zu Hause in der Falle.
In seiner Tasche vibrierte das Handy, er zog es heraus und hoffte, dass es Taylor war. Doch als er den Namen auf dem Display sah, richtete er sich so plötzlich auf, dass Laura sogar den Blick vom Bildschirm löste, um nachzusehen, ob alles in Ordnung war.
Antoine.
Mit dem Handy in der Hand rannte Sacha aus dem Zimmer. »Was gibt's?«
»Sacha!« Antoine klang wütend. »Was zum Teufel hast du getan?«
»Wovon redest du?« Sein Magen geriet ins Schlingern.
»Die beiden Typen, du weißt schon, die sind letzte Woche ziemlich übel aufgemischt worden. Und jetzt heißt es, du wärst das gewesen.«
Sacha schloss die Augen und ließ sich nach hinten gegen die Küchentheke fallen. Seine Knochen fühlten sich an wie Butter.
Merde, merde, merde …
»Sacha?« Antoines nasale Stimme holte ihn zurück. »Hast du gehört, was ich gesagt habe?«

»Ja, hab ich.«
Antoine keuchte ins Telefon.
»Bist du das gewesen?«, fragte er nach einer kurzen Pause. »Hast du die so zugerichtet?«
»Spielt das eine Rolle?«
»Vermutlich nicht«, musste Antoine zugeben.
Sacha rieb sich mit der Hand übers Kinn und schaute den Flur hinunter, wo Laura noch immer auf dem Sofa lag und dem hübschen Girlie beim Tanzen zuschaute. War sie in Sicherheit? Konnte er sie vor alldem beschützen?
»Hör zu«, sagte Antoine mit unüberhörbarem Widerwillen. »Ich will darüber nicht am Telefon sprechen. Wir treffen uns, du weißt schon wo, dann sage ich dir, was ich weiß. Die werden mir auf die Pelle rücken, Sacha, die wissen, dass ich dich kenne, und sie werden mich fragen, wo du wohnst. Ich will es ihnen nicht sagen, aber … Du weißt, wie die drauf sind. Und was sie mit mir anstellen, wenn … falls ich es ihnen nicht sage.« Plötzlich hörte Sacha am anderen Ende der Leitung einen lauten Knall. Als hätte Antoine auf irgendwas eingeschlagen. Als er weitersprach, keuchte er schwer. »Wir sind geliefert, weißt du das, Sacha? Wir sind am Arsch.«

***

Sacha stopfte sein Handy zurück in die Tasche, schnappte sich das Kapuzenshirt und streifte es über, während er zurück ins Wohnzimmer ging.
»Ich hab Maman versprochen, einkaufen zu gehen«, log er, ohne mit der Wimper zu zucken. »Kannst du ein paar Minuten auf dich selbst aufpassen?«

Er ließ Laura nur ungern allein, doch in den letzten Tagen war alles ruhig geblieben. Und er musste sich einfach um die Sache mit Antoine kümmern.
Seine Schwester verdrehte die Augen. »Ich bin doch kein Baby mehr.«
Er steckte die Schlüssel ein und ging zur Tür.
»Schließ hinter mir ab«, wies er sie an. »Und mach niemandem auf, unter gar keinen Umständen, okay?«
Die letzten Worte unterstrich er mit einem strengen Blick.
Sie zuckte die Schultern. »Von mir aus.«
»Ich mein's ernst, Laura«, beharrte er.

***

Draußen schien die Sonne. In den Straßen gingen die Menschen ihrem Alltag nach. Sie wussten nicht, was in dieser Stadt noch so vor sich ging.
Hätte Sacha ihnen die Wahrheit über sein Leben erzählt, sie hätten ihn für verrückt erklärt.
Wie konnten so unterschiedliche Welten nebeneinander existieren, ohne dass die eine etwas von der anderen mitbekam?
Er zog sein Handy heraus und suchte im Adressbuch den Kontakt seiner Tante. Seit seinem ersten Anruf hatten sie jeden Tag telefoniert. Sie war die Einzige, die wirklich verstehen konnte, was los war.
»Salut, Tante Annie. Ich bin's«, sagte er, als sie dranging. »Und? Schon was in Papas Büchern gefunden?«
»Ach, Sacha, ich fürchte, nein«, sagte sie. »Dein Vater besaß Unmengen Bücher, es sind einfach zu viele. Ehrlich gesagt, könnte ich deine Hilfe brauchen.«

Sacha war hin- und hergerissen. Wenn er zu Tante Annie fuhr, musste er seine Mutter und Laura ohne Schutz zurücklassen. Er sah einfach keine Möglichkeit, gleichzeitig sich selbst zu retten und andere zu beschützen.
Ein paar Minuten unterhielten sie sich noch, dann beendete Sacha das Gespräch und versprach, es sich überlegen zu wollen.
Während er langsam zur Metro lief, klingelte sein Handy erneut. Wahrscheinlich hatte Tante Annie noch etwas vergessen, er ging dran, ohne aufs Display zu schauen.
»War noch was?«
Als sich niemand meldete, legte er die Hand über sein freies Ohr, um den Straßenlärm abzuschirmen. »Hallo? Tante Annie?«
Keine Antwort. Plötzlich schallte aus dem Handy ein durchdringender Schrei.
Sacha erstarrte. Das war nicht Tante Annies Stimme.
Er blickte hektisch auf das Display.
Laura.
Sacha schnappte nach Luft.
Dann wirbelte er herum und rannte los. Zurück nach Hause. Zurück zu seiner Schwester, die ganz allein war.
»Laura, rede mit mir.« Er versuchte, möglichst ruhig zu klingen, doch seine Stimme bebte. »Was ist passiert?«
Er hörte ein leises Schluchzen, es klang gedämpft.
Der Gehweg war voller Menschen. Sacha stieß sie einfach aus dem Weg, hetzte um Kleinkinder, sprang über einen winzigen Hund.
Frustriert, weil er ständig ausweichen musste, wechselte er mit einem Satz auf die Straße und rannte mitten durch den Strom der Autos.

Sofort ertönte wildes Hupen. Fahrer gestikulierten und riefen ihm obszöne Flüche zu, wenn sie ihn überholten. Sacha beachtete sie nicht.

Er schrie in sein Handy. »Komm schon, Laura. *Rede mit mir.*«

»Sacha.« Ihre Stimme klang völlig verschreckt.

Erleichterung breitete sich in seinem Körper aus und machte ihn schwindlig. Er rannte trotzdem weiter.

»Was ist los, *ma puce*?«

»An der Tür sind Männer«, sagte sie so leise, dass er sie kaum verstand. »Gruselige Männer mit schwarzen Mänteln. Mit denen stimmt was nicht. Die sehen nicht normal aus. Sie versuchen, in die Wohnung zu kommen.«

In diesem Augenblick hörte er durchs Telefon ein fernes, beinahe rhythmisches Hämmern.

Laura wimmerte und unterdrückte ein Schluchzen. »Wer sind die, Sacha? Was wollen die?«

Halt dich von dem Mädchen fern.

Sachas Magen verkrampfte sich. Es war noch immer schrecklich weit – so groß war ihm Paris noch nie vorgekommen.

»Sind das die Männer, die da gegen die Tür hämmern?«

»Ja«, antwortete sie leise. »Sie ist verriegelt, aber sie rütteln daran. Ich glaub, die kommen bald rein. Ich hab solche Angst, Sacha.«

Die Panik in ihrer Stimme brach ihm das Herz. Er wusste, wie es sich anfühlte, Dingen ausgeliefert zu sein, die man nicht begreifen konnte.

»Ich bin auf dem Weg. Ich komm, so schnell ich kann. Versteck dich irgendwo und mach keinen Mucks, egal was passiert.«

Ein Splittern war zu hören. Laura schnappte nach Luft. »Oh Gott. Ich glaube, sie sind drin. Beeil dich, Sacha, bitte!«

Die Verbindung wurde unterbrochen.
Sacha fluchte laut und rannte noch schneller, bis die Häuser und Menschen und die ganze Stadt um ihn herum verschwammen.
Abgase lagen schwer in der heißen Luft. Die Ampel zeigte rot. Die Kreuzung war sehr belebt, auf allen Spuren fuhren Autos und Busse. Doch Sacha hatte keine Zeit zu verlieren.
Er rannte an der Schlange wartender Autos entlang und stürzte sich in den chaotischen Verkehr.
Ringsum misstönendes Reifenquietschen, jemand schrie auf, die Luft füllte sich mit dem beißenden Geruch von geschmolzenem Gummi.
Entschlossen rannte Sacha weiter.
Als er die andere Straßenseite erreichte, stellte sich ihm ein Mann mit ausgebreiteten Armen in den Weg, als wollte er ihn zu seinem eigenen Besten aufhalten.
Sacha schlug die Arme des Mannes beiseite und lief an ihm vorbei, ohne sein Tempo zu drosseln.
In seinem Kopf hörte er immerzu nur Lauras verängstigte Stimme. *Beeil dich!*
Als er endlich ihr Haus erreichte, tropfte ihm der Schweiß von der Stirn, und sein klatschnasses T-Shirt klebte am Körper. Seine Kehle brannte.
Er rannte Richtung Treppenhaus, hielt dann aber vor dem Aufzug kurz inne. Er war leer, die Türen standen offen.
Als würde er auf ihn warten.
Unheimlich.
Mit dem fahr ich bestimmt nicht.
Er stieß die Tür zum Treppenhaus auf und sprang, drei Stufen auf einmal nehmend, die Treppe hinauf. Das Gebäude war still,

kein Mensch kam ihm entgegen. Er hörte nur sein Herz, das ihm in den Ohren hämmerte, und sein eigenes heiseres Keuchen.
Im dritten Stock angelangt, stürzte er durch die Tür in den Hausflur, wo er wie angewurzelt stehen blieb.
Ihre Wohnungstür war aus den Angeln gebrochen, und davor standen drei schwarz gekleidete Gestalten mit bleichen Gesichtern. Jeder hatte einen Arm ausgestreckt, die Handflächen Richtung Wohnung.
Es waren die drei Gestalten vom letzten Mal. Sacha lief es eiskalt den Rücken runter, doch sein Gesicht verriet keine Spur von Angst.
»Ihr schon wieder?«, rief er den Gestalten zu. »Stalkt ihr mich jetzt, oder was?«
In einer synchronen Bewegung drehten sich die drei zu ihm um. Allein bei ihrem Anblick zog sich alles in seinem Bauch zusammen – sie sahen nicht menschlich aus. Ihre Haut war unnatürlich blass, die eingesunkenen Augen viel zu schwarz. Die Gesichter sahen eher aus wie Totenschädel.
Sie lächelten ihn an.
Sachas schnürte es die Kehle zu. Trotzdem betrachtete er sie weiter mit gespielter Lässigkeit.
»Langsam glaub ich, ihr seid von mir besessen.«
In eisigem Schweigen glitten die drei Gestalten auf ihn zu. Er wich ein Stück zurück, dann noch eins und noch eins, immer weiter, bis es nicht mehr ging. Die Aufzugtüren versperrten ihm den Weg.
»Haut ab.« Er versuchte, cool zu klingen, doch seine Stimme zitterte.
Ohne Vorwarnung glitten die Türen hinter ihm zur Seite, und er

fiel nach hinten. Er schrie auf und suchte mit rudernden Armen nach Halt, um den Sturz in den Schacht zu vermeiden. Doch dann bemerkte er, dass in der Zwischenzeit der Aufzug gekommen war. Wie von selbst.

Er stolperte hinein, den Blick immer auf die bleichen Kreaturen im Flur gerichtet.

Mit gespenstisch lautlosen Schritten folgten sie ihm in die Kabine.

Jetzt war er zusammen mit den drei Gestalten eingesperrt, mit dem Rücken zur Wand.

So nahe waren sie, dass er sie hätte berühren können, ohne den Arm auszustrecken. Doch der Gedanke war so abstoßend, dass er unwillkürlich die Hände hinter dem Rücken versteckte.

Sie verströmten eine Eiseskälte und einen seltsamen Geruch – wie feuchte Erde.

Sacha versuchte, seine Angst nicht zu zeigen.

»Gemütlich, was?«, sagte er.

Die Aufzugtür schloss sich.

Jetzt sitz ich in der Falle.

Die Erkenntnis traf ihn mit voller Wucht. Er rang nach Luft.

Er wusste nicht genau, warum ihm die Gestalten so eine Angst einjagten. Vor dem Tod hatte er keine Angst, nur davor, dass man ihm wehtun oder ihn tagelang foltern könnte, ohne dass er sich in den Tod flüchten konnte. Und sein Gefühl sagte ihm, dass diese drei dazu fähig waren.

»Wenn ihr meiner Schwester was antut«, zwang er sich zu sagen, »werde ich euch töten.«

»Du bist der dreizehnte Sohn.«

Sie sprachen wie aus einem Mund. Ihre Stimmen waren tief –

unnatürlich tief. Sacha schauderte. Was sie sagten, klang verstörend vertraut.

Obwohl ihr schreckliches Grinsen sich nicht veränderte, hatte Sacha den Eindruck, sie warteten auf eine Antwort.

»Ist mir auch schon zu Ohren gekommen«, sagte er.

»Du bist der dreizehnte Sohn«, sagten sie noch einmal im Chor.

»Schon gut, ich hab's kapiert.« Sacha ballte die Fäuste. »Und jetzt verpisst euch endlich!«

Die Gestalten schienen unbeeindruckt. Der Große im Hintergrund sah ihn mit einem Ausdruck grausamen Vergnügens in den kohlschwarzen Augen an.

»Du da«, sagte Sacha und deutete auf ihn. »Sag was. Sag mir, was ihr wollt.«

Zu seiner Überraschung antwortete das Ding sofort. Seine Stimme war flach und monoton. Tief wie ein Grab.

»Sacha L'Hiver, wir sind gekommen, dich heimzuholen. So will es die Prophezeiung.«

Die ganze Sache gefiel Sacha immer weniger. Das Wort »Prophezeiung« gefiel ihm nicht. Dass sie seinen Namen kannten, gefiel ihm nicht. Und wie sie *rochen*, gefiel ihm nicht.

Er hatte langsam das Gefühl, zu ersticken. Die Luft war dünn geworden. Als hätten sie der Luft im Aufzug den Sauerstoff entzogen.

»Ich weiß nicht, was ihr von mir wollt.« Einen auf sarkastisch zu machen, brachte er nicht mehr fertig, dazu war er zu panisch. Seine Stimme bekam einen flehenden Unterton. »Und außerdem heiße ich mit Nachnamen Winters. Vielleicht habt ihr euch geirrt … Kann jedem mal passieren.«

Ohne Vorwarnung ruckelte der Aufzug und begann abwärtszu-

fahren. In der stillen Kabine klang sein Summen unnatürlich laut.
Sachas Herz schlug wie wild. Er dachte an Laura, die allein und völlig verschreckt in der Wohnung saß, und hoffte inständig, dass es nicht noch weitere von diesen *Monstern* gab und sie jetzt nicht etwa mit einem ganz allein war.
»Hört zu, ich möchte nicht mit euch nach Hause gehen«, sagte er mit wachsender Panik. »Ich lebe hier, also bin ich schon zu Hause.«
»Es ist dein Schicksal«, sagte der Große wieder mit seiner Grabesstimme, den Blick starr auf Sacha gerichtet. »So wurde es vor langer Zeit entschieden. Du hast die Warnung missachtet, dich von dem Mädchen fernzuhalten. Jetzt kommen wir dich holen.«
Auf der Anzeige neben der Tür leuchteten die Stockwerke auf: *Erdgeschoss, Erstes Untergeschoss, Zweites Untergeschoss …*
Sacha war von den schwarzen Augen des Mannes wie hypnotisiert. Sie schienen unendlich.
»Seid ihr diejenigen, die mich töten werden?« Er hasste die Angst, die aus seinen Worten sprach.
Tiefgarage. Der Aufzug stoppte unsanft.
Die Türen glitten zur Seite. Davor wartete ein Mann in Kakishorts und weißem, kurzärmeligem Hemd. Braun gebrannt, das Haar perfekt geföhnt.
Als er einen Schritt auf die Kabine zu machte, drehten die drei ihm ihre Gesichter zu.
Der Mann machte einen Satz nach hinten.
»Ich … äh … nehm dann mal lieber die Treppe«, stammelte er, drehte sich um und rannte davon.
»Nein!«, schrie Sacha. »Bleiben Sie, helfen Sie mir!«

Doch der Mann rannte einfach weiter. Blitzschnell hob der Große seine Hand. In der Ferne hörte man einen entsetzlichen Schlag, wie wenn ein Körper aus großer Höhe zu Boden kracht. Sacha machte einen Schritt vorwärts, doch schon schlossen sich die Türen. Der Aufzug ruckte kurz und fuhr wieder nach oben. Die drei wandten sich ihm zu, die Gesichter teilnahmslos und kalt.

»Die Zeit ist gekommen«, sagte der Große. »Das Mädchen kann dir nicht helfen.«

Sacha schnürte es die Kehle zu.

In seinem Kopf wirbelten die Gedanken durcheinander. Wenn sie zu ihm kommen konnten, diese Kreaturen oder was immer sie waren, dann konnten sie auch nach England gelangen. Und Taylor hatte keine Ahnung, was hier vor sich ging. Er musste ihnen entkommen. Er musste Taylor warnen.

»Lasst sie aus der Sache raus«, knurrte er und wollte, die Hände zu Fäusten geballt, auf sie losgehen.

Da streckten sie die Arme aus, die Handflächen gegen Sacha gewandt, und plötzlich erfüllte der metallische Gestank von Blut die Kabine. Es rann von der Decke und floss die Wände herab, und ehe er sich's versah, stand Sacha in einer dickflüssigen roten Lache. Er fühlte, wie sich das Blut über sein Gesicht und Haar ergoss, wie es warm und klebrig an seinen Händen und Schultern hinunterfloss. Hörte es satt auf den Boden tropfen. Ihm wurde kotzübel.

Um den Horror zu verdrängen, kniff er, sich krümmend und würgend, fest die Augen zusammen und presste die Hände auf die Ohren.

Wieder stoppte der Aufzug, diesmal im Erdgeschoss.

Mit einem fröhlichen *Pling!* gingen die Türen auf.
Sacha, der sich immer noch vor Übelkeit krümmte, machte vorsichtig die Augen auf. Das Blut war verschwunden.
Die drei Gestalten sahen ihn mit leeren Augen an. Hinter ihnen stand ein schmächtiger Junge vor der geöffneten Aufzugtür und starrte ihn mit offenem Mund an, ein tropfendes Eis in der Hand.
Sacha kannte den Jungen, er wohnte im vierten Stock. Ein netter kleiner Kerl, acht Jahre alt.
Die Gestalten drehten sich um und streckten wieder die Arme aus.
»Nein!« Mit einem erstickten Schrei warf Sacha sich auf sie.
Er hatte erwartet, auf starken Widerstand zu stoßen, doch ihre Körper schienen seltsam substanzlos. Als würde man nach Wasser greifen.
Er stolperte mitten durch sie hindurch.
Blitzschnell packte er den Jungen am Arm und zerrte ihn mit sich durch die Eingangshalle hinaus auf die Straße, wobei dem das Eis aus der Hand fiel und auf den heißen Asphalt klatschte.
Erst war der Kleine zu verblüfft, um sich zu wehren. Doch als sie den Gehweg erreicht hatten, versuchte er, sich wütend und schreiend aus Sachas Griff zu winden.
»He, was soll das? *Merde.* Los…lassen!«
Ohne seinen Griff zu lockern, wandte Sacha sich um und schaute zurück in den Hausflur. Der Aufzug wartete mit geöffneten Türen. Leer.
Verdattert starrte Sacha zu der verlassenen Kabine. Die schwarzen Gestalten waren verschwunden. Als hätten sie sich einfach in Luft aufgelöst – oder als wären sie niemals da gewesen.

Der Junge schüttelte Sachas Hand ab und rannte, so schnell er konnte, die Straße hinunter.

»Gern geschehen«, brummte Sacha, während er zusah, wie der Junge immer kleiner und kleiner wurde.

Einen Moment lang stand er, am ganzen Leib zitternd, mitten auf der Straße und blickte hinauf zu ihrer Wohnung. Dann traf es ihn wie der Blitz.

Laura.

29

Er rannte zurück in die Eingangshalle, wohl wissend, dass die Kreaturen jederzeit wieder auftauchen konnten. Doch die Luft war rein.

Die Aufzugtür stand immer noch offen.

Da kriegen mich keine zehn Pferde mehr rein, dachte Sacha und rannte, so schnell er konnte, die Treppen hoch.

Oben angekommen, stieß er die Wohnungstür auf – oder das, was davon noch übrig war. Knirschend und knackend schlug das zersplitterte Holz gegen die Wand.

In der Wohnung war es still. Und kalt.

»Laura!« Sacha rannte den Flur entlang. In der Totenstille klang seine Stimme unnatürlich laut. »Laura! Ich bin's.«

Mit hämmerndem Herzen durchsuchte er jeden Winkel. Sein Zimmer – nichts. Lauras Zimmer – nichts. Die Küche – nichts.

Was hatten sie mit ihr gemacht? Sie verschleppt? Sie aus dem Fenster gestoßen? Er presste die Hand auf den Mund und unterdrückte ein panisches Schluchzen.

Und dann hörte er es. Ein leises Rascheln, das aus dem Zimmer seiner Mutter kam.

Er lief zurück. Die Tür stand offen, Licht strömte durch die ho-

hen Fenster herein. Das Bett war ordentlich gemacht, der Geruch ihres Parfums lag noch in der Luft.
»Laura? Bist du hier? Du kannst rauskommen, sie sind weg.«
Hoffentlich.
Zaghaft öffnete sich die Schranktür. Mit tränenüberströmtem Gesicht hockte Laura inmitten von Schuhen und Handtaschen und guckte verängstigt aus ihrem Versteck.
Erleichtert ließ Sacha sich auf die Knie fallen und zog sie in seine Arme.
»Gott sei Dank«, sagte er wieder und wieder und presste ihren schmalen Körper an sich.
»Ich hatte so furchtbare Angst«, sprudelte es aus ihr heraus. »Zuerst haben sie immer wieder gegen die Tür gehämmert, und dann gab es plötzlich einen riesigen Knall. Ich konnte ihre Stimmen hören. Sie haben nach dir gesucht. Was wollen die von dir? Wer sind die? Was hast du gemacht? Schuldest du denen Geld?«
Sacha hielt sie immer noch fest. Er schüttelte den Kopf. »Ich weiß selbst nicht genau, wer die sind.«
Er spürte, wie sie fröstelte.
»Die sahen nicht wie normale Menschen aus. Eher wie Monster.«
Sacha dachte an das Blutbad, das sie ihm vorgegaukelt hatten.
»Es *sind* Monster.«
»Werden sie wiederkommen?«, fragte Laura und drückte sich noch enger an ihn.
»Ich hoffe nicht.«
Genau davor hatte er sich immer gefürchtet. Dass durch sein verpfuschtes Leben auch seine Familie in Gefahr geriet.

Wie gern wäre er derjenige gewesen, der sie beschützte. Doch die Wahrheit war, dass sie nicht sicher waren, solange er mit ihnen unter einem Dach lebte.
Jahrelang hatte er versucht, damit klarzukommen, dass er sterben musste. Jetzt, da ihm nicht mehr viel Zeit blieb – und da er wusste, *wer* ihn ins Totenreich schleppen würde –, wollte er nur noch eins: am Leben bleiben. Einfach ein normaler Junge mit einem normalen Leben sein. Sich um Laura und seine Mutter kümmern.
All das würde nie eintreten, so viel war ihm jetzt klar. Gegen diese Wesen konnte er nicht ankämpfen. Wie auch?
Und in diesem Augenblick, seine kleine Schwester in den Armen haltend, fasste er seinen Entschluss. Er würde zu Tante Annie fahren und sich die Aufzeichnungen seines Vaters ansehen. Vielleicht fand er darin ja doch etwas Brauchbares. Und dann würde er verschwinden, so weit wie möglich weg von allen, die er liebte.
Er würde diese *Kreaturen* fortlocken. Wenn er fort war, hatten sie keinen Grund mehr, hier aufzutauchen, und Laura und seine Mutter wären in Sicherheit.
»Ich muss weg.« Ungewollt hatte er es laut ausgesprochen.
Laura wand sich aus seinen Armen und sah ihn entgeistert an. »Weg? Was meinst du damit?«
Ihre Hand zitterte, als sie sich die Haare aus dem Gesicht strich.
»Ich meine, sie sind nur hinter mir her. Wenn ich weggehe, werden sie mir folgen, und ihr seid in Sicherheit.« Er sprach langsam und eindringlich. Es war wichtig, dass sie verstand. Wenn sie auf seiner Seite war, konnte sie vielleicht auch ihre Mutter überzeugen, und das würde es für alle leichter machen.

»Aber wo willst du denn hin? Und was ist, wenn sie dich kriegen?« Sie griff nach seiner Hand. In ihren Augen lag ein flehentlicher Blick. »Bitte, Sacha. Geh nicht weg. Maman braucht dich. Und ich auch.«

»Ich weiß«, antwortete Sacha. »Aber ich habe keine Wahl. Ich muss. Ich könnte es nicht ertragen, wenn euch meinetwegen etwas passiert.«

Laura klammerte sich an seine Hand. Eine Träne rann ihre Wange herab. Sie wischte sie weg.

»Aber wo willst du hin?«, fragte sie wieder. Es klang verzweifelt.

Sacha überlegte. Das Letzte, was er wollte, war, dass Laura oder seine Mutter ihm zu Tante Annie folgten.

»Ich hab da so 'ne Idee«, sagte er vage. »Ein sicherer Ort auf dem Land.«

Er drückte Lauras Hand und merkte, wie zerbrechlich sie wirkte, wie dünn ihre Knochen waren, wie zart ihre Haut. Er hatte sie immer beschützt, und das würde er auch diesmal tun.

30

Taylor hockte auf dem grau-weiß gemusterten Teppich in ihrem Zimmer, vor sich eine Kerze.

»Entflamme!« Sie wedelte mit der Hand.

Nichts geschah.

»Geh endlich an, du blödes Wachsding«, sagte sie frustriert.

Doch die Kerze dachte gar nicht daran.

Taylor merkte, dass die Kopfschmerzen wieder anfingen, und strich sich mit der Hand über die Stirn.

Leise fluchend griff sie nach einem alten ledergebundenen Büchlein. Anstelle eines Titels hatte der abgegriffene Einband Prägungen in Form seltsamer geometrischer Symbole aus verblasstem Gold.

Als sie es berührte, fingen ihre Hände an zu kribbeln. Ein leises Vibrieren ging von dem Buch aus, als würde es Energie verströmen.

Ihr Großvater hatte es ihr gegeben, als sie nach ihrem Training mit Louisa in seine Wohnung zurückgekehrt war.

»Ein uraltes Bändchen mit alchemistischen Übungen«, erläuterte er. »Meine Schwestern und ich haben danach gelernt, und vor uns mein Vater. Es ist wichtig, die Übungen der Reihe nach abzuarbeiten. Erst wenn du eine Lektion beherrschst, darfst du zur nächsten übergehen, denn mit jeder Übung erreicht man eine höhere Stufe.« Er hob warnend den Zeigefinger. »Wer zu schnell zu viel versucht, für den könnte es schmerzhaft werden.«

»Schmerzhaft, aha«, meinte Taylor und rieb sich die geschundenen Arme. »Hab's kapiert.«

Die grünen Augen ihres Großvaters funkelten wissend.

»Ich weiß, Louisa kann zuweilen etwas rau sein. Aber sie ist die Beste von uns allen hier. Ein Naturtalent, genau wie du. Du hast sie heute sehr beeindruckt.«

Taylor merkte, dass sie rot wurde, und war selbst überrascht, wie viel Louisas Urteil ihr bedeutete.

»Was meinst du mit ›die Beste von euch allen‹? Wie viele von euch … ich meine, *uns*, gibt es denn? Hier … oder woanders.«

Er drehte sich zum Regal und fuhr mit der Hand über die alten Buchrücken. »Viele.«

»Was heißt *viele*? Dutzende? Tausende?«

»Seit dem dreizehnten Jahrhundert ist das St. Wilfred's College unser Zentrum.« Während er sprach, zog Aldrich einige Bücher aus dem Regal und verstaute sie in einem ledernen Ranzen. »Die Gründungsurkunde bezeichnet dieses College als Ort des Studiums der alchemistischen Wissenschaften.« Er hielt ihr die Tasche hin. »Und das gilt bis auf den heutigen Tag.«

Gedankenverloren nahm Taylor die Tasche in Empfang. Das alte Leder fühlte sich butterweich an.

»Soll das heißen, alle hier sind …«

»Alchemisten, genau«, beendete ihr Großvater den Satz.

Eine aufregende Vorstellung, dass es in St. Wilfred's jede Menge

Leute gab, die wie sie waren, und dass all die Studenten, die Louisa und ihr im Hof begegnet waren, Alchemisten werden wollten. Diese Vorstellung gab Taylor neue Hoffnung. Wenn so viele diese Fähigkeiten hatten, dann konnten sie sich gegenseitig schützen. Sie war nicht allein.

Noch auf dem Heimweg im Zug war sie ganz aufgeregt und voller Tatendrang. Wenn sie lernen konnte, so gut zu werden wie Louisa, dann konnte sie vielleicht auch Sacha retten. Irgendwie.

Allerdings war sie bisher noch nicht sehr weit gekommen. Genau genommen hatte sie noch nicht mal die allererste Übung im Buch geschafft. Dabei hatte sie jeden Tag so lange geübt, bis sie Kopfschmerzen bekam.

Wieder und wieder hatte sie den Abschnitt gelesen, der erklärte, wie man sich die Energie der Umgebung zunutze machen kann. Ohne Erfolg. Im Buch klang es ganz einfach, trotzdem funktionierte es nicht.

Das Problem war, dass ihr die blöde Kerze total egal war, doch um sie zu entzünden, hätte sie irgendetwas für sie empfinden müssen.

»Ich bin die mieseste Alchemistin aller Zeiten«, seufzte sie, ließ sich frustriert auf den Teppich sinken und warf das Buch beiseite. Sie kannte das Kapitel eh auswendig.

Sie hatte sogar das getan, wovor ihr Großvater sie gewarnt hatte. Hatte vorgeblättert und sich die nächste Übung angeschaut. Die Aufgabe war, einen Gegenstand anzuheben, ohne ihn zu berühren. Man sollte mit etwas Kleinem beginnen, einer Taschenuhr zum Beispiel.

Taschenuhr? Wer hatte denn heutzutage noch eine Taschenuhr? Das Buch war *echt* alt.

Neben ihr auf dem Boden vibrierte ihr Handy. Taylor drehte den Kopf und guckte aufs Display.

Georgie.

Taylor zögerte. Das Handy brummte beharrlich weiter.

Seit dem Streit mit Tom war sie ihrer Freundin aus dem Weg gegangen. Georgie hatte Dutzende Nachrichten auf ihrer Mailbox hinterlassen und ebenso viele geschickt – in zunehmend hysterischem Tonfall.

Taylor hatte ein schlechtes Gewissen, und das ärgerte sie. Noch schlimmer war, dass sie Georgie tatsächlich vermisste. In diesen Zeiten hätte sie eine beste Freundin wirklich gut gebrauchen können.

Sie angelte nach dem Telefon, ihr Finger zielte auf die rote Taste. Seufzend drückte sie dann doch die grüne.

»Hi, Georgie«, sagte sie lässig.

»Du lieber Gott, ich glaub's ja nicht!«, kam die theatralische Reaktion. »Ich war schon kurz davor, in der Leichenhalle anzurufen, oder im Gefängnis. Bist du vielleicht im Krankenhaus, oder was? Ich hab mir voll Sorgen gemacht!«

Taylor rollte die Augen. »Nein, ich war in der Schule, was sonst. Hab dich auf dem Gang gesehen.«

Dass sie Georgie aus der Ferne entdeckt und sich schnellstens verdrückt hatte, erwähnte sie nicht.

»Aha.« Georgie klang etwas zurückhaltender. Taylors kühler Tonfall war ihr offensichtlich nicht entgangen. »Freut mich, zu hören, dass du okay bist.«

»Alles bestens.« Taylor betrachtete ihre Fingernägel. »Sonst noch was?«

»Ich wollte dich was fragen«, begann Georgie betont fröhlich.

»Wie viel möchtest du heute Abend von meinen Mathe-Aufgaben übernehmen? Ein bisschen was, oder gleich alles?«
Taylors Nackenhaare stellten sich auf. *Wie kann sie es wagen?* Sie hatte Tom von Sacha erzählt. Wie konnte sie so tun, als wäre zwischen ihnen beiden alles in Ordnung?
»Keine Zeit, hab zu tun«, antwortete sie kalt.
»Was ist los, Tay?«, fragte Georgie. »Irgendwas stimmt nicht, das spüre ich genau. Ich hab nur keine Ahnung, was. Also spuck's aus.«
Taylor holte tief Luft. *Nicht aufregen, du darfst dich nicht aufregen …*
»Wie du vielleicht schon gehört hast, haben Tom und ich Schluss gemacht.«
»Deswegen habe ich doch die ganze Zeit versucht, dich zu erreichen! Ich versteh echt nicht, warum du mir nichts erzählt hast. Um ehrlich zu sein, hat mich das ziemlich getroffen.«
Taylor biss sich auf die Lippe.
»Was du nicht sagst. Stell dir vor: Tom hat behauptet, ich würde ihn mit meinem französischen Nachhilfeschüler betrügen«, sagte sie mit drohendem Unterton. »Ich habe ihm aber nie was von Sacha erzählt. Die Einzige, die davon wusste, warst du.«
Am anderen Ende der Leitung herrschte plötzlich Totenstille.
»Georgie, hast du Tom von Sacha erzählt?«
»Ich? Nein!«, rief Georgie empört. »Ich hab kein Wort gesagt.«
»Aha.« Taylor versuchte, ihren Ärger in den Griff zu bekommen. Konzentrierte sich darauf, den Boden unter ihrem Rücken zu spüren. Starrte an die weiße Zimmerdecke und überlegte, ob sie reinweiß oder cremeweiß war und ob sie bald mal wieder gestrichen werden müsste. Tat alles, damit das Kribbeln in den Hän-

den aufhörte. »Und wie, glaubst du, könnte er es dann erfahren haben?«
Wieder Schweigen am anderen Ende.
Georgie räusperte sich. »Es wäre möglich … Ich könnte vielleicht … gegenüber Paul was erwähnt haben. Aber er hat fest versprochen, Tom nichts davon zu sagen«, fügte sie hastig hinzu. »Er hat's geschworen!«
Taylor wusste nicht, was sie dazu noch sagen sollte.
»Wie hat Tom denn reagiert?«, fragte Georgie vorsichtig.
Taylor dachte daran, wie er sie gegen die Wand gedrängt hatte. An die Angst, die sich wie ein Schraubstock um ihr Herz gelegt hatte.
»Wütend. Sauwütend.«
»Oh weh«, sagte Georgie kleinlaut. »Tut mir leid, Taylor, ehrlich. Hätte ich bloß meine Klappe gehalten. Ich dachte, ich könnte Paul vertrauen. Trotzdem, ich hätte es ihm nicht erzählen dürfen.«
»Genau, hättest du nicht. Ich hab dich angefleht, nichts zu sagen. Du hast es *versprochen*, aber dann hast du's doch getan. Und ich denke nicht, dass ich dir je wieder vertrauen kann.«
Das Kribbeln wurde stärker, und das Handy in ihrer Hand begann zu glühen.
»So was darfst du nicht sagen, Tay!«, rief Georgie erschrocken. »Ich hab einen Fehler gemacht, und es war blöd von mir. Aber du kennst mich doch, manchmal plappere ich einfach zu viel. Bitte! Ich könnte es nicht ertragen, wenn du mir nicht verzeihst.«
Die Lampen in Taylors Zimmer flackerten unheilvoll.
»Das wirst du wohl müssen. ›Sisters before misters‹, das war

doch dein Spruch, oder? Trotzdem hast du wegen Paul dein Versprechen gebrochen. Das ist unverzeihlich.«
Ohne sich zu verabschieden, legte sie auf und warf das Handy beiseite. Sie glaubte, ein paar feine Rauschwaden daraus aufsteigen zu sehen.

***

Eine Weile blieb sie einfach auf dem Boden liegen. Sie fühlte sich erledigt und hatte keine Lust, es noch einmal mit der Kerze zu versuchen.
Du wirst drüber wegkommen, versuchte sie sich einzureden. In letzter Zeit waren viel schlimmere Dinge passiert. Sie hatte Sacha sterben sehen. Und um ein Haar hätte sie Tom umgebracht.
Aber Georgie zu verlieren tat ihr in der Seele weh. Sie wollte ihre alte Freundin wiederhaben und wünschte, sie könnte alles, was zwischen ihnen geschehen war, rückgängig machen.
Warum kann ich nicht so was trainieren, anstatt mit der dämlichen Kerze rumzumachen?
Über dem Wirrwarr in ihrem Kopf merkte sie gar nicht, wie die Zeit verging. Bis das Telefon sie aus ihren Gedanken riss. *Unbekannter Teilnehmer* stand auf dem Display.
Taylor rollte zur Seite und griff nach dem Handy. »Hallo?«
»Trainierst du?«
Eine coole weibliche Stimme mit Liverpooler Akzent.
Louisa.
»Tu ich«, sagte Taylor und blieb liegen, wo sie war. »Aber ich bin eine miserable Alchemistin, und außerdem tut mir der Kopf weh.«
»Du musst aufhören, deine eigene Energie anzuzapfen.« Louisas

genervter Seufzer war so laut, dass Taylor das Handy weghielt. »Wie oft muss ich das noch sagen?«

»Aber ich weiß nicht, *wie*«, gab Taylor frustriert zurück. »Ich halte mich an Großvaters blödes Buch und gebe mir wirklich Mühe, aber alles, was ich anzapfe, ist die Energie aus meinem eigenen Schädel. Ich hasse es. Ich will diese beknackte Fähigkeit nicht. Ich will einfach ganz normal sein.«

Louisa ging mit keinem Wort auf ihr Gejammer ein. »Komm nach draußen«, sagte sie knapp.

Taylor runzelte irritiert die Stirn. »Warum soll ich rausgehen? Und woher hast du überhaupt meine Nummer?«

»Dreimal darfst du raten«, gab Louisa genervt zurück. »Du sollst rausgehen, weil ich es sage. Und bring die Kerze mit.«

Taylor hatte die Hand schon danach ausgestreckt, als sie plötzlich innehielt.

»Moment mal. Woher weißt du, dass ich das mit der Kerze geübt habe?«

»Eines schönen Tages werde ich dir was über meine Fähigkeiten erzählen. Aber vorerst kümmern wir uns um deine.«

Doch Taylor ließ nicht locker. »Kannst du in unser Haus reingucken, oder was?«

»So was Ähnliches. Jedenfalls stehe ich mir hier draußen die Beine in den Bauch, und eure spießigen Nachbarn hängen schon alle an den Fenstern und glotzen sich die Augen aus. Also was ist, kommst du jetzt endlich?«

31

Taylor steckte die Kerze in die Tasche ihrer Shorts und polterte die Treppe zur Eingangstür hinunter.

Auf dem Gehweg vor ihrem Haus stand Louisa und begutachtete mit gelangweilter Miene ihre kurzen, lila Fingernägel.

»Was machst du hier?«

Louisa warf ihr einen ungläubigen Blick zu. »Stellst du eigentlich immer so blöde Fragen? Oder liegt es daran, dass meine schillernde Persönlichkeit dich verwirrt?«

Zwei Yuppie-Muttis in Joggingoutfits kamen vorbei, die teure Kinderwagen schoben und misstrauisch ihr blaues Haar und ihre Tattoos musterten. Louisa starrte so unmissverständlich zurück, dass sie nervös wegguckten und schnell weitergingen.

Der Tag war warm, alle Welt schien sich im Garten verabredet zu haben, um das Grün in Form zu bringen.

»Hast du eine Idee, wohin wir uns zum Trainieren verziehen können? Hier ist mir zu viel Windel-Idylle, wenn du verstehst, was ich meine. Da könnten zwei knackige junge Alchemistinnen, die die Mächte der Natur heraufbeschwören, unangenehm auffallen.«

Im ersten Moment war Taylor sprachlos. Dann riss sie sich zusammen.

»Die Wiesen am Fluss«, schlug sie vor. »Da gehe ich manchmal hin, wenn ich in Ruhe lesen will. Die mähen das Gras nicht, deswegen ist da außer mir nie jemand. Irgendwie mögen die Leute lieber Kurzrasen.«

Louisa machte eine ungeduldige Handbewegung und bedachte Taylor mit einem Blick, der deutlich sagte, dass derartige Details sie null interessierten. »Dann man los, führ uns ins lange Gras.«

Eine Weile liefen sie schweigend nebeneinanderher. Taylor traute sich plötzlich nicht mehr, den Mund aufzumachen, als wäre alles, was daraus hervorkam, einfach nur total dämlich. Und Louisa schien auf Unterhaltung keinen Wert zu legen.

Als sie in die Hauptstraße Richtung Zentrum einbogen, stellte Taylor zu ihrer Überraschung fest, dass sie es mochte, wie die Leute, an denen sie vorübergingen, sie anschauten. Seit Paris kleidete sie sich anders, dunkler, gewagter. Jetzt zum Beispiel trug sie schwarze Shorts und ein enges, langes graues Trägerhemd, dazu die Stiefel, die Sacha ihr in Frankreich gekauft hatte.

Ihr fiel auf, dass dieses Outfit dem von Louisa nicht unähnlich war, die wie üblich Kampfstiefel zu einem kurzen schwarzen Rock trug.

»Ich nehme mal an, dass mein Großvater dich geschickt hat, oder?«, sagte sie, als sich das Schweigen für ihren Geschmack dann doch zu lange dehnte.

»Mmmh«, machte Louisa. »Er macht sich Sorgen, weil du hier mutterseelenallein in der Pampa hockst und keine Ahnung hast, wie du deine Kräfte einsetzen kannst.« Sie warf Taylor einen Seitenblick zu. »Solange du den Dreh nicht raushast, bist du eine Mischung aus tickender Zeitbombe und Opferlamm.«

»Vor ein paar Minuten hätte ich fast mein Handy gegrillt«, sagte Taylor.

»Echt?« Louisa musterte sie mit plötzlichem Interesse. »Vielleicht hast du, ohne es zu merken, Energie daraus abgezogen. Gutes Zeichen.«

Hoffentlich, dachte Taylor. Sie hatte es satt, dauernd zu scheitern. Bisher war sie noch nie an irgendwas in ihrem Leben gescheitert.

Das Zentrum war voller Familien, die taten, was Familien an sonnigen Samstagen zu tun pflegen. Louisas Miene verdüsterte sich. Ohne Rücksicht fegte sie durch die Menge.

»Unerhört!«, beschwerte sich ein älterer Herr. Sie sah sich nicht mal um.

Entgegen ihrer sonstigen Gewohnheit entschuldigte sich auch Taylor nicht. Gar kein so übles Gefühl.

»Hier lang«, sagte sie und bog in den Park ab.

Im Grünen war es kühler, und der Weg am Fluss entlang war nicht so überfüllt, obwohl überall auf dem Rasen Teenager herumlagen und die Sonne genossen.

Nicht lange, und das Gras rechts und links des Weges wurde höher. Hier kamen ihnen immer weniger Leute entgegen, bis sie schließlich ganz allein waren.

Vom Hauptweg bog Taylor auf einen holprigen Pfad ab, der so schmal war, dass die Gräser an ihren nackten Beinen entlangstreifte. Goldene und orangefarbene Blumen leuchteten aus dem Grün.

Hier war es viel ruhiger. Der Straßenlärm war verschwunden, an seine Stelle trat das leise Flüstern des Windes, der durchs Gras strich. Taylor spürte die Sonne auf ihrer Haut, und einen Moment lang reckte sie ihr das Gesicht zu, um die Wärme aufzusaugen.

Schließlich führte der Pfad sie ans Flussufer, wo unter einem Baum eine alte Holzbank stand, von der aus man auf das träge dahinfließende Wasser schaute. Louisa stellte sich auf Zehenspitzen, um zu kontrollieren, ob jemand in der Nähe war, doch sie waren allein.

»Perfekt«, sagte sie und rieb sich zufrieden die Hände. »Gute Stelle.«

Sie zog Schuhe und Socken aus, stellte sie unter die Bank und ging barfuß so weit in den Fluss, bis das Wasser ihre Füße bedeckte.

»Mann, ist das kalt.« Sie blickte über die Schulter und winkte Taylor zu sich.

»Komm rein. Füße zuerst.«

Taylor hatte eigentlich mit Kerzenanzünden gerechnet, ließ sich ihre Verwirrung aber nicht anmerken. Sie streifte die Stiefel ab und folgte Louisa ins Wasser.

Das eiskalte Wasser jagte ihr einen Schauer über den Rücken. Schlamm quoll angenehm zwischen ihre Zehen, während sie vorsichtig zu Louisa watete.

Die baute sich vor ihr auf und blickte sie direkt an. Sie hatte karamellbraune Augen und dichte schwarze Wimpern mit einem anmutigen Schwung nach oben.

Eigentlich ist sie total hübsch, dachte Taylor und wunderte sich, dass ihr das bisher nie aufgefallen war.

»Wir probieren jetzt mal was aus. Du nimmst meine Hände, ich werde meine Energie sammeln und in deine Richtung schicken, und du versuchst das Gleiche.«

Zögernd ergriff Taylor Louisas Hände. Ihre Finger waren kräftig, die Fingerspitzen rau.

Sie blickte zur Sonne hinauf und schloss die Augen. Taylor tat es ihr gleich.

Das Wasser umspielte ihre Knöchel, Wasserpflanzen streiften ihre Füße. Sie hörte nur das Zwitschern der Vögel und das Summen der Bienen.

»Kannst du es spüren?«, fragte Louisa nach einer Weile.

Taylor strengte sich an, so gut sie konnte, doch da war nichts Besonderes.

Dann plötzlich spürte sie eine heiße Welle, die auf sie zukam – so greifbar, dass Taylor sich sicher war, dass sie sie sehen könnte. Doch als sie ihre Augen öffnete, sah sie nur das Licht der Sonne.

»Ja«, flüsterte sie aufgeregt, »ich kann es spüren.«

»Gut«, sagte Louisa. »Nun stell dir vor, wie du aus dem Fluss und der Sonne Energie ziehst, die deine eigene verstärkt. Wenn es dir hilft, stell dir einfach vor, dass du sie anfassen kannst, dass sie was Physisches ist.«

Taylor fiel das Bild ein, das Finlay ihr vorgeschlagen hatte, und sie stellte sich die Energie als einen Strang aus schimmernden goldenen Fäden vor, den sie zu sich heranzog.

Die Fäden entwirrten sich mühelos.

Ihr Puls begann zu rasen. »Es funktioniert«, flüsterte sie ergriffen. »Ich glaub, es funktioniert.«

»Gut«, sagte Louisa wieder. »Jetzt lenk die Energie auf mich. So wie ich sie gerade auf dich gelenkt habe.«

Taylor stellte sich vor, wie die Fäden in einem steten schimmernden Strom auf Louisa zuflossen und sie in einem leuchtenden Kreis einwickelten. Es war kinderleicht, die Energie tanzte und bewegte sich dahin, wo sie sie hinhaben wollte …

»Wow.« Louisa riss ihre Hände weg, machte einen platschenden Schritt rückwärts und starrte Taylor mit großen Augen an.

Taylor blinzelte. »Was ist? Hat's nicht funktioniert?«

Louisas Gesicht verzog sich zu einem breiten Grinsen. »Von wegen, es hat ganz ausgezeichnet funktioniert.« Sie deutete nach unten. »Schau mal.«

Verdutzt folgte Taylor ihrem Finger.

Das Wasser, das vorher nur um ihre Knöchel geflossen war, stand ihr nun bis zu den Knien. Und sie hatte es überhaupt nicht bemerkt.

»Was …?«, hörte sie sich flüstern.

Der Fluss hatte aufgehört zu fließen.

Das Wasser staute sich nun um die beiden Mädchen, als würden sie es anziehen. Vor ihnen war das Flussbett freigelegt, die grün-schwarzen Wasserpflanzen lagen platt am schlammigen Boden.

Um sie herum stieg das Wasser immer weiter.

Verdutzt sah Taylor Louisa an. »Ich verstehe das nicht.«

»Aldrich hat keinen Scheiß erzählt, was deine Kräfte angeht.« Louisa schüttelte den Kopf. »Du bist echt gemeingefährlich.«

»Warte.« Taylor bückte sich leicht und berührte das kalte Wasser. »Willst du damit sagen, *ich* war das?«

»Exakt.« Louisa drehte sich um und lief mit ziemlich viel Gespritze ans Ufer. »Aber jetzt komm raus da«, rief sie, ohne sich umzusehen. »Sonst gibt's in Woodbury ein Jahrhunderthochwasser.«

Über den glitschigen Schlamm schlitternd, folgte Taylor ihr an Land.

Sie war völlig durcheinander. An einer Kerze biss sie sich die Zähne aus, aber einen Fluss anhalten, das konnte sie?

Das war ich nicht, redete sie sich ein. *Das kann ich gar nicht.*

Doch tief in ihrem Herzen wusste sie, dass sie es sehr wohl konnte. Die Energie war wie eine Droge durch ihre Adern gerauscht.

Als sie wieder festen Boden unter den Füßen hatte, sah sie sich um.

Erst stieg das Wasser noch weiter an, als würde es durch einen unsichtbaren Damm daran gehindert, stromabwärts zu fließen. Doch dann begann der unsichtbare Damm, oder was es war, nachzugeben, und es floss wieder in sein Bett – langsam erst, dann immer schneller rauschte das Wasser schließlich davon und riss auf seinem Weg Kiesel und Pflanzen mit, bildete kleine Wellenkämme, bis es bald darauf wieder so floss wie vorher. Als ob nichts gewesen wäre.

Taylor musste erst mal tief durchatmen.

Louisa, die im Schneidersitz auf der Holzbank hockte, klopfte neben sich. Taylor ließ sich auf die Bank fallen, das sonnenbeschienene Holz fühlte sich angenehm warm unter den Beinen an.

»Was macht der Kopf?«, fragte Louisa.

Taylor hielt kurz inne. »Alles bestens«, sagte sie dann überrascht. »Tut überhaupt nicht weh.«

Louisa nickte zufrieden. »Nicht die eigene Energie anzapfen, das macht den Unterschied.« Sie streckte eine Hand aus. »Gib mir mal die Kerze.«

Taylor holte den weißen Kerzenstummel aus der Tasche, und Louisa steckte ihn in einen Spalt im Holz der Bank zwischen ihnen.

Dann streckte sie die Hände aus, Handflächen nach oben. »Lass uns das mal versuchen.«

Sofort verließ Taylor wieder der Mut.

»Ich kann das nicht«, sagte sie abwehrend. »Ich hab den ganzen Vormittag geübt, aber … ich krieg's einfach nicht hin.«

Louisa warf ihr einen ungläubigen Blick zu.

»Und was bitte war das da eben?« Sie deutete mit dem Kopf Richtung Fluss. »Das war viel schwieriger, als eine Kerze anzukriegen, hundertmal komplexer. Dass du's schaffst, weiß ich sowieso, aber ich bin echt gespannt, ob du sie wie eine Rakete Richtung Sonne hochschießt oder so.« Sie grinste, und ihr Nasenring glitzerte. »Kleines Experiment, sozusagen.«

Taylor bezweifelte stark, dass sie dazu in der Lage wäre. Andererseits war es erstaunlich einfach gewesen, das Wasser zu bewegen. Dass Louisa dabei war, stärkte ihr Selbstvertrauen. Vielleicht konnte sie diese blöde Kerze ja doch irgendwie zum Brennen bringen.

Sie ließ sich auf die Bank nieder und nahm Louisas Hände.

»Versuch die Energie von vorhin wiederzufinden«, wies Louisa sie an. »Visualisiere sie auf die gleiche Art. Achte darauf, dass sie aus dem Fluss und aus der Luft um dich herum kommt. Sei dir der Quelle bewusst. Bestimmt kannst du sie jetzt spüren.«

Taylor schloss die Augen.

Diesmal fiel es ihr leichter. Als hätte der eine gelungene Versuch in ihr eine Tür geöffnet zu dem, was schon immer im Verborgenen in ihr geschlummert hatte.

Plötzlich sah sie leuchtende goldene Bänder aus Energie. Sie kamen aus dem Boden, dem Gras, aus der Luft, dem Wasser … Sie waren überall.
Sie wusste gar nicht, wo sie anfangen sollte.
Vorsichtig wählte sie ein Band aus und lenkte es zur Kerze.
Los, brenn, dachte sie.
Wie Honig floss die Energie um die Kerze.
Taylor öffnete die Augen.
Die Kerze brannte.
Begeistert klatschte sie in die Hände. »Ich hab's geschafft!«
Louisa schaute auf und schenkte ihr ein Lächeln, das sofort erstarb, als sie sich umsah.
»Äh, Taylor …«
Taylor folgte Louisas Blick, und ihr stockte der Atem.
In einem weiten Kreis um sie herum tanzten Hunderte kleiner Flammen, wie flackernde Kerzenlichter, nur ohne Wachs und Dochte.
Taylor hätte losheulen können.
»Nein, nein, nein«, seufzte sie frustriert. »Ich wollte doch nur eine Kerze. Nur eine!«
Vom anderen Ende der Bank kam ein komisches Geräusch. Es war Louisa, die sich vor Lachen den Bauch hielt.
Taylor schoss das Blut in die Wangen. »Hör auf, das ist nicht witzig.«
»Ich«, japste Louisa und hielt sich die Seiten, »ich wüsste zu gern, wie du das wieder hingekriegt hast. Du hast ja die ganze Luft angezündet.«
»Es war ein Unfall«, rechtfertigte sich Taylor, die jetzt auch kichern musste. »Ein klitzekleiner Unfall.«

Louisa wischte die Tränen weg. »Du solltest die Flammen besser schnell wieder löschen, bevor die ganze Wiese abfackelt.«
Alarmiert sah Taylor sich um. Dass es sich bei den Flammen um echtes Feuer handeln könnte, war ihr gar nicht in den Sinn gekommen.
»Aber wie denn?«, fragte sie leicht panisch.
»Na, genauso wie eben«, antwortete Louisa seelenruhig. »Nur dass du dir diesmal vorstellen musst, die Energie wieder loszulassen.«
Taylor holte tief Luft und fixierte die Flammen.
Aus.
Nichts geschah.
Sie konzentrierte sich und versuchte es noch einmal. Diesmal zog sie erst die Energie zu sich und gab sie dann mit aller Kraft wieder frei.
Geht aus!
Sofort erloschen die Flammen.
Mit einem triumphierenden Blick wandte sie sich Louisa zu, doch ehe sie etwas sagen konnte, gab es einen irrsinnigen Knall, und die Vögel hörten auf zu singen.
Der Hochspannungsmast, der jenseits der Wiese stand, war explodiert.
In der Ferne hörte man Schreie und bald darauf die Sirenen der Feuerwehr.
»Huh«, sagte Louisa und griff nach ihren Schuhen. »Nächstes Mal besser mit ein bisschen weniger Saft.« Dann stand sie auf und streckte sich. »Kriegt man hier irgendwo 'nen Kaffee?«

***

Die Sonne stand noch hoch, als das Mädchen mit den blauen Haaren den Bahnhof betrat, um die Abfahrtszeiten zu studieren. Der nächste Zug nach Oxford ging in zehn Minuten.

Gut.

Sie schaute sich um und tat so, als würde sie die missbilligenden Spießerblicke auf ihre Tätowierungen, ihren Nasenring, ihre Stiefel nicht bemerken. Die Menschen hier sahen in ihr offenbar die personifizierte Bedrohung für den Gemeindefrieden.

Nix wie weg hier.

Übertrieben pedantisch kontrollierte der Beamte ihre Fahrkarte, ehe er sie durch die Absperrung ließ.

Louisa widerstand der Versuchung, ihm eine richtig fiese Spätakne zu verpassen.

Für solche Späße sei sie inzwischen zu alt, mahnte Aldrich sie ständig. Mit zwanzig sei es an der Zeit, erwachsen zu werden und ihre kindische Aufsässigkeit endlich hinter sich zu lassen.

Der hatte gut reden.

Kann's kaum erwarten, ihm zu erzählen, was Taylor heute fabriziert hat, dachte sie, während sie zur Fußgängerbrücke zu Gleis 3 hinaufging.

Sie war ganz kribbelig vor Aufregung. Taylor hatte wirklich ein außergewöhnliches Potenzial, jedes Mal, wenn sie sich trafen, schienen sich ihre Kräfte noch verdoppelt zu haben. Die Einzige, die noch mehr Power hatte als Louisa selbst. Heute hatte sie zum ersten Mal ihre Fähigkeiten richtig benutzt – und dabei gleich einen Fluss gestoppt!

Taylor würde die mächtigste Alchemistin ihrer Generation werden, da war sich Louisa sicher. Wenn sie noch eine Weile mit ihr und Aldrich trainierte, dann könnten sie unschlagbar werden …

Plötzlich lief es ihr eiskalt den Rücken runter. Ihr stockte das Herz, und sie musste all ihren Willen aufbringen, um sich nichts von dem Schock anmerken zu lassen und gelassen weiter den Übergang entlangzugehen. Erst als sie die Stufen auf der anderen Seite hinunterstieg, scannte sie auf der Suche nach der Ursache die wenigen Menschen, die sich im Bahnhof aufhielten.
Sie entdeckte ihn auf dem gegenüberliegenden Bahnsteig – ein gepflegter älterer Herr mit Tweedanzug, Schiebermütze und schmalem Oberlippenbart. Er wirkte völlig harmlos.
Doch Louisa spürte seine enorme Kraft, die wie eine Welle aus Eis auf sie zuschwappte, und unterdrückte ein Schaudern.
Ein Schwarzmagier, dachte sie beunruhigt. *Hier?*
Das konnte kein Zufall sein. Er musste wegen Taylor hier sein.
Sie wandte sich ab, ging langsam den Bahnsteig entlang und blieb ab und zu scheinbar interessiert vor Plakaten und Fahrplänen stehen.
Schließlich fand sie eine Stelle im Halbschatten hinter einer Gruppe aufgeregter Teenager, wo sie sich an einen Pfeiler lehnte und verstohlen zu dem Mann blickte.
Ihr blieb die Luft weg.
Er sah sie direkt an. Und sein Blick sagte ihr, dass er genau wusste, wer sie war. Und dass er ihre Angst spürte.
Sie war unfähig, den Blick von ihm loszureißen, von diesen Augen, die so voller Hass und Finsternis waren und in denen sie zu versinken drohte. Ihr Herz hämmerte so wild, dass es schmerzte, gleichzeitig spürte sie, wie ihr Blut immer langsamer floss.
Als Taylor sie nach ihren Tätowierungen gefragt hatte, hatte Louisa nicht erwähnt, dass die Symbole sehr sorgfältig ausgewählt waren. Gemeinsam mit einem erfahrenen Alchemisten

hatte sie ihre Gestaltung ausgearbeitet. Jedes einzelne hatte mächtige, schützende Eigenschaften, und zusammen bildeten sie einen Schild gegen dunkle Mächte.

Louisa konzentrierte sich auf die Energie in den dicken Stromkabeln unter den Schienen. *Schutz!*, befahl sie.

Es funktionierte. Eine unsichtbare Schutzwand erstand zwischen ihr und dem Hexer. Das Gefühl der Kälte verschwand, die Wärme der Sonne umfing sie wieder.

Ihr Herz begann wieder normal zu schlagen. Noch etwas zittrig holte sie Luft.

Ein Zug rumpelte in den Bahnhof. Der ältere Herr auf dem Bahnsteig gegenüber lächelte kaum merklich und legte zum Zeichen der Anerkennung zwei Finger an seine Mütze.

Dann schob sich der Zug dröhnend zwischen sie und verbarg ihn vor ihren Blicken.

Louisa ließ sich gegen den Pfeiler fallen, die Hände zu Fäusten geballt.

Ich muss mit Aldrich sprechen. Sofort.

32

Sacha drückte die neue Wohnungstür auf, die sich leise und geschmeidig öffnete.
In der Wohnung war es still. Keiner da.
Er verriegelte die Tür hinter sich.
Seit dem Tag, an dem diese *Dinger*, wie er sie nur noch nannte, auf Laura losgegangen waren, war es ruhig geblieben.
Seine Mutter glaubte immer noch, jemand habe bei ihnen einbrechen wollen.
Sacha hatte Laura davon überzeugen können, dass sie keine andere Wahl hatten, als zu lügen. »Sie würde dir nie abnehmen, was wirklich passiert ist.«
Die neue Tür war von der Versicherung bezahlt worden. Alle waren sich einig, dass sie besser als die alte war, zumal sie doppelt so viele Schlösser hatte. Sie fühlte sich stabiler an.
Mit dumpf hallenden Schritten ging er durch den kurzen Flur in sein Zimmer. Seine Mutter hatte Tagschicht, Laura war noch in der Schule. Deshalb war keiner da, von dem er sich hätte verabschieden müssen.
Genauso wie ich es wollte.
Er hatte ein paar Tage gewartet, so lange, bis die neue Tür einge-

baut war. Und bis er sich mit Antoine getroffen und ihn mit viel Geld überzeugt hatte, dass er ebenfalls die Stadt verließ, bis Gras über alles gewachsen war.

Nun war es an der Zeit, zu verschwinden.

Tante Annie erwartete ihn schon, und mit jedem Tag, den er länger blieb, wuchs die Wahrscheinlichkeit, dass diese *Dinger* wieder auftauchten.

Seit dem Tod seines Vaters war er nicht mehr bei seiner Tante gewesen. Der Gedanke, dorthin zurückzukehren, löste widersprüchliche Gefühle in ihm aus. Er hatte es auf dem Land geliebt, doch gleichzeitig war der Ort für ihn untrennbar mit seinem Vater verbunden. Ohne ihn wäre alles anders. Abgesehen davon war er auch kein Kind mehr, das auf Obstbäume kletterte oder im See planschte.

Er war jemand, der versuchte, sein eigenes Leben zu retten.

Mit mechanischer Effizienz stopfte er Klamotten in eine kleine Reisetasche und warf das Notizbuch seines Vaters sowie eine Wegbeschreibung mit Karte, die er ausgedruckt hatte, dazu. In die Innentasche steckte er ein dickes Bündel Geldscheine.

Jetzt musste er nur noch eins tun. Das Schwerste.

Vorsichtig zog er ein sauberes Blatt Papier aus der Schreibtischschublade, saß mit dem Stift in der Hand eine Weile da und starrte auf das weiße Nichts, ehe er langsam und bedächtig zu schreiben begann.

Liebe Maman, liebe Laura,

wenn Ihr das hier lest, werde ich schon weit weg sein. Versucht nicht, mich zu finden. Dass ich weggehe, tue ich allein zu Eurem Schutz. Solange ich hier bin, seid Ihr in Gefahr.

und ich könnte es mir nie verzeihen, wenn Euch meinetwegen etwas zustößt.
Ich melde mich, so oft es geht. Macht Euch bitte keine Sorgen um mich.
Ich liebe Euch.
Sacha

Er drückte ein paar Tränen weg, faltete den Brief und steckte ihn in einen großen Umschlag. Dazu stopfte er das restliche Geld, trug das dicke Päckchen ins Wohnzimmer und legte es auf den Couchtisch, wo seine Mutter es sicher finden würde.
Das Geld wird es für sie erträglicher machen, versuchte er sich einzureden. Doch er wusste, dass er sich etwas vormachte.
Von draußen hörte er den Verkehr, das Bellen eines Hundes – die typische Lärmkulisse an einem Pariser Vormittag, doch irgendwie hatte das alles nichts mehr mit ihm zu tun.
Als gehörte er schon gar nicht mehr richtig hierher.
Entschlossen packte er die Tasche und griff nach seinem Helm.
In der Tür blieb er stehen und sah sich ein letztes Mal in der sonnendurchfluteten Wohnung um. Er wollte alles so in Erinnerung behalten, wie es in diesem Augenblick war. Jetzt, da seine Mutter wieder Tagschicht hatte, war auch das Wohnzimmer tipptopp aufgeräumt. Das weiche braune Sofa hatte die vertraute Kuhle in der Mitte. Der massive Küchentisch, wo sie so oft bei den Mahlzeiten gestritten und gelacht hatten, stand jetzt verlassen da und wartete auf die nächste Unterhaltung.
Sacha musste schlucken.
Vielleicht sehe ich das alles nie wieder …
Der Gedanke war unerträglich. Er musste wiederkommen.

Er musste leben.
Mit dem Handrücken wischte er sich über die Augen. Dann ging er hinaus und schloss die Tür hinter sich.

***

Aus der Stadt rauszukommen dauerte ziemlich lange. Der Verkehr auf den Pariser Ausfallstraßen war sehr dicht, zudem kannte Sacha sich außerhalb seines Viertels nicht sonderlich gut aus. Mehrmals bog er falsch ab und musste dann wieder umkehren.
Von Zeit zu Zeit sah er in den Rückspiegel, um sich zu vergewissern, dass er nicht verfolgt wurde. Doch nie sah er dasselbe Fahrzeug zweimal.
Als er endlich das Gewirr der Stadt hinter sich gelassen hatte, wurden die Straßen freier, und er begann sich sicherer zu fühlen. Das vertraute Dröhnen des Motorrads beruhigte ihn. Er gab Gas und beugte sich tief über den Lenker. Unter sich spürte er die Kraft des Motors. Der Fahrtwind blies ihm stark ins Gesicht, seine Jacke flatterte wild. Rechts und links flogen die Vororte vorbei.
Auf der Autobahn lief alles glatt. Binnen zwei Stunden hatte er die Ausläufer der malerischen Stadt Troyes erreicht.
Für Sacha, der sich noch daran erinnerte, wie er als Kind mit seiner Familie die Stadt erkundet hatte, war der Anblick der windschiefen Fachwerkhäuser in der Altstadt wie eine Reise in die Vergangenheit.
Nur dass jetzt alles viel kleiner wirkte.
Hinter der Stadt hielt er an einer Tankstelle.
Um diese Jahreszeit begegnete man auf dem Land massenhaft

Familien, die aus den Städten flüchteten. Alles war voller Leute, Kinder rannten barfuß über die Fahrbahn, »Arrête!«, riefen ihnen ihre Eltern hinterher. Keiner beachtete den Teenager auf seinem Motorrad.

Es war ein heißer Tag, Sacha schwitzte unter seinem Helm. Während er die Karte studierte, wischte er sich feuchte Haarsträhnen aus den Augen. Ab hier war der Weg wieder schwerer zu finden. Noch immer kontrollierte er in regelmäßigen Abständen, ob ihm jemand folgte, doch nichts deutete darauf hin. Vielleicht war er ihnen ja entwischt.

Ein paar Kilometer nach der Tankstelle bog er von der Hauptstraße ab und folgte einer schmalen Landstraße, die in zahlreichen Kurven durch dichten Wald führte. Nach und nach wurde die Umgebung vertrauter.

Bald erschienen sanft geschwungene Hügel, auf denen dunkelrote Reben wuchsen, dazwischen weiße Kirchtürme, spitz wie Hexenhüte.

Die Kreuzung, wo man zu Tante Annies Haus abbog, erkannte er wieder, doch die Straße war holpriger, als er es in Erinnerung hatte. Er musste das Tempo drosseln, um nicht in einem der Schlaglöcher zu landen.

Der enge Feldweg führte zwischen zwei weitläufigen Weinbergen hindurch und endete bei vier Steinhäusern.

Tante Annie lebte im äußersten der vier, das so nah am Weinberg gebaut war, dass es fast mit ihm verschmolz. Dicke grüne Trauben wuchsen entlang der alten Steinmauer und ragten in ihren Garten.

Sacha hielt vor dem Haus an, schaltete den Motor aus und zog den Helm vom Kopf.

Die plötzliche Stille war ohrenbetäubend. Es dauerte eine Weile, bis sich sein Gehör daran gewöhnt hatte, doch dann hörte er den Wind, der durch die Reben strich, das Klirren eines Glockenspiels, das neben der Tür hing, den klagenden Ruf der Krähen.
Plötzlich wurde die Tür aufgerissen, und eine große, schlanke Frau trat auf die Veranda, in der Hand ein Geschirrtuch. Sie hatte kurz geschnittenes, rabenschwarzes Haar und lebhafte blaue Augen.
Beim Anblick ihres geliebten Gesichts ging es Sacha augenblicklich besser.
»Hi, Tante Annie.« Er grinste sie an. »Hoffe, du hast nichts dagegen, wenn ich einfach so reinschneie?«
»Sacha! Du bist wirklich gekommen.« Sie lief zu ihm und drückte ihn fest an sich. »Ich kann's noch gar nicht glauben. Wie lange ist das her.«
Sie sprach Französisch mit einem leichten englischen Akzent – wie sein Vater war sie in England aufgewachsen und erst vor zwanzig Jahren nach Frankreich gezogen. Sacha legte die Arme um ihre schmalen Schultern und drückte sich an sie. Ihr Duft war noch immer der gleiche: Lavendelseife und frische Luft.
Tante Annie lehnte sich zurück und betrachtete ihn eingehend, um ihre Augen zeigten sich Lachfalten. Im Licht der Sonne stachen ein paar silberne Strähnen aus ihrem tiefschwarzen Haarschopf, die bei seinem letzten Mal noch nicht da gewesen waren.
»Lass dich anschauen. Du bist ja ein richtiger Mann geworden. Du siehst genau aus wie …« Sie unterbrach sich und lächelte wieder, doch er bemerkte eine Spur von Traurigkeit in ihrer Miene. »Na, jetzt komm erst mal rein, und dann musst du mir erzählen, was passiert ist.«

Sachas eigenes Lächeln erstarb. »Das ist eine ziemlich lange Geschichte.«
Sie klopfte ihm aufmunternd auf die Schulter. »Wenn ich *eins* habe, dann ist es Zeit.«
Drinnen sah es noch genauso aus, wie er es in Erinnerung hatte. In dem großen, sonnigen Raum standen die gleichen abgewetzten Ledermöbel, die gleichen vollgestopften Bücherregale, und überall hingen Kräuter- und Trockenblumensträuße herum.
Auf dem Sofa hatte sich eine schwarze Katze eingerollt und öffnete nun träge ein goldenes Auge, um ihn in Augenschein zu nehmen.
»Hier hat sich ja wirklich überhaupt nichts verändert«, stellte Sacha erfreut fest.
»Warum auch?« Annie deutete auf einen Sessel. »Setz dich, ich mach uns einen Kaffee. Und dann unterhalten wir uns.«
Kaum hatte sie die Küchentür geöffnet, kam ein kleiner brauner Hund mit heraushängender Zunge ins Zimmer geschossen und stürzte sich entzückt auf Sacha.
»Pikachu!«, rief der und starrte den Hund ungläubig an. »Dich gibt's noch?«
»Er ist vielleicht nicht mehr so schnell wie früher, aber ja, den gibt's immer noch.« Tante Annie stand im Kücheneingang und sah den beiden gerührt zu.
Sacha kniete sich hin und drückte den Hund fest an sich, vergrub das Gesicht im plüschigen Fell hinter den Ohren. »Pika, Mensch, ich glaub's ja nicht.«
Der Hund, der Tante Annie vor mehr als zehn Jahren zugelaufen war, war bei Sachas Besuchen sein ständiger Begleiter gewesen.
Zärtlich schleckte Pikachu ihm das Gesicht ab.

Kurz darauf kam Tante Annie mit einem Tablett voll Kaffee und Obst zurück. Sacha räusperte sich, ließ den Hund los und setzte sich aufs Sofa.

Seine Tante scheuchte die Katze von ihrem Platz, setzte sich dann neben Sacha, reichte ihm einen dampfenden Becher Kaffee und hielt ihm einen Teller mit zuckerbestreuten Keksen und Birnenschnitzen hin.

»Und jetzt musst du mir alles erzählen«, sagte sie. »Aber erst muss ich wissen: Weiß deine Mutter, dass du hier bist? Nur für den Fall, dass sie anruft.«

Er umschloss die Tasse fest mit den Fingern und schüttelte den Kopf.

»Sie darf es nicht wissen. Sonst würde sie mir vielleicht nachfahren, und das dürfen wir nicht riskieren. Sie und Laura sollen in Sicherheit sein. Und der sicherste Ort«, fügte er mit einer Spur Bitterkeit hinzu, »ist immer da, wo ich nicht bin.«

»Wie gern würde ich sagen, dass das nicht stimmt.« Kummer vertiefte die feinen Falten in Annies Gesicht. »Sind diese Männer noch mal aufgetaucht?«

Sacha schüttelte den Kopf. »Nicht, seit sie die Tür eingeschlagen haben. Aber mein Gefühl sagt mir, dass sie mich finden werden.« Er setzte die Tasse auf den Couchtisch und rieb sich mit den Händen über die Jeans. Allein bei dem Gedanken begannen seine Handflächen zu schwitzen. »Dich will ich natürlich auch nicht in Gefahr bringen, und deshalb werde ich auch nicht länger als nötig bleiben. Ein paar Tage vielleicht, länger werden wir hier nicht sicher sein, fürchte ich.«

»Mach dir deshalb keine Gedanken«, sagte Tante Annie grimmig. »Bleib, solange du möchtest. Ich bin tougher, als ich aussehe.« Sacha öffnete den Mund, um etwas einzuwenden, doch sie hob die Hand. »Erzähl mir lieber ein bisschen mehr über diese Kerle, damit ich weiß, mit wem ich es zu tun habe.«

Er beschrieb ihr, wie sie aussahen – das fratzenhafte Grinsen, die tief liegenden Augen, der Grabesgeruch.

»Sie können machen, dass du Dinge siehst, die es gar nicht gibt«, fuhr er fort, »schreckliche Dinge. Und sie brechen deinen Widerstand. Irgendwie schaffen sie es, dass du aufhörst zu kämpfen.«

»Gestern Abend habe ich in den Papieren deines Vaters eine Notiz gefunden, dass er befürchtete, so etwas Ähnliches würde um deinen achtzehnten Geburtstag herum passieren. Er hatte Angst, sie würden jemanden nach dir ausschicken, um dich aufzuspüren. In den Aufzeichnungen zu den früheren Jungen hat er entsprechende Hinweise gefunden.« Sie sah auf ihre Tasse hinunter. »Er hatte geplant, zu fliehen, wenn es so weit wäre – mit dir. Um dich so weit wie möglich von ihnen fortzubringen.«

»Diese … Gestalten«, sagte Sacha zögerlich, »haben die ihn getötet?«

Tante Annie dachte lange nach, ehe sie antwortete.

»Ich weiß es nicht«, sagte sie schließlich. »Aber der Tod deines Vaters war kein Unfall, das steht für mich fest. Er wusste, dass jemand hinter ihm her war, und er hat sich deswegen Sorgen gemacht. Deshalb hat er vor dieser letzten Reise alle Papiere hierhergeschickt. Er wollte sichergehen, dass seine Arbeit nicht verloren ging. Zusammen mit dem Karton kam ein Brief von ihm, in dem er mich gebeten hat, alles aufzuheben, falls ihm etwas passiert. Für dich.«

Sachas Gefühle schwankten zwischen Schmerz und glühendem

Zorn. Falls diese *Dinger* seinen Vater getötet hatten, würde er sie vernichten. Er würde einen Weg finden – und wenn es ihn das Leben kostete, er würde es tun.

Trotzdem musste er überlegt vorgehen. Sie waren stark. Er musste mehr über sie erfahren – und darüber, was sein Vater gewusst hatte.

»Es wartet also viel Arbeit auf mich«, sagte er.

Tante Annie stellte ihre Tasse ab, stand auf und winkte ihm. »Komm mit.«

Sacha folgte ihr aus dem Wohnzimmer und über die knarrende Holztreppe nach oben. In dem geräumigen, schattigen Flur im ersten Stock öffnete sie eine Tür, hinter der sich eine weitere Treppe verbarg. Tante Annie zog an einer Schnur, ein mattes Licht ging an und beleuchtete schmale Holzstufen, die auf den Dachboden führten.

Durch ein rundes Fenster fiel Licht ein und zeigte einen geräumigen Speicher mit rohem Dielenboden unter einem hohen Schrägdach. In der Mitte prangte beinahe majestätisch ein polierter Mahagonischreibtisch mit zwei dazugehörigen Schränken, die mit Büchern vollgestopft waren.

Sacha blieb wie angewurzelt stehen.

Der Schreibtisch hatte seinem Vater gehört, genauso wie die Bücherschränke. Sein ganzes Büro stand hier.

Alles war genauso angeordnet wie vor vielen Jahren in ihrem alten Haus auf dem Land.

»Du hast ihn aufgehoben«, flüsterte er.

Tante Annie stand neben dem Schreibtisch und beobachtete seine Reaktion.

»Ich habe *alles* aufgehoben«, sagte sie.

33

»Wie haben sie ausgesehen?« Louisa stellte die Tasse so heftig ab, dass der Kaffee fast übergeschwappt wäre. »Diese Dinger, die Sacha angegriffen haben – wie hat er sie beschrieben?«

Sie hatten eine weitere Trainingseinheit am Fluss hinter sich und saßen jetzt im *Koffein-Schock*, um zu feiern, dass diesmal kein Eigentum der städtischen Elektrizitätswerke in Flammen aufgegangen war.

Der Besuch im Café gehörte schon zur Routine, denn Louisa kam jetzt jeden Tag nach Woodbury. Taylor brauche unbedingt mehr Praxis, hatte sie gesagt. Was ein Teil der Wahrheit war.

Der andere Teil war, dass dieser schwarze Hexer am Bahnhof aufgetaucht war.

Als sie Aldrich davon berichtet hatte, hatte der sie postwendend nach Woodbury zurückgeschickt, und ein paar andere aus St. Wilfred's gleich dazu. Abwechselnd sollten sie Tag und Nacht vor Taylors Haus Wache stehen. Und warten.

Davon hatte sie Taylor jedoch nichts gesagt. Aldrich wollte es ihr selbst erzählen.

»Du kannst zuweilen etwas … undiplomatisch sein«, hatte er erklärt. »Wir müssen es ihr schonend beibringen, damit sie nicht gleich in Panik gerät.«

»Schon gut. Aber sie muss es bald erfahren. Wer immer dieser Typ ist, er hat unglaubliche Kräfte, und ich wette, dass er hinter allem steckt.« Ihre Hände hatten sich zu Fäusten geballt, als sie daran gedacht, welche Angst ihr der Kerl eingejagt hatte, wie hilflos sie sich gefühlt hatte. »Wir müssen ihn finden, Aldrich. Und zwar bald.«

»Überlass das mir«, hatte er geantwortet. »Du kümmerst dich derweil um Taylor und passt auf, dass ihr nichts geschieht.«

Also kam sie jetzt jeden Tag nach Woodbury und unterstützte Taylor dabei, ihre unglaublichen Kräfte in den Griff zu bekommen. Sie lernte schnell. Für die gleichen Übungen hatte Louisa in ihrem Alter wesentlich länger gebraucht.

Einen Hochspannungsmast grillen, wie krass ist das denn?

Louisa war sich nicht sicher, ob sie selbst das je geschafft hätte. Und Taylor hatte es einfach so getan, aus Versehen. Etwa so, wie man aus Versehen ein Glas umstößt.

Doch sie hatte noch zu wenig Kontrolle über ihre Fähigkeiten. Brauchte zu lange, um die Energie in ihrer Umgebung zu lokalisieren und zu nutzen. Zapfte immer noch ihre eigene an.

An sich war das in Ordnung. Es brauchte eben eine Menge Übung.

Trotzdem, sie muss noch schneller lernen. Uns rennt die Zeit davon.

Der schwarze Hexer hatte sich seit dem Tag am Bahnhof nicht mehr blicken lassen, und auch sonst war nichts Bedrohliches geschehen.

Fast entspannt war die Stimmung gewesen – bis Taylor erzählte, was Sacha ihr am Abend zuvor beim Chatten berichtet hatte.
»Gesichter, bleich wie Totenschädel, so hat er sie beschrieben. Sie gleiten irgendwie und gehen nicht. Und sie haben ihn Dinge sehen lassen, schreckliche Dinge …«
»Was hat er gesehen?«
»Weiß nicht … irgendwelche Visionen. Sacha sagt …« Taylor musste schlucken. »Er sagt, sie geben dir das Gefühl, zu sterben.«
Louisas Magen zog sich zusammen.
»Und sie haben gesagt: ›Halt dich von dem Mädchen fern‹?«
Taylor nickte. »Und dass sie gekommen sind, um ihn irgendwohin zu bringen. Dass sich die Prophezeiung erfüllen muss.«
Louisa rutschte auf ihrem Stuhl herunter, streckte die langen Beine in den Gang und starrte an die Decke.
Okay, Taylor nicht verschrecken, hatte Aldrich gesagt, aber … die Sache war zu ernst, um sie im Unklaren zu lassen.
Ich brauche mehr Kaffee.
Taylor musterte sie aufmerksam. »Du weißt, wer sie sind, stimmt's? Was das alles zu bedeuten hat.«
Louisa setzte sich wieder gerade hin. »Todbringer.«
»Todbringer? Taylor sah sie verständnislos an.
Monster. Aus unseren schlimmsten Albträumen erstandene, abscheuliche Monster, die uns vernichten wollen.
Aber das behielt sie lieber für sich.
»Sie sind die Vorboten.«
»Vorboten? … Von was?«
Na, was schon: vom Untergang.
»Kann man nicht so leicht erklären.« *Ohne dich zu Tode zu er-*

schrecken. »Sie sind keine menschlichen Wesen. Genau genommen sind sie nicht einmal *real.* Sie sind … Lakaien. Sklaven. Die schwarzen Hexer schicken sie nach allem aus, was sie brauchen. Oder nach *jedem.* Und sie holen es sich, koste es, was es wolle. Ich selbst hab noch nie einen zu Gesicht bekommen, aber die sind echt legendär.« Sie seufzte. »Das sind schlechte Neuigkeiten, Blondie. Ich meine, wirklich schlechte. Wer immer dieser schwarze Hexer ist, muss echt was auf dem Kasten haben, wenn er Todbringer losschicken kann.« Sie schob eine blaue Strähne aus dem Gesicht. »Aber das hatten wir ja eh schon vermutet.«

»Wissen wir, wessen Sklaven sie sind und wen oder was derjenige will?«, fragte Taylor und musterte Louisa aufmerksam mit ihren klaren grünen Augen.

Gar nicht so blöd, die Kleine.

Auch wenn Aldrich ihr dafür wahrscheinlich den Kopf abreißen würde, Taylor musste endlich die Wahrheit erfahren. Die Lage war einfach zu gefährlich.

»Wir denken, er will Sacha«, begann Louisa. »Wir denken, er will, dass der Fluch sich erfüllt und die Welt, wie wir sie kennen, endet. Und dass er, genau wie wir, glaubt, dass du das Ganze aufhalten könntest, und darum …»

»Will er mich aufhalten«, beendete Taylor den Satz für sie.

»Um jeden Preis.«

»Er würde mich töten?«

»Mit dem größten Vergnügen«, nickte Louisa eifrig.

Scheiße. Aldrich hat wohl recht, ich bin wirklich nicht sehr diplomatisch.

Die beiden Mädchen starrten sich an.

»So weit die Lage.« Louisa nahm einen Schluck Kaffee. »Um zehn sind wir mit den neuesten Nachrichten wieder für Sie da.«
Taylors Miene verfinsterte sich. »Wie kannst du nur … Witze darüber machen? Du wirst dabei genauso draufgehen, das ist dir doch wohl klar.«
»Von wegen *Witze*«, blaffte Louisa. »Ich versuche lediglich, ruhig zu bleiben, damit du nicht panisch aus dem Café rennst.« Sie warf Taylor einen grimmigen Blick zu. »Mann, dir kann man es auch nicht recht machen. Ich wollte nur nett sein.«
»Lass es lieber.« Taylor griff nach ihrem kalten Kakao und schaute weg.
»Na, schönen Dank auch.« Louisa schnappte sich ihr Handy, tippte eine kurze Nachricht und knallte es wieder auf die Tischplatte.
»Was war das?« Taylor zeigte aufs Telefon.
»Hab nur Alastair und die Jungs im Labor von St. Wilfred's informiert, dass Todbringer unterwegs sind. Damit sie den roten Teppich ausrollen.«
»Aber sie sind doch nicht hier …«, Taylor tippte mit dem Finger auf die Tischplatte, »sondern in Frankreich. Bei Sacha.«
»Noch.« Louisa sah sie finster an. »›Halte dich von dem Mädchen fern‹, haben sie gesagt, korrekt?«
Taylor nickte.
»Das sind Jäger, Taylor. Das ist ihre Aufgabe. Sie finden jeden. Früher oder später auch Sacha, ganz egal wo er sich versteckt. Und danach werden sie dich finden.«
Ihr Handy summte. Eine Nachricht von Alastair.
Todbringer? Sag, dass das nur einer deiner blöden Scherze ist!!

Louisa schrieb eine kurze Antwort und legte das Handy beiseite. »Alastair weiß also Bescheid«, sagte sie in milderem Ton. »Er scheint nicht sonderlich besorgt. Trotzdem, wir werden Verstärkung brauchen.«

»Was denn für Verstärkung?«

Louisa setzte ein gefährliches Lächeln auf. »Die aus St. Wilfred's.«

Taylor beugte sich über den Tisch. »Okay, aber was ist mit Sacha? Er ist ganz allein da draußen auf dem Land bei seiner Tante.«

»Bisher hat er alles richtig gemacht«, sagte Louisa nur. »Er muss untertauchen und in Bewegung bleiben. Und das macht er doch gerade, oder?«

»Können wir denn gar nichts tun, um ihn zu beschützen?«, fragte Taylor besorgt.

Gute Frage. Die Todbringer waren hinter Sacha her. Wenn sie ihn erwischten, dann war's das. Taylor würde nie eine Chance bekommen, ihn zu retten.

Aldrich muss sich was einfallen lassen. Und zwar schnell.

»Wir lassen uns was einfallen, versprochen«, sagte sie. »Es ist nur … na ja, nicht so einfach. Bei manchen von den Sachen, die uns jetzt begegnen, hätten wir bis vor Kurzem nicht geglaubt, dass sie überhaupt existieren. Fünf unserer Leute stellen gerade die Bodleian Library auf den Kopf. Andere suchen in unseren eigenen Texten.« Sie schnaufte. »Irgendwann werden wir was finden.«

Mittlerweile war es kurz vor Schließenszeit und das Café so gut wie leer. Hinter dem Tresen waren die Kellnerinnen mit Aufräumen beschäftigt. Keiner nahm Notiz von den beiden Mädchen, die am Fenstertisch saßen und sich über die abgefahrensten Dinge unterhielten.

»Großvater ist so sicher, dass wir es schaffen«, sagte Taylor. »Dass wir Sacha retten. Ich wünschte, ich wäre da auch so sicher.«

Louisa zog die Stirn kraus. »Aldrich ist der Beste weltweit. Wenn einer es schaffen kann, dann er. Aber ich will dir nichts vormachen: Das wird gefährlich. Verdammt gefährlich.«

Taylor schluckte. Konnte es noch gefährlicher werden? Gefährlicher als Paris?

Louisa trommelte mit kurzen, angeknabberten Fingernägeln gegen ihre Tasse, während sie überlegte. »Ich würde dich lieber früher als später nach St. Wilfred's verfrachten. Aber solange es irgend geht, solltest du in Woodbury bleiben, denn sobald wir dich hier rausholen, weiß unser böser Freund, dass wir ihn auf dem Schirm haben. Und dann kann's richtig ungemütlich werden.«

»Und wieso wäre ich in St. Wilfred's sicherer?«

»Denk nach«, antwortete Louisa. »Wir können molekulare Energie beeinflussen. Oder nicht?«

Taylor nickte.

»Zusammen können wir eine Art Nebelwand errichten, sodass du für die Außenwelt praktisch unsichtbar wärst.«

Taylor blinzelte ungläubig, doch Louisa zuckte nur lässig die Schultern.

»Ist nicht mal besonders schwierig. Ich kann dir zeigen, wie's geht.«

Wieder summte ihr Handy. Louisa wischte über den Screen, und ein Bild erschien. Sie verzog das Gesicht und blickte zu Taylor.

»Ich hab die Jungs gebeten, mir mal ein Bild von einem dieser Todbringer zu schicken. Damit du weißt, womit wir es zu tun haben.«

Sie drehte das Handy in Taylors Richtung.

Es war eine Illustration aus einem antiken Buch, das erkannte Taylor am vergilbten Papier und der verblichenen Druckerschwärze. Das Bild selbst allerdings war deutlich genug: ein knochiger Schädel mit leeren, schwarzen Augen, die Lippen zu einem höhnischen Lächeln verzogen. Wie ein grinsender Totenkopf.

Sie wurde blass.

»*Das* ist ein Todbringer?«

Louisa nickte. »Hässlich, die Typen, was?«

Taylor ließ sich zurück in den Stuhl sinken. »Verdammte Scheiße.«

Louisa grinste. »Habe ich da etwa soeben die süße, brave Taylor Montclair in aller Öffentlichkeit fluchen hören?«

»Ach, halt die Klappe, Louisa.«

Die lachte nur. »Aus dir mach ich noch 'ne richtige Draufgängerin, wetten?«

***

Taylor rannte den ganzen Weg nach Hause.

Louisa hatte sich alle Mühe gegeben, sie zu beruhigen, ihr versichert, die Leute aus St. Wilfred's würden ihr Haus bewachen und sie beschützen.

Doch die Unterhaltung hatte an ihren Nerven gezehrt. Immer wieder sah sie das Bild des Boten vor sich. Diese leeren Totenschädelaugen.

Es war fast sieben, als sie ihr Viertel erreichte. Auf den Straßen war es ruhig, alles schien normal.

Als Taylor die befahrene Hauptstraße verließ und in ihre Straße

einbog, spürte sie plötzlich ein unangenehmes Gefühl im Rücken, wie kalte Nadelstiche – genau wie vor ein paar Wochen auf dem Nachhauseweg. Sie wusste, dass jemand sie beobachtete.
Sie versuchte sich einzureden, dass es nur Einbildung war. Schließlich war beim letzten Mal auch nichts passiert. Nur Georgie war aufgetaucht, die nach ihr sehen wollte. Trotzdem, es war so intensiv, so beängstigend. Taylor richtete sich kerzengerade auf und ging mit entschlossenen Schritten weiter. Sie konnte regelrecht *fühlen*, wie sich der fremde Blick in ihren Rücken bohrte. Mehr noch. Sie fühlte den Hass in diesem Blick. Ein so bitterer Hass, dass ihr ganz schlecht davon wurde. Gänsehaut überzog ihren ganzen Körper.
Schließlich hielt sie es nicht länger aus und wirbelte mit geballten Fäusten herum.
Nichts. Kein Mensch weit und breit. Die Straße war menschenleer. Ein Auto fuhr langsam vorbei. Die Familie darin schien keine Notiz von ihr zu nehmen.
Klarer Fall von Verfolgungswahn.
Trotzdem war sie unglaublich erleichtert, als sie endlich das Haus erreichte. Sie knallte die Tür hinter sich zu, schloss ab und lehnte sich keuchend mit dem Rücken dagegen.
Fizz kam angeflitzt und strich mit heiserem Freudengebell um ihre Beine. Taylor hob sie hoch und drückte sie an sich, spürte das kleine Hundeherz freudig pochen.
Ihr eigener Herzschlag beruhigte sich ein wenig.
»Ist jemand zu Hause, Fizz?«
Als Antwort schleckte die Hündin ihre Nase ab.
»Mum?«, rief Taylor die Treppe hinauf. »Emily?«
Doch nur ihre eigene Stimme hallte durch das leere Haus.

»Wo sind denn alle?«
Sie stellte ihre Tasche ab und ging ins Wohnzimmer, während Fizz aufgeregt um sie herumtänzelte und auf die nächste Frage zu warten schien. Taylor trat ans vordere Fenster, schob die Gardine ein kleines Stück beiseite und spähte auf die Straße hinaus. Niemand zu sehen, bis auf einen älteren Herrn mit eleganter Schiebermütze.
Als plötzlich ihr Handy brummte, erschreckte sie heftig.
Sie ließ die Gardine sinken und nahm den Anruf entgegen.
»Hallo, Großvater.«
»Hallo, Liebes. Ich hatte gerade Louisa am Telefon, die mir berichtete, dass Sacha eine unschöne Begegnung mit Todbringern hatte. Abscheuliche Kreaturen.«
Taylor nickte stumm.
»Hör zu, Taylor. Mit dem Auftauchen der Todbringer haben sich die Dinge geändert. Ich weiß nicht, wie viel Louisa dir erzählt hat, aber kein Sterblicher hat es je mit diesen Kreaturen aufnehmen können. Es ist über hundert Jahre her, dass zuletzt einer von ihnen gesehen wurde …«, er räusperte sich, »… aber wenn man den Büchern Glauben schenken darf, sind es in der Tat höchst widerwärtige Wesen.«
»Nett aussehen tun sie auf jeden Fall nicht«, stimmte Taylor zu.
»Ihr schreckliches Aussehen ist noch das Geringste«, fuhr Aldrich fort. »Sie sind Gift für uns. Allein ihre Anwesenheit ist zerstörerisch. Und man kann sie nicht töten.«
»Oh.«
Warum gibt's immer nur schlechte Neuigkeiten? Sacha wird von Monstern verfolgt, gegen die wir keine Chance haben. Wie soll ich – oder irgendwer – ihn dann retten?

»Ich möchte, dass du am Samstag wieder zu mir nach Oxford kommst«, sagte ihr Großvater. »Zwar wird euer Haus bewacht, aber hier bist du sicherer. Ich werde dir einen Überblick geben über das, was wir bisher wissen, und du kannst hier mit Louisa trainieren. Und dann entscheiden wir, wie wir weiter vorgehen. Möglicherweise müssen wir unsere Taktik ändern.«
Er seufzte besorgt.
»Ich fürchte, wir alle sind in großer Gefahr.«

34

Es war Abend, Sacha saß erneut am Schreibtisch auf dem Dachboden und hatte sich auf der Suche nach Hinweisen in die Papiere seines Vaters vertieft.

Was keine leichte Aufgabe war, wie immer, wenn man es mit Adam Winters zu tun hatte.

Seine Aufzeichnungen durchzusehen war wie eine Wanderung durch einen chaotischen Film. Die Notizhefte trugen Titel wie »Bekannte Tode 18. Jh.« oder »Missetaten der Bruderschaft«, und der Inhalt brachte auch nicht viel mehr Klarheit.

Auch die Anmerkungen waren oft genug einfach nur rätselhaft. »Beachte S. 930«, hieß es da, oder: »Familienfehde??«

Nachdem er eine Weile die Notizhefte durchforstet hatte, ohne etwas Brauchbares gefunden zu haben, beschloss Sacha, sich die Bücher vorzunehmen.

An beiden Seiten des Schreibtischs standen große Bücherschränke. Sacha stellte sich davor und fuhr mit dem Finger über die Buchrücken. Vielleicht fand er ja hier den Schlüssel zu den Forschungen seines Vaters. Die meisten Bücher waren sehr alt. Manche waren in Leder gebunden, andere zwischen harte Holzdeckel gepackt.

Wahllos griff er ein Buch heraus, dem Anschein nach eine Ab-

handlung über Agrikultur in Frankreich. Winzige, eng gesetzte Buchstaben, und das über sechshundert Seiten.
Sacha stellte das Buch zurück ins Regal.
Stundenlang machte er so weiter, zog Bücher heraus und blätterte sie auf der Suche nach Notizen und Anhaltspunkten durch, nach *irgendwas*, das auffällig war.
Meist behandelten die Bücher Themen aus dem späten siebzehnten Jahrhundert, doch inhaltlich schien es keinen Zusammenhang zwischen ihnen zu geben. Ein Buch enthielt nur vergilbte Landkarten von Frankreich, ein anderes Transkriptionen von Gerichtsakten der Stadt Carcassonne. Mehrere wissenschaftliche Abhandlungen über Hexenprozesse waren ebenso darunter wie ein offenbar sehr alter Reisebericht mit handgemalten Skizzen französischer Landschaften.
Eindeutige Verbindungen zwischen den Büchern gab es praktisch nicht, und nach drei Stunden hatte er sich erst eine einzige Notiz gemacht: »Carcassonne«.
Während das Licht draußen nachließ und im runden Dachbodenfenster der hellblaue Himmel den Sternen wich, kämpfte Sacha gegen die aufsteigende Panik an. Ihm blieb so wenig Zeit. Selbst wenn er die Kreaturen dauerhaft abgeschüttelt und in Ruhe den lieben langen Tag hier unter dem Dach gesessen hätte – all diese Bücher hätte er nie im Leben vor seinem achtzehnten Geburtstag lesen können. Es waren Hunderte!
Trotzdem – aufgeben kam nicht infrage. Er musste weitersuchen. Irgendwo da drin mussten die Antworten sein.
Er zog ein neues Buch hervor und las weiter.

***

Er musste über dem Buch eingeschlafen sein. Als er aufwachte, lag seine Wange auf der Schreibtischplatte, sein Nacken war steif und schmerzte, helles Tageslicht strömte durch das runde Fenster.

Langsam setzte er sich auf und massierte seinen Nacken. Unten hörte er seine Tante in der Küche rumoren, es roch süß nach frisch gebackenem Brot.

Noch ein wenig steif tapste er hinunter ins Badezimmer, wo er sich erst wusch und kämmte, ehe er zu Tante Annie in die Küche ging.

Mit einem besorgten Blick auf sein müdes Gesicht stellte sie ihm eine Tasse mit starkem, schwarzem Kaffee hin und schnitt dann eine dicke Scheibe Brioche für ihn ab, das noch warm vom Ofen war.

Das Brot schmeckte köstlich, und sie ließ ihn erst zu Ende essen, bevor sie die naheliegende Frage stellte.

»Und? Was gefunden?«

Niedergeschlagen schüttelte Sacha den Kopf. »Ist echt viel.«

Sie war nicht überrascht. »Ich stand vor dem gleichen Problem. Dein Vater hat alles aufgehoben, was er irgendwie für nützlich hielt. Leider hat er nicht notiert, warum er die Sachen aufbewahrt hat.«

Mit dem Geschirrtuch wischte sie über die bereits blitzblanke Theke. Das Sonnenlicht, das durch die großen Küchenfenster hereinschien, betonte ihre hohen Wangenknochen und verwandelte ihre Augen in Saphire.

»Ich weiß, dass du es schaffen kannst«, sagte sie mit ruhiger Überzeugung. »Gib dir einfach mehr Zeit.«

»Das Problem ist, dass er seine Erkenntnisse nirgendwo zusammengefasst hat.« Sacha versuchte nicht, seinen Frust zu verbergen. »Die Notizen sind wahllos verstreut, ein paar hier, ein paar da – wie soll man da durchblicken?«

Annie nahm ihm die Tasse aus der Hand und goss Kaffee und Milch nach.

»Ich habe meinen Bruder sehr geliebt«, sagte sie und lehnte sich mit nachdenklichem Blick an die Theke. »Aber Sinn für Ordnung hatte er nie. Er hatte ein tolles Gedächtnis, da hat er alles abgespeichert. Und deswegen hast du jetzt ein Problem.« Sie faltete das Küchenhandtuch zu einem ordentlichen Rechteck und legte es neben die Spüle. »Du musst versuchen, so zu denken wie er. Er hätte nie nach dem dicksten Buch gesucht oder nach der offensichtlichen Lösung. Such nach etwas Kleinem, das unwichtig scheint. Fang da an und schau, was du findest.«

»Mach ich«, versprach Sacha.

Doch er zweifelte, ob er seinem Vater ähnlich genug war, um sich in dessen Labyrinth zurechtzufinden.

***

Nach dem Frühstück ging Tante Annie mit ihrem Vorarbeiter in die Weinberge. Pikachu nahm sie mit und ließ Sacha allein mit den Büchern seines Vaters.

Als er wieder hinter dem Schreibtisch auf dem Dachboden saß, schaltete er erst mal sein Handy ein.

Die meiste Zeit ließ er es ausgeschaltet, damit man es nicht nachverfolgen konnte. Doch ein-, zweimal am Tag machte er es für ein paar Minuten an, für den Fall, dass seine Mutter oder Schwester angerufen hatten.

Es schien fast eine Ewigkeit her, dass er von zu Hause weggegangen war, dabei war es erst ein Tag.
Mit einem Summen erwachte sein Handy zum Leben und piepste dann gleich noch einmal fröhlich hinterher. Der schrille, moderne Ton wirkte in dem alten Bauernhaus völlig fehl am Platz.
Seine Mutter und Laura hatten jeweils mehrere Nachrichten geschickt. Es versetzte ihm einen Stich, als er sie durchscrollte – er konnte den Schmerz in ihren Worten spüren. Die Angst, die sie um ihn hatten.
Der Empfang in Tante Annies Haus war nicht sonderlich gut, dennoch schaffte er es, beiden zu antworten.
»Mir geht's gut«, schrieb er. »Melde mich bald wieder, versprochen. *Bisous*, S.«
Auch Taylor hatte eine Nachricht geschrieben. Die las er als letzte.
»Die bleichen Typen, die bei dir vor der Tür standen, werden ›Todbringer‹ genannt. Sehr gefährliche Typen. Jäger. Sie werden dich finden. Bitte sag Bescheid, ob bei dir alles in Ordnung ist. Und danke für alles, Taylor.«
Sie werden dich finden.
Nervös drehte er sein Handy in der Hand, während sich in seinem Bauch die Angst zurückmeldete. Falls es stimmte, was Taylor schrieb, blieb ihm noch weniger Zeit, als er gedacht hatte. Er musste unbedingt herausfinden, was sein Vater wusste. Noch heute.
Entschlossen wandte er sich wieder den Regalen zu und zog das nächste Buch heraus.

***

Stundenlang arbeitete Sacha sich durch die Bücher. Den Dachboden verließ er nur, um sich etwas zu essen und zu trinken zu holen und mit nach oben zu nehmen. Als seine Tante am späten Nachmittag aus dem Weinberg zurückkam, brachte sie ihm eine Schale mit frischen, süßen Erdbeeren hinauf, die er während der Arbeit verspeiste.

»Du bist *das* Stadtgespräch. Nach so langer Zeit besucht mich mein Neffe endlich mal wieder.« Sie klopfte ihm auf die Schulter und ging zur Treppe, wo sie sich noch einmal umdrehte. »Jean-Claude von nebenan hat sich in dein Motorrad verguckt. Teures Spielzeug, hat er gesagt.« Sie hielt inne. »Wie hat dir deine Mutter von ihrem Gehalt so eine Maschine kaufen können?«

»Hab's mir selbst gekauft«, antwortete Sacha beiläufig. »Hatte 'nen Job, und hab's dann auch echt günstig gekriegt.«

»Hmm.« Tante Annie verzog skeptisch das Gesicht, doch sie hakte nicht nach.

Als die Sonne langsam unterging, war der Schreibtisch über und über mit Papieren bedeckt. Sachas Kopf schmerzte, sein Nacken tat immer noch weh von der ungemütlichen Nacht, und er sah seine Chancen mehr und mehr schwinden.

Langsam verlor er die Hoffnung. Wie sollte er in wenigen Stunden nachvollziehen, woran sein Vater so viele Jahre lang gearbeitet hatte?

Trotzdem machte er weiter.

Es war schon spät am Abend, als ihm, nachdem er Dutzende dicker, staubiger Bücher durchgesehen hatte, ein dünnes Bändchen in die Hände fiel, so klein und unscheinbar, dass er es beinahe übersehen hätte. Irgendetwas ließ ihn innehalten und es dennoch herausziehen.

In das abgenutzte Leder war kaum lesbar der Titel eingeprägt, und Sacha brauchte eine Weile, um ihn zu entziffern.

»La famille de L'Hiver.«

Sein Herzschlag setzte aus.

L'Hiver, so lautete der ursprüngliche französische Name seiner Familie! Ins Englische übersetzt hieß es »Winters«, und genauso hatten sich seine Vorfahren genannt, als sie vor vielen Generationen nach England auswandert waren.

»Wahrscheinlich waren sie es leid, ständig mit ›Leber‹ angesprochen zu werden«, pflegte sein Vater zu scherzen.

Sacha nahm das schmale Bändchen mit zum Schreibtisch und schob andere Bücher beiseite, um Platz zu machen.

Ehe er es aufschlug, schloss er einen Moment lang die Augen.

Bitte lass es etwas Brauchbares sein.

Das Buch war ziemlich ramponiert, Sacha öffnete es vorsichtig. Die ersten Seiten erschienen zunächst leer. Erst als er sie umblätterte, bemerkte er, dass sie nach innen eingeklappt waren und man deshalb nicht sah, was daraufstand.

Behutsam faltete er das spröde, vergilbte Papier auseinander – und entdeckte einen ausladenden, handgezeichneten Familienstammbaum.

Er reichte mehrere Jahrhunderte zurück und war eine gewöhnliche Ahnentafel, auf der die Namen durch Heirats-, Geburts- und Todesdaten penibel ergänzt und durch dicke, vor langer Zeit gezeichnete und mittlerweile verblasste Linien miteinander verbunden waren.

Der Stammbaum setzte mit dem Jahr 1643 ein. Die ältesten Namen waren kaum lesbar, weil die Tinte fast ganz verblichen und die krakelige Handschrift kaum zu entziffern war. Immerhin bekam Sacha heraus, dass in dem Kasten ganz oben der Name »Matthieu L'Hiver« stand.

Im frühen neunzehnten Jahrhundert änderte sich die Handschrift, sie wurde klarer und leichter zu entziffern. Auch der Name änderte sich, wie er erwartet hatte, aus »L'Hiver« wurde »Winters«.

Ganz am Ende des Stammbaums stand in der vertrauten, nach links fallenden Handschrift seines Vaters der Name »Adam L. Winters«, und darunter führten akkurate Linien zu Sachas und Lauras Namen.

Während er den Stammbaum eingehend betrachtete, bemerkte Sacha neben einigen der Namen Markierungen. Als er genauer hinsah, stellte er fest, dass es sich um Zahlen handelte. Nummer eins stand sehr weit oben neben Matthieu L'Hivers Enkel Jean-Pierre. Eine Zeile darunter neben einem anderen Namen stand die Zwei. Wieder eine Zeile weiter die Drei, und so weiter. Alle Zahlen standen ausschließlich neben den Namen von männlichen Erstgeborenen, den direkten Nachkommen Matthieu L'Hivers. Die letzte stand ganz am Ende, neben Sachas Namen.

Die Zahl starrte ihn an. *Dreizehn.* Die absolute Unglückszahl.

Er ging die Liste erneut durch und las die Namen. Berührte sie mit den Fingerspitzen. Zwölf tote Jungen. Bald würde er einer von ihnen sein.

Es sei denn, er würde einen Weg finden, den Fluch zu brechen.

Sacha faltete den Familienstammbaum wieder zusammen und blätterte weiter. Schnell wurde klar, dass es sich um eine Familienchronik handelte, wobei die ersten Seiten eine reine Aufzählung der weltlichen Belange der Familie L'Hiver im ausgehenden siebzehnten Jahrhundert darstellten. Gesellschaftliche Stellung,

Lage des Familienbesitzes, Viehbestand, Anzahl der Bediensteten.
Ab Seite fünf änderte sich das Bild schlagartig. Ein großer Absatz kündigte das Neue an:

Die Bruderschaft wurde im Jahre 1427 unseres Herrn ins Leben gerufen, um das Königreich Frankreich vor der Macht des Bösen zu bewahren, und zwei Hundert und fünfundzwanzig Jahre wirkte sie unermüdlich zum Schutze des Volkes. Doch im Jahre 1652 wurde die Bruderschaft auf Verlangen des Groß-Inquisitors sowie der Vertreter König Ludwigs XIV. aufgehoben, welche erklärten, das Böse sei nun besiegt, lange genug hätten die Feuer gebrannt. Nun wissen wir, dass diese Feuer niemals hätten verlöschen dürfen.

Die kunstvolle Handschrift und der altmodische Stil machten es für Sacha mühsam, den Text zu verstehen. Erst dachte er, er hätte nicht richtig verstanden. Doch je weiter er las, desto weniger konnte es ein Irrtum sein.
Es handelte sich um die Chronik einer Familie von Lynchmördern – seiner Familie. Auf jeder Seite wurden neue Heldentaten beschrieben. Neue Anlässe, um Alchemisten, die sie als »Hexen« bezeichneten, aufzustöbern und zu töten.
Systematisch. Unerbittlich.
»Die geheime Bruderschaft«, so nannten sie sich, in Fortführung der vom König aufgelösten Bruderschaft.
Ganz offensichtlich waren sie der festen Ansicht, dass sie das

Richtige taten. Mit aufrichtiger Leidenschaft glaubten sie daran, dass die Welt bedroht war, dass jene Alchemisten und Heiler gemeinsame Sache mit Dämonen machten. Unterstützung erfuhren sie von der Kirche – die örtlichen Gottesmänner gaben ihren Segen zu jeder Gräueltat.

Dabei war nichts an ihrem Tun heilig. Unzählige hatten sie getötet, mit jeder Seite des Buches kamen neue Opfer hinzu.

Es war schon spät in der Nacht, doch Sacha las gebannt weiter. Beklommen folgte er dem Bericht der unvorstellbaren Grausamkeiten, die Mitglieder seiner Familie begangen hatten.

Mord für Mord wurde in allen abscheulichen Einzelheiten beschrieben. Männer, Frauen, sogar Kinder, die an Pfähle gebunden und verbrannt wurden und deren Asche man dem Wind überließ. Selbst der Autor des Berichts schien der Ausschreitungen irgendwann überdrüssig zu werden.

Unsere große Aufgabe nimmt kein Ende. Die Heerscharen Satans wollen nicht weichen. Schwer erkämpfen wir unsere Siege, und doch wachsen seine Legionen an. Jede Nacht reiten wir hinaus, um sie aufzuspüren und niederzumachen. Es ist beschlossen, dass wir Toulouse verlassen und in die Stadt Carcassonne reiten. Die heiligen Väter berichten, der Teufel habe seine Heimstatt nun dort genommen und mit ihm seien widernatürliche Alchemisten und Hexen gekommen, um alldort ihre liederlichen Taten zu vollbringen. Es gilt, die Natternbrut in ihrer Höhle zu zerquetschen. Sobald der Morgen graut, brechen wir auf.

Nach einer Weile konnte Sacha die Geschichten von Zerstörung und Tod kaum mehr ertragen, aber er las dennoch weiter. In der Hoffnung, die Litanei des Todes nähme ein Ende, blätterte er weiter, ließ die Details aus – und hätte es auf diese Weise fast überblättert.

Der Name war es, der ihm ins Auge sprang und ihn davon abhielt, auch diese Seite einfach umzuschlagen.

Montclair.

Mit klopfendem Herzen blätterte er zurück, fand den Anfang dieses Abschnitts und begann zu lesen. Es war der Bericht von der Verbrennung einer weiteren »Alchemistenhexe«.

Auffällig war, dass die Tötung diesmal in allen Details geschildert wurde, als hätte der Verfasser des Buches nicht nur wiedergegeben, was man ihm zugetragen hatte, sondern als wäre er selbst dabei gewesen und hätte die Frau mit eigenen Augen sterben sehen. Als hätte er selbst sie getötet.

Um sicherzugehen, dass er nichts übersah, las Sacha den Bericht zweimal ganz durch. Danach starrte er wie betäubt ins Zwielicht des Dachbodens. Er fühlte sich leer.

Endlich wusste er, wie es zu dem Fluch gekommen war. Und warum.

Es war so absurd, dass er es nicht geglaubt hätte, wären da nicht die jüngsten Ereignisse und Erlebnisse gewesen. Die Todbringer zum Beispiel. Er hatte sie gesehen.

Er wusste, wie das Böse aussieht.

Carcassonne 1693

»Isabelle Montclair. Man hat Euch der Hexerei für schuldig befunden. Das Urteil lautet auf Tod durch das Feuer.«
Triumph sprach aus der Stimme des Mannes. Aufrecht saß er im Sattel seines Schimmels, den dunklen Umhang fest um die Schultern gezogen, einen eleganten Hut auf dem Kopfe. Das Gesicht verbarg er hinter einer Maske, doch die Verurteilte hatte ihn sogleich erkannt.
»Matthieu L'Hiver!« Verachtung sprach aus ihrer Stimme, obschon man sie übel geschlagen hatte, das Fleisch geschunden und die dunklen Augen zugeschwollen.
»So habt Ihr nun endlich, was Ihr wolltet.«
Sie zerrte an den Stricken, mit denen sie, einem Stück Schlachtvieh gleich, gefesselt war, doch die Knoten saßen zu fest, sie vermochte sich nicht zu rühren. Von ihr schien eine Kraft auszugehen, ein seltsames Leuchten. Doch sie war zu schwach, um sich noch zu wehren. Sie war besiegt.
Das Licht des vollen Mondes erhellte gespenstisch den Ort: ein hoher Holzstoß und maskierte Männer, die ihn umstanden, ein jeder mit einer brennenden Fackel in seiner Hand. Dahinter die Städter in gebanntem, doch wohlgeübtem Schweigen, denn viele wurden in Carcassonne verbrannt.
So hoch war der Stoß aus Holz und Reisig, dass

Isabelle L'Hiver auf seinem Ross überragte. Mit Abscheu blickte sie auf ihn herab.

Der lächelte bloß. »Wünschst du die Beichte abzulegen, ehe du stirbst?«

»Einem Feigling habe ich nichts zu beichten«, zischte Isabelle. »Es hat uns kein Gericht verurteilt. Ihr seid nicht das Gesetz, denn das Gesetz verbietet Scheiterhaufen. Dennoch schickt Ihr Eure ruchlosen Brüder aus, die unsere Häuser heimsuchen, unsere Familien töten und uns alle zu unterjochen trachten.« Mit zornentstellter Miene zerrte sie wiederum vergeblich an den Stricken. »Und all das nur, weil Ihr Euch fürchtet vor etwas, das Ihr nicht versteht. Ihr denkt, Ihr hättet gewonnen. Doch Ihr seid ein Narr, L'Hiver. Nichts habt Ihr gewonnen, nichts außer Leid und Verzweiflung.«

»Du leugnest die Schuld also nicht. Dass du die dunklen Künste studierst und mit dem Teufel im Bunde stehst, welcher dir unheilige Kräfte verleiht. Zum Dank beschwörst du seine Dämonen, die Herrschaft über Gottes Land an sich zu reißen.« Die Augen hinter der Maske erwiderten kalt und unerschütterlich ihren Blick. »Doch deine Pläne sind vereitelt. All das soll nun ein Ende haben. In dieser Nacht noch.«

Ohne noch eine Antwort abzuwarten, hob L'Hiver den Arm, und die maskierten Fackelträger traten vor. Dann sauste mit scharfer Bewegung seine Hand herab.

Einem todbringenden goldenen Regen gleich flogen die Fackeln durch die Nacht und senkten sich in das trockene Holz unter den Füßen der Frau.
Im Nu fing der Zunder Feuer. Ein Raunen erfasste die Menge, als sich die Flammen emporfraßen.
Isabelle jedoch rührte sich nicht, selbst als das Feuer an ihrem zerrissenen Rocksaum zu züngeln begann.
Auch als der Rauch ihr ins Gesicht stieg, blieb sie unbewegt, kein Laut entrang sich ihrer Kehle.
Verstört durch ihre unnatürliche Ruhe, steckten die Bürger die Köpfe zusammen und begannen, ängstlich untereinander zu flüstern.
Selbst die Pferde rollten die Augen und zerrten furchtsam an den Zügeln.
Hoch oben, aufgeschreckt von dem Tumult, vernahm man die Schreie eines Vogels, der jedoch in der Dunkelheit unsichtbar blieb.
Über all das erhob sich plötzlich die Stimme Isabelles und erschallte mit der Klarheit einer Kirchenglocke.
»Höre, Matthieu L'Hiver: Ich verfluche dich! Ich verfluche deine Familie. Ich rufe Asasel und Luzifer an, ich rufe Moloch und Beelzebub an, ich rufe alle Dämonen der Hölle an – erhört mein Flehen! Ich verfluche Eure Söhne, Matthieu L'Hiver, und die Söhne Eurer Söhne. Dreizehn Mal sollen die Erstgeborenen von Euch genommen werden, ehe sie zu Männern werden. Dreizehn Mal soll ihr Blut den Durst der Dämonen stillen und all das heraufbeschwören, was Ihr zu zerstören trachtet.«

Die Flammen hatten nunmehr den ganzen Rock erfasst, sodass sich beißender Qualm aufs Schrecklichste mit dem säuerlichen Gestank verbrannten Fleisches mengte. Doch immer noch klang ihre Stimme klar und stark.

»Auf diese Weise werdet Ihr die Prophezeiung erfüllen. Durch das Opfer Eures Blutes wird mein Werk vollendet werden!«

Die Menge rings um den Scheiterhaufen bekreuzigte sich und begann leise zu beten. Denn obschon sie daran glaubten, dass Gott über Satan obsiegen würde, fürchteten sie die Worte der Hexe.

L'Hiver hingegen wich nicht zurück und sah ihr furchtlos ins Gesicht. Das Haupt hoch erhoben, erwiderte er den Blick der Frau, solange sie einander durch den Rauch hindurch zu sehen vermochten.

Dann schlugen die Flammen höher und höher und verbargen ihre Gestalt. Und noch immer schrie sie nicht.

So verbrannte sie in widernatürlicher Stille.

Möge Gott uns beschützen.

35

Die Luft auf dem Dachboden war verbraucht und stickig: tot. Die Wände bedrängten ihn. Er musste hier raus.

Er stopfte das Buch in seine Jackentasche und schlich die Holzstufen hinunter.

Im Wohnzimmer war es dunkel und still. Mit ausgestreckten Händen tastete er sich vorwärts. Auf halber Strecke stieß er mit dem Knöchel gegen den Couchtisch und fluchte leise. Das weckte Pikachu, der sich im Sessel zusammengerollt hatte. Er sprang hinunter und kam mit klackenden Krallen angetrabt, um nachzusehen, was los war.

»Pardon, Pika«, flüsterte Sacha. »Ich wollte dich nicht wecken.« Er streichelte den weichen, warmen Kopf des Hundes und kraulte ihn hinter den Ohren.

Durch die Hintertür schlüpfte er auf die kleine Terrasse. Der Vollmond stand hoch, unter dem sanften, unwirklich blauen Licht verwandelten sich die gewundenen Rebstöcke in dunkle Wogen, die die Hänge hinabzurollen schienen. Pikachu folgte ihm schwanzwedelnd, hocherfreut über den nächtlichen Spaziergang. Die kühle Nachtluft duftete nach fruchtbarem Boden und Blumen. Sacha stieg die Steinstufen in den Garten hinunter und

betrat den Weinberg. Seine Füße sanken in der weichen Erde ein.
Der Hund schoss los und machte zwischen den Reben Jagd auf nächtliche Schatten.
»Schön hier, was, Pika?« Sachas Stimme schallte durch die stille Nacht. Er senkte sie zu einem Flüstern. »Wie in alten Zeiten.«
Das war gelogen. Die alten Zeiten waren glücklich gewesen, damals, als er noch nichts vom Tod gewusst hatte.
Er zog sein Handy aus der Tasche, schaltete es ein und wartete ungeduldig, bis es Empfang hatte.
In England war es jetzt zwei Uhr morgens. Trotzdem, er musste mit Taylor sprechen. Nur sie würde ihn verstehen.
Ein Klingeln.
Zwei.
Drei.
Als er die Hoffnung schon aufgeben wollte, ging sie dran. »Sacha?«
Ihre sanfte britische Stimme war noch ganz schlaftrunken, doch zugleich so nah und lebendig, dass Sacha einen Moment lang kaum zu sprechen wagte.
»Wo bist du?«, fragte sie besorgt. »Geht's dir gut? Haben sie dich gefunden?«
»Alles klar hier«, beruhigte er sie. »Ich wollte mich nur vergewissern, dass bei dir alles in Ordnung ist.«
Er hörte, wie sie sich im Bett aufsetzte, und stellte sich ihre strubbeligen Locken vor, ihre vom Schlaf geröteten Wangen.
»Mir geht's gut«, sagte sie. »Und? Hast du was rausgefunden?«
Sacha bohrte seinen Absatz in den Erdboden. Er wusste nicht so recht, wo er anfangen sollte.

»Ich hab ein Buch über die Geschichte meiner Familie gefunden. Da steht auch was über den Fluch.« Er zögerte, ehe er ihr alles erzählte. »Deide hatte recht. Der Fluch wurde von einer Frau namens Isabelle Montclair ausgesprochen. Meine Familie hat sie ermordet. In dem Buch wird haarklein beschrieben, wie sie starb, in allen Details. Es war so real, Taylor.« Sie hörte, wie er tief durchatmete. »Als wäre ich dabei gewesen und hätte mit angesehen, wie sie verbrannte, wie sie mich verfluchte! Echt heftig.«

»Es tut mir so leid.« Taylor klang ganz elend. »Ich wünschte, es wäre nicht wahr. Es ist so grässlich, dass meine Familie euch das angetan hat. Deiner Familie und dir.«

»Ist ja nicht deine Schuld«, erinnerte er sie. »Abgesehen davon hat meine Familie Isabelle Montclair ermordet. Sie haben es sich also selbst zuzuschreiben.«

»Hör mir gut zu«, sagte sie auf einmal kämpferisch. »Ich schwöre bei Gott oder wem auch immer, dass wir herausfinden werden, wie dieser blöde Fluch funktioniert. Und dann werden wir ihn stoppen. In Oxford arbeitet schon eine ganze Truppe daran, morgen fahre ich hin, um mit ihnen zu besprechen, was wir tun können. Bitte glaube mir, du bist nicht allein. *Wir* sind nicht allein.«

Sachas Herz wurde schwer.

Er wollte so sehr glauben, dass es eine Chance gab. Eine Chance für ihn, zu leben.

Doch nach allem, was er jetzt wusste, war ihm klar, wie unwahrscheinlich, fast unmöglich es war, in wenigen Wochen eine Lösung zu finden, nach der seine Familie jahrhundertelang gesucht hatte.

Die Zeit verging so schnell. In wenigen Stunden würde der

neue Tag anbrechen, nur um bald wieder zu enden. Danach der nächste, und immer so weiter. Und bald bliebe überhaupt keine Zeit mehr, und sein Leben wäre vorbei.

Er sehnte sich danach, Taylor zu erzählen, was ihm durch den Kopf ging. Wie groß seine Angst wirklich war. Wie satt er es hatte, dass der Tod auf der Lauer lag und nur auf seinen Moment wartete. Wie sehr er sich danach sehnte, einfach nur ein lebendiger, atmender *Junge* zu sein. Und kein Opfer.

Doch er konnte sich nicht überwinden, es zu sagen.

Taylor wünschte sich so sehr, dass ihr Großvater ihn rettete – er wollte diesen Traum nicht zerstören.

Zumal es ja noch genug andere Wahrheiten gab, die er mit ihr teilen konnte.

Er ließ sich auf dem weichen Boden nieder. Über ihm reckten sich die Weinreben wie ein schwarzer Baldachin, durch das Laub sah er den Himmel. Darin blinkten mehr Sterne, als er je für möglich gehalten hätte.

Pika setzte sich neben ihn und presste seinen kleinen Körper an ihn, ein wärmendes Fellknäuel.

»Ich bin so froh, dass es dich gibt, Taylor«, sagte Sacha.

»Ich auch«, flüsterte sie.

»Könntest du vielleicht … ich weiß nicht … dich eine Weile mit mir unterhalten? Ich möchte nicht allein sein.«

Ihre Antwort kam spontan und warm – wie eine Hand, die nach seiner griff.

»Ich bin bei dir.«

***

Sacha schreckte aus dem Schlaf hoch und sah sich verwirrt um. Er war sich sicher, dass er etwas gehört hatte – einen Schrei. Einen Knall. Jetzt war alles wieder still.
Um ihn herum nichts als Blätter und dicke, blassgrüne Weintrauben.
Blinzelnd setzte er sich auf.
Verdammt, wieso liege ich im Weinberg?
Schlagartig kam alles zurück.
Er hatte mit Taylor telefoniert, und dann musste er eingeschlafen sein. Er schaute nach unten und sah sein Handy, das neben ihm auf dem Boden lag. Pika war wohl irgendwann verschwunden, denn er war allein.
Mit Mühe stand er auf. Seine Muskeln waren von der Nacht auf dem feuchten Boden ganz steif.
Ein Blick auf seine Armbanduhr sagte ihm, dass es noch sehr früh war, kurz vor sechs. Die Vögel zwitscherten und trillerten bereits in atemberaubender Lautstärke. Ein ganz normaler Morgen.
Gerade als er beschloss, dass er wohl nur böse geträumt hatte, hörte er vom Haus her Pikas wütendes Gebell, dann abwechselnd wütendes Knurren und schrilles Winseln.
Noch nie hatte er einen Hund derartige Laute von sich geben hören.
Sacha lief los. Es krachte, und ein durchdringender Schrei zerriss die Luft.
Sein Herz hämmerte in der Brust, er rannte, so schnell er konnte, schoss durch das Gartentor und die kleine Treppe zur Terrasse hinauf, stieß die Eingangstür auf und polterte ins Wohnzimmer.
»Tante Annie?«, rief er.

Keine Antwort. Nur das panische Bellen des Hundes aus der Küche. Er rannte weiter und blieb wie angewurzelt vor der Küchentür stehen.
»Tante Annie ...?« Mehr brachte er nicht heraus.
Mit dem Rücken stand sie gegen den Küchenschrank zurückgedrängt, ihre Hand umklammerte drohend ein Fleischermesser.
Die Hintertür hing lose in den Angeln. Der Boden war mit Glasscherben übersät, die gefährlich schön in der Morgensonne glitzerten.
Knurrend und schnappend kauerte Pikachu inmitten der Scherben und fletschte die kleinen, spitzen Zähne.
Im Durchgang standen die drei Todbringer, die Körper schwarz verhüllt.
»Zurück!«, schrie Tante Annie.
Eine seltsam kalte Ruhe ergriff von Sacha Besitz. Seit ihrer letzten Begegnung hatte er sich vor einem Wiedersehen mit ihnen gefürchtet. Doch jetzt war er einfach nur scheißwütend. Er hatte die Nase gestrichen voll von ihnen.
Vor der Zeit umbringen können sie mich eh nicht.
»Lasst sie in Ruhe«, befahl er mit leiser, drohender Stimme. »Und zwar sofort.«
Die drei fuhren zu ihm herum.
»Du kannst uns nicht entkommen«, sagte der Große.
Sacha ging gar nicht darauf ein, sondern sprach seine Tante an. »Alles okay bei dir?«
Sie nickte, doch ihr Gesicht war völlig verzerrt vor Angst. »Mach, dass du hier wegkommst, Sacha. Kümmer dich nicht um mich.«

Nie und nimmer hätte Sacha sie mit diesen Kreaturen allein gelassen.
Er ballte die Hände zu Fäusten und wandte sich wieder den Gestalten zu.
»Raus hier! Verlasst dieses Haus.«
Mit einer eigenartig menschlich anmutenden Bewegung legte der Große den Kopf zur Seite und musterte ihn. Sein leidenschaftsloser, abschätzender Blick ließ Sacha das Blut in den Adern gefrieren. Er war der Gruseligste der drei. Und offensichtlich hatte er das Sagen.
»Es ist Zeit.« Die tiefe Stimme war mächtig – als wäre sie in Sachas Kopf eingedrungen und spräche nur zu ihm allein. Ihr Klang betäubte ihn.
Plötzlich hörte er, wie seine Tante erschrocken nach Luft schnappte, und das Geräusch holte ihn in die Realität zurück. Alarmiert schaute er auf. Die drei hatten von Tante Annie abgelassen und standen jetzt um ihn herum. Sie hätte weglaufen können, tat es aber nicht.
Lauf weg!, wollte er ihr zurufen, doch die Stimme versagte ihm.
Ein überwältigender, modriger Geruch schnürte ihm die Kehle zu, er musste würgen. Wie in Zeitlupe taumelte er zurück.
Pika jaulte und kläffte wie von Sinnen.
»Lasst uns in Ruhe«, stieß Sacha hervor.
Doch genau das hatten sie offenbar nicht vor.
Ehe Sacha reagieren konnte, stand der Große, scheinbar ohne sich überhaupt bewegt zu haben, plötzlich direkt neben ihm, packte mit seinen langen Fingern sein Handgelenk und hielt es mit eisernem Griff umklammert.
»Komm mit uns«, sagte die Grabesstimme. »Es ist so weit.«

Die Hand um Sachas Gelenk war eiskalt. Eine schreckliche Kälte kroch in seine Adern, stieg den Arm hinauf und betäubte ihn. Nahm ihm die Kraft.
Ungläubig betrachtete er die fremde Hand. Er wollte kämpfen, konnte sich aber nicht rühren.
Sein Blickfeld verdüsterte sich. Er spürte, wie er immer mehr in sich zusammenfiel.
Ein Schrei brachte ihn schlagartig zurück in die Küche, gerade rechtzeitig, um mit anzusehen, wie Tante Annie sich auf den Kleinsten der Gestalten warf und ihm das Messer in den Rücken stieß.
Der Getroffene zuckte nicht mal. Langsam drehte sich sein Kopf – viel weiter, als es einem Menschen möglich gewesen wäre. Annies Körper begann heftig zu zucken. Aus ihrer Kehle kam ein gurgelndes Geräusch. Verzweifelt griff sie sich an den Hals, während ihr Gesicht erst rot, dann violett wurde.
Sacha wollte ihr etwas zurufen, brachte aber keinen Laut hervor. Auch helfen konnte er ihr nicht, der Klammergriff des Großen hielt ihn gefangen.
Mit Grauen musste er mit ansehen, wie ihr Körper über den Boden geschleudert wurde und mit einem schrecklichen Krachen gegen die Wand prallte.
Pika winselte.
Die Gestalt wandte sich ihm zu und hob die Hand.
»Aufhören!«
Sachas Stimme war heiser vor Schmerz, und was immer der Todbringer ihm eingeflößt hatte, es führte dazu, dass sein Körper heftig zitterte. »Lasst sie in Ruhe. Ich komme mit euch. Okay? Aber lasst sie in Ruhe!«

Die Gestalten sahen ihn aus schwarzen, seelenlosen Augen an.
»Ich komme mit«, sagte er noch einmal unter Zähneklappern. »Freiwillig.«
Sofort ließ die unerträgliche Kälte nach.
»Wir gehen jetzt.« Der Große, der immer noch sein Handgelenk festhielt, drehte sich zur Tür.
Doch Sacha zögerte. Langsam kam er zu Atem, sein Hirn begann wieder zu arbeiten.
»Ich brauche noch meine Tasche.«
Der Todbringer starrte ihn an. Seine Augen waren so leer wie ein frisch ausgehobenes Grab.
»Wir gehen jetzt«, wiederholte er.
»Ohne meine Tasche komme ich nicht mit«, erwiderte Sacha entschlossen. »Ich werde euch nicht folgen, und euer *Dreizehnter* werde ich auch nicht sein. Ohne – meine – Tasche. Hast du das kapiert?«
Am liebsten hätte er sich auf sie alle drei gestürzt, hätte sie getreten, auf sie eingestochen. Doch er hatte ja gesehen, wie wenig ihnen selbst das schärfste Messer hatte anhaben können – und wie sie reagiert hatten: Tante Annie rührte sich nicht mehr. Die Wut und Angst um sie gaben ihm neue Kraft. Halfen ihm dabei, sich zu konzentrieren.
Die drei Gestalten sahen ihn prüfend an, und ihre knochigen Gesichter drückten alle das gleiche Unverständnis aus.
Plötzlich kam Pikachu von hinten herangeschossen und grub dem Großen die Zähne in den Knöchel. Die drei fuhren herum und starrten auf den Hund.
Diesen Moment nutzte Sacha. Er riss seinen Arm aus dem Klammergriff des Großen und schoss ins Wohnzimmer, wo er über

den Couchtisch hechtete und die Eingangstür aufstieß. Im Rennen zog er den kleinen silbernen Schlüssel aus der Jackentasche. Er wagte nicht, zurückzuschauen.
Seine Tasche lag noch immer festgeschnallt auf dem Gepäckträger, der Helm baumelte an seinem Riemen vom Lenker. Schon bei seiner Ankunft hatte er damit gerechnet, dass er irgendwann überstürzt würde aufbrechen müssen.
Er steckte den Schlüssel ins Zündschloss und startete. Dröhnend erwachte das Motorrad zum Leben.
Sacha brauste los.
Das Motorrad rumpelte gefährlich über den unebenen Feldweg, doch er wurde nicht langsamer.
Er konnte nicht, trotz der großen Angst um Tante Annie und Pika. Wenn er jetzt nicht ging, war alles verloren. Falls er jemals herausfinden wollte, wer diese Todbringer waren und wie er sie zerstören konnte, dann musste er jetzt fliehen.
Abgesehen davon stand eins fest, nämlich dass sie ihn verfolgen würden – und dass Tante Annie und Pika nur dann eine Chance hätten, zu überleben.
Seine Hände klammerten sich so fest um die Griffe, dass die Knöchel weiß hervortraten, er musste seinen ganzen Willen aufbringen, um nicht kehrtzumachen.
Als er fast am Ende des Wegs war, hörte er hinter sich einen mächtigen Knall.
Im Rückspiegel sah er, wie die Tür von Tante Annies Haus aus den Angeln flog und irgendwo im Weinberg landete.
Die drei Gestalten glitten auf den Vorplatz. Sie streckten ihre Hände in seine Richtung aus, und plötzlich war da wieder dieses seltsame, gefährliche Murmeln in seinem Kopf.

Doch er bog schon um die Kurve und beschleunigte nochmals. Binnen Sekunden war er außer Sichtweite.

***

Ohne anzuhalten, fuhr Sacha bis ins nächste Dorf, ein malerisches Örtchen, das an einem gemächlich dahinfließenden Fluss lag. Blumen sprossen in Kästen vor den Fenstern oder wuchsen über Gartenzäune. Die Häuser waren alle aus blassem Kalkstein errichtet, der in der frühmorgendlichen Sonne schimmerte.

All das nahm er kaum wahr.

Tränen standen ihm in den Augen, als er das Tempo drosselte und auf einen Parkplatz am Wasser abbog. Mit dem Handrücken wischte er sich übers Gesicht, dann zog er sein Handy aus der Tasche, wählte den Polizeinotruf und nannte dem Beamten am anderen Ende Tante Annies Adresse.

»Jemand ist bei ihr eingebrochen und hat sie verletzt. Ich weiß nicht genau, was mit ihr ist. Sie liegt bewusstlos auf dem Boden in der Küche. Ich habe drei Männer in schwarzen Mänteln gesehen. Bitte, beeilen Sie sich. Und schicken Sie einen Krankenwagen!« Seine Stimme versagte, und er musste sich sehr anstrengen, um weiterzusprechen. »Ich weiß nicht, ob sie noch lebt.«

Als der Beamte nach seinem Namen fragte, beendete Sacha abrupt das Gespräch, schaltete das Handy ab und wischte sich die letzten Tränen weg.

Für den Augenblick konnte er nicht mehr tun.

Zitternd holte er Luft und presste seine Fäuste so fest auf die Augen, dass er helle Lichtblitze sah.

Bitte stirb nicht, Tante Annie.

Dann wendete er, fuhr auf die Straße und bretterte davon.

36

Als der Zug in den grauen Bahnhof von Oxford einfuhr, stand Taylor bereits ungeduldig an der Tür. Sobald sie sich öffnete, sprang sie hinaus und preschte durch die Halle.

Es gab so viel zu tun – sie wollte endlich anfangen.

Nach Sachas Anruf in der Nacht schien alles noch dringender. Obwohl er es nicht angesprochen hatte, hatte sie seine Angst gespürt. Die Zeit wurde knapp. Sie musste die anderen antreiben. Was immer sie in St. Wilfred's taten, sie mussten *schneller* machen.

Sie rannte beinahe die schmale mittelalterliche Gasse entlang, durch die man zum College gelangte, und als sie das rote Backsteintorhaus erreichte, war sie völlig außer Atem.

Ein anderer Pförtner saß in der Loge, klein und dick statt missmutig und knochig.

Sie wollte nicht schon wieder warten, war sich aber ziemlich sicher, dass ihr Großvater auch diesmal vergessen hatte, sie anzukündigen.

Daher versuchte sie, so beiläufig wie möglich dreinzuschauen, und eilte winkend, wie sie es bei den Studenten gesehen hatte, an ihm vorbei.

Wie erhofft, hob der Pförtner nur automatisch die Hand, und sie ging rasch weiter in den Innenhof, der an diesem Morgen aussah, als wäre er geradewegs einem Märchen entsprungen.
Sie war noch nicht weit gekommen, da rief der Pförtner doch hinter ihr her. »He, Sie! Bleiben Sie mal stehen.«
Taylor drehte sich um und sah, dass der Pförtner auf sie zugelaufen kam, puterrot im Gesicht vor lauter Anstrengung und mit einem Büchlein winkend.
Taylors Magen zog sich zusammen.
»Ja?«, fragte sie, so arrogant es ihr möglich war.
»Entschuldigen Sie bitte, Miss«, keuchte er. »Haben Sie einen Termin?«
»Ja«, gab sie zurück. »Bei Professor Montclair.«
»Tut mir leid, Miss«, sagte er. »Ich arbeite eigentlich gar nicht hier, wissen Sie. Ich mach nur die Vertretung. Der Diensthabende ist heute Morgen nämlich nicht erschienen.« Er beugte sich vor und vertraute ihr an: »Ist alles ein bisschen chaotisch, unter den gegebenen Umständen. Anscheinend weiß keiner, was los ist.«
Taylor hatte eigentlich keine Zeit für einen Plausch, doch sie verbarg ihre Ungeduld.
»Kein Problem«, sagte sie und zwang sich ein Lächeln ab. »Ich bin gerne behilflich.«
»Wenn Sie eine Kollegin des Professors sind, muss ich Ihren Namen eintragen«, sagte er und deutete auf sein Buch. Er hatte die Ruhe weg.
Nun mach schon!, dachte Taylor und trommelte mit den Fingern auf ihr Bein.
Der Pförtner blätterte bis zur letzten Seite, nahm den Bleistift-

stummel in die Hand und machte sich schreibbereit. Dann sah er auf.

Sie wartete nicht ab, bis er gefragt hatte.

»Ich heiße Taylor Montclair. Ich bin die Enkelin des Professors.«

Seine Augen weiteten sich. »Aber natürlich, natürlich sind Sie das.« Er kritzelte etwas in das Buch. »Tja, ich bin sicher, dass er Sie erwartet, Miss Montclair. Ich erledige das hier unten, gehen Sie nur schon nach oben. Soll ich anrufen und Bescheid sagen, dass Sie zu ihm unterwegs sind?«

Erleichtert schüttelte Taylor den Kopf. »Nicht nötig. Er weiß, dass ich komme.«

Sie drehte sich um und eilte weiter.

Der Wachmann rief ihr hinterher: »Aber passen Sie auf die Hitze auf. Heute soll's über 30 Grad werden.«

Ohne ihr Tempo zu drosseln, winkte Taylor zum Zeichen, dass sie es gehört hatte, mit der Hand und hastete den Kreuzgang entlang, der den Innenhof einfasste.

In dem Treppenhaus, das zum Apartment ihres Großvaters führte, war es schlagartig kühler. Die alten Mauern waren so dick, dass nicht einmal die heißeste Sommersonne sie zu durchdringen vermochte.

Mit klappernden Absätzen rannte Taylor die Stufen hinauf. Durch ein schmales Fenster in der Wand fiel Licht auf den Treppenabsatz und warf ein klingenartiges Muster.

Oben angekommen, klopfte sie an die Tür und wartete ungeduldig.

Die Sekunden vergingen, doch niemand machte auf. Aus der Wohnung drang nicht der leiseste Laut.

Verdutzt klopfte sie noch einmal.

Wieder keine Antwort.
Taylor seufzte.
Wo steckt der denn wieder? Sie checkte ihr Handy – keine neue Nachricht von Louisa. Sollte das Treffen vielleicht am Bootshaus stattfinden? *Das hätten die mir ruhig sagen können.*
Sie lehnte sich mit dem Rücken gegen die Tür und wollte eine kurze Nachricht tippen.
Da gab die Tür unter ihrem Gewicht nach, und um ein Haar wäre sie gestürzt. Verblüfft hielt sie sich am Türrahmen fest, um die Balance wiederzugewinnen.
Sie starrte durch die offene Tür. Normalerweise war sie stets verschlossen, denn wenn ihr Großvater eins hasste, dann unangemeldeten Besuch. Seine Privatsphäre ging ihm über alles.
Eine böse Vorahnung kroch ihr wie kalte Finger das Rückgrat hinauf.
»Großvater?«
Niemand antwortete.
Vorsichtig schob sie die Tür weiter auf.
»Großvater?«, sagte sie wieder, diesmal lauter.
Ihre Stimme verschwand ungehört im Halbdunkel der Wohnung, über der eine eigenartig schwere Stille lag. Sie war nicht nur leer, es war, als wäre etwas daraus entfernt worden.
Der Flur wirkte völlig normal. Ein Bücherstapel stand in gefährlicher Kipplage neben der Tür. Der Schirmständer war bestückt mit robusten schwarzen Regenschirmen, auf denen das silberne Wappen von St. Wilfred's prangte.
»Großvater?«, rief sie ein drittes Mal. »Bist du da?«
Mit vorsichtigen Schritten ging sie den schmalen Flur entlang.
Als sie das Wohnzimmer betrat, entdeckte sie ihn sofort. Zu-

sammengebrochen lag er auf dem Boden, mit dem Gesicht nach unten. Als wäre er aus großer Höhe gestürzt. Der kleine Tisch, an dem sie Kaffee getrunken hatten, war unter der Last seines Körpers zu Kleinholz zerbrochen.

»Großvater?« Sie konnte das Wort nur flüstern.

Taylor versuchte, zu ihm zu laufen, doch ihre Beine wollten ihr nicht gehorchen. Irgendwie schaffte sie es doch. Sie kniete sich neben ihn, packte ihn bei den Schultern und rollte ihn zur Seite. Sie konnte nichts mehr für ihn tun. Niemand konnte noch etwas für ihn tun.

Wie aus weiter Ferne hörte sie ihren eigenen Schrei.

37

»Trinken Sie das, Miss.« Mechanisch griff Taylor nach dem Pappbecher mit dampfender, brauner Flüssigkeit, den ihr jemand hinhielt.

Um sie herum herrschte hektische Betriebsamkeit. Polizisten hatten gleich nach ihrem Eintreffen den Innenhof mit Absperrband abgeriegelt. Ein Krankenwagen war herangerauscht und gleich darauf wieder verschwunden. An seiner Stelle erschien ein Polizeiwagen mit der Aufschrift »Gerichtsmedizin«.

Taylor hatte man in ein Büro am Rand des Innenhofs verfrachtet – ein unpersönliches, kleines Kabuff mit lädiertem Putz, Stapeln von Papier überall, einem modernen, metallenen Schreibtisch und Plastikstühlen.

Andauernd fragte sie irgendwer, ob es ihr gut gehe, und jedes Mal schüttelte sie nur den Kopf. Was wollten die alle von ihr?

Die Polizisten hatten sie kurz befragt, ihr Handy an sich genommen, sie hierhingesetzt und ihr befohlen, sich nicht von der Stelle zu rühren.

Sie wusste nicht, wie lange sie schon hier hockte. Sie hatte jegliches Zeitgefühl verloren.

Durch die offene Tür sah sie draußen ständig neue Polizeiteams eintreffen.
Immer wieder kniff sie die Augen fest zusammen, hoffte inständig, dass das alles nur ein böser Traum war. Doch wenn sie sie wieder öffnete, wusste sie, dass es kein Traum war.
Nur verschwommen erinnerte sie sich an die Minuten, nachdem sie ihren Großvater gefunden hatte. Sie war aus seiner Wohnung gerannt und hatte an jede Tür in jedem Stockwerk gehämmert. Eine hatte sich schließlich geöffnet. Ein Mann mit Jackett hatte verdutzt auf das schluchzende Mädchen vor seiner Tür geschaut.
»Bitte helfen Sie mir! Mein Großvater … Professor Montclair … Er ist verletzt.«
Sie war weinend zusammengebrochen, während der Mann die Stufen hinaufgeeilt war und kurze Zeit später mit blassem, ernstem Gesicht zurückgekehrt war.
»Mitkommen«, hatte er düster gesagt, sie am Ellbogen gepackt und sie die Stufen hinunter zur Pförtnerloge geschoben, wo er die Polizei benachrichtigt hatte.
Danach hatte ständig irgendwer sie angesprochen, doch die Worte und Stimmen waren Taylor unendlich weit weg erschienen, kaum etwas war zu ihr durchgedrungen.
»Ich glaube, sie steht unter Schock«, hatte jemand geraunt.
»Verflixt«, hatte sich der dickliche Pförtner beschwert. »Ausgerechnet, wenn ich mal einspringe, muss so was passieren.«
Taylor hatte nach Louisa gefragt, und irgendwer hatte ihr versichert, dass sie bald käme.
Dann war die Polizei eingetroffen, hatte sie in dieses Kabuff verfrachtet, und keiner durfte mehr mit ihr reden.
Die ganze Zeit hatte sie das zertrümmerte, blutüberströmte

Gesicht ihres Großvaters vor Augen. Das schreckliche Bild ließ sie nicht mehr los.
Schluchzend barg sie das Gesicht in den Händen. Ihr Magen rebellierte, sie hatte Angst, sie müsste sich übergeben.
Als ein Schatten auf sie fiel, richtete sie sich benommen auf. Im Türrahmen stand eine dunkle, männliche Silhouette, mehr konnte sie im gleißenden Gegenlicht der Sonne nicht erkennen.
»Sind Sie Miss Montclair?«
»Ja.« Taylor nickte und wischte die Tränen weg.
»Mordkommission, Kommissar Rogerson. Ich muss Ihnen ein paar Fragen stellen.«
»Ist gut«, sagte Taylor leise.
Er trat ein, gefolgt von einer Polizeibeamtin in Uniform, die die Tür hinter sich schloss. Jetzt konnte Taylor den Kommissar besser sehen. Er war etwa so alt wie ihr Vater, hatte dunkles Haar und trug trotz der Hitze einen dunkelblauen Anzug.
»Das hier ist Inspektor Jones«, sagte er mit einer Handbewegung in Richtung der Polizistin. »Sie wird bei der Befragung zugegen sein.«
Taylors Blick wanderte hinüber.
Inspektor Jones war blond, das lange Haar verschwand streng zusammengebunden unter der Polizeimütze.
Der kleine Raum war mit drei Personen schon fast überfüllt.
Inspektor Jones blieb bei der Tür stehen, während der Kommissar einer Säule, die mitten im Raum stand, sowie einem Papierkorb auswich und Taylor gegenüber auf einem Stuhl Platz nahm.
Er zog ein Diktiergerät aus der Sakkotasche und schaltete es ein.
Taylor kaute nervös auf der Unterlippe.

»Zeugenbefragung von …«, mit der freien Hand konsultierte er kurz sein Notizbuch, »… Miss Taylor Montclair. Zugegen sind Kommissar Rogerson und Inspektor Jones. Es ist …«, ein Blick auf die Armbanduhr, »… 13 Uhr 33.«

Er legte das Diktiergerät auf den Schreibtisch und musterte Taylor mit wachem, distanziertem Blick.

»Bitte schildern Sie uns, was passiert ist.«

Taylor umklammerte den Pappbecher, während sie berichtete. Die Treppe. Die Tür. Der tote Körper ihres Großvaters.

Der Kommissar musterte sie aufmerksam und machte dann und wann einen Eintrag in sein Notizbuch.

»Was war der Grund Ihres Besuchs?«, fragte er. »Der Pförtner hat ausgesagt, dass Ihr Name nicht auf der Liste der angemeldeten Besucher steht.«

Taylor erzählte ihm, was sie sich zuvor in aller Eile zurechtgelegt hatte. Sie blieb so nah wie möglich an der Wahrheit.

»Letztes Wochenende habe ich ihn schon mal besucht. Mein Großvater hilft mir bei einem Geschichtsprojekt, an dem ich arbeite. Und ich möchte bald hier an die Uni, auch dabei hat er mich unterstützt.«

Eine Träne kullerte ihre Wange hinunter, sie wischte sie mit dem Handrücken fort.

»Er hat ständig vergessen, meinen Namen auf die Liste setzen zu lassen. Er …«, sie stockte, »… war manchmal ein bisschen zerstreut.«

Der Kommissar kritzelte etwas in sein Büchlein.

»Hatten Sie Streit mit Ihrem Großvater? Die Nachbarn sagen, sie hätten laute Stimmen gehört.«

Taylor schüttelte so heftig den Kopf, dass ihr der Pferdeschwanz

gegen die Wange schlug. »Ich hab gar nicht … mehr mit ihm sprechen können. Als ich ihn fand …«, sie musste ein paarmal schlucken, ehe sie weitersprechen konnte, »… war er schon tot.«
In dem stillen Kabuff klang das Geräusch des Kugelschreibers auf dem Papier unnatürlich laut.
»Haben Sie jemanden aus seinem Apartment kommen sehen? Oder ist Ihnen vielleicht im Treppenhaus jemand begegnet?«
Noch einmal schüttelte Taylor den Kopf. »Nein, niemand.«
Rogerson warf ihr einen durchdringenden Blick zu. »Sind Sie ganz sicher?«
»Ja.«
Er machte weitere Notizen, während er fragte: »Hatte Ihr Großvater Feinde? Irgendjemand, der ihm schaden wollte?«
Taylor erstarrte. Sie dachte an die Todbringer. An den schwarzen Hexer. An das schreckliche Gefühl, beobachtet zu werden.
Überall Feinde. Überall Gefahr.
Dann erinnerte sie sich, wie Aldrich sie nach dem Würgeangriff gefragt hatte, ob sie die Polizei benachrichtigt hätte. *In deren Welt kommen solche Dinge einfach nicht vor*, hatte er gesagt.
Er hatte recht. Ein Beamter der Oxforder Mordkommission würde nicht verstehen, was für Feinde Aldrich Montclair hatte.
»Nein«, sagte sie bestimmt. »Er war nur ein Professor. Ein freundlicher alter Herr, der seinen Beruf liebte. Alle mochten ihn. Ich kann mir nicht vorstellen, dass irgendjemand …«
Die Stimme versagte ihr, und sie wandte den Kopf ab.
Die Polizisten wechselten einen Blick, dann erhob sich Rogerson seufzend.
»Ich denke, das wäre vorerst alles. Inspektor Jones wird Sie jetzt zum Bahnhof begleiten. Wir wissen ja, wo wir Sie erreichen.«

Mit wackeligen Beinen stand Taylor auf und folgte der Beamtin zur Tür. Rogerson ging zu einem der Polizisten draußen und kam mit Taylors Handy zurück. Achtlos verstaute sie es in der Tasche.

Mit raschen Schritten begleiteten die beiden sie zum Torhaus. Inspektor Jones' Dienstgürtel rappelte laut bei jedem Schritt. Rogerson hatte die Hände in den Hosentaschen vergraben.

Der Innenhof war übersät mit Polizeigerät. Der Pförtner hatte recht behalten: Die Hitze war kaum auszuhalten.

Die Wimpel auf den Türmchen des imposanten Tudor-Gebäudes hingen schlaff herunter. Den Haupteingang versperrte gelbschwarz gestreiftes Absperrband. Dahinter parkten kreuz und quer Dutzende Polizeifahrzeuge. Eine Gruppe Schaulustiger hatte sich versammelt und tauschte raunend Spekulationen aus.

Kommissar Rogerson hob das Absperrband, und Taylor und Inspektor Jones schlüpften darunter durch. Er selbst blieb auf der anderen Seite.

Wie benommen folgte Taylor der Polizistin zu deren Wagen, doch nach wenigen Schritten hörte sie Rogerson ihren Namen rufen. Er winkte sie zurück.

Als sie wieder am Absperrband stand, reichte er ihr eine Visitenkarte.

»Meine Telefonnummer. Sollte Ihnen noch irgendetwas einfallen, das uns dabei helfen könnte, den Mörder Ihres Großvaters zu finden, rufen Sie mich bitte an.«

Taylor steckte die Karte ein und bemerkte aus dem Augenwinkel, wie Kommissar Rogerson sie mit durchdringendem Blick musterte. Wahrscheinlich versuchte er abzuschätzen, ob sie wohl fähig wäre, einen Mord zu begehen. Doch als er sprach, lag

in seiner Stimme nur das professionelle Mitgefühl eines erfahrenen Polizeibeamten.
»Mein Beileid, Miss Montclair.«

***

Inspektor Jones sprach auf der kurzen Fahrt zum Bahnhof kaum ein Wort. Es war früher Nachmittag, und es herrschte reger Verkehr, doch sie lenkte den Wagen routiniert durch die Straßen der Innenstadt und parkte schließlich vor dem grauen Bahnhofsgebäude.
»Hier können Sie aussteigen«, sagte sie knapp.
Taylor fühlte sich wie vor den Kopf gestoßen. Jetzt würde sie einfach wieder in den Zug steigen und nach Hause fahren? Was sollte sie denn ihrer Mutter sagen?
Und wo zum Teufel steckt Louisa?
Die Polizeibeamtin missverstand Taylors Zögern. Ihre strengen Züge wurden weicher.
»Schauen Sie, Sie haben heute etwas Schreckliches erlebt. Darf ich Ihnen vielleicht einen Rat geben?«
Taylor nickte schniefend.
»Sie sollten eine Selbsthilfegruppe aufsuchen. Sich mit anderen Menschen auszutauschen, denen Ähnliches widerfahren ist, kann sehr hilfreich sein. Die örtliche Polizeidienststelle kann Ihnen sicherlich eine Adresse in Ihrer Nähe nennen.«
Als ob die mir helfen können, dachte Taylor bitter.
»Und rufen Sie uns an, falls Ihnen noch etwas einfällt«, fuhr Inspektor Jones fort. »Genau wie Sie möchten wir denjenigen finden, der Ihrem Großvater das angetan hat.«
Ich muss hier raus, dachte Taylor unvermittelt. Sicherlich mein-

ten die Polizisten es gut, aber hätten sie ihre Familie auch schützen können? Taylor glaubte keine Sekunde daran. Jemand hatte ihren Großvater umgebracht. Vielleicht war ihre Mutter als Nächste dran, oder Emily.

Angst bohrte sich in ihre Brust wie ein großer, kalter Eiszapfen.

Ich muss sofort nach Hause!

Hektisch zerrte sie am Sicherheitsgurt.

Im Hinausspringen hörte sie Inspektor Jones noch ihr Beileidssprüchlein aufsagen, dann hatte sie schon die Tür zugeschlagen und rannte ins Bahnhofsgebäude.

Es tut mir leid, dass Sie Ihren Großvater verloren haben.

Was sollte das überhaupt bedeuten – *verloren*? Schließlich war er ihr ja nicht versehentlich abhandengekommen. Nein, jemand hatte so lange auf seinen Schädel eingeschlagen, bis nur noch Blut und Knochensplitter übrig waren.

Sie hatte nichts verloren. Jemand hatte ihr etwas gestohlen.

Etwas Unersetzbares.

Die Zeiten auf dem Fahrplanaushang verschwammen vor ihren Augen.

Sie stempelte ihr Ticket ab, schlüpfte durch die Schranke auf den Bahnsteig und rannte ganz bis nach hinten, weit weg von den anderen Reisenden.

Dort zog sie das Handy aus der Tasche, wählte eine Nummer und hörte es endlos tuten, bis schließlich Sachas knappe automatische Ansage kam. Das abschließende Piepen ließ sie zusammenzucken.

Sie hatte ruhig bleiben und ihm alles ganz vernünftig erzählen wollen, um ihn nicht zu sehr zu erschrecken. Doch beim Klang seiner Stimme brach alles aus ihr heraus, was sie verdrängt und unterdrückt hatte, seit sie am Morgen ihren Großvater in der kühlen Wohnung gefunden hatte.

»Er ist tot, Sacha«, schluchzte sie laut. »Mein Großvater ist tot. Etwas Schreckliches hat ihn getötet. Er war … Und ich … muss zurück nach Hause, aber ich fürchte, es kann mich dort finden … was immer es ist. Und was soll ich machen, wenn es mich angreift? Oder meine Mum? Ich kann nicht … Ich muss weg … Aber wo soll ich denn hin?«

Verzweiflung übermannte sie. Keuchend und schluchzend ließ sie sich gegen einen verdreckten Stützpfeiler sinken, spürte das kalte Eisen an ihrer Haut. Ihre Lungen brannten schon vom vielen Weinen, doch sie konnte einfach nicht aufhören.

»Ich hab so schreckliche Angst, Sacha.«

***

Nach dem Anruf bei der Polizei bretterte Sacha stundenlang mit vollem Tempo über schmale, baumgesäumte Landstraßen und durch friedliche Dörfer, für deren Schönheit er keinen Blick hatte. Als er die Autobahn erreichte, fuhr er Richtung Süden. Er hatte kein bestimmtes Ziel, er wollte sich nur so weit wie möglich von allen, die er liebte, entfernen, um diese grässlichen Gestalten von ihnen wegzulocken.

Der fast leere Tank zwang ihn schließlich, einen kurzen Stopp einzulegen.

Langsam rollte er auf die Tankstelle und scannte die Umgebung – als könnten die Todbringer plötzlich hinter der Hecke auftauchen oder aus der Tür des Minimarkts treten.

Wo er sich befand, wusste er nicht genau, den Ortsschildern hatte er seit Langem keine Beachtung mehr geschenkt.

Nach den vielen Stunden auf dem Motorrad fühlten sich seine Beine wie Pudding an, und er musste sich kurz an den Griffen abstützen.

Wieder fragte er sich, ob seine Tante noch lebte, doch er wagte nicht, irgendwen anzurufen, um es herauszufinden. Er konnte nur hoffen. Und beten.

Die Schuldgefühle drohten ihn zu erdrücken.

Alles, was mit mir in Berührung kommt, wird zerstört.

Irgendwann musste er entscheiden, wohin er fahren und was er tun sollte, aber noch war er dazu nicht in der Lage. Immer wieder sah er das Bild vor sich, wie Annie durch die Luft geschleudert wurde. Hörte Pikachus Winseln.

Die lang unterdrückten Tränen brannten ihm in den Augen. Hastig wischte er sie fort. Er hatte keine Zeit zum Trauern.

Mechanisch befüllte er den Tank, kontrollierte Öl und Wasser.

Beim Bezahlen an der Kasse murmelte er die üblichen kurzen Sätze und kaufte noch eine Flasche eisgekühltes Wasser. Er hatte seit Ewigkeiten nichts gegessen, aber allein bei dem Gedanken an Nahrung rebellierte sein Magen.

Er schob das Motorrad in den Schatten eines etwas abseits stehenden Baums. Ihm war bewusst, dass er wenigstens eine kleine Pause brauchte. Er musste nachdenken. Einen klaren Kopf bekommen.

Er hockte sich auf eine Bank, kramte das Handy aus der Tasche und starrte es lange an, ehe er es doch einschaltete. Es piepte vier Mal – neue Nachrichten auf der Mailbox. Mit geschlossenen Augen hörte er sie ab. Die ersten drei waren von seiner Mutter, die ihn anflehte, zurück nach Hause zu kommen oder sich wenigstens zu melden.

Die vierte Nachricht war eigenartig. Zunächst hörte er nur unregelmäßigen Atem und im Hintergrund eine automatisierte Stimme, die auf Englisch irgendwelche Ansagen machte, die genauen Worte konnte er nicht verstehen. Dann ein Schluchzen.

Taylor!

Bei den ersten Worten fuhr er hoch, und als sie fertig war, saß er bereits auf dem Motorrad.

Mit entschlossener Miene verstaute er hastig das Handy, setzte den Helm auf und startete den Motor.

Jetzt wusste er, wohin er musste. Was zu tun war.

Bei der nächsten Ausfahrt wendete er und fuhr Richtung Norden.

38

Die Rückfahrt von Oxford kam Taylor endlos vor. Unterwegs probierte sie mindestens hundert Mal, ihre Mutter telefonisch zu erreichen, doch immer bekam sie nur den Anrufbeantworter. Als der Zug endlich in den Bahnhof von Woodbury einfuhr, war ihr vor Angst und Sorge ganz schlecht.

Noch ehe die Türen vollständig geöffnet waren, sprang sie hinaus und rannte ohne Rücksicht auf Verluste den Bahnsteig entlang. Pikiert blickten die Angerempelten sie an.

Ich muss nach Hause. Ich muss wissen, ob es meiner Familie gut geht.

Es war Samstag – die Stadt war voll. Ohne nach links und rechts zu sehen, rannte Taylor durch die Menschenmassen – bis sie plötzlich jemand am Arm packte und festhielt.

Hektisch drehte sie sich um.

»Taylor?« Georgies dunkle Augen sahen sie besorgt an. »Was ist denn los?«

Georgies Gesicht zu sehen versetzte Taylors Herz einen weiteren Stich.

Wären sie noch Freundinnen gewesen, hätte sie jetzt jemanden gehabt, bei dem sie sich hätte ausweinen können.

»Ich kann jetzt nicht«, sagte sie stattdessen und versuchte, sich loszureißen, doch Georgie ließ sich nicht abschütteln.
»Sag mir sofort, was los ist«, insistierte sie. »Irgendwas ist passiert, das seh ich dir an.«
»Ich ...«, begann Taylor und verstummte. Was sollte sie auch sagen?
Irgendwelche Monster haben meinen Großvater umgebracht, und jetzt hab ich Angst, dass sie auch hinter meiner Mum her sind?
Hier in Woodbury gab es niemanden, dem sie das anvertrauen konnte.
Aber Georgie ließ nicht locker. »Komm schon, Taylor, sag, was los ist. Du machst mir Angst.«
Plötzlich liefen Taylor Tränen über die Wangen.
»Oh, George«, flüsterte sie, »es ist so schrecklich.«
Jetzt fing Georgie an, sich richtig Sorgen zu machen. Sie legte ihren Arm um Taylor und zog sie vom Gedränge der Einkaufsstraße fort.
In einer ruhigeren Seitenstraße blieb sie stehen, strich Taylor ein paar wilde Strähnen aus dem Gesicht und sah ihr in die Augen.
»Jetzt erzähl. Was ist passiert?«
»Mein Großvater ist heute ... gestorben.« Auch wenn das nicht mal die halbe Wahrheit war, tat es weh, sie auszusprechen. Wie eine frische Wunde, die von Neuem zu bluten beginnt. »Und ich ... hab ihn gefunden.«
»Wie furchtbar, Tay«, flüsterte Georgie erschrocken. »Kein Wunder, dass du so von der Rolle bist.«
Sie legte den Arm um Taylors Schultern. »Komm, ich bring dich nach Hause.«

Ich darf sie nicht mit nach Hause nehmen, dachte Taylor. *Das ist zu gefährlich.*
Trotzdem ließ sie zu, dass Georgie sie begleitete.
Eine Weile liefen sie schweigend nebeneinanderher, bis Georgie ihr einen zerknirschten Seitenblick zuwarf.
»Hör mal, ich weiß, das ist ein blöder Zeitpunkt, aber … ich wollte dir noch mal sagen, wie leid es mir tut, dass ich meinen Mund nicht halten konnte. Das war echt oberdämlich von mir. Kein Wunder, dass du so sauer warst. Aber ich war so aufgeregt, bei Paul zu sein, und da hab ich mich benommen wie der letzte Idiot. Ich hab drüber nachgedacht, und eins steht für mich jetzt fest: Du bist mir wichtiger als jeder Junge, und daran wird sich nie etwas ändern.«
Taylor legte den Arm um Georgies Hüfte und drückte sie an sich. Sie hatte sich so danach gesehnt, ihr zu verzeihen. Es gab wirklich wichtigere Dinge auf der Welt als Tom und Paul. Gefährlichere Dinge.
»Schon gut«, sagte sie. »Ich glaub, ich bin drüber weg.«
Sie sah die Erleichterung in Georgies Gesicht.
»Weißt du, was seltsam ist?«, fragte die. »Seit ihr Schluss gemacht habt, benimmt Tom sich echt komisch. Kein Wort ist aus ihm rauszukriegen. Ich wollte wissen, was genau an dem Tag gelaufen ist, aber er hat gesagt, er kann sich nicht erinnern. Als hätte er's … weiß nicht, einfach vergessen. Das kauf ich ihm natürlich nicht ab, aber *strange* ist es trotzdem, oder?«
Taylor dachte daran zurück, wie Mr Finlay leise auf Tom eingeredet hatte.
»Ich bin einfach nur froh, dass er aus meinem Leben raus ist«, sagte sie.

»Und hast du noch Kontakt zu diesem französischen Jungen … Wie hieß er noch mal?« Georgie zog die Nase kraus und dachte nach. »Sacha?«
Diesmal erwiderte Taylor ihren Blick. »Ja, hab ich«, sagte sie mit fester Stimme. »Wir sind Freunde.«
Als sie auf ihr Haus zugingen, suchte ihr Blick das rote Backsteingebäude nach Anzeichen von Gefahr ab, doch alles schien normal, die leuchtend blaue Haustür war fest verschlossen, die Fensterflächen blitzten im Licht der Nachmittagssonne.
Trotzdem zitterten Taylors Hände, als sie den Schlüssel aus ihrer Tasche kramte und klimpernd versuchte, das Schloss zu treffen. Dann gingen die beiden Mädchen hinein.
Sie muss hier unbedingt weg, dachte Taylor wieder. *Ich muss ihr sagen, dass ich schon klarkomme.*
Aber die Wahrheit war, dass sie nicht allein sein wollte.
Im Haus war es ruhig und kühl.
»Mum?«, rief Taylor. »Bist du da?«
Eine seltsam schwere Stille schlug ihr entgegen, fast wie am Morgen in der Wohnung ihres Großvaters. Taylor schluckte.
»Emily?«, rief sie ein wenig zaghafter.
Keine Antwort.
»Wahrscheinlich ist Emily beim Tanzunterricht«, sagte Georgie, lässig an den Türrahmen gelehnt, »wie jeden Samstag.«
»Ich schau mal kurz nach«, erwiderte Taylor. »Du bleibst hier.«
Zuerst checkte sie die Zimmer im Erdgeschoss, dann stürzte sie die Treppe hoch. Niemand im Schlafzimmer ihrer Mutter, nur das ordentlich gemachte Bett. Durch Emilys offen stehende Tür erhaschte sie einen Blick auf die zitronengelbe Wand und das zerwühlte Plumeau.

Keiner da, nicht mal Fizz. Ihre Mutter musste sie mitgenommen haben, was durchaus nicht ungewöhnlich war.

Und warum hab ich dann so ein ungutes Gefühl?

Sie wusste, etwas Schreckliches würde geschehen.

»Ich mach Tee«, rief Georgie aus der Küche. Taylor hörte das Gluckern des Wassers im Kessel. »Ich mag zwar eigentlich keinen Tee, aber ich denke, jetzt können wir beide echt eine Tasse gebrauchen.«

Georgie plapperte munter weiter, doch die Worte erreichten Taylor nicht. Auf einmal wurde ihr furchtbar schlecht. Ihr Herz pochte in ihren Ohren. So schrecklich laut.

Sie krallte sich am Geländer fest und überlegte, ob das wohl ein Herzanfall war.

Das Letzte, was sie hörte, war Georgies Frage: »Wo versteckt deine Mum denn die Sonntagskekse …?«

Dann gab es einen lauten Knall, und die Haustür flog aus den Angeln.

39

Drei Gestalten in langen, schwarzen Mänteln standen im Eingang. Ihre Haut war leichenblass, die Augen eiskalt wie der Tod. Sie lächelten.

Taylor stand wie erstarrt auf der Treppe.

»He, was war denn das?« Georgie steckte den Kopf aus der Küchentür.

Gleichzeitig drehten die Todbringer die Köpfe in ihre Richtung.

Georgies Stimme hatte Taylor wachgerüttelt. Sie sprang die letzten Stufen hinunter und stellte sich zwischen die Todbringer und ihre Freundin.

Ohne die immer noch lächelnden Gestalten aus den Augen zu lassen, sagte sie über die Schulter: »Georgie, geh in die Küche und mach die Tür zu.«

»Was? Wieso?« Georgie trat ein paar Schritte in den Flur. »Was war das für ein Lärm?«

Kann die nicht einmal tun, was man ihr sagt?!

Taylor versuchte, aus allem, was zur Verfügung stand, Energie zu ziehen, und wandte sich Georgie zu.

»Geh in die Küche!« Diesmal klang ihre Stimme anders, gar nicht wie ihre eigene. Es war ein Befehl.

Verschüchtert trat Georgie den Rückzug an.

Taylors Kopf begann zu hämmern. Offenbar hatte sie ihre eigene Energie angezapft.

Idiot.

Als sie sich wieder umdrehte, standen die Todbringer direkt vor ihr.

Wie war das möglich? Sie hatte keine Schritte gehört.

Taylor unterdrückte einen Schrei und taumelte zurück, doch die drei kamen hinterher, schwebten förmlich über den Boden.

Auf den ersten Blick sahen sie aus wie menschliche Wesen, nur dass sie unnatürlich dürr waren. Und sie rochen nach nasser Erde und Moder – ein Geruch, der so überwältigend war, dass Taylor kaum Luft bekam.

Ihr fiel ein, was ihr Großvater gesagt hatte. *Sie sind Gift für uns.*

Taylor spürte Panik aufsteigen, ihr Atem kam in kurzen Stößen.

»Was wollt ihr?« Sie versuchte, stark zu klingen, doch ihre Stimme war dünn und piepsig.

Der Große hob eine Hand. Seine Finger waren unnatürlich lang, bei ihrem Anblick schauderte es Taylor. Und plötzlich hörte sie ein eigenartiges Summen, wie ein Insektenschwarm.

Das Pochen in ihrem Kopf wurde lauter, und sie hatte Mühe, klar zu denken, sich zu konzentrieren.

»Verlasst mein Haus«, versuchte sie es noch einmal, doch mehr als ein Flüstern brachte sie nicht zustande – damit würde sie niemanden in die Flucht schlagen.

Dann hörte sie die Stimme. »Dreizehnte Tochter.«

Der Große im Hintergrund sah sie fest an. Seine Augen waren schwarze Löcher voller Hass.

»Du hast es gewagt, dich einzumischen. Es war verboten.«

Das Summen wurde lauter. Jetzt glaubte sie, sogar Wörter zu hören, jedoch in einer eigenartigen, ihr unbekannten Sprache. Grauenhafte, entsetzliche Wörter.
Unvermittelt und ohne ihr Zutun flog ihr linker Arm zur Seite. Taylor versuchte, ihn wieder zu senken, doch er gehorchte ihr nicht. Mit Grauen sah sie, wie auf ihrem Unterarm ein tiefer Schnitt erschien und Blut herausquoll.
Das ist nicht real, versuchte sie sich zu beruhigen. *Das ist nur Einbildung.*
Doch der Schmerz war real – ihr Arm brannte wie Feuer.
Jetzt bekam sie richtig Panik. Ihr Herz raste wie wild.
Dann flog auch ihr rechter Arm zur Seite, eine zweite brennende Wunde erschien. Taylor starrte auf die tiefen Schnitte, spürte ihr Blut in warmen, feuchten Strömen über ihre Arme rinnen und zu Boden fließen.
Das war keine Einbildung.
Sie versuchte zu schreien.
Vor ihr standen die drei Gestalten, die Arme vorgestreckt, die Handflächen auf sie gerichtet. Taylor nahm sie bloß noch als große, dunkle Schatten wahr, vor Schmerz und Grauen schwanden ihr die Sinne.
Der Flur um sie herum geriet ins Wanken, sie begann das Bewusstsein zu verlieren.
Sie würde das nicht durchstehen. Die anderen hatten sich in ihr getäuscht.
Es tut mir so leid, Sacha …
Plötzlich eine vertraute Stimme. Furchtlos. Und ziemlich angepisst.
»So, meine Herrschaften. Schluss mit lustig.«

Die Todbringer schwenkten herum.

In der Tür hinter ihnen stand Louisa, ihr Haar leuchtete wie blaues Feuer. Ihr Gesicht war verquollen, als hätte sie geweint, doch in diesem Augenblick sah sie alles andere als traurig aus. Sie kochte vor Wut.

Taylor spürte die Erleichterung wie warme Medizin durch ihre Adern fließen, unmittelbar gefolgt von großer Angst um Louisa. Diese Wesen waren zu stark für sie.

Die werden sie umbringen.

»Nicht, Louisa«, flüsterte sie.

Doch die würdigte sie keines Blickes. Die Augen fest auf die Todbringer gerichtet, machte sie mit den Fingerspitzen eine lockende Geste.

»Kooommt, ihr Kätzchen, kooommt. Hier geht's lang.«

Taylor hätte ihr gern geholfen, doch sie war zu schwach, hatte zu viel Blut verloren. Oder doch nicht? Sie konnte immer noch spüren, wie das Blut warm und klebrig über ihre Hände lief.

Mit letzter Kraft schaute sie nach unten auf ihre Handgelenke.

Die Wunden waren weg, die Blutlache zu ihren Füßen verschwunden.

Verwundert drehte sie ihre Arme hin und her – nichts als glatte Haut, alles unversehrt.

Nun bemerkte Taylor auch, dass sich der summende Gesang verändert hatte, er klang jetzt missmutig. Sie schaute auf und sah, dass die Todbringer Louisa umringten.

Auf ihrem Gesicht zeigte sich noch immer nicht die geringste Spur von Angst.

»Richtig, Jungs.« Sie sprach leise und drohend. »Ich bin's. Mal hören, was ihr dazu sagt, wenn wir zurückschlagen.« Louisa hob eine Hand. Auf der Innenfläche war ein eigenartiges Symbol eintätowiert – ein Dreieck mit einem Auge darin. Das Tattoo musste ganz frisch sein, denn an den Rändern war es noch ganz rot und entzündet.

Taylor spürte die heiße Druckwelle, als Louisa ihre Kräfte gegen die Todbringer entfesselte.

Die fuhren zurück und fauchten erbost. Plötzlich richtete sich der Große auf und machte eine abrupte Handbewegung, und im nächsten Moment kam wie ein Pfeil ein spitzes Stück Holz auf Louisas Kopf zugeflogen.

Taylor schnappte nach Luft, doch Louisa schnipste nur lässig mit den Fingern und schmetterte es fort.

»Mehr habt ihr nicht drauf?«, fragte sie mit schneidendem Hohn. »Das ist erbärmlich, meine Herren. Bisschen mehr hätte ich schon erwartet. Schließlich habt ihr einen Ruf zu verlieren.«

So locker Louisa sich gab – ihre verbissenen Gesichtszüge verrieten Taylor, dass sie all ihre Kräfte aufwenden musste, um die Todbringer in Schach zu halten.

Als könnte sie ihre Gedanken lesen, warf Louisa ihr einen raschen Blick zu. »He, Blondie. Wie wär's mit 'n bisschen Unterstützung?«

Ihre Worte trafen Taylor wie ein Schwall kalten Wassers.

Was ist los mit mir?, fragte sie sich entsetzt. *Ich lasse Louisa im Stich.*

Sie trat näher. Kopf und Hände fühlten sich schwer an, als hätte ihr jemand ein Betäubungsmittel gegeben, doch mit der Bewegung kehrten auch ihre Kräfte zurück.

Die Todbringer standen genau zwischen ihnen.

Verzweifelt sah Taylor zu Louisa. Die ließ nur ganz kurz den Blick zur Seite huschen, zu der Wand hinter den drei Gestalten. Auf ihrer Stirn stand Schweiß, ihr Gesicht war knallrot vor Anstrengung. Ihre Kräfte begannen nachzulassen.

Erst war Taylor sich nicht sicher, was Louisa meinte, doch dann begriff sie.

Mit zwei Schritten war sie bei der Wand und drückte sich fest mit dem Rücken dagegen. Sie schloss die Augen und sog die Energie ein.

Sie war überall. Ein Meer aus goldenen Bändern umgab sie. Es war, als wartete die Energie nur darauf, von ihr benutzt zu werden. Inmitten des Goldes nahm sie jedoch noch etwas anderes wahr. Drei schwarze, hässliche Male.

Die Todbringer.

Taylor durfte keine Zeit mehr verlieren. Sie packte das erstbeste Energieband, das sie finden konnte, schleuderte ihren Arm empor und konzentrierte ihre ganze Kraft auf die Todbringer.

Verschwindet!

Blitzschnell schwenkten die drei zu ihr, die sich hektisch darauf konzentrierte, mehr Energie zu mobilisieren.

»Autsch!«, kommentierte Louisa spöttisch. »Schätze, das hat ganz schön gepikst, was?«

Zwei der Gestalten wandten sich ihr wieder zu, während der Große sich auf Taylor fokussierte.

Taylor sammelte Energie, von wo sie konnte, egal woher. Um sie herum knisterte es. Die Energie war so greifbar, dass es nach Verbranntem roch – wie nach einem Feuerwerk. Oder nach einem Blitzeinschlag.

Die Kreaturen waren sichtlich verwirrt. Der Singsang geriet aus

dem Takt. Offenbar hatten sie mit ihrem Eingreifen nicht gerechnet. Louisa bemerkte es auch.
»Und jetzt«, sagte sie kalt und trat einen Schritt auf die Gestalten zu, »werden wir euch dorthin zurückschicken, wo ihr hergekommen seid. Ihr dürft uns auch gern die Mühe ersparen, verpisst euch einfach zurück in euer Loch!«
Doch die Todbringer dachten gar nicht daran. Louisa musste ihren Zorn erregt haben, denn der Lärm schwoll an, und dann hob einer von ihnen die Hand und hielt ihr die Innenfläche entgegen.
Louisas Augen weiteten sich vor Schreck. »Oh, Scheiße.«
Als Nächstes passierten zwei Dinge gleichzeitig. Erstens hörte Taylor einen ohrenbetäubenden Krach. Und zweitens stürzte Louisa sich so heftig auf sie, dass sie beide ins Wohnzimmer geschleudert wurden und unsanft auf dem Boden landeten – im selben Augenblick, in dem eine regelrechte Lawine auf die Stelle herabdonnerte, wo sie beide Sekunden vorher gestanden hatten.
Die Druckwelle des Einsturzes presste Taylor den Atem aus der Lunge. Keuchend versuchte sie, sich aufzusetzen und nachzuschauen, was passiert war. Die Luft war eine einzige weiße Staubwolke, durch die man nur erahnen konnte, dass der Fußboden im Flur unter einem Haufen Schutt begraben lag.
Die halbe Decke war heruntergekommen.
Taylor reckte den Hals, um nachzusehen, wo die Todbringer waren.
»Keine Sorge.« Louisa hockte vor dem Sofa und fegte sich seelenruhig den Staub von den Tattoos. »Die sind wir los.« Sie rümpfte die Nase. »Mann, die stinken vielleicht.«

Taylor rappelte sich auf die Knie hoch und schaute vorsichtshalber nach, doch Louisa hatte recht. An der Tür war niemand mehr. Draußen war nichts zu sehen als blauer Himmel und eine ruhige Vorortstraße.

Langsam beruhigte sich ihr Herzschlag. »Bei dir alles okay?«, wandte sie sich wieder an Louisa.

Louisa sah sie an, und plötzlich lag Schmerz in ihrem Blick.

»Nein«, sagte sie mit erstickter Stimme. »Ich werde nie wieder okay sein.«

Damit konnte sie nicht die Sache mit den Todbringern meinen. Unwillkürlich hatte sie das Thema gewechselt, und Taylor wusste, wovon sie sprach.

Sie trat näher. »Ich hatte den Leuten im College gesagt, sie sollen dich benachrichtigen und …«

Louisa schüttelte den Kopf. »Als ich es erfuhr, wollte ich gleich hin, aber … die Polizei war schon da, und die suchen mich doch.« Taylor hatte sie noch nie so hilflos erlebt. »Tut mir echt leid, dass ich dich mit der Sache allein gelassen habe. Aber ich hatte keine Wahl. Was für ein Chaos. Was für ein Scheißchaos.« Sie presste den Handrücken auf ihre Augen.

Taylor schluckte. Die entsetzlichen Erlebnisse dieses Vormittags würden sich auf ewig in ihr Gedächtnis brennen – ein Ort in ihrem Inneren, an den sie von nun an immer zurückkehren würde, wenn sie sich daran erinnern musste, wie sich Leid und Angst anfühlten.

»Taylor?« Ein dünnes Stimmchen ließ sich aus der Küche vernehmen.

Plötzlich hellwach, starrte Louisa in den Flur. »Verdammt, wer ist das?«

»Oh, Mist. Ich hab Georgie vergessen!«

Über die Trümmer hinweg rannte Taylor in die Küche und stieß die Tür auf. Georgie stand da und hatte die braunen Augen weit aufgerissen.

»Irgendwie komme ich nicht aus dieser Küche raus«, sagte sie scheu und entschuldigend zugleich. »Total komisch.«

»Was hast du denn mit der gemacht?« Louisa, die Taylor gefolgt war, stand nun hinter ihr im Flur und musterte über ihre Schulter hinweg Georgie, als wäre die eine Laborratte.

»Weiß nicht mehr genau«, gestand Taylor. »Ich wollte nur, dass sie diesen Gestalten fernbleibt. Und was jetzt?«

Sie sprachen über Georgie, die ängstlich von einer zur anderen schaute, als ob sie gar nicht da wäre.

»Sag ihr, dass alles in Ordnung ist«, befahl Louisa. »Wahrscheinlich hat sie nur Mordsschiss.«

»Georgie«, sagte Taylor in besänftigendem Ton, »du kannst jetzt wieder rauskommen, wirklich.«

Und tatsächlich: Zögerlich trat Georgie hinaus in den Flur – oder in das, was von ihm übrig geblieben war. »Ach, du meine Güte. Was ist denn hier passiert?«

»Eine Gasexplosion«, sagte Louisa schnell. »Zum Glück keine große. Sonst wär's bestimmt nicht so gut ausgegangen. Du gehst jetzt am besten nach Hause.«

Georgie blinzelte. »Und wer bist du?«

»Ich komme von der Gasgesellschaft«, behauptete Louisa, ohne mit der Wimper zu zucken. Sie legte Georgie eine Hand auf die Schulter und redete beruhigend auf sie ein. »Jetzt musst du aber nach Hause gehen. Taylor geht es gut. Es war nur ein kleiner Unfall. Eigentlich ist überhaupt nichts passiert.«

Georgie wandte sich an Taylor. »Ich muss los. Da bin ich ja beruhigt, dass es nichts Schlimmes war.«

Taylors Schultern sackten nach unten. Auch wenn sie wusste, dass es sein musste, gefiel es ihr überhaupt nicht, dass jemand Georgies Bewusstsein manipulierte. Nicht mal, wenn Louisa diejenige war.

»Ja«, sagte sie mit melancholischem Unterton. »Ich auch.«

Aus Georgies ausdrucksstarken braunen Augen sprach Mitgefühl.

»Das mit deinem Großvater tut mir wahnsinnig leid. Bist du sicher, dass wirklich alles in Ordnung ist bei dir?«

»Mir geht's gut«, log Taylor.

Vorsichtig balancierte Georgie über die Trümmer. Als sie es auf die andere Seite geschafft hatte, blickte sie noch einmal zurück.

»Deine Mutter wird ausflippen.«

Taylors Lippen verzogen sich zu einem bittersüßen Lächeln. »Darauf kannst du Gift nehmen.«

40

»Erst mal die praktischen Dinge«, begann Louisa, sobald Georgie gegangen war. »Du musst deine Mutter anrufen und ihr sagen, dass es einen Unfall gegeben hat. Sag ihr, dass du alles schon so vorgefunden hast, als du nach Hause gekommen bist.«

Taylor, die knöcheltief in Schutt stand, schüttelte heftig den Kopf. »Nein, Louisa. Sie darf nicht nach Hause kommen, hier ist es nicht mehr sicher für sie und Emily. Sie müssen irgendwo anders hin. Mein Gott.« Sie presste die Fingerspitzen an die Schläfen. »Wie soll ich ihr bloß das mit Großvater beibringen? Was soll ich ihr sagen?«

Es war einfach zu viel passiert, zu viel Schreckliches. Sie war völlig benommen. Das alles war unerträglich.

Ich kann das nicht. Ich bin doch erst siebzehn!

»Gute Frage«, gab Louisa zu.

Sie standen mitten in den Trümmern und starrten sich an. In der plötzlichen Stille löste sich ein letztes Betonstück aus der Decke und landete mit einem dumpfen Plumps auf dem Haufen.

Völlig verzweifelt begutachtete Taylor das Chaos. Alles war mit Staub bedeckt. Ein Teil der Brocken war bis ins Wohnzimmer und auf die Treppe geflogen. Die Haustür gab es nicht mehr.

Hi, Mum. Großvater ist ermordet worden, außerdem haben grad eben so Monster unser Haus in Schutt und Asche gelegt. Und was gibt's zum Abendbrot?

Zum Glück behielt wenigstens Louisa einen klaren Kopf. »Okay«, sagte sie, nachdem sie eine Weile nachgedacht hatte. »Du machst jetzt Folgendes. Über Aldrich musst du ihr die Wahrheit sagen, das wird sie sowieso von der Polizei erfahren. Aber von dem hier«, sie deutete auf das Desaster im Flur, »sagst du ihr nichts.«

Taylor schüttelte den Kopf. »Und was ist mit diesen Gestalten? Den Todbringern? Was, wenn sie zurückkommen, und Mum und Emily sind da? Wie soll ich …«

»Heute Nacht werden sie bestimmt nicht wiederkommen.« Louisa schien sich ihrer Sache sicher. »Weil ich in der Nähe bleibe und die es gegen zwei von unserer Sorte kaum noch einmal aufnehmen wollen. Allerdings denke ich, dass wir *dich* so schnell wie möglich von hier wegbringen müssen.« Sie drückte auf ihr Handy und hielt es sich ans Ohr. »Ich kümmere mich darum. Ruf du deine Mutter an.«

Vorsichtig kletterte Taylor über den Schutt und die verbeulte Lampe, die, seit sie denken konnte, da oben an der Decke gehangen hatte. Ihre Tasche lag immer noch neben der Tür, wo sie sie hatte fallen lassen.

Sie klopfte den Staub vom Leder, holte ihr Handy heraus und scrollte mit zitternder Hand bis zur Nummer ihrer Mutter.

»Denk dran«, rief Louisa hinter ihr her, »das war alles schon so, als du nach Hause gekommen bist.«

Mailbox. Die vertraute Stimme ihrer Mutter.

Heiße Tränen schossen ihr in die Augen.

Piep.

»Mum, es ist was passiert, was … Schlimmes.« Ihr versagte die Stimme.
Sie wollte nur noch, dass ihre Mutter herkam, jetzt gleich. Doch ihr fielen die richtigen Worte nicht ein.
»Es geht um Großvater. Und ich glaub, jemand hat versucht, bei uns einzubrechen. Die Wohnung ist … Alles ist … Du musst … Du musst sofort herkommen. Bitte. Ich weiß einfach nicht, was ich tun soll.«
Nachdem sie das Gespräch beendet hatte, stand sie einfach nur da und betrachtete verzweifelt ihr Zuhause, das nun eine halbe Ruine war. Doch dann riss sie sich zusammen und wischte sich über die Augen. Für Tränen war jetzt keine Zeit.
Louisas Stimme drang aus der Küche. Sie telefonierte.
»Wir brauchen hier drei, vier Mann«, sagte sie. »Und zwar sofort, Finlay. Die Situation ist außer Kontrolle.«
Taylor ging zu ihr, bei jedem Schritt wirbelte sie kleine weiße Staubwölkchen auf. Louisa saß am Tisch, eine Tasse vor sich. Als Taylor hereinkam, ließ sie ihr Handy sinken.
»Deine Freundin hat Tee gekocht«, sagte sie und schob Taylor eine Tasse hin. »Gute Idee von ihr.«
Taylor blieb einen Augenblick lang im Türrahmen stehen. Jeder Muskel tat ihr weh. Als lasteten alle Ereignisse dieses Tages auf ihr. Louisa merkte es und schob einen Stuhl für sie zurecht.
»Setz dich.«
Taylor gehorchte.
Louisa stellte die Tasse vor sie hin. »Trink.«
Und da brach es aus Taylor heraus.
»Verdammt, Louisa, wie konnte das passieren? Ich hab gedacht, St. Wilfred's wäre *sicher*!« Das letzte Wort schrie sie fast. »Und

trotzdem hat man ihm den Schädel zertrümmert. Ihn durch die Gegend geschleudert. Wer war das? Wer hat meinen Großvater getötet?!«

Louisa atmete langsam und bedächtig aus. »St. Wilfred's *ist* sicher. Beziehungsweise war es. Und wird es auch wieder sein. Die Sache ist die …« Sie biss sich auf die Lippe, als brächte sie es fast nicht über sich, es auszusprechen. »Dieser schwarze Hexer, also der, der die Todbringer kontrolliert … Wir vermuten, dass er einer von uns ist.«

Taylor sah sie völlig entgeistert an. Durch die zerstörte Tür hörte sie ein Auto vorbeirumpeln. Kinder spielten im Nachbargarten. So normale Hintergrundgeräusche, und so unpassend für ihr Gespräch.

»Was? Willst du damit sagen, ein *Alchemist* hat das getan? Einer wie wir? Das verstehe ich nicht. Ich dachte, wir wären die Guten, Louisa!«

Louisa antwortete ihr mit einem gequälten Blick.

»Wir sind verraten worden. Ja, es gibt einen Verräter, daran besteht kein Zweifel. Wir glauben, dass der Täter in St. Wilfred's studiert hat und so den Schutz, den wir errichtet haben, kannte und umgehen konnte.« Angespannt fuhr sie fort. »Diese Schule ist unser Fort Knox, das kannst du mir glauben. Der sicherste Ort auf Erden. Um da reinzukommen, musst du einer von uns sein. Diese Komiker von eben«, sie deutete auf den Trümmerberg, den die Todbringer hinterlassen hatten, »die würden das nie schaffen. Nicht mal ein schwarzer Hexer.« Sie hielt inne. »Es sei denn, er war mal einer von uns.«

Taylor schauderte. Das machte alles noch viel schlimmer.

»Wisst ihr denn, wer es war?«

Louisa schüttelte den Kopf. »Noch nicht. Wir prüfen das gerade. In St. Wilfred's arbeiten sie mit allen Kräften daran.« Sie beugte sich vor und sah Taylor in die Augen. »Wir werden es herausfinden, Taylor. Wir kriegen den Kerl.«

Taylor wollte keine leeren Versprechungen hören. Sie wollte wissen, was gespielt wurde. »Erzähl mir, wie es passiert ist.«

Louisa kippte ihren Tee runter, als wäre es Whiskey. »Der Pförtner, der sonst immer da sitzt, ist heute Morgen nicht zum Dienst erschienen und hat auch nicht angerufen. War zwar ungewöhnlich, aber wir haben halt gedacht, er ist krank. Vor ein paar Stunden hat man ihn tot in seiner Wohnung aufgefunden.«

Taylor musste an den griesgrämigen, hageren Mann denken, der sie so lange aufgehalten hatte, und ein schlechtes Gewissen überkam sie, weil er sie so genervt hatte.

»Seine Vertretung war keiner von uns«, fuhr Louisa fort. Ihre Stimme klang fest, aber erschöpft. »Das war ein Fehler. Das hätten wir nie zulassen dürfen. Aber wer hätte auch ahnen können …« Sie unterbrach sich. »Mit dem Vertreter hatte der Kerl, wer immer er ist, keine Mühe – er ist einfach so reinspaziert.« Sie schüttelte den Kopf. Auch sie hatten die Ereignisse des Tages offensichtlich mitgenommen. »So etwas ist noch nie passiert. In der ganzen Geschichte von St. Wilfred's hat sich noch nie jemand unbemerkt bei uns eingeschlichen. Das hat's noch nie gegeben. Jetzt sind alle ganz panisch. Wir arbeiten fieberhaft daran, einen neuen Schutz zu errichten. Und wir erhöhen die Kontrollen. Das dauert seine Zeit, aber wir werden das College wieder sichern.«

»Hat er sonst noch jemandem was getan?«, fragte Taylor. »Abgesehen von Großvater und dem Pförtner, meine ich?«

Louisa schüttelte den Kopf. »Nein, das haben wir gecheckt. Alle anderen sind okay. Der hat nur eben mal den bedeutendsten Alchemisten weltweit weggepustet – den Einzigen, der sich je um mich gekümmert hat. Und dann ist er einfach wieder davonspaziert.«

Die Stimme versagte ihr, unwillig wischte sie sich die Tränen von der Wange.

Der Anblick eines starken Menschen, dem das Herz gebrochen wurde, hatte etwas Niederschmetterndes an sich. Louisa schien selbst am meisten überrascht. Als hätte sie gar nicht gewusst, dass sie überhaupt ein Herz hatte. Bis es in Stücke zersprang.

Ohne zu überlegen, beugte sich Taylor über den Tisch und griff nach ihrer Hand.

»Es tut mir so leid.«

Louisa lachte schluchzend auf. »Das sagst ausgerechnet du *mir*? Du hast deinen Großvater verloren! Ich gehör doch nicht mal zur Familie.«

»Im Gegenteil«, beharrte Taylor. »Du bist seine Familie gewesen. Jeder konnte das sehen. Er hat dich geliebt.«

Louisa ließ ihre Hand los und verbarg sichtlich mitgenommen ihr Gesicht.

»Die Sache ist die. Ich glaub, ich hab den Scheißkerl, der das getan hat, neulich hier gesehen.«

Taylor starrte sie an.

»Was?«, sagte sie. »*Hier?* In Woodbury?«

Louisa nickte. »Am Bahnhof. Ich hab da so einen Typ gesehen, der …« Sie schüttelte den Kopf. »Der stank geradezu nach schwarzer Magie. Er wusste, dass ich es spüren kann. Die Sache ist nur … Diese dunklen Mistkerle erledige ich normalerweise mit links. Aber der Typ … Der hatte keine Angst vor mir. Er hat mich ausgelacht. Hat mit mir gespielt. Aldrich wollte der Sache nachgehen. Ich weiß nicht. Vielleicht hätte er vorsichtiger sein müssen … Doch dann haben wir das Buch gefunden, und keiner hat mehr dran gedacht.« Sie atmete ein. »Darum konnte er reinkommen, glaube ich.«

Taylor verstand nur die Hälfte von dem, was aus Louisa heraussprudelte. Eine Sache machte sie hellhörig. »Was für ein Buch?«

Louisa blinzelte. »Ach, verdammt. Davon weißt du ja noch gar nichts. Hab ich ganz vergessen. Wir wollten es dir heute sagen.« Sie räusperte sich. »Einer unserer Männer ist in der Bodleian Library darauf gestoßen. Der Name sagt dir doch etwas, oder?«

Natürlich! Taylor wusste *alles* über die berühmte Bibliothek und ihre riesige Sammlung historischer Bücher. Seit sie sechs war, hatte sie davon geträumt, eines Tages dort zu forschen.

»Aldrich hat gedacht, dass er jedes zeitgenössische Buch über dieses Thema kennt, aber von diesem hatte er noch nie gehört. Wir haben es auch nur gefunden, weil unser Mann so schlau war und nach Büchern in allen Sprachen gefragt hat.«

Taylor blickte erstaunt auf. »In welcher Sprache ist es denn geschrieben?«

»Das ist es ja. Es ist von Anfang bis Ende in alten alchemistischen Symbolen verfasst. Jeder, der nichts davon versteht, würde es einfach für wahlloses Gekritzel halten. Es war unter ›Unbekannte Sprachen‹ einsortiert.«

Taylor blickte immer noch nicht durch. »Wenn man es nicht lesen konnte, wieso hat Aldrich dann geglaubt, dass es wichtig sein könnte?«

»Also, wenn es sich um das richtige Buch handelt – und davon war er fest überzeugt –, dann gibt es wohl in anderen Schriften Verweise darauf. Deswegen ist es auch so unheimlich wertvoll.« Louisa klang fast ehrfürchtig. »Es ist wohl so eine Art Grundlagenwerk, eine Anleitung für den Umgang mit schwarzen Hexern. Wie man sie bekämpfen kann. Wie man repariert, was sie zerstört haben. Kurz gesagt, es ist genau das, wonach wir immer schon gesucht haben. Blöd ist nur …«, ihre Lippen verzogen sich zu einem bitter-spöttischen Grinsen, »dass wir das verdammte Ding nicht lesen können.«

Wie man repariert, was sie zerstört haben.

Taylors Herz hüpfte hoffnungsvoll.

»Mein Großvater hat also gedacht, dass da die Lösung drinsteht?«, fragte sie eifrig. »Dafür, wie man Sachas Fluch brechen kann?«

»Sagen wir mal, er hielt es für möglich«, antwortete Louisa vorsichtig. »Das Buch stammt aus der richtigen Zeit. Man hat sich ziemlich viel Mühe gegeben, um den Inhalt zu verbergen. Alles ist in einem Geheimcode geschrieben, den nicht mal Aldrich lesen konnte. Jedenfalls muss es sehr wichtig sein. Vielleicht ist es sogar der Grund dafür, dass das alles hier passiert. Vielleicht hat der Hexer ja gewusst, dass Aldrich es besitzt.«

Taylor sah sie erschrocken an. »Er hat das Buch doch nicht mitgenommen, oder?«

»Nein. Das Buch ist in Sicherheit. Aber … das macht Aldrich auch nicht wieder lebendig.«

Das Klingeln von Taylors Handy ließ sie beide zusammenfahren. Sie nahm es von der Küchentheke und ging dran.

Aus dem Hörer schrillte die panische Stimme ihrer Mutter. »Taylor, bist du das? Du hast mich zu Tode erschreckt mit deinem Anruf. Was ist mit deinem Großvater? Und was ist mit dem Haus?«

Dass ihre Mutter so außer sich war, half Taylor dabei, sich ein wenig zu fassen und selbst ruhig zu bleiben.

»Ich glaub, du kommst besser nach Hause«, sagte sie. Sie hatte sich entschlossen, dass ihre Mutter alles mit eigenen Augen sehen sollte, um den Ernst der Lage zu begreifen. Außerdem gewann sie so ein bisschen Zeit. »Ich möchte darüber nicht am Telefon reden.«

»Wir sind schon unterwegs, Emily ist bei mir«, antwortete ihre Mutter. Ihre Stimme hallte, sie musste die Lautsprecherfunktion eingeschaltet haben. »In zehn Minuten sind wir da.«

Taylor hatte keine Ahnung, wie sie ihr sagen sollte, dass ihr Großvater tot war. Noch nie hatte sie sich so erwachsen gefühlt wie in diesem Augenblick. Und noch nie hatte sie sich so sehr gewünscht, wieder Kind zu sein.

Sobald sie das Gespräch beendet hatte, stand Louisa auf.

»Na, dann geh ich jetzt besser mal. Wenn deine Mutter in ihr zerstörtes Haus kommt und einen Freak wie mich sieht, dann gibt's vermutlich Ärger …« Sie warf einen schnellen Blick auf die Trümmerlandschaft im Flur. »Und Ärger haben wir schon genug.«

Taylor wollte sie nicht gehen lassen. Doch Louisas schwere Bikerboots knirschten schon über das, was von der Zimmerdecke noch übrig war.

»Warte!« Sie lief ihr hinterher und versuchte, nicht so ängstlich auszusehen, wie sie war. »Bleib ruhig hier, wenn du magst. Meine Mutter hat bestimmt nichts dagegen.«

Louisa warf ihr einen spöttischen Blick zu.

»Oder nicht viel«, korrigierte Taylor sich kleinlaut.
»Keine Panik, Blondie. Ich geh nicht weit weg. Ich bleib in der Nähe und behalt dich im Auge. Finlay ist auch schon unterwegs. Und aus Oxford kommen noch ein paar Leute als Verstärkung.«
Die anderen waren Taylor egal – sie wollte Louisa. Das konnte sie aber nicht sagen, ohne dass es kindisch geklungen hätte.
»Ja, sicher«, sagte sie daher nur. »Wir werden schon zurechtkommen.«
Louisas Gesichtsausdruck wurde weicher.
»Bestimmt werdet ihr das.«
Die unerwartete Freundlichkeit in Louisas Stimme hätte fast dazu geführt, dass Taylor schon wieder in Tränen ausbrach.
Louisa blieb noch kurz im lädierten Hauseingang stehen. »Hör zu, Blondie. Wir haben diesen Kerlen echt eins mitgegeben. Ich fühle mich geehrt, mit der Enkelin von Aldrich Montclair Seite an Seite zu kämpfen. Er wäre stolz auf dich.«
Dann machte sie auf ihren dicken Gummiabsätzen kehrt und stapfte davon.

41

Es war schon nach Mitternacht, als Sacha Calais erreichte.
Um diese Uhrzeit herrschte in der Hafenstadt kaum noch Verkehr, doch im Dunkeln hatte er Schwierigkeiten, sich zurechtzufinden. Irgendwann hatte er sich komplett verfahren, und als er an einer Gruppe gut gelaunter Kerle vorbeikam, die stark angeheitert nach Hause schwankten, hielt er an, um sie nach dem Weg zu fragen.
»Klar, am Ende der … Straße biegst du links ab«, lallte einer Sacha zu, »und dann wieder rechts … äh, nein … links, meine ich.«
»Blödsinn.« Sein Kumpel schubste ihn so heftig beiseite, dass er fast gestürzt wäre, dann versuchte er mit dem vernebelten Blick, Sacha scharf zu stellen. »*Rechts* … am Ende der Straße biegst du *rechts* ab … voilà.«
Zufrieden grinsend taumelte er zurück.
»Hör nicht auf die … Die sind total besoffen«, fiel der Dritte ein, hatte seinerseits aber keine Wegbeschreibung anzubieten.
»Okay … danke«, murmelte Sacha und schob das Bike zurück auf die Straße.
»Heeee, wart mal!« Der Erste hatte sich wieder gefangen und

stolperte hilfswütig hinter Sacha drein. »Hast du begriffen? Also … links und wieder links … äh, oder rechts.«

»Blödsinn«, war das Letzte, was Sacha noch hörte, ehe er den Motor wieder anwarf.

Nach einer Weile sah er ein paar Schilder, sodass er am Ende doch noch fand, wonach er suchte.

Er parkte am Fährhafen und nahm den Helm ab. Der Meerwind blies ihm kühl ins verschwitzte Gesicht.

Die Straßenlaternen verbreiteten ein gelbliches Licht, dahinter lag der samtschwarze Nachthimmel. Das Meer konnte Sacha nicht erkennen, doch er hörte ganz in der Nähe Wellenrauschen und roch die salzige Luft.

Außer zum Tanken hatte er nicht mehr angehalten. Er musste sich ausruhen. Und vielleicht was essen. Aber erst später.

Im Fenster des Fahrkartenschalters hing ein Schild: *Fermé*. Daneben saß der Kassierer und zählte Scheine ab.

»Geschlossen«, murrte er auf Sachas Winken hin.

»Aber ich brauche ein Ticket!«, rief Sacha entgeistert.

Der Mann machte eine wegscheuchende Handbewegung. »Die letzte Fähre ist schon raus. Die nächste geht erst morgen früh.«

Sacha folgte der Handbewegung. Die schimmernden Lichter in der Ferne gehörten nicht, wie er vermutet hatte, zu einem anderen Städtchen. Es war die Fähre nach England.

Er ließ den Kopf hängen.

Frustriert schlug er mit der Faust so hart auf den Tresen, dass er erzitterte. *Scheiße, das kann doch nicht wahr sein!*

»He, was soll das?« Erschrocken war der Mann aufgesprungen. »Verdrück dich, und zwar plötzlich, sonst ruf ich die Polizei. Morgen früh kannst du wiederkommen.«

Er richtete den Zwanzigeuroschein, den er in der Hand hielt, auf Sacha wie eine Waffe. Eigentlich hatte das etwas Komisches, doch Sacha war nicht nach Lachen zumute. Am liebsten hätte er dem Typ eine reingehauen. Aber sein Verstand war noch klar genug, um zu wissen, dass eine Nacht in der Zelle das Letzte war, was er jetzt gebrauchen konnte. Und der Mann am Fahrkartenschalter konnte ja schließlich nichts dafür.
»*Désolé*«, sagte er und hob entschuldigend die Hände. »Tut mir leid, bin schon weg.«
»Höchste Zeit«, brummte der Mann.
Sacha schielte noch einmal über die Schulter zurück, um zu sehen, ob der Mann vielleicht nach dem Telefonhörer griff. Doch er saß wieder über seine Scheine gebeugt und beschwerte sich nur grummelnd über die Manieren der französischen Jugend.
Eine Weile schlenderte Sacha durch die Hafengassen. Er merkte, dass er ein bisschen wackelig auf den Beinen war. Er musste endlich etwas essen und trinken, doch in dieser Gegend war alles bereits geschlossen.
Trotz der lauen Nacht fröstelte ihn. Als er einen Park nahe am Wasser erreichte, ließ er sich erschöpft auf eine Bank sinken und vergrub das Gesicht in den Händen. Er dachte an Annie und Pika, seine Mutter und Laura, an Taylors verzweifeltes Schluchzen.
Noch nie im Leben hatte er sich so einsam gefühlt.
Alle hatte er im Stich gelassen.
»Es tut mir leid«, flüsterte er. »Es tut mir so leid.«
Er rollte sich auf der Bank zusammen, schob seine Tasche unter den Kopf und schlief zum Klang der fernen Wellen ein.

***

Gellendes Hupen weckte ihn aus unruhigen Träumen.
Er schlug die Augen auf und blinzelte in den grau-weiß verhangenen Himmel. Scharen von Seevögeln segelten vor dem Wolkenvorhang, ihre schrillen, wehmütigen Rufe durchbrachen das Wellenrauschen und das Gebrumm von Automotoren.
Da fiel Sacha wieder ein, wo er war. Er schnellte hoch, rieb sich den Schlaf aus den Augen und sah hektisch auf die Uhr.
Kurz nach fünf. In ein paar Minuten legte die Fähre ab.
Er fluchte, warf sich die Tasche über die Schulter und rannte Richtung Fahrkartenschalter.
Gott sei Dank!
Eine kleine Schlange wartete noch am Schalter. Außer Atem stellte Sacha sich an.
Doch aus irgendeinem Grund ging alles sehr langsam voran, und als er endlich an der Reihe war, waren bereits die letzten Autos auf die Fähre gefahren.
Zu seiner Erleichterung sah er, dass nicht der Kassierer von letzter Nacht am Schalter saß, sondern eine jüngere Frau. Sie blickte auf, als er herantrat und sein Geld aus der Tasche zog.
»Ein Ticket für mich und mein Bike bitte.«
»Ein Ticket für den jungen Mann mit Motorrad«, erwiderte sie gut gelaunt und tippte etwas in den Computer. »Einfach oder hin und zurück?«
Sacha stockte. Das hatte er sich noch gar nicht gefragt. Würde er jemals zurückkommen? Ihm blieben weniger als fünf Wochen. Wer weiß, wo er in der Zwischenzeit landete? Vielleicht würde er mit Taylor nach Amerika abhauen. Nach Kalifornien. Auf der Flucht, den Todbringern immer einen Schritt voraus.
Doch in seinem Herzen wusste er es besser.

Er musste dafür sorgen, dass Taylor in Sicherheit war. Sie würden gemeinsam überlegen, was zu tun wäre. Und dann würde er nach Frankreich zurückkehren und um sein Leben kämpfen.

Es musste einen Weg geben. Sein Leben durfte nicht schon vorbei sein.

Siebzehn war zu jung zum Sterben.

»Hin und zurück, bitte.«

42

»Und?« Bedächtig rührte Louisa in ihrem Kaffee. »Wie hat deine Mum die eingekrachte Decke verkraftet?«

»Sie ist ausgerastet.« Taylor zog eine Grimasse. »Hat sich das Telefon geschnappt und die halbe Welt angebrüllt. Erst die Polizei, dann die Gasgesellschaft, dann den Versicherungsfuzzi.«

Nur ein paar Menschen hatten sich am Sonntagmorgen ins *Koffein-Schock* verirrt. Betörender Kaffeeduft lag in der Luft.

Louisa zog die Braue hoch. »Und was haben die gesagt?«

»Die Polizei sagt, es liegt kein Verbrechen vor. Die Gasgesellschaft sagt, das Gas war es nicht. Die Versicherung sagt, dass sie heute jemanden vorbeischicken, der den Schaden begutachtet«, rasselte Taylor runter. »Sie vermuten Feuchtigkeit in der Decke oder so was.«

»Feuchtigkeit.« Louisa grunzte verächtlich. Sie machte eine kleine Pause, ehe sie fragte. »Und das mit Aldrich? Hast du's deiner Mutter erzählt?«

Taylor nickte. »Hat sie echt getroffen.«

Sie setzte ein tapferes Gesicht auf, aber in Wahrheit war es schrecklich gewesen. Ihre Mutter in Tränen aufgelöst, Emily untröstlich schluchzend, und das Ganze, während der Schreiner die Haustür repariert und krampfhaft so getan hatte, als würde er von alldem nichts mitbekommen.

»Muss schlimm gewesen sein«, bemerkte Louisa.

»Schlimmer«, sagte Taylor leise.

Louisa schlürfte langsam ihren Kaffee, um Taylor etwas Zeit zu lassen.

»Aber keine schrägen Besucher mehr?«, fragte sie schließlich.

»Nein, alles ruhig«, bestätigte Taylor.

Dass sie nicht hatte schlafen können, behielt sie für sich. Um drei Uhr hatte sie schließlich aus dem Fenster geschaut und Louisa neben einer Straßenlaterne entdeckt, ein blauhaariger Schutzengel, der über sie wachte. Danach hatte sie wenigstens ein paar Stunden gedöst.

»Und? Was ist mit dir?«, fragte sie. »Hast du ein bisschen geschlafen?«

Louisa streckte sich ausgiebig. Wie immer sah sie unglaublich cool aus, unter den zwei kurzen Shirts – ein graues und ein militärgrünes – ringelten sich die Tattoos hervor wie schwarze Schlangen.

»Ich schlafe nie, das solltest du inzwischen doch wissen«, wich sie aus. »Die geborene Nachteule.«

»Aber Nachteulen schlafen tagsüber.«

»Dann eben keine Nachteule. Bestimmt gibt's irgendwelche Viecher, die nie schlafen. Tagnachteulen, vielleicht.«

»Okay, dann bist du eine Tagnachteule.« Taylor musste lächeln, wurde aber gleich wieder ernst. »Wegen gestern … Ich hab mich noch gar nicht richtig bedankt. Also … danke, dass du auf mich aufpasst.«

Louisa sagte nichts dazu, sie schien über etwas nachzudenken. Schließlich langte sie in die Tasche, zog einen Umschlag hervor und schob ihn über den Tisch zu Taylor.
»Ich würd gern weiter auf dich aufpassen«, kommentierte sie. »Und spätestens seit gestern wissen wir beide, dass du an einen sichereren Ort gehörst, und darum … Tadaahh, hier kommt deine goldene Eintrittskarte, Blondie. Willkommen im El Dorado.«
Argwöhnisch beäugte Taylor den Umschlag. Ihr Name und ihre Anschrift standen darauf, und er trug ein großes, höchst offiziell aussehendes Siegel.
»Jetzt mach schon auf.« Louisa wedelte ungeduldig mit den Händen.
Vorsichtig öffnete Taylor den Umschlag und zog einen dicken Papierbogen heraus. Schon beim ersten Satz blieb ihr die Luft weg, und sie kniff ganz fest die Augen zusammen, um zu sehen, ob sie vielleicht nur träumte.

Mit großer Freude dürfen wir die vorzeitige Aufnahme von Miss Taylor Elizabeth Montclair in die diesjährige Summer School für besonders talentierte Schüler, ausgeschrieben von der Universität Oxford, St. Wilfred's College, Fakultät für Mittelalterliche Geschichte, bekannt geben. Die Veranstaltungen beginnen in der vierten Juniwoche und enden mit der zweiten Augustwoche. Alle nötigen Vorkehrungen werden von Dekan Jonathan Wentworth-Jones und seinen Mitarbeitern für Sie getroffen. Für die Summer School erwählt die Universität in jedem Jahr nur einige wenige Schüler, die sich beson-

ders ausgezeichnet haben; eine erfolgreiche Teilnahme bedeutet einen großen Schritt hin zur endgültigen Aufnahme in das St. Wilfred's College. Wir gratulieren aufs Herzlichste, dass Sie sich zu den herausragenden Schülerinnen unseres Landes zählen dürfen.

Taylor war, als hätte ihr jemand in den Magen geboxt.
Hätte sie so einen Brief vor wenigen Wochen bekommen – ihr Leben wäre perfekt gewesen.
Doch inzwischen hatte sich so vieles verändert. Sie wusste nicht, was sie fühlen, was sie denken sollte.
Sie hielt den Brief hoch. »Ist der echt oder fake?«
Louisa schürzte die Lippen. »Kommt drauf an, was du unter echt verstehst.«
Als sie Taylors todernstes Gesicht sah, verzog sie genervt das Gesicht.
»Er *ist* echt. Na ja, der Dekan hat drauf bestanden, vorher deine Noten zu sehen. Ich meine, verdammt, Taylor – mit solchen Hammernoten kommst du überall rein. Als er deine Zeugnisse sah, konnte er's praktisch gar nicht erwarten, dir diesen Brief zu schreiben.«
Taylor faltete das Schreiben sorgfältig zusammen und steckte es zurück in den Umschlag. Kein Traum also.
Ich gehe nach Oxford!
Ihr sehnlichster Wunsch würde in Erfüllung gehen. Nur, dass ihr Großvater nicht mehr da war, um sie in Empfang zu nehmen. Nur, dass Sacha vielleicht schon tot war. Und wer weiß, vielleicht gäbe es sogar Oxford gar nicht mehr, wenn sie dort ankam.

Andererseits wäre sie dort sozusagen im Zentrum der Macht. Könnte ihren Teil im Kampf gegen das Dunkle beitragen. Würde noch mehr darüber erfahren, wer und was sie war.

Louisa wartete immer noch auf eine Reaktion.

»Danke«, sagte Taylor aufrichtig. »Ich freu mich drauf, noch mehr mit dir zu üben. Und darauf, Teil der Alchemistengemeinde zu sein. Ich wünschte nur …«

Ihre Stimme begann zu zittern, und sie sprach nicht weiter.

»Ist echt zum Heulen, dass Aldrich das nicht mehr erlebt, ich weiß«, führte Louisa ihren Gedanken fort. »Aber wenn's ein Trost ist: Es ist genau das, was er immer gewollt hat. Dass du ans St. Wilfred's kommst. Dass du mit den Menschen zusammenarbeitest, an die er glaubt.«

Louisa hatte recht. Sie schuldete es ihrem Großvater, seine Aufgabe fortzuführen. Alles zu tun, um sein Werk zu vollenden – und Sacha zu retten.

Sie setzte sich aufrechter hin und sprach mit fester, entschlossener Stimme.

»Wann geht's los?«

Louisa warf ihr einen anerkennenden Blick zu. »So bald wie möglich, genauer gesagt, holen wir dich noch heute ab. Der Dekan wird deine Mum anrufen und ihr alles verklickern, auch dass sie mitkommen soll, um sich um Aldrichs Nachlass zu kümmern, und dass sie Emily gern mitbringen kann.«

Taylor ließ sich nicht anmerken, wie erleichtert und froh sie war, dass sie noch ein Weilchen mit ihrer Familie zusammen sein konnte.

Louisa hob verschwörerisch die Braue. »Dann bist du jetzt also eine von uns. Höchste Zeit, dich in alles einzuweihen, du weißt schon, geheimer Handschlag und so.«

»Vielleicht könntest du mir sogar eins von diesen tollen Tattoos verpassen?« Taylor zeigte auf Louisas Arme.

»Ließe sich machen, Blondie.« Nach einem kurzen Blick auf die Uhr sprang sie auf und schnappte sich ihre Tasche. »Der Van kommt in einer Stunde. Also ab nach Hause, und pack deine Sachen. Zeit, dein neues Leben in Angriff zu nehmen und die Welt zu retten. Aber vergiss die Zahnbürste nicht!«

***

Sie trennten sich vor dem Café.

»Wir sehen uns dann«, sagte Louisa und streckte ihr zum Abschied die Gettofaust hin, was Taylor etwas ungeübt erwiderte.

»Ich muss noch zu Finlay in die Schule. Dauert aber nicht lange, bin zurück, eh der Oxford-Shuttle kommt. Wie auch immer, so hast du noch Zeit, ein bisschen mit deiner Mum und Emily zu quatschen.«

Taylor wurde das Gefühl nicht los, dass Louisa sich ständig davor drückte, ihrer Familie zu begegnen. Eigenartig. Doch jetzt blieb keine Zeit, sie danach zu fragen.

Tausend Gedanken wirbelten ihr auf dem Nachhauseweg durch den Kopf. Sie hatte noch so viel zu erledigen. Musste ihre Sachen packen. Und sich ein paar gute Antworten auf die unausweichlichen Fragen ihrer Mutter zurechtlegen.

Zum Beispiel, wie es kam, dass sie frühzeitig in die Summer School aufgenommen wurde, obwohl sie nie eine Bewerbung eingereicht hatte.

Schwierig.

Außerdem musste sie unbedingt mit Sacha sprechen. Er hatte bisher noch nicht auf ihre Nachricht reagiert. Das sah ihm gar nicht ähnlich, und sie machte sich langsam ziemliche Sorgen. Sie hoffte, dass er sicher im Haus seiner Tante hockte und einfach nur sehr mit den Unterlagen seines Vaters beschäftigt war.

Genau in dem Augenblick, als sie in ihre Straße einbog, schob sich eine große Wolke vor die Sonne und tauchte die Gegend ringsum in Schatten. Wind kam auf.

Ein Unwetter braute sich zusammen.

Taylor ging schneller. Die Stiefel, die sie zusammen mit Sacha in Paris gekauft hatte, klapperten dumpf und rhythmisch über den Asphalt. Auf der Straße war kaum mehr eine Menschenseele zu sehen, alle wollten zu Hause sein, wenn der Sturm losbrach.

Der Wind zerrte an den Ästen und blies Taylor den feinen Straßenstaub ins Gesicht, er pikste wie feine Nadelstiche.

Sie konnte ihr Haus schon sehen, da hörte sie plötzlich das Summen. Tief. Unheimlich.

Das Blut gefror ihr in den Adern.

Als sie sich hektisch umdrehte, sah sie die drei Todbringer in ihren schwarzen Mänteln auf sich zugleiten. Sie lächelten.

Wieso sind die hier?, fragte sich Taylor entgeistert. *Haben die keine Angst, dass die Leute sie sehen könnten?*

Doch die Todbringer schien das nicht zu interessieren. Sie steuerten geradewegs auf Taylor zu.

»Oh Gott«, flüsterte Taylor und stolperte zurück. Den gestrigen Kampf hatte sie nur knapp überlebt, und da war sie nicht allein gewesen.

Allein schaff ich das nie.

Sie machte auf dem Absatz kehrt und wollte losrennen.

Nach Hause. Da waren Leute. Irgendwer aus St. Wilfred's, die würden sie beschützen.
Doch etwas stimmte nicht mit ihren Füßen, sie waren schwer, als hätte jemand Steine darangebunden. Mühsam schleppte sie sich voran, mit jedem Schritt wurde das Summen hinter ihr lauter.
Schließlich kam sie gar nicht mehr von der Stelle.
Panisch ruderte sie mit den Armen, doch sie war gefangen.
Die Todbringer umstellten sie, das kalte Lächeln auf ihren Gesichtern eingefroren, ihre Augen seelenlose Höhlen.
Gleichzeitig hoben sie die Hände, richteten die Innenflächen auf Taylor und begannen ihren Singsang.
Taylor hatte das Gefühl, unter ihnen zerquetscht zu werden. Sie konnte kaum mehr atmen, geschweige denn einen klaren Gedanken fassen. Als wollten sie sie zu Boden drücken und unter sich begraben. Sie röchelte und keuchte beim verzweifelten Versuch, ein wenig Luft in ihre Lungen zu bekommen.
Der Singsang war diesmal anders. Sie konnte ihn verstehen. Nicht die Worte, aber das, was die Todbringer dabei dachten.
»Wir werden dich in Stücke reißen.«
»Wir werden dein Fleisch kosten.«
»Wir werden dich zerstören.«
Ein älterer Herr schlenderte auf dem Gehweg vorbei. Einer von Taylors Nachbarn. Morgens winkte er ihr manchmal, wenn sie sich auf den Weg zur Schule machte.
»Hilfe!«, versuchte sie zu schreien. »Bitte, Mr Elstead, Sie müssen mir helfen!« Doch weder bekam sie einen Ton heraus, noch schien er sie überhaupt zu bemerken.

»Bitte«, schluchzte Taylor in sich hinein, »warum hilft mir denn niemand?«
Die Todbringer rückten näher und blickten mit ihren hässlichen Fratzen auf sie hinunter. Taylor kniff die Augen zu – und plötzlich wurde es hell und lebendig.
Überall um sich herum sah sie Energie. Nicht nur Gold diesmal, sondern auch Blau und Grün und Rot. In allen Farben floss die Energie um Taylor herum.
Ebenso deutlich erkannte sie die Todbringer. Dunkle Gestalten, die wie schwarze Löcher im Universum die farbenfrohe Energie einsogen.
Nicht dahin. Komm zu mir. Woher der Gedanke kam, wusste sie nicht, plötzlich war er einfach da. Sie streckte ihre Hand aus, mit der geöffneten Innenfläche nach oben.
Komm zu mir.
Die Energie strömte ihr entgegen wie bunt schillerndes Wasser, überflutete sie, erfüllte ihr ganzes Inneres mit unglaublicher Kraft.
Langsam richtete sie sich auf.
Ihr plötzlicher Widerstand schien die Todbringer zu irritieren, und sie verstärkten ihren Singsang. Taylor spürte die dunkle Energie, die sie ihr entgegenschleuderten, sah sie wie schwarze Pfeile heranfliegen.
Sie hob den Arm und streckte ihnen die Handinnenfläche entgegen.
Zurück.
Der Todbringer, der ihr am nächsten stand, fuhr zurück, als hätte sie ihn geschlagen. Der Singsang stockte, wurde schwächer – wenn auch nur für einen kurzen Augenblick.

Unglaublich! Ich kann sie treffen, ihnen wehtun!
Taylor fasste neuen Mut, doch schon hatten die Kreaturen sich wieder gefangen. Der Singsang wurde wieder lauter, entschlossener, böser.
Sie spürte die Kraft der Todbringer wie Hände, die sich um ihren Hals legten und sie würgten. Hörte ihr eigenes Keuchen. Ihr Herz, das protestierend gegen ihre Rippen hämmerte. Sie hatte zugelassen, dass sie sie anfassten, ihr neue Angst einflößten.
Da erhob sich ihre eigene Kraft mit überwältigendem Zorn. Wie ein fremdes, unbezwingbares Brüllen brach es aus ihr heraus.
STOPP!
Die Todbringer wichen zurück. Der Singsang verstummte. Plötzlich war es totenstill.
Vorsichtig machte Taylor einen Schritt zurück. Dann noch einen. Doch ehe sie losrennen konnte, hatten sie sich wieder gesammelt und hoben erneut die Hände. Diesmal war das, was sich ihren Kehlen entrang, noch grauenvoller – ein lang gezogenes, schrilles Kreischen. Es verbrannte Taylors Innerstes, grub sich in ihr Fleisch wie Klauen.
Sie schrie auf vor Schmerz.
Durch den qualvollen, dunklen Nebel hörte sie plötzlich noch ein anderes Geräusch. Ein helles, mechanisches Brummen, das kontinuierlich lauter wurde und immer näher kam.
Es schien die Todbringer abzulenken. Der böse Gesang stockte ein wenig, nur kurz, aber lange genug, damit Taylor den Blick heben konnte.
Sie sah ein Motorrad, das mit vollem Tempo angerauscht kam.

Der Fahrer hatte sich tief über den Lenker geduckt, der silberne Helm ließ nichts von seinem Gesicht erkennen, doch Taylor hatte das Gefühl, dass er mit voller Absicht genau auf die Todbringer zuhielt.

Die fokussierten Taylor und nahmen ihren Singsang nur noch lauter wieder auf – bis das Motorrad mitten in sie hineinraste und sie auseinandersprengte.

Der Gesang verstummte.

Der Fahrer machte eine Vollbremsung und riss sich den Helm vom Kopf. Darunter kamen sandbraunes Haar und meerblaue Augen zum Vorschein.

»Sacha?«, rief Taylor ungläubig.

»Taylor! Bist du okay?« Er sprang vom Motorrad und rannte zu ihr.

»Aber … was machst du hier?« Wie aus einem bösen Traum erwacht, sah sie ihn an.

»Ich hab deine Nachricht bekommen …«

Weiter kam er nicht. Die Todbringer hatten sich aufgerappelt und kamen auf sie zu. Taylor merkte, wie Sacha erstarrte, sah die Angst in seinen Augen.

»*Vite, vite*, wir müssen weg hier!« Vor lauter Panik sprach er plötzlich halb Französisch, halb Englisch. »Wir müssen *aller*, ich habe keine Chance gegen die.«

Er schnappte sich ihre Hand, um sie mit sich fortzuziehen.

Doch Taylor war plötzlich wie erstarrt. Ihr blieb die Luft weg.

Die Kraft in ihr hatte sich verändert. Plötzlich war sie wie ein weiter Fluss, ein reißender Strom.

Ganz schlecht wurde ihr davon, es war zu viel, übermannte sie völlig. Eine derart geballte Energie würde sie niemals steuern können. Die Kraft kam nicht von außen, sie kam aus ihr – sie selbst *war* die Kraft.

Es muss an Sacha liegen, wurde ihr plötzlich klar. Irgendwas in ihm machte sie noch tausendmal stärker. Jetzt wusste sie, was sie tun mussten.

»Zusammen sind wir stärker als die«, sagte sie.

Sacha warf ihr einen unsicheren Blick zu. Er spürte die Veränderung, die mit ihr vorging, doch in seinen Augen lag ängstlicher Zweifel.

»Nein, Taylor, die sind zu stark für uns.«

Sie sah ihm direkt in die Augen. »Vertraust du mir?«

»Ja«, erwiderte er, ohne zu zögern.

»Dann lass meine Hand nicht los.«

Die Todbringer glitten auf sie zu. Ihr Summen hörte man jetzt nur noch wie von ferne.

Taylor *hasste* sie. Mit jeder Faser ihres Körpers wollte sie, dass sie starben.

Sie mussten vernichtet, ausgelöscht werden. Und jetzt hatte sie die Kraft dazu.

Sie wählte den vordersten aus und streckte ihm die erhobene Hand entgegen.

Stirb.

Augenblicklich ging er in Flammen auf, und sein Körper zersprang in tausend Splitter. Sie spürten die Druckwelle der Explosion.

»Was zum Teufel war das?«, fluchte Sacha.

Ihr Gesicht glühte vor Energie. »Das waren wir.«

Sacha starrte sie an. »Aber wie …«

»Weiß nicht genau«, antwortete sie. »Lass meine Hand nicht los.«

Zur Bestätigung drückte er ihre Hand so fest, dass es wehtat.
»Bestimmt nicht.«
Die zwei anderen Todbringer sahen sich kurz an, dann rauschten sie urplötzlich auf Taylor und Sacha zu, der Große vorneweg. In seinen schwarzen Augen loderte unendlicher Zorn. Sein Hass schlug Taylor mit voller Wucht entgegen.
Plötzlich schwenkte er zu Sacha um und hob die Hand.
Taylor spürte, wie Sacha in Erwartung eines Angriffs alle Muskeln anspannte, doch ihre Hand ließ er nicht los.
NEIN!
Ihre Stimme war so gewaltig, sie schien überall zu sein. Im Himmel. In den Bäumen.
Für den Bruchteil einer Sekunde sah sie dem Todbringer direkt in die Augen, sah, wie sie sich weiteten, als sie alle Kraft, die sie finden konnte, mobilisierte und dann den Arm mit vorgestreckter Handfläche hochriss.
Beide Todbringer gingen in Flammen auf.
Wie brennende Wirbel fegten sie über die Straße. Es war ein grauenvoller Anblick.
Aus dem Summen wurden Schreie, aus den Schreien ein gespenstisches Wehklagen. Dann war alles still.
Die graue Asche, die der Wind herantrug, roch nach feuchter, fauliger Erde.
Wir haben es geschafft.
Taylor war kotzübel, sie würde sich gleich übergeben, das spürte sie.
Als sie Sachas Hand losließ, klappten ihr die Beine weg.
Sacha fing sie in seinen Armen auf. Er sah genauso verwirrt aus wie sie.

»Kannst du mir mal sagen, was gerade passiert ist?«, fragte er.
Sie atmete tief ein, damit ihr hämmerndes Herz sich beruhigte.
»Ich denke, jetzt wissen wir, warum die verhindern wollten, dass wir uns finden.«

43

»Wo bleiben die denn?«, fragte der Mann mit der näselnden Stimme unwirsch. »Wir müssen los, und zwar schnell.« Er schien besorgt.

»Kein Grund zur Aufregung, Finlay«, erklärte die junge Frau mit den türkisblauen Haaren geduldig. »Die Jungs sind auf dem Weg. Der Dekan bespricht gerade mit Taylors Mutter die letzten Vorbereitungen, also gib ihnen noch fünf Minuten. Versuch einfach, cool zu bleiben.«

Mit ihren leuchtend blauen Haaren, den Bikerboots und den Tattoos sah sie voll stark aus. Sacha hatte sie auf Anhieb gemocht.

Sie waren im Wohnzimmer. Sacha saß neben Taylor auf dem Sofa und verfolgte amüsiert das kleine Wortgefecht.

Der Mann, den sie Finlay genannt hatte, ging im Zimmer auf und ab. Vom Fenster zum Sofa zum Fenster und immer so weiter.

Sacha wurde schon ganz schwindlig.

»Selbst fünf Minuten sind zu lang. Ich sagte dir, wir müssen hier weg, so schnell es geht«, beharrte er. »Drei Todbringer getötet, das hat es noch nie gegeben. Das gibt Ärger. Und zwar bald.«

»Todbringer kaltmachen …« Louisa klang zutiefst beeindruckt. »Wie krass ist das denn?«

Der hagere Mann blieb stehen. Zum ersten Mal lächelte er. »Da hast du ausnahmsweise mal recht. Das ist in der Tat unglaublich.«

Sie waren eingetroffen, als die Feuer bereits erloschen waren. Louisa war als Erste aufgetaucht, keuchend und mit gerötetem Gesicht, nur um mit anzusehen, wie die letzten Reste der Todbringerasche fortgeweht wurden. Finlay war kurz danach gekommen, weiß im Gesicht wie ein Bettlaken.

Mit zittrigen Fingern hatte Taylor, als alles vorbei war, ihre Nummer eingetippt und sie angerufen.

»Die sind so wie ich«, hatte sie Sacha erklärt.

Bestimmt hatten Finlay und Louisa ihr die Geschichte nicht abgenommen, dachte Sacha bei sich. Bis sie es mit eigenen Augen gesehen hatten.

»Ohne Scheiß, ihr könnt das, was von ihnen übrig ist, vom Asphalt kratzen«, sagte Louisa jetzt ins Telefon. »Toter als die können Todbringer nicht sein.«

Sacha hatte die Ereignisse immer noch nicht vollständig verarbeitet. In dem Moment, als er Taylors Hand berührt hatte, hatte er etwas Seltsames gespürt, ähnlich einem Stromschlag. Nur dass es sich auf sie noch viel stärker ausgewirkt hatte. Man hatte es ihr angesehen. Ihr Körper hatte sich aufgebäumt, ihr Haar hatte plötzlich vom Kopf abgestanden, ihre Kleider hatten zu flattern begonnen.

Er hatte gespürt, wie die Energie durch ihren Körper geströmt war, wie ihre Haut sie abgestrahlt hatte.

Den anderen hatten sie auch in aller Kürze davon erzählt.

»Als wäre Sacha ein Verstärker«, hatte Taylor erklärt. »Er hat meine Kräfte um ein Vielfaches verstärkt.«
Jetzt redeten Louisa und Finlay noch immer darüber, dass sie so schnell wie möglich an dieses Buch rankommen mussten.
Die Todbringer waren nur die Marionetten gewesen, der eigentliche Strippenzieher war jemand anders. Jemand, der noch viel gefährlicher war. Jemand, der jeden Moment hier aufkreuzen könnte, um sich an ihnen zu rächen.
Sacha warf Taylor einen Blick zu. Die verfolgte ein wenig besorgt die Diskussion.
»Alles okay?«, flüsterte er.
Sie nickte und lächelte.
Ihr Haar war völlig zerzaust, sie trug kein Make-up.
Etwas so Schönes hatte er noch nie gesehen.
Diese grünen Augen …
»Ich lebe«, sagte sie. »Was unter den gegebenen Umständen ziemlich erstaunlich ist.« Sie sah ihn an. »Und was ist mit dir? Hältst du uns jetzt für Monster?«
»Vor Monstern fürchte ich mich schon lange nicht mehr«, erwiderte er.
Ihr Lächeln wurde breiter.
»Hast du mit deiner Mutter gesprochen?«, fragte sie. »Wie geht es deiner Tante?«
Er hatte ihr von dem, was mit Tante Annie passiert war, und von seiner anschließenden Flucht berichtet, woraufhin Taylor ihm befohlen hatte, sofort zu Hause anzurufen.
Er nickte und spürte dabei wieder große Erleichterung. »Sie liegt im Krankenhaus, aber sie kommt durch, haben die Ärzte gesagt. Gott sei Dank.«

Taylor drückte seine Hand, die eigenartigerweise schon wieder in ihrer lag.
»Ich bin dir so dankbar. Du hast dein Leben für mich aufs Spiel gesetzt.«
»Ich kann doch gar nicht sterben, schon vergessen?«, erinnerte er sie. »Abgesehen davon – wo hätte ich denn sonst hinsollen?«
»Auf den Bahamas soll's ganz schön sein, hab ich gehört«, gab sie trocken zurück.
Er grinste. »Keine Todbringer?«
»Nichts als weiße Sandstrände«, sagte sie. »Garantiert todbringerfreie Zone.«
»Hammer.« Er schnippte mit den Fingern. »Wär ich besser mal dahin gefahren.«
Taylor wurde wieder ernst.
»Louisa möchte, dass du in Oxford bleibst«, sagte sie zögerlich. »Sie meinen, dort wären wir beide sicherer und ... dass wir dann vielleicht schneller die Lösung finden. Also ... wenn wir beide zusammenbleiben, verstehst du?« Sie suchte seinen Blick. »Aber du musst nicht. Vielleicht möchtest du ja lieber nach Hause, zurück zu deiner Familie. Das wäre absolut okay. Ehrlich.«
Ich möchte da sein, wo du bist.
Er war sich nicht sicher, woher dieser Gedanke kam. Aber er wusste mit aller Gewissheit, dass er nicht von ihrer Seite weichen würde. Zusammen zu kämpfen war der einzige Weg, wie sie gewinnen konnten. So wie vorhin.
Abgesehen davon hatte sein Vater Oxford geliebt und seinem Sohn ständig davon vorgeschwärmt. Es war fast, wie in die Fußstapfen seines Vaters zu treten.

Wie ihm nahe zu sein.
»Oxford klingt gut«, sagte er. »Die Bahamas können warten.«
Taylor strahlte ihn an.
»Da kommen sie.« Louisa, die vom Fenster aus die Straße im Auge behalten hatte, lief zur Tür. »Der Shuttle ist da. Schnappt eure Klamotten. Wir fahren nach Hause.«

***

Der weiße Van wartete mit laufendem Motor auf der Straße vor Taylors Haus.
Als sie herauskamen, wurden die Türen geöffnet, drei junge Männer in Louisas Alter sprangen heraus und stellten sich neben dem Wagen auf.
Sie trugen T-Shirts und Jeans, einer sogar Surfershorts und Sandalen, und sahen in keiner Weise besonders aus. Doch Taylor wusste, dass sie geborene Alchemisten waren, wie sie selbst.
Na ja, vielleicht nicht *ganz* so wie sie selbst.
»Okay«, sagte Louisa. »Taylor, Sacha – darf ich euch Shahid, Sam und Alastair vorstellen?«
Die drei musterten sie mit unverhohlenem Interesse.
»Und *die* haben das wirklich geschafft?«, fragte der eine, der ihnen als Shahid vorgestellt worden war, Louisa. »Kein Scheiß?«
Louisa ließ die Tasche fallen und kramte etwas aus ihrer Jacke. Etwas, das auf den ersten Blick aussah wie ein elfenbeinfarbener Stein.
»Mehr Todbringer konnte ich nicht finden.«
Die Jungs nahmen das kleine Stück und reichten es herum. Einer stieß einen leisen Pfiff aus.

»Unglaublich«, flüsterte der Blonde und wog den Stein in der Hand.

Dann starrten sie wieder Sacha und Taylor an.

Taylor machte dieses unverhohlene Interesse ein wenig verlegen, doch Sacha ließ sich nichts anmerken. Er starrte einfach aus seinen kühlen blauen Augen zurück.

Finlay durchbrach die angespannte Situation.

»Schluss mit dem Getrödel«, mischte er sich ein und klatschte in die Hände. »Hopp-hopp!«

Der mit den Surfershorts griff sich Taylors Tasche, warf sie in den Kofferraum und kletterte hinterher, während Louisa und Finlay mit dem Blonden sprachen, der die Schlüssel hatte.

Taylors Blick fiel auf Sachas Motorrad, das noch immer da stand, wo er es bei seiner Ankunft abgestellt hatte. Schlagartig wurde ihr klar, dass sie nicht zusammen fahren würden.

Sacha schien dasselbe zu denken.

Einen Augenblick lang standen sie unschlüssig am Bordstein.

Alles ging viel zu schnell. Sie würde fortgehen, ohne ihrer Mutter Auf Wiedersehen zu sagen – nach allem, was passiert war. Sie hätte sie so gern noch mal in den Arm genommen, ihr gesagt, dass alles in Ordnung war.

Außerdem wollte sie auf keinen Fall von Sacha getrennt sein, nicht mal für die wenigen Stunden, die die Fahrt dauern würde. Was immer das vorhin mit den Todbringern gewesen war – was immer da mit ihnen beiden passiert war –, sie fühlte sich nun mit ihm verbunden. Das Bedürfnis, bei ihm zu sein, war mindestens so groß wie ihre Angst.

Sacha schien zu spüren, dass etwas nicht stimmte. Er warf ihr einen fragenden Blick zu.

Louisa deutete mit dem Kopf zum Lieferwagen.
»Rein mit dir, Blondie«, sagte sie. »Sacha fährt hinter uns her.« Sie warf ihm einen Blick zu. »Du hast die Wegbeschreibung, oder?«
Doch Sacha sah immer noch Taylor an.
»Ich hab einen zweiten Helm«, sagte er. »Ich meine, falls du Lust hättest, bei mir mitzufahren …«
Taylors Herz hüpfte. »Echt? Wär das okay?«
»Taylor fährt mit mir«, rief Sacha Louisa zu.
»Wie bitte? Auf der Kiste da?« Louisa zeigte anklagend auf sein Motorrad. »Schlag dir das aus dem Kopf, French Boy.«
Sacha ignorierte den abfälligen Ton.
»Sie will aber, stimmt's?« Er sah Taylor an.
Die nickte enthusiastisch. »Ja. Unbedingt.«
»Taylor …«, warnte Louisa.
»Mir passiert schon nichts«, versprach Taylor.
Sacha reichte ihr den Helm.
Fluchend sprang Louisa in den Van und knallte die Tür zu.
Sacha stieg zuerst auf und zeigte Taylor dann, wohin sie die Füße stellen musste. Sie kletterte hinter ihn auf den Sitz.
Es fühlte sich total ungewohnt an. Ein bisschen wackelig. Und irgendwie gefährlich.
Es gefiel ihr. Zögerlich legte sie die Hände um Sachas Taille. Sie wusste nicht so recht, wie sie sich an ihm festhalten sollte.
Er drehte den Zündschlüssel. Knatternd und brummend erwachte das Motorrad zum Leben.
Sacha drehte den Kopf. Sein Visier stand offen, sodass sie von seinem Gesicht nur die meerblauen Augen sah.
»Bisschen mehr musst du dich schon festhalten.«

Sie fasste fester zu, spürte seine Rippenknochen, die festen Bauchmuskeln darunter.
Er ließ kurz den Motor aufheulen, dann schossen sie los.
Schon bald lag Woodbury hinter ihnen wie eine ferne Erinnerung.
Und vor ihnen lag Oxford.

EPILOG

Der weiße Van rollte durch das hohe mittelalterliche Torhaus und fuhr langsam die schmale Zufahrt zu einem imposanten gotischen Gebäude entlang. Dahinter folgte mit sattem Röhren ein glänzend schwarzes Motorrad mit zwei Fahrern.

Hoch oben schlug und flatterte das Banner des St. Wilfred's College im Wind.

Zusammen mit seinem Stellvertreter und Forschungsleiter Alec Milford stand Dekan Jonathan Wentworth-Jones auf der Treppe des Verwaltungsgebäudes und sah den sich nähernden Fahrzeugen entgegen. Wer ihn besser kannte, dem wäre die Anspannung in den Zügen seines fein geschnittenen Gesichts aufgefallen, die Art, wie er nervös die Hände an- und wieder entspannte.

Hinter den Männern ragten die fünfhundertjährigen Sandsteinmauern von St. Wilfred's mit ihren gezackten Spitzen in den Himmel. Aus den Traufen, vier Geschosse über ihren Köpfen, schielten steinerne Wasserspeier mit weit aufgerissenen Mäulern höhnisch auf sie herunter.

Geheimnisvolle geometrische Symbole fassten den bogenförmigen Eingang ein, vor dem sie standen, konzentrische Kreise, sechszackige Sterne, gebogene Linien und Hexagramme – allesamt Symbole alchemistischer Kräfte. Vor vielen Jahrhunderten waren sie dort hineingemeißelt worden, um St. Wilfred's und seine Bewohner vor den Mächten des Bösen zu beschützen.

An dem Tag, als Aldrich Montclair getötet worden war, hatte ihr Schutz versagt.

»Glauben Sie, es ist wahr?« Milford sah zu seinem Vorgesetzten auf. »Halten Sie es tatsächlich für möglich, dass sie Todbringer getötet hat?«

Der Dekan hatte nur Augen für die beiden auf dem Motorrad. Sie trugen passende silberne Helme, die ihre Gesichter verbargen, doch er wusste, dass sie es waren. Der schlanke Junge vorne in Jeans und schwarzem T-Shirt war Sacha. Und das Mädchen mit der blassen Haut im kurzen schwarzen Rock war Taylor Montclair.

Jedes Buch und jede Schrift, die sie jemals studiert hatten, besagte, dass man Todbringer nicht töten könne. Sie zurücktreiben oder verjagen, das ja. Aber noch nie war es jemandem gelungen, einen zu töten.

Der Gedanke, dass es dennoch geschehen sein sollte, ließ seinen Puls rasen. Es war schier nicht zu glauben.

»Finlay und Louisa scheinen sich ihrer Sache recht sicher zu sein.« Seine Lippen bewegten sich kaum beim Sprechen, doch er wusste, dass Milford ihn trotzdem hörte. »Sie haben die Überreste aufgelesen, damit wir sie im Labor untersuchen können.« Er warf seinem Vertreter einen Blick zu. »Ich halte es für unwahrscheinlich, dass sie sich irren.«

»Heißt das dann, dass …« Milford schien sich nicht durchringen zu können, es auszusprechen.

»Was?« Der Dekan sah ihn mit festem Blick an. »Dass diese

beiden Kinder vielleicht in der Lage sind, es mit dem größten schwarzen Hexer aufzunehmen, dem wir uns in all den Jahrhunderten gegenübergesehen haben? Dass sie uns alle retten können?«

Seite an Seite hielten erst der Van und dann das Motorrad zu Füßen der Treppe an. Die Motoren verstummten.

Der Junge und das Mädchen kletterten von der Maschine, nahmen die Helme ab und sahen zu den beiden Würdenträgern herauf.

Wie ganz gewöhnliche Kids sahen sie aus, doch selbst aus dieser Entfernung spürte der Dekan, welch außerordentliche Energie die beiden ausstrahlten, vor allem das Mädchen. Derartige Kräfte waren ihm noch nie begegnet.

Diese Energie floss nicht. Sie pulsierte.

Es war, als würde man direkt in die Sonne schauen.

Der Dekan ließ die Frage seines Stellvertreters unbeantwortet. Stattdessen streckte er die Hände aus und sagte:

»Willkommen in St. Wilfred's.«

Comming soon …

Secret Fire

Die Entfesselten

Eins

»Stell dich nicht so an. Los, versuch's noch mal.«

Louisa hob einen Stein hoch, der fast so groß war wie ihr Kopf und so schwer, dass ihre Muskeln vor Anstrengung zitterten und ihre bunten Tattoos auf den Armen tanzen ließen, als sie ihn über den dunklen, nassen Sand des Flussufers schleppte.

Nachdem sie ihn auf einem bedrohlich schwankenden Stapel mit weiteren Steinen abgelegt und ausbalanciert hatte, trat sie schnell zurück, als hätte sie Angst, die Konstruktion könnte ihr gleich um die Ohren fliegen.

Mit verschränkten Armen stand Taylor in der strahlenden Nachmittagssonne und sah ihr zu. Ein altes Bootshaus, das mitten auf der sattgrünen Wiese stand, war das einzige Gebäude weit und breit.

Sie waren allein. Vor einiger Zeit waren auf dem Fluss ein paar Ruderer vorbeigefahren, doch jetzt hatten sie schon länger niemanden mehr gesehen. Man hörte nur den Wind, der durchs Gras strich, und das Summen der Bienen, die die Wildblumen umschwirrten.

Der perfekte Trainingsort.

Es war ein heißer Tag, Taylor klebten die Haare an der Stirn. Skeptisch betrachtete sie den Steinstapel.

»Mensch, Lou. Wieso denn so viele?«

Louisa lehnte sich gegen die Wand des Bootshauses und warf ihr einen vernichtenden Blick zu. »Wenn ich jedes Mal, wenn du dich beschwerst, Geld bekommen würde, wär ich jetzt bestimmt nicht hier und würde Steine schleppen«, stichelte sie. »Konzentrierst du dich jetzt vielleicht mal, oder was?«

Ihr gefärbtes Haar fing die Sonne ein und verwandelte ihre Strahlen in hellblauen Funkenregen.

Taylor gab sich geschlagen. Sie schloss die Augen, und sofort erstand in der Dunkelheit hinter ihren Lidern die alchemistische Welt. Energiemoleküle umtanzten sie und wurden von ihrem Bewusstsein in greifbare Objekte umgewandelt – wehende goldene Bänder aus dem hohen Gras hinter dem Bootshaus, glänzende Kupferschnüre aus den Lichtmolekülen in der Luft.

Die größte Energie kam jedoch aus dem Fluss: ein Strom aus bernsteinfarbener geschmolzener Lava, der sich langsam durch das Blütenmeer rechts und links wälzte.

Für das menschliche Auge sind Moleküle unsichtbar, doch Taylor hatte gelernt, sie zu sehen. Sie musste sehen können, wonach sie greifen wollte. Was sie manipulieren, verändern wollte.

Sie holte tief Luft, wählte eines der dünneren Bänder aus dem Wasser aus und lenkte es zu den Steinen.

Hoch mit euch.

Sie spürte es, wenn die Alchemie funktionierte. Pure Energie schoss dann durch ihre Adern.

Sie öffnete die Augen.

Die Steine, die eben noch auf einem Haufen gelegen hatten, schwebten nun hoch über dem träge dahinfließenden Fluss wie Luftballons, hübsch ordentlich nebeneinander.

Zufrieden betrachtete Taylor ihr Werk. »Bitte schön.«

»Toll.« Louisa klang wenig beeindruckt. »Und jetzt vorsichtig auf dem Wasser absetzen.«

Leichter gesagt als getan. Genau damit nämlich hatte Taylor schon den ganzen Tag Probleme. Die Steine fliegen zu lassen war nicht schwer. Sie dahin zu bekommen, wo sie wollte, dagegen schon.

Sie konzentrierte sich, packte das Energieband und versuchte, die Steine so vorsichtig wie möglich auf den Wellen abzusetzen.

Schwimmt.

Sie konnte beinahe spüren, wie das Gewicht der schweren Steine an ihren Kräften zerrte. Die Schwerkraft war erbarmungslos.

Taylor mobilisierte all ihre Energie. Schwitzend, die Hände zu Fäusten geballt, versuchte sie, die Kontrolle zu behalten.

Einen Augenblick lang machten die Steine, was sie sollten, und schwebten sanft wie Rosenblätter hinab in Richtung des graublauen Wassers. Dann plötzlich, ohne Vorwarnung, löste sich das goldene Energieband und vollführte am Rand ihres Sichtfelds einen wilden Tanz.

»Nein!« Taylor streckte die Hände aus, als könnte sie es so noch verhindern, doch es war zu spät.

Die Steine schossen in alle Richtungen davon, einer direkt auf Louisa zu, die fluchte und blitzschnell die Hand hob.

Wie von einer unsichtbaren Mauer prallte der Stein zurück und landete mit einem dumpfen Schlag auf der Wiese.
Ein Stück stromaufwärts klatschten zwei weitere Steine ins Wasser, ein vierter verschwand irgendwo am anderen Ufer.
Plötzlich herrschte Totenstille. Selbst die Vögel waren verstummt, als könnten sie es gar nicht fassen, wie man sich so dämlich anstellen konnte.
»Mist.« Taylor wischte sich den Schweiß von der Stirn. »Blöde Steine.« Sie wandte sich an Louisa. »Können wir nicht lieber wieder Kerzen anzünden? Kerzen find ich super.«
Louisa schüttelte nur den Kopf. »Die Kontrolle ist das Entscheidende, Blondie. Du hast nun mal von Natur aus diese irre Fähigkeit. Jetzt musst du lernen, sie richtig einzusetzen, bevor noch einer dabei draufgeht.«
»Vielen Dank auch, Lou.« Mit einer genervten Handbewegung schob Taylor sich das Haar aus dem verschwitzten Gesicht. »Da geht's mir gleich besser.«
Ehe Louisa etwas erwidern konnte, klingelte ihr Handy. »Bin gleich wieder da«, sagte sie zu Taylor und ging zum Bootshaus, um ungestört zu telefonieren.
Taylor sah ihr nach. Noch immer gab es Dinge, über die sie nichts wusste, weil Louisa sie nicht einweihte. St. Wilfred's steckte voller jahrhundertealter Geheimnisse. Und Taylor war mittendrin.
Seufzend ließ sie sich auf einer verwitterten Holzbank nieder. Das Training hatte sie ausgelaugt, sie fühlte sich, als wäre sie einen Marathon gelaufen. Der Schweiß lief ihr übers Gesicht, und ihr Körper war erschöpft. Das weiße T-Shirt mit der Aufschrift »Ich steh auf BÜCHER und kann nicht lügen« klebte ihr am Oberkörper.

Sie nahm einen lauwarmen Schluck aus der Wasserflasche und ließ den Blick über die Wiese schweifen. In der Ferne ragten die steinernen Turmspitzen von St. Wilfred's hoch in den Himmel – eine weiße Burg, die in der Sonne schimmerte.

Sie konnte es immer noch nicht fassen, dass dieser Ort nun ihr Zuhause war. Jeden Morgen wachte sie in dem ungewohnten Zimmer auf, betrachtete die schneeweißen Wände und das altmodische Mobiliar und wunderte sich, wo zur Hölle sie gelandet war. Bis ihr alles wieder einfiel. Der Kampf in Woodbury. Die Todbringer, die sie auf der Straße bedroht hatten. Sacha, der plötzlich auf dem Motorrad angebraust kam. Die überwältigende Macht, als sie zusammen die dämonischen Kreaturen vernichtet hatten.

Ihr Handy vibrierte in der Tasche und unterbrach ihre Gedanken. Eine Nachricht von ihrer Mutter. »Ich vermisse dich so, Liebes. Rufst du heute Abend mal an?«

Taylors Brust schnürte sich zu, sie drückte das Handy fest an sich.

Louisa und die anderen Alchemisten hatten Sacha und Taylor zu ihrer eigenen Sicherheit nach St. Wilfred's gebracht. Möglicherweise war es dort tatsächlich sicherer für sie – so sicher es unter den gegebenen Umständen eben sein konnte. Aber es fühlte sich trotzdem irgendwie fremd an.

Auch wenn sie es niemals zugegeben hätte, ihre Mutter fehlte ihr sehr.

»Ja!«, tippte sie enthusiastisch zurück. »Ich meld mich vor dem Abendessen.«

Sie vermisste ihr Zuhause total, sogar ihre kleine Schwester Emily. Aber vor allem vermisste sie Georgie, ihre beste Freundin. Sie simsten sich zwar oft, doch mittlerweile waren sie nicht nur räumlich meilenweit voneinander entfernt. Georgie saß in Woodbury, bereitete sich auf die Abiprüfung vor und träumte schon von der Spanienreise mit ihrer Familie, wenn alles vorbei war.

Und Taylor lernte, wie man gegen Monster kämpfte.

Sie warf Louisa, die immer noch telefonierte, einen verstohlenen Blick zu, holte tief Luft und verdrängte die düsteren Gedanken. Niemand durfte wissen, was sie fühlte. Alle mussten glauben, dass sie bereit war. Blieb ihnen ja auch gar nichts anderes übrig.

Louisa steckte das Handy wieder in die Tasche ihrer abgeschnittenen Jeans und kam zielstrebig auf sie zu.

»Wir müssen zurück«, verkündete sie. »Jones will mich sprechen.«

Jones, genauer gesagt: Jonathan Wentworth-Jones, war der Dekan von St. Wilfred's. Die Hierarchie im College war zwar nicht sehr ausgeprägt, doch wenn der Dekan rief, dann ließ man besser alles andere stehen und liegen.

Erleichtert, dass das Steinelandenlassen vorbei war, folgte Taylor Louisa über den Pfad, der sich durch die Flusswiese zur Schule schlängelte. Der Weg war schmal, eingesäumt von hohen Gräsern und Wildblumen, die ihre Beine kitzelten.

Taylor wickelte ihre widerspenstigen blonden Locken zu einem Knoten, damit der Wind ihren Nacken ein wenig kühlte. Es war der heißeste Juli, an den sie sich erinnern konnte, und mit jedem Tag wurde es schlimmer. Als würde die Welt untergehen.

Sie war so in Gedanken verloren, dass ihr erst auf halber Strecke auffiel, dass Louisa kein Wort mehr gesagt hatte. Normalerweise hätte sie Taylor beschimpft, weil sie das mit den Steinen nicht hingekriegt hatte, und ihr damit gedroht, noch länger zu trainieren. Doch jetzt war sie still, und ihr Gesicht war angespannt und nachdenklich.

Taylor musterte sie interessiert. »Ist was?«

Louisa sah auf. Im Sonnenlicht hatten ihre Augen die Farbe von warmem Karamell.

»Nichts.« Sie zuckte mit den Schultern und schaute wieder weg. »Jones macht sich immer über irgendwas Sorgen.«

Taylor hätte schwören können, dass Louisa ihr etwas verheimlichte, doch sie fragte nicht weiter nach. Sie hatte genug eigene Probleme.

Mit jedem Tag wurden ihre alchemistischen Fähigkeiten stärker. Steine konnte sie vielleicht noch nicht kontrollieren, doch dass sie immer besser wurde, stand außer Frage. Selbst jetzt fiel es ihr schwer, sich auf den Weg vor ihr zu konzentrieren, weil die Energiemoleküle sie zu verfolgen schienen. Um sie herum waren lauter goldene Kugeln und zähflüssige Energietropfen. Ständig wurde sie abgelenkt, und es machte sie ganz verrückt, wenn sie im Gehen direkt hinschaute. Sie musste sich zwingen, die Welt so zu sehen, wie normale Menschen sie sahen. Blaue und rosa Blumen. Grünes Gras. Sonnenlicht.

Der Weg endete an einer Holzpforte, die in eine Steinmauer mit tief liegenden Fenstern eingelassen war. Über der Tür waren alte Symbole eingraviert. Bei ihrer Ankunft hatte Taylor sie kaum wahrgenommen, doch nun fielen sie ihr ständig auf, sie fanden sich überall im College: der mächtige Uruborus, eine Schlange, die sich in den eigenen Schwanz beißt. Ein schlichter Kreis, verflochten mit einem Dreieck. Das perfekte allsehende

Auge. Dutzende waren es, und jedes stellte ein Element der alten Alchemie dar – Kupfer, Quecksilber, Zinn –, alles starke Kräfte zur Abwehr dunkler Magie. Sonne und Mond, die für Gold und Silber standen, waren die mächtigsten Symbole. Sie fanden sich überall, über jedem Durchgang, jedem Fenster, an jeder Wand. Alle zusammen bildeten sie eine Barriere rund um St. Wilfred's, die eigentlich ausgereicht hätte, um das College zu schützen. Doch die Dinge hatten sich geändert.

Nichts war mehr sicher.

Die Tür hatte keine Klinke, doch das war kein Problem für Louisa. Sie presste die Fingerspitzen an das ramponierte Holz, es ertönte ein metallisches Klicken, und die Tür öffnete sich.

Dahinter sah man Studenten und Professoren über eine Rasenfläche eilen, die auf allen Seiten von hohen Steinbauten umgeben war. Auf den ersten Blick sah es aus wie ein ganz gewöhnliches Oxforder College – und das war es in gewisser Hinsicht ja auch.

Sie folgten den Studenten.

»Wegen der Steine vorhin …«, sagte Louisa so unvermittelt, dass Taylor zusammenzuckte. »Mach dir nichts draus, das wird schon. Du machst Fortschritte.«

»Ich weiß«, sagte Taylor. »Wenn es nur schneller ginge!«

Louisa lächelte grimmig. »Es geht doch schnell. Kommt einem nur nicht so vor, weil wir es so verdammt eilig haben.«

Ein paar Mädchen, die an einer Steinsäule standen, starrten unverblümt zu Taylor herüber und versuchten erst gar nicht, ihre Neugier zu verbergen. Ihr Getuschel rauschte Taylor in den Ohren.

»Ist *sie* das?«

»Sieht gar nicht aus wie was Besonderes.«

Eigentlich hätte Taylor daran gewöhnt sein müssen, so oft, wie ihr das schon passiert war. Doch es ging ihr trotzdem auf die Nerven. Ihre Wangen röteten sich, Wut stieg in ihr auf.
Gerüchte über sie und Sacha hatte es seit ihrer Ankunft gegeben, doch was hinter der ganzen Geschichte wirklich steckte, wussten die meisten in St. Wilfred's nicht, weil Jones sich zu den Details nicht äußerte, damit keine Panik ausbrach. Dass das, was auf sie zukam, mit ihnen beiden zu tun hatte, war jedoch allgemein bekannt. Und es machte sie nicht unbedingt beliebt.
Noch ehe sie sich eine passende Antwort ausgedacht hatte, baute Louisa sich mit verschränkten Armen vor den Mädchen auf und blitzte sie herausfordernd an.
»Hey, wir sind hier nicht im Kindergarten, kapiert? Verschwindet, oder ich verpetze euch bei Jones.«
Mit Louisa wollten die Mädchen sich lieber nicht anlegen. Im Nu war das Grüppchen im allgemeinen Gewusel untergetaucht.
»Blöde Tussis«, brummte Louisa. »Komm weiter.«
Sie griff nach Taylors Ellbogen und zog sie mit sich den gepflasterten Weg entlang bis zu dem großen gotischen Verwaltungsgebäude mit den drachenköpfigen Wasserspeiern, die auf die Vorübergehenden heruntergrinsten. Vor der Eingangstreppe blieb sie stehen.
»Wenn du willst, kannst du hier warten, aber ich weiß nicht, wie lange es dauert.« Sie dachte kurz nach. »Nein, am besten, du gehst zu Alastair ins Labor.«
»Okay«, erwiderte Taylor wenig begeistert. Ständig wurden Sacha und sie überwacht, selbst auf dem College-Gelände. Zu ihrer eigenen Sicherheit, natürlich, aber sie hatten es beide satt, dass man sie wie Kinder behandelte.

Louisas Gesichtsausdruck wurde streng. »Du gehst direkt zu Alastair ins Labor, haben wir uns verstanden?«

Taylor verkniff sich eine Antwort. Stattdessen setzte sie eine freundliche Miene auf und nickte. »Versprochen.«

Doch als Louisa im Gebäude verschwunden war, machte sie sich nicht auf den Weg ins Labor, wo die Wissenschaftler noch immer dabei waren, die sterblichen Überreste der Todbringer, die sie aus Woodbury mitgebracht hatten, zu untersuchen.

Zielstrebig drehte sie sich um und ging in die entgegengesetzte Richtung.

Danksagung von C.J. Daugherty

Mein erster Dank gilt Carina: weil sie so tapfer war, auf Englisch zu schreiben, und weil sie sich überhaupt darauf eingelassen hat, mit mir zusammenzuarbeiten.

Ein Riesen-Dankeschön geht außerdem an Karen Ball und Sarah Castleton von Atom Books, die beide sofort Feuer und Flamme waren und entscheidend dabei geholfen haben, dass aus der Idee ein Buch geworden ist. Ich danke euch sehr für eure Geduld und euer Know-how.

Besonderer Dank gebührt unserer wunderbaren Agentin Madeleine Milburn. Vielen Dank für dein Vertrauen, Maddy.

Einen Riesendank an Doris, Maya und Christina vom Oetinger Verlag, an Monika bei Otwarte in Polen, an Oliver und die anderen bei Bookouture und allen anderen internationalen Verlegern von *The Secret Fire*. Wir danken euch für eure Energie und euer Vertrauen in die neue Reihe.

Bei Holly Bourne und Alexia Casale möchte ich mich einfach dafür bedanken, dass sie da waren und dass sie fantastisch waren – was würde ich bloß ohne euch tun?

Den Schriftstellern der YAT danke ich für ihre Langmut. Eure Gruppe ist die erste seit 1991, der ich freiwillig beigetreten bin, und dank eurer bin ich fast aus mir herausgekommen. *Fast*.

Und schließlich, wie immer, danke ich Jack. Du glaubst viel mehr an mich als ich selbst. Du machst alles so wundervoll. Danke.

Danksagung von Carina Rozenfeld

Ich möchte C. J. dafür danken, dass sie so eine tolle Schriftstellerin und Freundin ist – und dass sie genauso verrückt ist wie ich. Danke für diese außergewöhnlichen Monate des Schreibens. Ich freue mich ungemein, dass wir noch einen zweiten Band vor uns haben.

Darüber hinaus möchte ich Atom Books, meinem neuen Verlag in England, danken, und insbesondere Karen Ball und Sarah Castleton für ihr Vertrauen in mich, in uns und in unserer Projekt.

Danken möchte ich auch meiner Agentin Madeleine Milburn. Dieses Buch war mein erster Gehversuch auf Englisch und zudem meine erste Veröffentlichung in Großbritannien. Maddy hat mir Weihnachten und Neujahr zugleich beschert.

Ein großes Dankeschön hat Glenn Tavennec von Robert Laffont in Frankreich verdient, den man als Paten dieses Buches bezeichnen könnte. Außerdem danke ich allen Verlagen in der Welt, die schon jetzt an *The Secret Fire* glauben.

Und schließlich schicke ich all meine Liebe an meinen Sohn Leo und an meine Eltern, die immer für mich da sind, die mich unterstützen und an mich glauben, egal, wie groß die Herausforderung ist. Ohne sie stände ich heute nicht da, wo ich stehe.